KÖRSCHTALRACHE

Sybille Baecker ist gebürtige Niedersächsin und Wahlschwäbin. Sie liebt das Ländle, ihr Herz schlägt aber auch für die Highlands und die rauen Küsten Schottlands, die sie immer wieder gern und ausgiebig bereist. Ebenso hegt sie ein Faible für den Scotch Whisky. Die Fachfrau für »Whisky & Crime« ist Autorin der erfolgreichen Krimiserie um den Kommissar und Whiskyfreund Andreas Brander. 2020 wurde sie mit dem Arbeitsstipendium des Autorinnennetzwerkes Mörderische Schwestern ausgezeichnet.
www.sybille-baecker.de

SYBILLE BAECKER

KÖRSCHTALRACHE

Schwaben Krimi

emons:

Bibliografische Information der Deutschen Nationalbibliothek
Die Deutsche Nationalbibliothek verzeichnet diese Publikation in der Deutschen Nationalbibliografie; detaillierte bibliografische Daten sind im Internet über http://dnb.d-nb.de abrufbar.

MIX
Papier | Fördert gute Waldnutzung
FSC® C083411
FSC
www.fsc.org

Umschlagmotiv: arcangel.com/Hanka Steidle
Umschlaggestaltung: Nina Schäfer, nach einem Konzept von Leonardo Magrelli und Nina Schäfer
Umsetzung: Tobias Doetsch
Gestaltung Innenteil: DÜDE Satz und Grafik, Odenthal
Lektorat: Hilla Czinczoll
Druck und Bindung: CPI – Clausen & Bosse, Leck
Printed in Germany 2023
ISBN 978-3-7408-1660-5
Schwaben Krimi
Originalausgabe

Für Frank

Prolog

Über allen Gipfeln
Ist Ruh',
In allen Wipfeln
Spürest du
Kaum einen Hauch;
Die Vögelein schweigen im Walde.
Warte nur, balde
Ruhest du auch.

Wandrers Nachtlied,
Johann Wolfgang von Goethe (1749–1832)

Eine kleine viereckige Schachtel lag auf der Fußmatte. Ein runder Aufkleber prangte auf dem Deckel in der Mitte. Ein gelber Kreis, zwei Punkte, eine Klammer – ein lächelndes Emoji. Eine freundliche Geste. Es war nicht die erste. In unregelmäßigen Abständen lag unvermittelt ein Geschenk vor ihrer Wohnungstür. Manchmal vergingen ein paar Wochen, manchmal lagen zwischen den Gaben nur wenige Tage. Seit dem vergangenen Winter ging das so.

Als die erste Schachtel vor ihrer Tür lag, hatte sie sich noch verwundert gefreut. Ein schüchterner Verehrer? Eine Aufmunterung aus der Familie? Inzwischen zwickte es sie brutal im Magen, wenn sie die kleine Aufmerksamkeit beim Verlassen der Wohnung zu ihren Füßen entdeckte.

An manchen Tagen setzte dieses unangenehme Gefühl bereits ein, bevor sie die Tür öffnete. War er – sie war sich sicher, dass es ein Er sein musste – wieder bei ihr gewesen? War er durch das Treppenhaus zu ihrer Wohnung geschlichen, hatte vor ihrer Tür gestanden, womöglich gelauscht, während sie auf der anderen Seite geschlafen oder ferngesehen, gekocht oder gearbeitet hatte?

Es gab keinen Absender, niemand hatte sich im Nachhinein bei ihr gemeldet. Sie hatte bei den Nachbarn gefragt. Aber keiner hatte gesehen, wer diese Geschenke auf ihre Fußmatte legte. Ein Phantom.

Sie zog Einweghandschuhe an. Es war ihr ein Gräuel, das Päckchen anzufassen, das auch der Unbekannte berührt hatte. Sie nahm es mit spitzen Fingern, fuhr mit dem Aufzug nach unten und ging zu den Müllcontainern. Sie öffnete die Klappe, warf die Schachtel hinein.

Sie wollte diese freundlichen Gesten nicht.

Montag

Auf dem Friedhof lag eine Leiche. Was an und für sich für einen Friedhof nicht ungewöhnlich war. Nur lag diese Leiche nicht in einem Sarg unter der Erde, auch nicht in einer der Kühlzellen in der Leichenhalle oder aufgebahrt in der Aussegnungshalle, sondern mitten auf dem asphaltierten Weg im östlichen Teil des Ebershaldenfriedhofs, nahe der Gedenkstätte für die Gefallenen und Vermissten aus dem Zweiten Weltkrieg.

In den Sträuchern und Bäumen ringsherum zwitscherten Vögel. Der Anblick des toten Mannes störte ihre Frühlingsgefühle nicht. Allenfalls waren sie vielleicht voller Vorfreude auf die Insektenschar, die den Leichnam bereits in Beschlag nahm. Nichts hinderte sie daran zu tun, was in ihrer Natur lag. Eine Krähe wagte sich neugierig heran, als eine Bewegung sie wieder aufschreckte und auf einen Baumwipfel fliehen ließ.

Der Tote blieb nicht lange unentdeckt. Eine Mitarbeiterin der Friedhofsverwaltung bemerkte ihn am frühen Morgen, als sie kurz nach Öffnung der Tore über die Wege lief. Aus dem Klinikum Esslingen, das unmittelbar an den Friedhof grenzte, waren Sanitäter und Notarzt herbeigeeilt. Sie trafen ein, noch bevor die ersten Polizeibeamten den Fundort erreichten und absicherten.

Doch sie konnten für das Opfer nichts mehr tun. Es gab keine vitalen Zeichen – weder Atmung noch Kreislauf. Erste Anzeichen der Leichenstarre hatten eingesetzt, die Körpertemperatur war stark gesunken. Die Verletzung war gravierend, wenn auch nicht schauderhaft, obwohl das Tatwerkzeug deutlich sichtbar in seinem Leib steckte. Der Blutfleck unterhalb des Körpers war überschaubar.

Die zehn Friedhofszugänge zierte inzwischen polizeiliches Absperrband. Zusätzlich wurde jeweils ein Beamter in Uniform abgestellt, um die Einhaltung der Sperre zu gewährleisten. So früh am Tag nutzte manch einer die Friedhofswege als Abkürzung auf dem Weg zur Arbeit, und man wollte vermeiden, dass weitere Spuren an den Leichenfundort getragen wurden und Schaulustige ihre Smartphones auf das Geschehen richteten.

Kriminalhauptkommissar Andreas Brander zog seine Strickmütze über den kahlen Schädel, während Kriminalhauptkommissarin Persephone Pachatourides den Dienstwagen zwischen zwei Einsatzfahrzeuge zwängte, die in der Blumenstraße parkten. Der Spalt, der Brander blieb, um die Tür zu öffnen, ohne dabei den Lack des nebenstehenden Wagens zu zerkratzen, verlangte ihm yogamäßige Verrenkungen ab. »Grins du nur«, knurrte er.

»Sehr elegant«, beurteilte seine Kollegin die schlangenakrobatische Leistung und verriegelte die Türen des Wagens.

»Liebste Peppi, wir brauchen die Schutzanzüge.«

»Stimmt, da war noch was.« Sie drückte auf den Schlüssel und öffnete den Kofferraum. Wenig später trugen sie Einheitslook in Weiß.

Die Luft war kühl. Der Himmel blau. Es würde ein schöner frühsommerlicher Tag werden. Ein kopfsteingepflasterter Weg führte sie zum schmiedeeisernen Eingangstor, das flankiert war von der auf Guss gedruckten Friedhofsordnung aus einer vergangenen Zeit. Seit 1844 fanden die Stadtbewohner hier ihre letzte Ruhe.

»Ihr hättet besser auf der anderen Seite geparkt, da wäre der Weg kürzer gewesen«, erklärte die uniformierte Kollegin, als sie den beiden Kripobeamten Zutritt zum Gelände gewährte.

Aber Brander hatte nichts gegen einen morgendlichen Spaziergang. Gemeinsam mit Peppi folgte er dem Weg, der schnurgerade auf die Aussegnungshalle zulief, passierte die Gefallenendenkmäler und die Gräber auf dem jüdischen Feld. Der Ebershaldenfriedhof war nicht nur Ruhestätte für Verstorbene verschiedenster Religionszugehörigkeiten, sondern auch historisches Kulturdenkmal und innerstädtische Grünanlage.

»Meinen ersten Arbeitstag hätte ich mir etwas entspannter

gewünscht.« Peppi hatte fünf Wochen zuvor, am ersten April, ihrem Langzeitverlobten, dem Staatsanwalt Marco Schmid, das Jawort gegeben und war wenige Tage später mit ihm in die Flitterwochen geflogen. Sie hatte mit der Heirat lange gezögert, was nicht nur daran lag, dass Marco sieben Jahre jünger war als Branders einundfünfzigjährige Kollegin. Das bittere Ende ihrer ersten Ehe hatte sie vorsichtig werden lassen. Aber Marco war nicht wie Ehemann Nummer eins.

Nach einem rauschenden Fest mit der aus aller Welt – oder zumindest aus Schwaben und Griechenland – angereisten Verwandtschaft waren die frisch Vermählten zu einer vierwöchigen Neuseeland-Rundreise aufgebrochen. Peppis gebräunter Teint zeugte von sonnigem Wetter und erholsamen Tagen.

»So kommst du gleich wieder richtig rein.« Auch Brander hätte lieber erst einmal bei Kaffee und Butterbrezel Peppis schillernden Urlaubserinnerungen gelauscht. Neuseeland musste landschaftlich noch großartiger sein, als die zahlreichen BBC-Dokumentationen über Flora und Fauna des Inselstaates vermuten ließen. So viel hatte er aus ihren euphorischen Erzählungen bei der gemeinsamen Fahrt zur Arbeit herausgehört.

»Ich habe noch keine einzige E-Mail gelesen«, seufzte Peppi.

»Erzähl nicht. Ihr habt doch sicher schon am Wochenende in eure Mails gesehen und verglichen, wer mehr Nachrichten bekommen hat.«

»Andi, bis du vor der Tür standst, habe ich nicht eine Sekunde an die Arbeit gedacht.«

Sie umrundeten die Aussegnungshalle. Statt eines mittelalterlichen Sakralbaus, der zum Baustil der Altstadt gepasst hätte, handelte es sich um einen großen Kuppelbau aus der Neorenaissance. Auf dem grünen Kupferdach thronte ein imposanter Engel. In den seitlichen Gebäudeteilen waren Leichenhalle und Verwaltung untergebracht. Der Schornstein des Krematoriums im Hintergrund rauchte jedoch seit Ende des letzten Jahrhunderts nicht mehr.

Der Weg vor ihnen gabelte sich, und sie schlugen den ansteigenden linken Pfad ein, wenige Meter weiter hatten sie ihr Ziel erreicht.

Der Tote lag rechts von ihnen auf einem geteerten Weg, der zum Ehrengräberfeld des Zweiten Weltkriegs führte. Auf den Grabstellen am Rande blühten Stiefmütterchen in Gelb, Weiß und Lila neben Vergissmeinnicht oder Hornveilchen. Die Fundstelle war noch einmal gesondert abgesperrt. Ein uniformierter Kollege hielt Wache. Abzeichen und Namensschild wiesen ihn als Polizeioberkommissar Dittmann aus.

»Meine Kollegin und ich waren als Erste vor Ort«, erklärte Dittmann. »Der Notarzt hatte bereits den Tod bescheinigt. Die Todesursache ist ja offensichtlich.« Der Beamte wandte sich zu der Leiche um und deutete auf den Torso.

»Die Todesursache festzustellen, überlassen wir besser der Rechtsmedizin«, erwiderte Brander. Nicht immer war alles so, wie es auf den ersten Blick schien.

Er betrachtete das Opfer, das wenige Meter entfernt vor ihnen am Boden lag. Ein junger Mann an der Schwelle zwischen Jugend und Erwachsensein. Jegliches Licht in seinen Augen war erloschen. Die Haut war blass. Sein Kinn zierte ein unregelmäßiger Bartflaum. Er trug verschlissene helle Jeans, ausgetretene Turnschuhe, der Reißverschluss seiner Sweatjacke war aufgeklappt. In seinem Bauch steckte ein Pfeil.

»Wurde er so gefunden?«, wandte sich Brander an den Polizeioberkommissar.

»Soweit ich weiß, hat der Notarzt nichts an der Lage verändert. Er hat lediglich auf Vitalfunktionen geprüft und eine nicht natürliche Todesart attestiert. Eine Mitarbeiterin der Friedhofsverwaltung hat ihn entdeckt. Frau Ludwig. Sie ist drüben in ihrem Büro, falls Sie mit ihr sprechen wollen. Sie kann Ihnen sicher genauere Auskunft über die Auffindesituation geben.«

»Danke, ja, wir reden später mit ihr.«

»Der Notarzt sagte, der Mann ist noch nicht lange tot. Wir haben eine Fahndung nach einem Bogenschützen rausgegeben.«

»Noch nicht lange – heißt?«, hakte Brander nach.

»Er vermutete, dass der Tod maximal zwei, drei Stunden bevor er gefunden wurde, eintrat.«

»Und gefunden wurde er wann genau?«

»Circa sieben Uhr vierzig, der Notarzt war keine zehn Minuten später vor Ort. Der musste ja nur schnell von drüben herüberlaufen.« Dittmann deutete zum angrenzenden Klinikkomplex hinüber.

Demnach war das Opfer zwischen vier und sechs Uhr am frühen Morgen verstorben, überschlug Brander gedanklich die Zeit. Sein Blick glitt zum Esslinger Krankenhaus. War es für einen Genesungsprozess gut oder schlecht, wenn man wusste, dass das Krankenbett nur einen Katzensprung vom Friedhof entfernt lag?

Peppi trat näher an die Absperrung und betrachtete das Pfeilende, das aus der Körpermitte ragte. Eine glatte graue Carbonstange, etwa einen halben Zentimeter Durchmesser, am Ende waren zwei künstliche rote Federblätter angebracht. Sie spannte einen imaginären Pfeil in einem imaginären Bogen, maß mit den Augen den Abstand ihrer Hände und verglich ihn mit der Länge der Stange in der Brust des Opfers.

»Das war kein Bogenschütze.« Sie sah zu den Männern. »Das Ding ist maximal einen halben Meter lang, für einen Bogenpfeil ist das zu kurz. Das ist ein Bolzen. Ich vermute, dass er mit einer Armbrust erschossen wurde.«

»Ach.« Dittmann sah stirnrunzelnd auf den Toten.

»Geben Sie das bitte an die Kollegen weiter«, bat Brander. »Wir suchen höchstwahrscheinlich keinen Bogenschützen, sondern einen Armbrustschützen.«

Der Polizeiobermeister funkte die Leitstelle an.

»Wissen wir, wer der Junge ist?«

»Er heißt Moritz Rösch.« Dittmann deutete Richtung Norden. »Seine Mutter liegt in einem der Urnengräber dahinten. Er kam wohl regelmäßig an ihr Grab, sagt Frau Ludwig.«

»Wer?«

»Die Friedhofsmitarbeiterin, die ihn gefunden hat.«

Brander betrachtete die Lage des Körpers. Aus welcher Richtung war er gekommen? Und von wo hatte der Schütze ihm aufgelauert? Er ließ den Blick über die Umgebung schweifen. Hatte der Täter auf sein Opfer gewartet und war ihm aus dem Schutz eines Baumes oder einer Hecke entgegengetreten? Oder war er seinem Opfer gefolgt und hatte die Einsamkeit des Friedhofs für sein Vorhaben genutzt?

Dieser Abschnitt war gut gewählt, keine Wohnhäuser säumten die Friedhofsmauer. Der Täter war nicht Gefahr gelaufen, dass jemand das Geschehen zufällig aus dem Küchenfenster oder von seinem Balkon aus beobachtete. Büsche und Bäume boten Sichtschutz, sodass die Stelle von der Klinik aus nur schwer einsehbar war. In den Kliniknebengebäuden am Rolf-Nesch-Weg herrschte zu der frühen Stunde zudem vermutlich kaum Betrieb.

Brander nahm sein Smartphone und wählte Fabio Espositos Nummer.

»Buon giorno, Andi«, meldete sich der junge Kriminaloberkommissar munter.

»Morgen, Fabio, unser Opfer heißt Moritz Rösch, schau mal, was du über ihn herausfinden kannst.«

»Eh, commissario, welches Opfer?«

»Bist du gerade erst gekommen?«

»Sì. Ich fahre gerade den Rechner hoch.«

»Wir haben ein Tötungsdelikt auf dem Ebershaldenfriedhof. Das Opfer wurde mutmaßlich mit einem Bolzen aus einer Armbrust erschossen. Seine Mutter liegt hier auf dem Friedhof begraben.«

»Moritz Rösch«, murmelte Fabio vor sich hin. »Und wie heißt die Mutter?«

Brander gab die Frage an Dittmann weiter, der kurz überlegte. »Melanie, ja, Melanie Rösch.«

Fabio hatte die Antwort gehört. »Okay, ich kümmere mich.«

»Danke.« Brander steckte das Handy zurück in seine Jackentasche.

Da sie für die Leichenbesichtigung auf die Kriminaltechniker warten mussten, beschloss er, den Friedhof genauer in Augenschein zu nehmen. Während Peppi sich auf die unmittelbare Umgebung des Leichenfundortes konzentrierte, steuerte er den Weg zu den Urnengräbern an. Wenn Rösch auf dem Weg dorthin gewesen war, wo hätte sich ein Schütze verborgen halten können?

Die Grabfelder waren mit Hecken, Büschen und Bäumen abgegrenzt, die jetzt im Frühjahr zart ergrünten. Viele Bäume waren alt und hatten dicke Stämme, hinter denen sich ein Mensch gut verstecken konnte. Brander wandte sich immer wieder um und prüfte, ob er von dem jeweiligen Standpunkt freie Sicht auf den Leichenfundort hatte.

Er schritt die Reihen der Urnengräber über die bemoosten Wege aus Waschbetonplatten ab. Rosa Bellis, bunt blühende Stiefmütterchen und Hornveilchen schmückten die kleinen Vierecke, umrahmt von Efeu oder anderen Bodendeckern. Schließlich entdeckte er ein Urnengrab, das eine Friedhofsvase mit zehn frischen gelben Rosen zierte. »Melanie Rösch«, stand auf dem schlichten Grabstein, darunter Geburts- und Todesjahr. Sie war vor zwei Jahren gestorben.

Grübelnd glitt Branders Blick zum Leichenfundort zurück. Die Rosen sahen nicht so aus, als hätten sie über Nacht im Freien gestanden. Das bedeutete, dass jemand am Morgen an dem Grab gewesen war und sie in die Vase gestellt hatte. Moritz Rösch? Oder der Täter?

Die Kriminaltechniker hatten Stellung bezogen, als Brander an den Leichenfundort zurückkehrte.

»Spaziergang beendet?«, wurde er von Manfred Tropper begrüßt.

»Es hätte ein schöner Tag werden können«, erwiderte Brander.

Peppi kam aus der anderen Richtung zu ihnen. »Hinten am Ausgang lehnt ein Fahrrad am Zaun, vielleicht gehört das unserem Opfer.«

Tropper wandte sich überrascht um. »Peppi? Schon zurück aus den Flitterwochen?«

»Was heißt ›schon‹?«, beschwerte Brander sich. »Sie war vier Wochen weg.«

Der Kriminaltechniker grinste. »Und wurde schwer vermisst.«

»Ich hab euch auch alle vermisst.« Peppi sah sie mit treuen Augen an. »Wie verrückt.«

»Vor einer halben Stunde hast du noch was anderes behauptet.« Brander gönnte seiner Kollegin, mit der er sich seit vielen Jahren das Büro teilte, die Auszeit von der Arbeit. Gefehlt hatte sie ihm dennoch. Es war zu still ohne sie. Niemand, mit dem er sich spontan austauschen oder herumflachsen konnte. Kein Sparringspartner, um bei einer Ermittlung im Gespräch auch weniger offensichtliche Fährten zu erkennen. Selbst der zur Osterzeit unverzichtbare tanzende und fürchterlich blechern musizierende Spielzeughase hatte ihm gefehlt. Peppi hatte ein Faible für solch nerviges Spielzeug.

Sie hatten mit dem Rücken zu dem Toten gestanden. Tropper wandte sich ihm zu und betrachtete ihn grübelnd. »Amor hat also zugeschlagen.«

»Eher Wilhelm Tell«, erwiderte Peppi. »Kein Pfeil, sondern ein Bolzen. Vermutlich aus einer Armbrust abgeschossen. Allerdings hat unser Tell den Apfel weit verfehlt.«

»Wo du recht hast, hast du recht.«

Die Mienen waren ernst geworden. Im Angesicht des Opfers war es mit dem lockeren Geplänkel vorbei. Brander betrachtete erneut die Position des jungen Mannes, leicht gekrümmt auf der Seite liegend. »Was meint ihr? War er sofort tot, nachdem er getroffen wurde?«

Tropper kniete sich neben den Toten und sah sich den Kopf genauer an. »Es sieht nicht danach aus, als ob er wie ein Stein umgefallen wäre. Er hat keine offensichtliche Kopfverletzung. Aber er könnte sich natürlich beim Sturz noch mit den Händen abgefangen haben. Für wahrscheinlicher halte ich, dass er eher langsam zu Boden ging. Vielleicht ist er noch ein paar

Schritte gegangen, auf die Knie gesackt und schließlich in die Waagerechte beziehungsweise in die Seitenlage.«

»Das heißt, er könnte sich noch umgedreht haben«, überlegte Brander.

»Halte ich für möglich, ja.«

Das machte es nicht leichter. Der Täter hätte aus jeder Richtung schießen können. Sie würden den Friedhof weiträumig nach Spuren absuchen müssen.

»Seine Mutter wurde dort hinten begraben, auf ihrem Grab steht eine Vase mit frischen Rosen«, berichtete Brander. »Ich vermute, dass die Blumen heute früh dort hingestellt wurden. Sieht mir nach einem Supermarkt- oder Tankstellenstrauß aus.«

»Okay, wir schauen, ob wir im Gestrüpp oder Mülleimer noch Verpackungsmaterial finden.«

»Was ist mit Handy und Papieren?«

»Sein Handy hatte er in der Gesäßtasche«, erwiderte Tropper. »Ist gesperrt. Sein Ausweis steckte in der Brieftasche in seiner Jacke, aber seinen Namen habt ihr ja schon. Er ist neunzehn Jahre alt.«

»Wenn nichts fehlt, können wir einen Raubmord wohl ausschließen«, resümierte Peppi. »Wie sieht es mit einem Fahrradschlüssel aus?«

Tropper hob ein Asservatentütchen, in dem ein Schlüsselbund mit drei Schlüsseln steckte.

»Gib mal her, dann können wir probieren, ob das Fahrrad am Eingang seines ist.«

»No ned huddle, liebste Peppi«, verfiel Tropper ins Schwäbische. »Jetzt machen wir erst einmal die Leichenbesichtigung.«

»Das könnt ihr ja gern mache, und ich check das Rad.« Peppi streckte die Hand aus und wedelte fordernd mit den Fingern.

Tropper seufzte. »Ann-Sophie«, rief er eine Kollegin, die mit der Spurensicherung in der Umgebung beschäftigt war. »Kannst du mit Peppi prüfen, ob das Fahrrad, das sie gefunden hat, unserem Opfer gehört?« Er reichte Peppi die Tüte mit dem Schlüsselbund.

***

Die Leichenbesichtigung hatte außer der Bestätigung, dass dem jungen Mann ein Bolzen unterhalb des Brustbeins in den Körper geschossen worden war, keine Hinweise auf weitere Gewalteinwirkung ergeben. Brander hoffte, dass die rechtsmedizinische Untersuchung zusätzliche Informationen zutage fördern würde.

Er ging zu den öffentlichen Toiletten, die sich in einem Anbau an der Rückseite der Friedhofsverwaltung befanden, um sich die Hände zu waschen. Als er aus dem Sanitärraum herauskam, fiel sein Blick auf die kleine Grünfläche auf der anderen Seite des Weges. Eine Holzbank mit schmiedeeisernen Seitenteilen stand unter einer Linde. Eine Frau saß dort. Sie trug ein dunkles Kostüm und hatte die grauen Haare zu einem Dutt hochgesteckt. Wenige Meter entfernt, auf der gegenüberliegenden Seite der kleinen grünen Wiese, stand ein filigraner Pavillon.

Brander musterte die Frau einen Moment. Sie saß leicht vorgebeugt, knetete ein Taschentuch mit den Händen in ihrem Schoß. Er überquerte den Weg, von links hörte er Schritte näher kommen. Peppi war ihm gefolgt. Er blieb neben der Bank stehen.

»Frau Ludwig?«, sprach er die Frau an.

Sie wandte sich ihm zu, tupfte mit dem zerknüllten Papiertaschentuch über die Augen. »Ja bitte?«

Das Gesicht der Friedhofsmitarbeiterin war blass, die Nase gerötet. Sie wirkte verstört, was kein Wunder war nach ihrem morgendlichen Fund.

Brander zog seinen Dienstausweis hervor und hielt ihn ihr entgegen. »Mein Name ist Brander, Kriminalpolizei Esslingen. Meine Kollegin, Frau Pachatourides.« Er deutete auf Peppi. »Wir müssten Ihnen ein paar Fragen stellen.«

Die Frau nickte. »Entschuldigen Sie.« Erneut strich sie sich mit dem Tuch über die Augen. »Man sollte meinen, als Mitarbeiterin der Friedhofsverwaltung dürfte mich der Anblick eines toten Menschen nicht so sehr erschüttern.«

»Ich denke, Ihre Reaktion ist menschlich«, zeigte Brander Verständnis. Auch er war nicht davor gefeit, dass ihm der Anblick eines Toten naheging, trotz jahrzehntelanger Berufserfahrung mit zahlreichen Todesermittlungen. Hinter jedem Opfer steckte ein Mensch, ein Leben, das unwiederbringlich beendet war. Und wenn es, wie Moritz Rösch, ein so junger Mensch war, der sein Leben noch vor sich gehabt hätte, war der Tod umso tragischer. »Darf ich mich zu Ihnen setzen?«

»Ja.« Sie rückte ein Stück näher an den Rand.

Brander setzte sich neben sie. Sie musste Anfang sechzig sein, schätzte er. Ihre Gesichtszüge wirkten streng, doch die getrockneten Tränen zeigten auch eine Verletzlichkeit.

»Sie haben meinem Kollegen den Namen des jungen Mannes genannt«, begann Brander. »Kannten Sie ihn näher?«

»Nein, das nicht …« Ihr Blick wanderte in die Richtung, in der Moritz Röschs Leichnam für den Abtransport vorbereitet wurde. »Seine Mutter wurde vor zwei Jahren bei uns bestattet. Er war oft an ihrem Grab.«

»Kam er auch manchmal am frühen Morgen auf den Friedhof?«

Brander bemerkte ein Zögern, bevor sie ihm antwortete. »Das kann ich gar nicht genau sagen. Ich habe ihn ja nicht beobachtet. Manchmal kam er schon sehr früh.«

»Wann ungefähr?«

»Ich kann nicht sagen, wie lange er schon da war, wenn ich ihn mal morgens hier gesehen habe.«

»Wann waren Sie heute Morgen hier?«

»Ich kam um kurz nach halb acht. Um die Zeit komme ich jeden Tag. Die Tore waren gerade aufgeschlossen worden.«

»Die Tore waren verschlossen?«

»Ja, der Friedhof wird nachts abgeschlossen. Im Sommerhalbjahr wird abends um neun geschlossen und morgens um halb acht wieder geöffnet.«

Wenn die Friedhofstore verriegelt waren, musste sowohl Moritz Rösch als auch der Täter auf anderem Weg auf das Gelände gekommen sein. Die Kriminaltechniker würden die komplette Umzäunung nach Spuren eines Überstiegs absuchen müssen.

»Kam es öfter vor, dass Herr Rösch auf den Friedhof kam, obwohl er noch geschlossen war?«

Frau Ludwig senkte betreten den Blick auf ihre Hände, nestelte an dem Taschentuch herum. »Manchmal«, murmelte sie. »Wir haben ihn deshalb schon verwarnt. Aber er hat nie etwas angestellt. Er wollte nur zum Grab seiner Mutter.«

»Und warum kam er nicht während der Öffnungszeiten?«, hakte Peppi nach, die bisher abseitsstehend zugehört hatte.

Die Friedhofsmitarbeiterin sah zu ihr hoch. »Das weiß ich nicht. Vielleicht hatte er einfach Sehnsucht nach seiner Mutter. Er war noch so jung.«

Unwillkürlich kam Brander seine Adoptivtochter in den Sinn. Nathalie war im selben Alter wie Moritz Rösch. Ihre leibliche Mutter, Gudrun Böhme, war vor wenigen Monaten gestorben, Gudruns Urne war in einem Gräberfeld auf einem Tübinger Friedhof beigesetzt worden. Brander wusste nicht, ob Nathalie seither jemals wieder dorthin gegangen war. Sie hatte schon vor Jahren jeglichen Kontakt zu ihrer Mutter abgebrochen.

Er schob die Gedanken beiseite und konzentrierte sich auf die Frau neben sich. »Ist Ihnen heute früh auf dem Weg zum Friedhof oder beim Betreten des Geländes etwas aufgefallen?«

»Nein.«

»Von wo sind Sie gekommen?«

»Ich komme mit dem Bus zur Arbeit, die Haltestelle ist gleich hier unten um die Ecke.« Sie deutete hinter sich. »Die Treppe führt hinunter zur Urbanstraße, da ist die Haltestelle. Ich wollte vor der Arbeit kurz am Grab meiner Eltern vorbeischauen, das mache ich häufig, wenn ich morgens ankomme. Darum bin ich nicht gleich ins Büro gegangen, sondern habe den Schlenker gemacht, und als ich da oben war, sah ich ihn auf dem Weg liegen.«

Sie legte die Hand an ihre Wange und schüttelte kummervoll den Kopf. Ihre Stimme wurde leise, als spräche sie zu sich selbst. »Ich habe gedacht, er lebt noch, man könnte ihm noch helfen.«

»Ist Ihnen auf dem Weg jemand begegnet?«

»Nein, ich glaube nicht ... Ich habe nicht darauf geachtet.« Sie wandte sich mit großen Augen Brander zu. »War der Täter noch hier, als ich ihn gefunden habe?«

»Vermutlich nicht«, beruhigte er sie. »Aber es könnte Ihnen jemand anderes begegnet sein, der vielleicht etwas gesehen hat, das uns weiterhilft.«

Sie seufzte bedauernd. »Es tut mir leid, ich kann mich nicht erinnern. Der ganze Morgen ... ich bin ganz durcheinander.«

»Kam außer Moritz Rösch noch jemand anderes zum Grab seiner Mutter?«

Sie schürzte grübelnd die Lippen. »Ihr Mann kommt hin und wieder.«

»Wann zuletzt?«

»Das weiß ich nicht. Ist das wichtig?«

»Auf dem Grab von Melanie Rösch steht eine Vase mit frischen gelben Rosen«, erklärte Brander seine Frage.

Auf Ludwigs Gesicht zeichnete sich ein trauriges Lächeln ab. »Die sind sicherlich von ihrem Sohn. Er hat ihr regelmäßig frische Blumen gebracht.«

Brander musterte die Frau nachdenklich. »Frau Ludwig, gibt es noch etwas, das wir wissen sollten über Moritz Rösch oder die Familie?«

Sie hob die Schultern. »Es tut mir leid. Mir fällt es gerade schwer, mich zu konzentrieren. Ich kann gar keinen klaren Gedanken fassen.«

Er suchte in seinen Taschen nach einer Visitenkarte und reichte sie ihr. »Sie müssten in den nächsten Tagen einmal zu uns in die Dienststelle kommen, damit wir Ihre Aussage schriftlich aufnehmen können. Wenn Ihnen noch etwas einfällt, egal was, auch wenn es Ihnen noch so unwichtig erscheint, melden Sie sich bitte bei mir.«

»Jemand sollte seinen Vater informieren.« Sie legte die Hand auf ihre Lippen. »Oh Gott, der arme Mann!«

»Das übernehmen wir. Wissen Sie, wo wir ihn erreichen können?«

»Ich kann seine Adresse bei uns im System nachschauen.«

Brander stand mit Peppi vor einem Mehrfamilienhaus in der Bismarckstraße. Es war keiner der modernen Neubauten, sondern ein älterer Bau mit mattem Putz. Durch die gläserne Haustür sahen sie in ein leeres Treppenhaus. Links und rechts des Hauseingangs drängten sich Rollator, Kinderwagen und Tretroller unter den Balkonen. Über den draußen separat stehenden Briefkästen waren Klingeln angebracht. »Rösch«, stand auf der mittleren Klingel, auf die Brander gerade ein zweites Mal drückte.

Der strahlend blaue Himmel passte nicht zu seiner Stimmung. Er spürte das bekannte Unwohlsein, die Unsicherheit, was in den nächsten Minuten auf ihn zukommen würde. In all den Jahren hatte er sich nicht daran gewöhnen können, Todesnachrichten zu überbringen. Ein einziger Satz, der das bis dahin geführte Leben komplett und unwiederbringlich veränderte. Die Reaktion war jedes Mal ungewiss.

Brander wappnete sich innerlich, bemüht, persönliche Gefühle außen vor zu lassen. Empathisch bleiben, die Antennen auf etwaige Unstimmigkeiten einstellen, aber die Situation nicht zu seinem eigenen Problem machen.

»Um diese Zeit wird er bei der Arbeit sein«, überlegte Peppi.

»Zu wem wollet Se?«, fragte eine Altherrenstimme hinter ihnen.

Brander wandte sich um und sah sich einem Rentner in grauem Kittel gegenüber, der eine Hundeleine in der Rechten hielt, an deren Ende eine kleine, dicke, wuschelige Sofarolle zerrte.

»Zu Herrn Rösch«, erklärte Peppi.

»Dem alde oder dem jonge?«

»Herrn Christian Rösch.«

»Den derfet Se jetzt net störe. Der hat Nachtschicht gehätt. Der muaß schlafe.«

Nachtschicht. Brander zog die Stirn in Falten. Das würde ein böses Erwachen für den Mann werden. Aber er wollte vermeiden, dass Rösch aus anderer Quelle vom gewaltsamen Tod seines Sohnes erfuhr. Er zog seinen Dienstausweis hervor. »Wir müssen dringend mit Herrn Rösch sprechen. Könnten Sie uns bitte ins Treppenhaus lassen?«

»Bolizei?« Die Augen des Mannes wurden groß. Der Hund schien die Beunruhigung seines Herrn zu spüren und begann zu kläffen. »Scht, Joschi. Scht. Scht.« Er hob mahnend den Zeigefinger, dann wandte er sich Brander wieder zu. »Hat de Jong ebbes a'gestellt?«

»Wenn Sie uns bitte ins Haus lassen würden.«

»Heidenei, da kommt koi Ruh nei. D'r arme Ma' …« Kopfschüttelnd kam der Rentner Branders Bitte nach und schloss die Haustür auf.

»Danke, Herr …?«

»Kubiak.«

»Herr Kubiak, eine Frage: Wie meinten Sie das, es käme keine Ruhe rein?«

»Ha jo, erscht stirbt dem sei' Frau, dann verliert er den Job, dann schmeißt de Jonge die Schul. Nu hat er wied'r Arbeid, und nu isch wied'r ebbes met dem sei'm Bua.« Kubiak sah fragend zu ihnen auf.

»Wo müssen wir hin?«, fragte Brander, statt die Neugier des Mannes zu befriedigen.

»Erschde Etage, links.«

Sie stiegen die Stufen hinauf. Brander drückte auf den Klingelknopf. Drinnen blieb alles still. Anscheinend hatte Rösch die Klingel ausgeschaltet. Brander klopfte kräftig gegen die Tür.

»Ich hasse das«, wisperte Peppi.

Brander missfiel die Situation ebenfalls. Er spürte seinen Puls viel zu deutlich, als er erneut gegen die Tür schlug und ein »Herr Rösch?« hinterherschickte. Er musste ein drittes Mal klopfen, bevor sich auf der anderen Seite etwas regte.

Kurz darauf sah ihnen das übernächtigte Gesicht eines Mannes in den mittleren Jahren entgegen. Die lichten Haare waren zerzaust, das Kinn unrasiert. Der Jogginganzug, den er vermutlich in aller Eile angezogen hatte, war zerknittert.

»Herr Rösch?«

Der Mann blickte ihm müde in die Augen, nickte.

Brander hielt seinen Dienstausweis hoch. »Kripo Esslingen, Brander. Meine Kollegin, Frau Pachatourides. Entschuldigen Sie bitte die Störung. Dürfen wir einen Moment reinkommen?«

»Ähm …« Rösch kratzte sich ratlos am Kopf. Er war noch nicht richtig wach. Schließlich stieß er die Luft aus und wich achselzuckend einen Schritt zur Seite.

Sie traten in einen engen Flur. Jacken hingen übereinander an einem Garderobenhaken. Darunter lagen kreuz und quer mehrere Paar Schuhe und ein Karton mit Altpapier. Rösch deutete mit der Hand auf eine Tür, die in die Küche führte. Frühstücksgeschirr für eine Person stand auf einem kleinen quadratischen Tisch vor dem Fenster. Teller und Tasse waren unbenutzt.

Brander hörte ein verwundertes »Hm« von Rösch hinter sich. Er wandte sich um.

Christian Rösch starrte auf das Geschirr, dann zu Brander. »Ich hatte Nachtschicht.«

»Es tut uns leid, dass wir Sie stören müssen. Setzen wir uns einen Moment.« Brander zog einen der zwei Holzstühle zurück und wartete, bis Rösch ihm gegenüber am Tisch Platz genommen hatte, bevor er sich ebenfalls setzte. Peppi blieb an die Küchenzeile gelehnt stehen.

Brander musterte den Mann einen Moment lang. Rösch war ein hagerer Bursche, kleiner als Brander, und es war nicht nur die Müdigkeit von der Nachtschicht, die seine Haut stumpf und seinen Blick erschöpft wirken ließ. Der Mann war abgeschafft, zermürbt. Und mit Branders Nachricht würde seine Welt erneut aus den Fugen geraten.

Keine Verzögerung. Nicht um den heißen Brei herumreden, keine Hoffnungen oder Befürchtungen schüren. Geradeheraus. Brander bemühte sich um einen sachlich-neutralen Ton. »Herr Rösch, es tut mir leid, ich muss Ihnen leider mitteilen, dass Ihr Sohn heute früh tot aufgefunden wurde.«

Der Mann riss die Augen auf, das Kinn fiel herab.

Mehr tat sich nicht. Ein stummer Schrei.

Brander gab ihm Zeit, die Nachricht zu verinnerlichen, den ersten Schock zu überwinden. Peppi suchte im Schrank nach einem Glas, füllte es mit Leitungswasser und stellte es vor Rösch auf den Küchentisch.

»Können wir jemanden für Sie benachrichtigen?«, fragte sie. »Jemand, der zu Ihnen kommen kann?«

»Tot?«, wisperte Rösch. War er schon vorher blass gewesen, war nun sämtliche Farbe aus seinem Gesicht gewichen. Seine Unterlippe zitterte. Die Augen wurden glasig.

»Es tut mir leid, ja«, erwiderte Brander.

Wieder verging ein Moment in Erstarrung. Die Stimme klang heiser, als er fragte: »Wo?«

»Er wurde auf dem Ebershaldenfriedhof gefunden.«

Rösch stützte die Ellenbogen auf den Küchentisch und vergrub das Gesicht in den Händen.

»Können wir jemanden für Sie benachrichtigen?«, wiederholte Brander Peppis Frage.

»Hat er … Wie …?« Röschs Stimme versagte.

»Es war höchstwahrscheinlich kein Unfall. Es tut mir leid, es sieht nach einem Tötungsdelikt aus. Mehr können wir Ihnen zum gegenwärtigen Zeitpunkt nicht sagen.«

»Moritz …« Rösch weinte stumm.

Branders Blick fiel auf das unbenutzte Frühstücksgeschirr. Hatte der Vater am Morgen nach der Nachtschicht den Tisch für seinen Sohn gedeckt? Oder hatte der Sohn den Tisch so für seinen Vater hinterlassen?

Erneut schweiften Branders Gedanken zu seiner Adoptivtochter. Nathalie musste morgens zeitig aus dem Haus, um zu ihrem Ausbildungsbetrieb in Reutlingen zu kommen. Sie kochte eine große Kanne Kaffee, eine Hälfte nahm sie in einem Thermobecher mit auf den Weg. Sie frühstückte meistens erst in der Bahn. Den Rest ließ sie für ihn und seine Frau Cecilia in der Küche stehen.

»Ihr Sohn hat bei Ihnen gewohnt?« Er war zumindest laut seinen Ausweispapieren bei seinem Vater gemeldet, wusste Brander.

»Ja.« Rösch wischte sich mit dem Bündchen seines Oberteils über das Gesicht. Die Tränen liefen weiter.

»Dürfen wir einen Blick in sein Zimmer werfen?«

Die Antwort war ein Nicken.

»Wo –?«

»Nebenan, links.«

Peppi verschwand im Flur. Brander blieb am Tisch sitzen, versuchte, durch seine Anwesenheit etwas Trost zu spenden. Erst die Frau, jetzt der Sohn. Er bemühte sich, das Leid des Mannes nicht an sich heranzulassen.

Schließlich hob Christian Rösch den Kopf. »Sind Sie sicher, dass es Moritz ist?«

»Er hatte Papiere bei sich. Und eine Mitarbeiterin der Friedhofsverwaltung hat ihn identifiziert.«

»Ich dachte, er schläft. Ich habe gar nicht in sein Zimmer geschaut, als ich nach Hause kam.«

»Wann kamen Sie denn nach Hause?«

»Gegen halb acht. Ich arbeite nachts.« Rösch schluckte. »Wie ist es passiert?«

»Dazu kann ich Ihnen im Moment nichts sagen. Hatte Ihr Sohn Probleme oder Ärger mit irgendwelchen Leuten?«

Rösch seufzte unschlüssig. »Ich weiß nicht. Ich wäre jetzt gern allein.«

»Ich muss Ihnen noch ein paar Fragen stellen.«

»Aber ich …« Erneut stiegen dem Mann Tränen in die Augen. »Ich möchte jetzt bitte allein sein.«

»Es dauert nicht lange, und es ist wichtig«, beharrte Brander. »Wann haben Sie Ihren Sohn zuletzt gesehen?«

»Gestern, bevor er zur Arbeit ging.«

»Um wie viel Uhr ist er gegangen?«

»Gegen sechs Uhr abends vielleicht. Seine Schicht begann um sieben.«

»Wo hat Ihr Sohn gearbeitet?«

»In Untertürkheim. In einem Fast-Food-Restaurant. Er hatte Nachtschicht.« Die Antworten kamen stockend.

»Sie arbeiten aber nicht zusammen, oder?«

»Nein, ich arbeite als Kommissionierer bei der Post.«

»Andi?« Peppi erschien im Türrahmen. »Kommst du mal kurz?«

»Entschuldigen Sie mich bitte einen Moment.« Brander folgte ihr in das angrenzende Zimmer.

Das Bett war aufgeschlagen, aber nicht benutzt. Den Bettbezug zierten die verwaschenen Embleme des VfB Stuttgart. Unter dem Fenster befand sich ein aus Paletten zusammengezimmerter Schreibtisch. Darunter war eine Pappbox, eine zweite hatte Peppi auf den Schreibtisch gestellt.

An der Wand zur Küche stand ein schmaler Kleiderschrank. Die einst weiß gestrichene Raufasertapete war vergilbt. Den Vorhängen hätte eine Reinigung gutgetan. Ein paar Kleidungsstücke hingen über einem Stuhl. Den Boden zierte ein abgenutzter blau-grau gemusterter Teppich.

Der Raum strahlte Trostlosigkeit aus. Tristesse. Das einzig annähernd Dekorative im Zimmer waren ein in die Jahre gekommener Plüschbeagle, der seinen Platz auf einem blauen Sitzsack neben dem Kleiderschrank hatte, und ein Poster mit dem Bild der Christusstatue Cristo Redentor im Gegenlicht auf dem Corcovado in Rio de Janeiro. Es hing an der Wand über dem Bett des Jungen.

Peppi trat an den Schreibtisch und nahm eine Tüte mit getrockneten Pflanzenkugeln aus der Box. »Cannabis, wenn du mich fragst.«

Es war keine große Menge, aber auch keine einzelne Tagesration. Je nach Konsum deckte es den Eigenbedarf für ein bis zwei Wochen, schätzte Brander.

»Ansonsten ist das hier alles ziemlich anonym. Die Jugend von heute nutzt anscheinend weder Papier noch Stift. Keine Bücher, keine Zeitschriften ... Daddelt vermutlich den ganzen Tag auf dem Smartphone herum.« Peppi hatte leise gesprochen, jetzt sah sie zu Brander. »Interessanterweise finde ich keine Spur von Tabak im Zimmer. Aber vielleicht hat er mit dem Zeug Plätzchen gebacken.«

»Fragen wir seinen Vater.« Brander ließ den Blick erneut umhergleiten. Die wenigsten Jungen neigten zu dekorativem Schnickschnack, aber dieser Raum war bedrückend. Eine unbeschwerte Jugend sah anders aus.

Sie steckten die Tüte mit dem Cannabis in einen Asservatenbeutel und kehrten zu Christian Rösch zurück. Der Mann saß unverändert am Küchentisch und starrte auf das unbenutzte Frühstücksgeschirr.

»Ich habe gedacht, er schläft. Ich war ganz leise, als ich von der Schicht kam und den Tisch für ihn gedeckt habe«, murmelte er, ohne aufzusehen.

»Herr Rösch, wir haben das hier im Zimmer Ihres Sohnes gefunden. Können Sie uns dazu etwas sagen?« Brander legte den Asservatenbeutel auf den Tisch.

Rösch betrachtete ihn stirnrunzelnd. »Was ist das?«

»Cannabis.«

»Das ist nicht von Moritz.« Die Stimme schwankte zwischen Unsicherheit und Überzeugung.

»Hat Ihr Sohn geraucht?«

»Nein.« Christian Rösch sah zu Brander auf. »Wir haben kaum genug Geld, die Miete zu zahlen. Wovon hätte er Zigaretten kaufen sollen oder so einen Dreck?« Er schob den Beutel mit den Fingerkuppen über den Tisch von sich. Es gehörte nicht zu ihm, nicht zu seinem Sohn, nicht in seine Wohnung, nicht in sein Leben.

»Könnten Sie mir bitte die Namen von Moritz' Freunden nennen?«

Rösch verzog das Gesicht, als hätte Brander eine völlig absurde Frage gestellt. »Moritz hatte keine Freunde.«

***

»Die Sonne geht auf! Unsere Persephone ist zurück.« Stephan Klein schritt mit ausgebreiteten Armen auf Branders Kollegin zu, als sie in der Dienststelle gemeinsam zum Besprechungsraum der Kriminalinspektion 1 gingen. Er drückte sie an seine breite Brust. Der Hüne war mit seinen eins fünfundneunzig einen Kopf größer als Peppi. Dann schob er sie auf Armeslänge wieder von sich. »Gut siehst du aus, Mädel.«

»Du tust ja so, als wäre ich monatelang fort gewesen.«

Stephan legte theatralisch eine Hand auf die Brust. »So kam es meinem gebrochenen Herzen vor.«

Peppi drehte die Augen zur Decke. »Manche Dinge ändern sich nie.«

Seit ihrer ersten Begegnung versuchte Stephan bei Peppi zu landen, ungeachtet der Tatsache, dass sie mit Staatsanwalt Marco Schmid liiert war. Wobei nie ganz klar wurde, ob das Geplänkel scherzhaft gemeint war oder Stephan tatsächlich sein Herz an die griechische Kollegin verloren hatte.

»Hast du Marco bei den Koalas gelassen?« Stephan zwinkerte ihr verschwörerisch zu.

»Wir waren in Neuseeland, nicht in Australien.«

»Und in Neuseeland gibt es keine Koalas?«

»Höchstens im Zoo.«

»Da schau her. Hast du das gewusst, Andreas?«

»Yep«, erwiderte Brander, ohne eine Miene zu verziehen. Bis vor wenigen Sekunden hatte er sich über die Verbreitung der Koalabären nie Gedanken gemacht.

»Sicher.« Stephan grinste wissend.

Sie setzten gemeinsam ihren Weg zum Besprechungsraum fort, wo Peppi erneut mit großer Wiedersehensfreude begrüßt wurde.

Nachdem Ruhe eingekehrt war, ergriff Inspektionsleiter

Kriminaloberrat Hans Ulrich Clewer das Wort. »Heute früh gab es einen Leichenfund auf dem Ebershaldenfriedhof, Tötung mutmaßlich durch einen Bolzen aus einer Armbrust.« Er sah fragend zu Brander.

»Davon gehen wir im Moment aus. Die Leichenschau vor Ort hat nichts anderes ergeben, aber warten wir die Obduktion ab.«

»Haben wir dafür schon einen Termin?«

»Um sechzehn Uhr in Stuttgart«, wusste Manfred Tropper, der als Vertreter der Kriminaltechnik an der Sitzung teilnahm. »Wer kommt mit?«

»Andreas«, delegierte Clewer die Aufgabe an Brander.

»Und wie komm ich nach Hause?«, erinnerte Peppi den Inspektionsleiter an ihre Fahrgemeinschaft mit Brander.

»Mit der Bahn?«, schlug Clewer vor.

»Ich fahre dich«, bot Stephan großzügig an, obwohl er in Esslingen wohnte und Peppi in Tübingen.

»Das könnt ihr später regeln.« Clewer tippte auf seine Armbanduhr. »Bis vier ist nicht viel Zeit. Wo stehen wir?«

»Es wurde umgehend eine Fahndung nach einem Armbrustschützen ausgegeben«, ergriff Brander das Wort. »Diese blieb jedoch meines Wissens bisher ergebnislos.«

Clewer nickte bestätigend.

»Wie groß ist denn so eine Armbrust?« Fabio Esposito zog die Stirn in Falten. »Kann man die transportieren, ohne dass das jemand bemerkt?«

»Ist vermutlich unauffälliger als Pfeil und Bogen«, überlegte Peppi.

Der smarte Italiener öffnete eine Suchmaske auf seinem Tablet-PC, um seinen Kenntnisstand über Armbrüste zu erweitern.

»Bleiben wir zunächst bei unserem Opfer«, übernahm Clewer wieder. »Was wissen wir über ihn?«

»Es handelt sich um den neunzehnjährigen Moritz Rösch«, berichtete Brander. »Der Todeszeitpunkt liegt mutmaßlich zwischen vier und sechs Uhr morgens. Auffinden der Leiche kurz nach halb acht durch Frau Ludwig, sie ist Mitarbeiterin der Friedhofsverwaltung. Rösch hat in der Nacht von Sonntag auf Montag in einem Fast-Food-Restaurant in Untertürkheim gearbeitet. Um vier Uhr war seine Schicht zu Ende.« Das hatte Brander nach ihrem Besuch bei Christian Rösch durch ein Telefonat mit dem Geschäftsführer der Filiale erfahren.

»Das schränkt den Todeszeitpunkt aber weiter ein«, unterbrach Clewer. »Wenn er um vier Uhr Schichtende hatte, hat er da ja anscheinend noch gelebt.«

»Stimmt, grenzen wir auf halb fünf bis sechs ein. Moritz Rösch war mit seinem Fahrrad unterwegs«, fuhr Brander fort. »Es konnte am Ebershaldenfriedhof sichergestellt werden. Der mutmaßliche Todeszeitpunkt lässt vermuten, dass Rösch sich außerhalb der Öffnungszeiten Zutritt zum Friedhof verschafft hat. Wahrscheinlich durch Übersteigen der Umzäunung. Das Gleiche gilt für den Täter.«

»Ist schon bekannt, wo?«, wandte Clewer sich an Manfred Tropper.

»Wir vermuten, dass Rösch beim südöstlichen Tor, am Rolf-Nesch-Weg, über den Zaun geklettert ist. Dort war sein Fahrrad angeschlossen. Der Bereich liegt zudem sehr sichtgeschützt, es gibt keine Wohnhäuser in der Umgebung mit direktem Blick dorthin, sodass niemand, der nicht zufällig vorbeikommt, sein Eindringen hätte beobachten können.«

»Also auch ein idealer Einstieg für den Täter«, überlegte Clewer.

»Ja.«

»Könnten Täter und Opfer gemeinsam zum Friedhof gekommen sein?«

»Möglich, ja.«

»Gibt es Täterspuren?«

»Bisher noch nicht. Wir wissen nicht, aus welcher Richtung und aus welcher Distanz der Täter auf sein Opfer geschossen hat. Die Hauptwege sind asphaltiert, es war trocken in den letzten Tagen, die Wege sind sauber, da werden wir keine Schuhabdrücke finden. Die Nebenwege bestehen zum Teil aus Waschbetonplatten, manche moosbewachsen, aber auch hier wird es schwer, eine Spur zu finden, die mit dem Täter in einen Zusammenhang gebracht werden kann. Der Friedhof ist stark frequentiert, er wird auch zum Spazierengehen oder als Abkürzung genutzt.«

»Gibt es andere Spuren?«

»Am Zaun, an dem Röschs Fahrrad angeschlossen war, haben wir ein paar Textilfasern sichergestellt. Ob die von Röschs Kleidung stammen, vom Täter oder von einer anderen Person, wissen wir noch nicht.«

»Röschs Kleidung habt ihr ja zum Abgleich«, erwiderte Clewer.

Tropper nickte.

»Aufgrund der Position des Fahrrads gehen wir im Moment davon aus, dass Rösch aus der Richtung zum Grab seiner Mutter ging«, übernahm Brander wieder. »Sie wurde in einem Urnengrab im nordöstlichen Teil des Friedhofs beigesetzt. Auf ihrem Grab stand eine Vase mit Rosen.«

Er ließ das Foto, das er am Morgen mit seinem Smartphone am Grab von Melanie Rösch gemacht hatte, über den Beamer an der Wand erscheinen. »Die Blumen haben noch nicht lange im Freien gestanden. Nach Aussage von Frau Ludwig hat Moritz Rösch regelmäßig Blumen zum Grab gebracht.«

»Supermarkt oder Tankstelle«, kam es mit Gewissheit von Fabio.

»Eher Tankstelle«, überlegte Peppi. »Ich kenne hier keinen Supermarkt, der montags früh um fünf schon Blumen verkauft.«

»Ist es sicher, dass die Blumen von Moritz Rösch sind?«, fragte Peter Sänger. Der Mittdreißiger hatte ein paar Pfund zugelegt, nachdem er versucht hatte, sich das Rauchen abzugewöhnen. Seit Kurzem versuchte er, mit E-Zigaretten gegenzusteuern.

»Das ist nur meine Vermutung«, erwiderte Brander. »Sie könnten natürlich auch vom Täter oder einer dritten Person stammen.«

Stephan verzog skeptisch das Gesicht. »Er erschießt den Sohn und stellt dann Blumen auf das Grab der Mutter? Wieso das?«

Brander hob die Schultern. »Dafür wissen wir zu wenig über das Opfer.«

Bei dem Stichwort sah Fabio von seinem Tablet-PC auf. »Viel habe ich bisher nicht über Moritz Rösch herausgefunden. Er lebte bei seinem Vater, jobbte als Servicekraft in einem Fast-Food-Restaurant. Das wisst ihr ja schon. Die Schule hat er letztes Jahr nach der Elften verlassen.«

»So kurz vorm Abitur?«, wunderte sich Peppi.

»Sì«, bestätigte Fabio. »Seine Mutter starb im Sommer vor zwei Jahren. Bevor ihr fragt: Ich weiß nicht, woran. Ein Unfall war es anscheinend nicht – ich habe zumindest nichts in unseren Daten gefunden. Geschwister hat er keine. Einzig bemerkenswert ist, dass es vor knapp drei Jahren einen aktenkundigen Vorfall gab. Da ist er in Stuttgart auf der Treppe zur S-Bahn mit einer Frau zusammengestoßen. Sie ist gestürzt, hat sich die Hand gebrochen und eine schwere Gehirnerschütterung erlitten. Er ist damals zu sechzig Stunden gemeinnützige Arbeit verurteilt worden.«

»Sechzig Stunden?«, horchte Brander auf. Das war nicht wenig für einen simplen Rempler.

»Der Zusammenprall war wohl seine Schuld, und er hat sich damals nicht weiter um die Frau gekümmert.«

Sechzig Stunden waren dennoch kein Pappenstiel. Brander strich sich grübelnd über den kahlen Schädel. »Und es gab keine anderen Vorfälle zuvor?«

»Ich habe bisher nichts weiter gefunden«, erwiderte Fabio.

»Was ist mit Drogenmissbrauch? Verstoß gegen das BtMG?«, fragte Peppi.

»Nichts bekannt.«

»Er hatte eine kleine Menge Cannabis zu Hause in seinem Zimmer«, erklärte Brander. »Sein Vater sagte, er wüsste nichts davon.«

»Glaubhaft?«, hakte Clewer nach.

Brander hob die Schultern. »Er stand unter Schock. Ich bin mir nicht sicher, ob es eine Schutzbehauptung war oder ob er tatsächlich nichts davon wusste. Ich weiß nicht, wie das Verhältnis zwischen Vater und Sohn war. Er konnte uns keine Namen von Freunden nennen, hat ausgesagt, sein Sohn hätte keine Freunde.«

»Vielleicht kennt er die Freunde nicht.« Clewer sah in die Runde. »Was ist mit der Auswertung seines Smartphones?«

»Das Gerät war gesperrt. Wir haben es nach der Spurensicherung direkt an die IT-Forensiker weitergegeben«, erklärte Manfred Tropper. »Jens ist dran.«

»Fabio, Peter, ihr kümmert euch weiter um die Umfeldrecherche zu Moritz Rösch«, delegierte Clewer. »Was ist mit unserem Täter? Wo setzen wir da an?«

Stephan Klein ergriff das Wort. »Ich habe mit dem Vorsitzenden des hiesigen Schützenvereins gesprochen. Armbrustschießen gibt's da nicht. Hab da mal ein bisschen recherchiert. Es gibt nur sehr wenige Schützenvereine, die auch Armbrustschießen im Programm haben. In Stuttgart hab ich einen gefunden.«

»Man muss nicht im Schützenverein sein, um eine Armbrust zu erwerben«, wusste Peppi. »Da reichen Volljährigkeit und ein Personalausweis. Theoretisch kann jedermann und jedefrau so ein Ding ganz legal im Laden kaufen oder im Internet bestellen.«

»Eine Armbrust erwerben ist eine Sache. Aber er muss ja auch lernen, mit dem Ding umzugehen und auf eine bestimmte Distanz ein Ziel zu treffen«, gab Fabio zu bedenken.

»Da geht man in den Wald, sucht sich ein abgelegenes Plätzchen und macht ein paar Schießübungen.« Stephan zuckte die Achseln. »Wo ist das Problem?«

Fabio sah ihn verständnislos an. »Man könnte versehentlich einen Spaziergänger erschießen.«

»Sind da irgendwelche Vorfälle bekannt?«, fragte Brander in die Runde.

Spontan fiel niemandem etwas dazu ein.

»Was ist mit diesen Mittelalterleuten?«, fragte Peter. »Da gehört eine Armbrust doch genauso zur Szene wie Pfeil und Bogen. Hatte Rösch Kontakt zu der Szene?«

»Das darfst du herausfinden«, erinnerte Clewer ihn an seinen Auftrag.

»In seinem Zimmer gab es nichts, was in irgendeiner Weise einen Bezug zur Mittelalterszene aufweist«, informierte Peppi den Kollegen. »Weder Kleidung noch irgendwelche Gegenstände, Bilder, geschweige denn Waffen. Im Übrigen sind die meisten Mittelalterwaffen eher Staffage als tatsächlich brauchbar.«

»Ist es denn sicher, dass der Pfeil mit einer Armbrust abgeschossen wurde?«, hakte Peter nach.

»Das war ein Bolzen«, erwiderte Peppi. »Circa einen halben Meter lang. Den schießt du nicht mit einem Bogen ab. Der ist zu kurz, da kriegst du den Bogen gar nicht gespannt.«

»Du kennst dich ja aus«, wunderte sich Stephan.

»Marco ist Bogenschütze.«

»Ach nee. Hat unser verehrter Herr Staatsanwalt auch eine Armbrust?«

Peppi schnaufte genervt.

»Könnte doch ein Kinder-Flitzebogen gewesen sein«, überlegte Fabio – Vater dreier Töchter. »Oder was Selbstgebasteltes.«

Brander nickte. »Den Aspekt sollten wir nicht außer Acht lassen. Aber kriegt man damit so viel Power, dass der Pfeil – oder Bolzen – einen Körper durchbohrt?«

Darauf wusste niemand eine Antwort.

»Lässt sich einschätzen, aus welcher Distanz geschossen wurde?«, fragte Clewer.

»Allein aufgrund der Gegebenheiten vor Ort würde ich von einer relativ geringen Distanz ausgehen, fünf, zehn, allerhöchstens zwanzig Meter, mehr nicht«, antwortete Tropper.

»Warum?«, hakte Clewer nach.

»Der Täter muss auf dem Friedhof gestanden haben. Von außerhalb hätte er keine freie Sicht, geschweige denn Schusslinie zu der Stelle gehabt, an der wir das Opfer gefunden haben. Und ich denke nicht, dass Moritz Rösch noch weit gelaufen ist, nachdem er getroffen wurde. Allerdings wissen wir wie gesagt nicht, aus welcher Richtung der Schuss kam. Er hätte sich auf dem Gelände überall verstecken und seinem Opfer auflauern können.«

Brander machte sich im Anschluss an die Sitzung zusammen mit Manfred Tropper auf den Weg zur Obduktion. Die Fahrt von der Polizeidienststelle in Esslingen zum Robert-Bosch-Krankenhaus in Stuttgart verlief außergewöhnlich staufrei, sodass sie ihr Ziel überpünktlich erreichten. Brander parkte im Atrium, und sie suchten sich ihren Weg durch die verzweigten Flure des Klinikkomplexes zum Sektionssaal im Untergeschoss.

Zu Branders Freude war Margarete Sailer eine der beiden Rechtsmedizinerinnen, die sie wenig später begrüßten. Er mochte die forsche Frau und schätzte ihre Expertise. Sie war zur Obduktion aus Tübingen angereist.

Seit einigen Jahren war die Rechtsmedizin dem Departement für Pathologie und Neuropathologie der Uni Tübingen zugeordnet, ihr Wirkungskreis erstreckte sich jedoch weit darüber hinaus.

»Leonie Kurt«, stellte Sailer ihre jüngere Kollegin vor. »Neu in unserem Team. Leonie, das ist Andi Brander, der Mann, der alle Antworten am liebsten schon haben möchte, bevor die Leiche auf unserem Tisch liegt.«

»Und du hast mich schon wieder enttäuscht«, konterte Brander.

»Und Manfred Tropper von der Kriminaltechnik.«

»Zu mir gibt es keinen Kommentar?«, beschwerte der sich.

»Nö.« Sailer zwinkerte ihm zu und trat an den Tisch, auf dem die entkleidete Leiche von Moritz Rösch auf dem blanken Metall lag. Ein Stück des Bolzens ragte aus seinem Torso. Das Ende mit der Befiederung war abgesägt worden.

»Sonst hätten wir ihn nicht ins CT bekommen«, erklärte

Sailer. »Interessanter Fall, den ihr uns aufgetischt habt. Tötung mittels Armbrust kommt nicht oft vor.«

»Zum Glück«, erwiderte Brander.

»Wir haben eine CT durchgeführt, um den Weg des Treffers im Körper vorab zu prüfen. Der Pfeil –«

»Bolzen«, korrigierte Tropper.

»Meinetwegen auch Bolzen. Der Bolzen traf das Opfer von vorn, unterhalb des Brustbeins, durchdrang den Torso dann in leicht schrägem Verlauf, durchstieß den Magen und verletzte auch Teile der Leber und der Wirbelsäule. Die Spitze durchstach die Haut am Rücken und trat dort wenige Millimeter aus. Das Ding hatte eine ordentliche Durchschlagskraft.«

Die Obduktion bestätigte die Annahme, dass der Treffer durch den Bolzen die Todesursache war. Der harten Metallspitze folgten drei sternförmig angeordnete messerscharfe Klingen, die an der breitesten Stelle einen Durchmesser von gut drei Zentimetern erreichten. Das Resultat war ein Einstichloch mit drei Schnitten, die von der Mitte sternförmig abgingen.

»Stechen und Schneiden.« Sailer hielt das Ende des Bolzens, den sie gerade aus dem Körper entfernt hatte, auf Augenhöhe. »Die Spitze trifft mit hoher kinetischer Energie auf den Körper, sticht hinein, die Klingen schneiden sich ihren Weg. Das hat eine Menge Schaden angerichtet.« Sie senkte die Spitze und deutete auf die Körpermitte des Toten. »Der Bolzen hat die Aorta verletzt. Dies führte zu inneren Blutungen. Der Tod müsste innerhalb weniger Sekunden eingetreten sein.«

»Das heißt, er ist innerlich verblutet?«, hakte Brander nach.

»Sagte ich doch: starke innere Blutung, hämorrhagischer Schock, Exitus.«

»Kann er sich noch bewegt haben, nachdem er getroffen wurde?«

»Einen Stepptanz wird er nicht mehr gemacht haben.«

»Schon klar, aber kann er sich umgedreht haben, ein paar Schritte gegangen sein?«

»Durchaus möglich, ja. Vielleicht hat er versucht, sich im Reflex wegzudrehen, als er den Täter entdeckt hat. Das könnte erklären, warum der Bolzen in einem leicht schrägen Winkel in seinen Körper eingedrungen ist. Es kann natürlich genauso gut sein, dass der Täter schräg versetzt zum Opfer stand.« Sailer sah auf den jungen Mann vor sich. »Weit laufen konnte er nicht mehr. Wie gesagt, die Verletzung war gravierend, der Tod trat relativ schnell ein.«

War es ein Trost zu wissen, dass Moritz Rösch nicht lange hatte leiden müssen? Vielleicht würde es dem Vater helfen, sinnierte Brander. »Was ist mit der Entfernung, lässt die sich anhand der Verletzung ermitteln?«

Sailer verzog bedauernd das Gesicht. »Zunächst müssten wir wissen, mit was für einem Gerät der Bolzen abgeschossen wurde. Anhand der Zugkraft könnte man die Geschwindigkeit des Bolzens ermitteln und daraus errechnen, was die maximale Entfernung wäre, damit der Bolzen noch die Energie hat, einen derartigen Schaden anzurichten. So könnten wir die Distanz eingrenzen.«

»Ich wollte keine Doktorarbeit daraus machen.«

»Das ist einfache Mathematik.«

Es half Brander nicht weiter, solange sie die Tatwaffe nicht hatten. »Wie sieht es mit Drogenkonsum aus?«

Sailer sah fragend zu ihrer Kollegin.

»Die Schnelltests sind negativ. Weder Drogen noch Alkohol. Sucht ihr was Bestimmtes?«

»Wir haben Cannabis in seinem Zimmer gefunden«, erwiderte Brander.

»Wir können eine Haaranalyse machen, die würde anzeigen, ob er eventuell vor längerer Zeit etwas konsumiert hat. Unmittelbar vor seinem Tod hat er nichts eingenommen.«

»Ja, bitte, macht das. Sonst noch was, das uns weiterhelfen könnte?«

»Er war gesund«, fuhr Sailer fort. »Leber, Nieren, Milz sehen gut aus. Keine Anzeichen für Mangelernährung. Keine Organschäden. Das Skelett weist keine Brüche auf. Zähne sind in einigermaßen gutem Zustand. Zahnstein hätte er mal entfernen lassen können. Aber daran stirbt man nicht. Todesursache ist und bleibt definitiv die Verletzung durch den Bolzen.«

***

Katharina Preuss war eine charismatische Frau. Ihr Körper war schlank und trainiert, weil sie sich gern und viel draußen in der Natur aufhielt. Das lange dunkelbraune Haar fiel in sanften Wellen über ihre Schultern, ihre Augen leuchteten smaragdgrün. Ihre selbst in den Wintermonaten leicht gebräunte Haut hatte sie den sizilianischen Urgroßeltern zu verdanken, wie sie bei ihrer Ahnenforschung herausgefunden hatte. Es war wichtig, seine Wurzeln zu kennen.

Sie war zudem ein Mensch mit festen Ritualen. Rituale gaben ihrem Leben eine Struktur. Die wiederkehrenden Routinen schonten ihre Ressourcen, alles war bekannt und vorgegeben. Sie musste keine Entscheidungen treffen, die Gedanken konnten fließen.

Und im Gewohnten lag Sicherheit.

Sie stand in der kleinen Küche ihrer Tübinger Praxis, wartete darauf, dass sich das Wasser auf die richtige Temperatur erhitzte. Nicht mehr als achtzig Grad. Der Duft des getrockneten Lavendels stieg ihr aus dem Teesieb in die Nase. Doch allein das Aroma mochte sie nicht beruhigen. Noch immer spürte sie diese Unruhe, die sie seit dem frühen Morgen begleitete.

Dabei war es ein Tag wie jeder andere. Sie hatte – wie sie es immer montags tat – am Morgen ihren Spaziergang durch den Schönbuch gemacht, war die verschlungenen Pfade durch den Olgahain gelaufen und hatte die alte Eiche umarmt. Da war das Gefühl einer Bedrohung zum ersten Mal in ihr Bewusstsein getreten.

Sie hatte dem Gefühl zunächst nicht nachgeben wollen. Das war ja Unsinn. Wer sollte sie bedrohen? Dennoch hatte sie sich von der Eiche gelöst und den Blick über die Wege und das Unterholz gleiten lassen. Aber sie war allein. Sie hörte das Zwitschern der Vögel, das Rascheln der Blätter im Wind.

Sie hatte ihren Weg fortgesetzt und den Tag begonnen. Vielleicht galt das Gefühl nicht mir, überlegte sie. Der Wald war bedroht. Die trockenen Sommer der vergangenen Jahre hatten den Pflanzen und Bäumen zugesetzt. Wer genau hinsah, bemerkte die Schäden.

Das Wasser hatte die gewünschte Temperatur erreicht. Sie goss den Tee auf, nahm die Tasse und kehrte in ihr Arbeitszimmer zurück. Bis zu ihrem nächsten Termin blieb ihr eine halbe Stunde Zeit. Statt an den Schreibtisch setzte sie sich auf einen der beiden Sessel, die vor dem Fenster standen.

Ihr Blick glitt hinaus. Im Mai wurden die Tage spürbar länger, sodass es draußen noch hell war. Sie trank ihren Tee, nicht ohne der Natur im Stillen zu danken, dass sie sie so gut versorgte.

Sie nahm sich vor, bei der Naturparkverwaltung und beim NABU anzufragen. Vielleicht gab es ein akutes Problem im Schönbuch, bei dem sie finanziell ein wenig helfen konnte.

Entschlossen stand sie auf und ging an ihren Schreibtisch, um die Kontaktdaten herauszusuchen. Doch schon auf dem Weg dorthin spürte sie, dass das nicht die Lösung war. Sie sah zum Fenster. Ein Schauer lief ihr über die Arme, verursachte ihr eine Gänsehaut. Da draußen war eine Bedrohung, und sie hatte nichts mit dem Wald zu tun.

***

Musik und fröhliches Stimmengewirr drangen aus dem Wohnzimmer, als Brander am späten Abend seine Doppelhaushälfte in Entringen betrat. Es war ein Kontrastprogramm nach diesem Tag. Er streifte die Schuhe von den Füßen, hängte seine Jacke an die Garderobe und öffnete die Wohnzimmertür. Mit einem Schlag war Stille. Vier Paar Augen blickten ihm überrascht entgegen.

»Andi.« Cecilia zwang sich ein Lächeln auf die Lippen.

»Wir machen Pantomime.« Branders Freund Karsten Beckmann deutete mit ebenso verkrampftem Grinsen auf Nathalie, die im Raum stand und in der Bewegung erstarrt war. Aufrecht, die Arme halb hochgestreckt, die Hände zu Fäusten geballt. Ihr Lächeln erinnerte an eine verzerrte Clownsmaske.

»Siegerpose«, erklärte sie und senkte die Arme.

»Klar«, erwiderte Brander grimmig. Pantomime. Das war das Letzte, wonach ihm der Sinn stand. Dass Manuel Heinrich neben Beckmann auf dem Sofa saß, hob seine Laune nicht. Manuel hielt sein Smartphone in der Hand, auf dem er anscheinend bei Branders Eintreten die Musik im Reflex ausgeschaltet hatte.

Branders Blick wanderte über die Gesichter, blieb bei seiner Frau hängen. Cecilia wirkte irgendwie ertappt. Seine Miene verfinsterte sich. Wollten die ihn für dumm verkaufen? Was auch immer sie bis zu seinem Eintreffen gemacht hatten, Pantomime war es sicher nicht. In ihm breitete sich eine böse Vorahnung aus.

»Ich mach mir was zu essen.« Er wandte sich ab und ging in die angrenzende Küche. Aus dem Wohnzimmer folgte ihm kicherndes Getuschel, kurz darauf gesellte Cecilia sich zu ihm.

»War kein guter Tag heute, oder?«, fragte sie.

»Gab schon bessere.« Er hatte seiner Frau am Nachmittag eine Nachricht geschickt, dass er aufgrund eines Leichenfundes erst später nach Hause kommen würde. »Peppi ist wieder da, ich soll dich grüßen.«

»Hatte sie schöne Flitterwochen?«

»Ja.« Als Brander sie am Morgen in Tübingen abgeholt hatte, um mit ihr zur Arbeit zu fahren, hatte Peppi ihm vom Einsteigen in sein Auto bis zum Erreichen der Dienststelle in Esslingen ihre Reiseerlebnisse in den schillerndsten Farben geschildert. Aber diese Unbeschwertheit schien in einer weit entfernten Vergangenheit zu liegen.

Cecilia trat näher an ihn heran und schnupperte an seinem Hemd. »Du riechst nach Desinfektionsmittel.« Sie rümpfte die Nase. »Vorschlag: Ich mach dir dein Vesper, und du ziehst dich um.«

Er wollte widersprechen, aber sie hatte recht. Er sollte raus aus den verschwitzten Klamotten, in denen die Gerüche aus dem Sektionssaal hingen. »Danke.« Er gab ihr einen Kuss, sah ihr prüfend in die Augen. »Ceci …« Er deutete mit der Hand zum Wohnzimmer. »Keine Spielchen, das hast du mir versprochen.«

»Keine Spielchen«, erwiderte sie mit einer Unschuldsmiene, dass es schon wieder verdächtig war.

»Und was habt ihr da gerade getrieben?«

»Getrieben?«, empörte sie sich. »Ich hatte mit Nathalie und guten Freunden einen fröhlichen Abend.«

»Gute Freunde? Gehört *er* jetzt auch wieder dazu?« Mit »er« meinte Brander Manuel Heinrich, den ehemaligen Lebensgefährten von Beckmann. Es hatte lange gedauert, bis sein bester Freund über die Trennung hinweggekommen war, und nun war der Kerl vor ein paar Monaten wiederaufgetaucht und drängte sich in ihrer aller Leben zurück.

»Andi, du hattest einen anstrengenden Tag, lass ihn hinter dir. Du gehst jetzt duschen, ich mach dir ein paar Schnitten, wir setzen uns gemütlich zusammen, und dann sieht die Welt wieder freundlicher aus.«

Brander kapitulierte und stieg die Treppen zum Badezimmer hinauf. Er betrachtete sich im Spiegel. Bartstoppeln sprossen an seinem Kinn, während die Glatze glänzte. Auf der Stirn und um die blauen Augen, die ihm heute etwas matter erschienen, hatten sich Falten in die Haut gefressen.

Fünf. Null. Zwei kleine harmlose Zahlen. Fünf. Null. Zusammengesetzt ergaben sie die fünfzig. Verflucht. Fünfzig. Das klang nicht mehr so harmlos. Das klang nach Prostata-Vorsorgeuntersuchung, erhöhtem Herzinfarktrisiko, sinkender Leistungskurve, Verfall der Körperzellen. Falten und grauen Haaren. Er reckte das Kinn zum Spiegel. Ein paar Bartstoppeln schimmerten bereits silbern.

Noch drei Wochen. Er hatte seinen Geburtstag nicht feiern

wollen, aber Cecilia und Nathalie hatten gesagt, dass er um ein Fest nicht herumkäme. Familie und Freunde wollten den Tag mit ihm zusammen verbringen. Sie würden sich um alles kümmern, hatten sie verkündet. Er müsse nur da sein und mit ihnen feiern.

Irgendwann hatte er ihrem Drängen nachgegeben, unter der Bedingung, dass es keine peinlichen Spielchen auf seine Kosten geben würde. Sie hatten es ihm hoch und heilig versprochen. Aber er war sich sicher, dass da unten im Wohnzimmer vor zehn Minuten nicht Pantomime gespielt worden war.

Er zog Hemd und Unterhemd aus. Betrachtete seinen Oberkörper kritisch im Spiegel. Ja, er hob sogar die Arme und spannte seinen Bizeps an! Es war ihm vor sich selbst etwas peinlich. Dafür, dass er bald fünfzig wurde, war er ganz gut in Form, stellte er fest. Gut, ein Sixpack zierte seine Körpermitte schon lange nicht mehr, aber von einem Wohlstandsbauch war er weit entfernt.

Schluss jetzt, rief er sich zur Räson. Es ging ihm gut, und die Fünfzig war nur eine Zahl. Mehr nicht. Duschen, essen, das würde seine Laune wieder heben.

Unwillkürlich schob sich die Erinnerung an Christian Rösch in den Vordergrund. Der Mann, der erst seine Frau und nun auch noch sein einziges Kind verloren hatte. Duschen und essen – es brachte ihm die Menschen, die er liebte, nicht wieder zurück.

***

Die Migräne kam nicht unerwartet. Den ganzen Tag über hatte sie die Zähne zusammengebissen, versucht, sich abzulenken, nicht an das Päckchen vor ihrer Tür zu denken.

Steckte er dahinter? Sie hatte ihn gesehen. Nicht bei der Ablage eines Päckchens, aber er war da gewesen. Vor ein paar Wochen, ganz in der Nähe. Es konnte kein Zufall sein. Und sie hatte ihn erkannt. Wie hätte sie ihn nicht erkennen können?

Aber nun würde es aufhören. Nie wieder würde ein Päckchen vor ihrer Tür liegen. Nie wieder.

Sie versuchte, den Kiefer zu lockern. Schob den Unterkiefer hin und her, ließ ihn fallen. Klappte den Mund auf und zu, schickte Vokale mit. »Momm, momm, mo…« Sie stöhnte gepeinigt auf. Es ging nicht. Jedes »momm« entfachte ein Inferno hinter ihrer Stirn.

Sie hatte die Vorhänge schon am Nachmittag zugezogen, als die Migräne ihre ersten Vorboten schickte. Sie holte ein Kühlpad aus dem Eisfach, wickelte es in ein Handtuch. Sie legte sich auf die Récamiere, das Kühlpad auf die Stirn. Schloss die Augen.

Ihre Gedanken wollten sich verselbstständigen. Nicht denken. Nur atmen. Ruhig atmen. Sie war in ihrer Wohnung. Geschützt. Sicher. Nichts konnte ihr hier passieren.

Hatte sie abgeschlossen? Ja, das hatte sie. Sie hatte auch die Kette vorgelegt. Sie zwang sich, liegen zu bleiben, nicht zu kontrollieren, was sie bereits mehrfach kontrolliert hatte. Sie wollte nicht paranoid werden. Einatmen. Ausatmen. Alles war gut.

Alles – war – gut.

Dienstag

Die Ermittlungsgruppe hatte sich zur morgendlichen Besprechung im Konferenzraum eingefunden. Staatsanwältin Isabella Mertens hatte es sich nicht nehmen lassen, an der Sitzung teilzunehmen. Der blonde Pagenschnitt und ihr dunkelgrauer Anzug saßen akkurat. Aber die Augen glitten unruhig über ihren Tablet-PC, und die Finger ihrer linken Hand bewegten sich unaufhörlich. Wie so oft wirkte sie gehetzt. Wollte den Fall erledigt haben, bevor die Ermittlungen richtig begonnen hatten.

Kriminaloberrat Clewer übergab Brander das Wort. Er teilte dem Team die vorläufigen Ergebnisse der rechtsmedizinischen Untersuchung mit.

»Ich habe gestern noch ein wenig recherchiert«, ergriff Tropper anschließend das Wort. »Die Pfeilspitze –«

»Bolzen«, korrigierte Peppi.

»Aber ja, Frau Kollegin, die Spitze des Bolzens ist eine Jagdspitze. Ein gewöhnlicher Armbrustbolzen hat in der Regel nur eine einfache Spitze. Auch die würde vermutlich schon reichen, um bei einem Schuss aus nicht allzu großer Distanz mit einer modernen Armbrust einen Körper zu durchdringen und je nach Treffer immensen Schaden anzurichten. Im vorliegenden Fall hat sich der Täter aber entschieden, die Spitze gegen eine Jagdspitze mit drei Klingen auszutauschen, was einen erheblich größeren Schaden im Körper verursacht hat.«

»Das heißt, er wollte sichergehen, dass das Opfer tödlich verletzt wird«, überlegte Clewer.

»Und niemand hat den Schützen gesehen?«, fragte Mertens. »So eine Armbrust versteckt man doch nicht in der Aktentasche.«

»Die Tat fand am frühen Montagmorgen zwischen halb fünf und sechs Uhr auf einem abgeschlossenen Friedhof statt«, erklärte Brander. »Was vermuten lässt, dass sich außer Täter und Opfer niemand auf dem Gelände befand. Es gibt sicher Armbrüste, die man zusammenbauen kann, dann könnte er die Teile in einem Rucksack transportiert und alles auf dem Friedhof zusammengebaut und wieder auseinandergenommen haben. Die Friedhofstüren werden erst gegen halb acht geöffnet. Wer hätte ihn stören sollen?«

»Gibt es so etwas? Zusammensteckbare Armbrüste?« In Mertens' Stimme schwang Skepsis mit.

»Gibt ja nix, was es nicht gibt«, murmelte Stephan.

»Oh, Ihre geistreichen Kommentare haben mir gefehlt.«

»Ich könnte auch auf unsere Zusammenarbeit verzichten.«

Clewer hob mahnend die Hände. Stephan Klein und Isabella Mertens waren in der Vergangenheit schon mehrfach aneinandergeraten, und es war nur Clewers Geschick zu verdanken, dass bisher keine Abmahnung in Stephans Personalakte lag. »Bleiben wir bitte sachlich und beim Thema.«

»Ich habe gestern Abend mit Marco gesprochen«, schaltete Peppi sich ein. »Je nachdem, um was für eine Armbrust es sich handelt, kann man sie relativ leicht zerlegen und wieder zusammenbauen.«

»Was heißt ›je nachdem‹?«, hakte Clewer nach.

»Eine professionelle Sportarmbrust ist höchstwahrscheinlich zu groß und zu schwer. Marco hat mir gestern noch einen Kontakt vermittelt. Wir haben heute Abend einen Termin mit einem Sportarmbrustschützen in Stuttgart. Da können wir uns so ein Ding mal anschauen.«

Brander sah irritiert zu seiner Kollegin. »Wer ist ›wir‹?«

»Na, wir zwei Hübschen.« Peppi grinste ihn unbeschwert an.

»Gut, schaut mal, was ihr in Erfahrung bringen könnt.« Clewer machte sich eine Notiz.

»Wir brauchen eine Liste aller Armbrustschützen aus der Region«, überlegte Mertens.

»Das wird nicht einfach«, erwiderte Peppi. »Professionelle Sportschützen gibt es nicht so viele, aber jeder Hansel kann sich so ein Ding ohne Weiteres im Laden kaufen. Fangen wir bei der Mittelalterszene und den Cosplayern an. Da gibt es die einfachen nachgebauten Mittelalterwaffen, die aber vermutlich eher nicht als Tatwaffe in Frage kommen.«

»Warum nicht?«

»Das sind keine Profigeräte, und sie sind nicht wirklich fürs Schießen gemacht, zu ungenau, Reichweite und Durchschlagskraft sind nicht so groß.«

»Die lassen sich bestimmt tunen«, überlegte Peter.

»Möglich, aber nicht nötig«, erwiderte Peppi. »Für Hobbyschützen gibt es Jagdarmbrüste zu einem erschwinglichen Preis, die relativ zielgenau sind und mit hoher Geschwindigkeit eine große Reichweite und Durchschlagskraft haben. Die sind für unseren Täter vermutlich wesentlich interessanter.«

»Eine Jagdarmbrust?«, wiederholte die Staatsanwältin. »Das heißt, wir suchen unseren Täter also doch in den hiesigen Schützen- und Jagdvereinen?«

»Nicht unbedingt. Wie gesagt, die Dinger sind frei verkäuflich, und zum Trainieren braucht man keinen Übungsplatz.«

Mertens seufzte genervt. »Jetzt sagen Sie mir nicht, wir suchen nach einem irren Amokschützen!«

»Von einem Amokschützen sind wir hoffentlich weit entfernt«, versuchte Clewer die Sorge der Staatsanwältin zu vertreiben. »Bisher haben wir ein einziges Opfer, das an einem zum Tatzeitpunkt nicht öffentlichen Platz erschossen wurde.« Sein Blick wanderte über die Anwesenden, blieb bei dem IT-Forensiker Jens Schöne hängen. »Wie sieht es mit Röschs Smartphone aus?«

Der Computerfachmann sah auf, als hätte man ihn aus einem Tagtraum geweckt. Er war kein Morgenmensch. Er strich sich durch die kurzen blonden Haare, die danach strubbeliger vom Kopf abstanden als zuvor, und zog einen Moment grübelnd die Stirn in Falten. Dann hatte er sich gesammelt.

»Die PIN konnten wir hacken und die Daten auslesen. Es gibt nur wenige Kontakte in seinem Adressbuch, ein paar Einträge bei den ein- und ausgehenden Anrufen in der Anruferliste, dazu ein paar WhatsApp-Nachrichten. Den intensivsten

Kontakt pflegte er zu einem Hamadi Hammami. Die letzte Nachricht kam gestern Abend von ihm.« Jens blickte auf seinen Tablet-PC. »Er schreibt: ›Wo steckst du?‹«

»Und?«, hakte Mertens nach.

»Nichts weiter. Danach kam keine Nachricht mehr. Weitere Kontakte sind eine Sarah Mayer und eine Flora Heppler. Er hat vor ein paar Tagen mal mit seinem Vater telefoniert und –«

»Warte mal«, unterbrach Fabio Esposito den IT-Forensiker. »Wie hieß die Zweite? Heppler?«

»Ja, Flora Heppler.«

Fabio scrollte über den Monitor seines Tablet-PC. »Nee, schade, die hier heißt Apollonia.«

»Apollonia?«, kam es gleich von mehreren Kollegen im Chor.

»Sì, Apollonia Heppler, das ist die Frau, mit der Rösch vor ein paar Jahren auf der Treppe zusammengestoßen ist. Die Sache mit den Sozialstunden.«

»Flora und Apollonia – das sind beides nicht so geläufige Namen«, überlegte Brander. »Klingt nach einer Familie, oder?«

»Was für ein Zusammenstoß?«, fragte Mertens.

Fabio wiederholte, was er am Tag zuvor dem Team berichtet hatte.

Die Staatsanwältin zog verwundert die Stirn in Falten. »Sechzig Stunden? Das sollten wir uns genauer anschauen.«

»Fabio, kannst du dich darum kümmern?«, delegierte Clewer.

»Sì.«

»Andreas, Persephone, ihr unterhaltet euch bitte mal mit diesem Herrn Hammami.«

Brander hatte die Chat- und Anrufprotokolle von Röschs Smartphone durchgesehen, die Jens ihm geschickt hatte. Mit Hamadi Hammami hatte Rösch sich regelmäßig verabredet. Die Personenabfrage im System hielt eine Überraschung bereit: Acht Wochen zuvor hatte Hammami Anzeige gegen unbekannt bei den Kollegen vom Revier erstattet. Er war aus einem fahrenden Wagen heraus mit einem rohen Ei beworfen worden. Das Ei hatte ihn vorn auf der Jacke auf Brusthöhe getroffen. Seiner Ansicht nach war die Tat rassistisch motiviert – er kam aus Nordafrika.

Brander wählte die Handynummer, die in Röschs Smartphone hinterlegt war.

»Hallo?«, meldete sich eine jung klingende männliche Stimme.

»Kriminalpolizei Esslingen, Brander. Herr Hamadi Hammami?«

»Ja.«

»Ich würde mich gern mit Ihnen unterhalten.«

Brander musste sich einen Moment gedulden, bis Hammami unsicher fragte: »Wieso?«

»Es geht um Ihre Anzeige, die Sie vor einigen Wochen bei meinen Kollegen gestellt haben«, schob er vor. Er wollte Hammami nicht am Telefon mit dem Tod von Moritz Rösch konfrontieren.

»Echt? Sie haben Bitch gefunden?«, fragte Hammami überrascht.

»Das würde ich gern persönlich mit Ihnen besprechen. Könnten Sie heute zu uns kommen?«

»Klar, Mann. Wann? Jetzt?«

»Wann hätten Sie Zeit?«

»Ich frag Chef. Warte. Ey, Chef!«, rief Hammami in Branders Ohr. Er hielt den Hörer ein Stück vom Kopf entfernt. »Ich muss Polizei. Ist wichtig.«

Kurz darauf wandte sich der junge Mann wieder Brander zu. »Ist Mittag okay? So halb eins?«

»Ja, das passt. Agnespromenade 4, das ist in der Innenstadt.«

»Ist gut. Ich komm.«

»Melden Sie sich bitte unten am Empfang.«

Brander starrte grübelnd auf das Telefon, nachdem er aufgelegt hatte. Hammami würde enttäuscht sein, wenn er erfuhr, dass sie die »Bitch« nicht gefunden hatten und ihn stattdessen zu einem toten Mann befragen wollten, den er kannte. Er fragte sich, ob die beiden Männer Freunde waren. Wusste Hammami, dass Moritz Rösch tot war? Warum hatte Moritz' Vater am Tag zuvor den Namen nicht erwähnt?

Brander zog ein Blatt Papier aus der Schublade und spitzte einen Bleistift. Er musste seine Gedanken sortieren, und das gelang ihm am besten, wenn er eine Zeichnung zu dem Fall erstellte. In der Mitte des Blattes skizzierte er eine Armbrust samt Jagdpfeil – nein, Bolzen, korrigierte er sich stumm selbst. Das Opfer. Moritz Rösch. Darüber malte er ein Kreuz, unsicher, ob er dieses Symbol Rösch zuordnen sollte oder seiner Mutter Melanie, die auf dem Friedhof begraben lag. Woran war die Frau gestorben? Sie war keine vierzig Jahre alt geworden.

Der Vater: Christian Rösch. Ein verwitweter Mann. Nicht verbittert, aber erschöpft und irgendwie einsam. Welches Symbol passte zu ihm? Brander entschied sich für das unbenutzte Frühstücksgeschirr, das auf dem Küchentisch gestanden hatte. Der Fall Apollonia Heppler – im wahrsten Sinne ein Fall. Ein Treppensturz, der juristisch geahndet worden war. Er skizzierte ein paar Stufen.

»Andreas, Persephone«, riss die Stimme von Kriminaloberrat Clewer ihn aus seiner künstlerischen Fallanalyse. Sein Vorgesetzter klopfte pro forma an die offen stehende Bürotür und kam herein, im Schlepptau eine junge Frau. Groß, schlank – um nicht zu sagen ein wenig dürr –, kurze dunkle Haare. Mausgesicht. Blassblaue aufmerksame Augen. Sie trug eine dunkle Stoffhose, dazu eine geblümte Bluse. Über ihrer rechten Schulter hing ein Rucksack.

»Andreas, das ist Jeannette Gugel, unsere neue Umläuferin. Sie wird ein paar Wochen in unsere Arbeit reinschnuppern.«

Umläuferin. Die interne Bezeichnung für eine Kriminalkommissaranwärterin, die im Rahmen ihres Studiums Praktika in den Dienststellen absolvierte. Brander konnte nicht von sich behaupten, dass er darauf brannte, sich neben der aktuellen Ermittlung noch um eine Anwärterin kümmern zu müssen.

»Gugel wie Gugel, nicht wie Google«, bemühte sich die Neue um eine fröhliche Vorstellung.

Brander nickte grüßend, ohne eine Miene zu verziehen.

»Google, die Suchmaschine«, hängte sie erklärend an.

»Schon klar«, erwiderte Brander.

»Ich möchte Frau Gugel gern in eure Obhut geben. In Stephans Büro ist ein Schreibtisch frei, den kann Jeannette beko–«

»Nein, ich muss hier sitzen«, fiel die junge Frau dem Inspektionsleiter ins Wort. »Sonst krieg ich doch nichts mit.«

Bei Stephan würde sie sicher einiges mitbekommen, dachte Brander bei sich.

»Es ist eine Sache der Höflichkeit, jemanden ausreden zu lassen«, wies Clewer die Anwärterin zurecht.

»Entschuldigung.« Jeannette Gugel schien keinesfalls zerknirscht. »Da ist ein Stuhl. Da setze ich mich hin. Ich habe meinen Laptop, mein Handy. Mehr brauche ich nicht.«

»Ein Tisch wäre sicher nützlich«, gab Clewer zu bedenken.

Die junge Frau sah sich kurz in dem kleinen Büro um, dann öffnete sie ihren Rucksack, entnahm ihm ein Fläschchen, sprühte etwas auf Armlehnen und Sitz des Besucherstuhls. Der beißende Geruch eines Desinfektionsmittels verbreitete sich im Raum. Die drei altgedienten Kommissare beobachteten schweigend, wie die Anwärterin ein Tuch hervorzauberte, um alles wieder trocken zu wischen. Sie stellte den Besucherstuhl an die kurze Kante von Branders Schreibtisch, schob eine Mappe und einen Bilderrahmen zur Seite. »Das kleine Eck, das reicht mir schon. Das stört Sie doch nicht, Herr Brander?«

Und ob ihn das störte.

Jeannette Gugel hatte bereits die frei gewordene Fläche seines Schreibtisches eingesprüht und rieb auch diese Stelle gleich trocken. »Ich bin hier, um etwas zu lernen, und das kann ich nicht, wenn man mich in einer Abstellkammer parkt.«

Brander hätte Stephans Büro nicht als Abstellkammer bezeichnet. Es war ebenso groß – oder eher klein – wie das Zimmer, das er sich mit Peppi teilte. Und wenn da zwischendurch mal jemand über den Tisch wischte, würde es der Hygiene sicher nicht schaden.

»Ich muss mitbekommen, was Sie miteinander reden«, ereiferte sich Gugel weiter. »Und wie Sie im Brainstorming Ihre Fälle lösen.«

Im Brainstorming die Fälle lösen? Brander konnte nicht verhindern, dass er bei diesen Worten die Stirn in Falten zog. Peppi warf ihm aus Solidarität mit dem neuen Teammitglied treu lächelnd einen Dackelblick zu.

Clewer räusperte sich. »Macht das unter euch aus. Bitte setzt Frau Gugel über unsere aktuelle Ermittlung ins Bild.« Damit überließ er Brander seinem Schicksal.

Jeannette Gugel reckte den Hals und sah interessiert auf Branders Blatt. »Was machen Sie da?«

»Nachdenken.« Dass Peppi oder Stephan sich seine Skizzen ungefragt ansahen, war für Brander in Ordnung. Gugels Beschlagnahme eines Drittels seines Schreibtisches und das Interesse an seiner Zeichnung empfand er als Eindringen in seinen persönlichen Raum.

»Wir könnten einen kleinen Tisch vorn an die Wand stellen«, überlegte Peppi, die Branders Unbehagen bemerkte.

Die Anwärterin sah auf die schmale Fläche zwischen den Schreibtischen und der Wand. »Das geht nicht. Der Tisch versperrt Ihren Fluchtweg, und das verstößt gegen die Brandschutzregeln.«

Da hatte sie leider recht.

»Das Büro von KHK Klein ist ganz sicher keine Abstellkammer«, probierte Brander einen zweiten Vorstoß, die junge Frau in einem anderen Zimmer unterzubringen.

»Aber dann bekomme ich zu wenig mit. Ich muss wissen, wie Sie an einen Fall herangehen, was Sie außerhalb der offiziellen Sitzungen besprechen.«

»Aber so geht es nicht. Sie brauchen einen ordentlichen Arbeitsplatz.« Er konnte es nicht leiden, dass ihm diese fremde Frau so auf die Pelle rückte, zudem biss ihm das Odeur nach Desinfektionsmittel unangenehm in die Nase.

»Uns fällt schon noch eine Lösung ein. In der K1 duzen wir uns übrigens«, erklärte Peppi. »Ich bin die Peppi, das ist Andreas.«

»Jeannette«, stellte sich die Anwärterin erneut vor. »Der Name kommt aus dem Französischen. Diminutiv von Jeanne. Ich möchte aber Jeannette genannt werden.«

Peppi stand auf. »Kaffee?«

»Ähm …« Die Anwärterin sah fragend zu Brander.

»Geht schon vor, ich komme gleich nach.« Zum Brainstorming, ergänzte er in Gedanken zynisch.

Das überzeugte das neue Teammitglied, und die beiden Frauen ließen ihn allein. Brander atmete auf. Ein Fehler – der Geruch des Desinfektionsmittels hing noch in der Luft. Er öffnete das Fenster. Was für eine Kandidatin hatte Clewer ihnen da ins Büro geschleppt?

Er hatte nicht vor, den Kolleginnen zu folgen, und widmete sich wieder seiner Zeichnung.

***

Hamadi Hammami war ein schlaksiger junger Mann. Die langen, sehnigen Arme baumelten an ihm herum, als wüsste er nicht, wohin damit. Die dunkle Haut stand in Kontrast zum hellen Shirt, das er zu seiner Arbeitshose trug. Kurze schwarze Locken kräuselten sich auf seinem Kopf, das Gesicht zierten eine breite Nase und braune Augen.

Brander hatte den jungen Mann vom Empfang abgeholt und in sein Büro geführt. Da Peppi sich erbarmt hatte, der Kommissaranwärterin fürs Erste ein Eckchen ihres Schreibtisches zur Verfügung zu stellen, war der Platz neben Branders Schreibtisch frei. Jeannette Gugel hatte rote Wangen in Erwartung der bevorstehenden Befragung.

»Möchten Sie etwas trinken?«, bot Brander an.

»Nee, ich hab.« Hammami klopfte auf den Rucksack, den er neben sich auf den Fußboden gestellt hatte. »Und? Was sagt die?«

»Was sagt wer?«

»Die Bitch, die Eier geworfen.«

»Herr Hammami, eigentlich möchte ich über eine andere Sache mit Ihnen reden.«

»Hä?« In den Blick des jungen Mannes schlich sich umgehend Beunruhigung.

»Sie kennen Moritz Rösch?«

»Oui, ja.«

»Sind Sie befreundet?«

Er zuckte die Achseln. »Oui.«

Brander musterte sein Gegenüber aufmerksam. »Sie haben noch nicht erfahren, dass Herr Rösch verstorben ist?«

»Quoi?« Die Stimme kippte bei seinem überraschten Aufschrei. »Verstorben? Ich verstehe nicht.«

»Moritz Rösch wurde gestern Morgen tot aufgefunden.«

»Kann nicht.« Hammami schüttelte energisch den Kopf. »Was heißt ›tot‹?«

Brander überlegte, ob ein sprachliches Problem vorlag oder es sich um einen psychologischen Reflex handelte: das Nichtakzeptierenwollen einer unumstößlichen Wahrheit.

»He is dead. Il est mort«, gab Jeannette ihre Fremdsprachenkenntnisse zum Besten.

Brander warf ihr einen mahnenden Blick zu. Sie hob Schultern und Augenbrauen mit Blick auf Hamadi Hammami, der damit beschäftigt war, die Botschaft, die er nun in drei Sprachen gehört hatte, zu verarbeiten.

»Moritz ist tot?«, fragte er dennoch nach einigen Sekunden des Schweigens.

»Es tut mir leid, ja.«

Der Schmerz vertiefte sich in den Gesichtszügen des jungen Mannes. »Aber wieso tot?«

»Das versuchen wir herauszufinden. Herr Hammadi, wann haben Sie Moritz Rösch zuletzt gesehen?«

»Sonntag, vor Schicht. Wir wollen treffen gestern, aber er nicht da.«

Brander erinnerte sich an die kurze WhatsApp-Nachricht

auf Röschs Smartphone. »Hat es Sie nicht gewundert, dass er nicht zu Ihrer Verabredung kam?«

»Non.«

»Kam es oft vor, dass er Verabredungen nicht einhielt?«

»Er manchmal traurig. Dann nicht kommen.«

»Traurig? Worüber?«

»Seine Mutter tot. Er nicht reden, aber ich verstehen.« Er klopfte sich mit der flachen Hand gegen die Brust. »Meine Vater, meine Mutter, meine Schwester, alle tot. Bombe. Alle tot. Trauer, sie kommt wieder immer.«

»Immer wieder«, nuschelte Jeannette.

Brander warf der Anwärterin erneut einen mahnenden Blick zu. Jetzt war nicht der richtige Zeitpunkt für Nachhilfe in deutscher Grammatik.

»Moritz Rösch war Montagfrüh auf dem Friedhof, auf dem seine Mutter begraben wurde«, fuhr er fort. »Wissen Sie, ob er öfter früh am Morgen dort war?«

Hammami nickte. »Oui, jeden Montag er geht. Immer früh. Er reden mit Mutter.« Unvermittelt stiegen ihm Tränen in die Augen. »Jetzt er sein bei Mutter.«

»Gab es einen Grund, warum er immer Montagfrüh auf den Friedhof ging?«

Hammami hob die Schultern, zog den Rotz hoch. »Ich weiß nicht. So, wie … Wie sagt man? Macht immer … Jeden Montag … macht immer und immer.«

»Ein Ritual?«, half Brander aus.

»Sagt man?«, fragte Hammami. »Rital.«

»Ri-tu-al«, korrigierte Jeannette und betonte dabei jede Silbe.

Brander stand kurz davor, sie des Zimmers zu verweisen.

Hammami nickte. »Ja, wie Ri-tu-al.«

»Haben Sie ihn bei diesen Besuchen auf den Friedhof begleitet?«

»Nein.« Er schüttelte vehement den Kopf. »Er immer gehen allein. Nur er und Mutter. Andere nicht gut.«

»Woher wissen Sie, dass er jeden Montag dorthin geht?«

»Er erzählt.«

»Hat er Ihnen auch erzählt, warum er dieses Ritual hatte?«

»Fehlt Mutter.«

War das die Verbindung zwischen diesen beiden Männern? Der frühe Verlust geliebter Menschen? »Wie haben Sie sich kennengelernt?«, fragte Brander.

»In Asylheim. Er kommen, er lernt mich Deutsch. Wir verstehen gut, wir werden Freunde.«

Was hatte Moritz Rösch bewogen, in eine Flüchtlingsunterkunft zu gehen und den Menschen dort Deutsch beizubringen? Nicht dass es so ungewöhnlich für junge Leute war, sich zu engagieren, aber nachdem er das Zimmer des Jungen gesehen hatte, hätte er nicht darauf getippt, dass Rösch Sprachkurse für Flüchtlinge gab.

»Wie lange kennen Sie sich?«

Hammami überlegte einen Moment. »So zwei Jahre.«

»Und Sie leben noch in einem Flüchtlingsheim?«

»Nein, ich bleibe ... ich ...« Er hob grübelnd den Blick zur Decke, kleine Falten auf der jungen Stirn. Brander bemerkte eine alte Narbe an seinem Hals.

Hammami wandte sich ihm wieder zu. »Ich anerkannt. Papiere, alles gut ... Ich kann zeigen.« Er griff nach seinem Rucksack, zog einen Zettel hervor und zeigte Brander die Kopie einer amtlichen Bescheinigung.

»Danke.« Brander gab ihm den Zettel zurück.

»Ich machen Ausbildung. Habe Zimmer bei Chef. Aber meine Deutsch ... uh.« Er wackelte mit der Hand. »Ich muss lernen. Viel lernen. Moritz mir hilft.«

»Hatten Sie und Herr Rösch gemeinsame Freunde?«

»Nein. Wir immer treffen nur zwei. Gehen, reden, ich lernen Deutsch. Wir lachen zusammen, manchmal lachen, das ist gut.« Die Lippen verzogen sich zu einem wehmütigen Grinsen.

»Worüber lachen Sie?«

Hammami hob erneut die Schultern. »Leben.«

Über das Leben lachen. Was blieb einem manchmal anderes übrig? Aber diese beiden jungen Männer standen am Anfang ihres Lebens. Sie sollten unbekümmert sein, sich auf ihre Zukunft freuen. Doch die letzten Jahre hatten der Jugend einiges abverlangt: Klimakrise, Corona, Krieg. Da brauchte man eine gesunde Konstitution, um den Optimismus nicht zu verlieren.

Brander bemerkte, wie seine Gedanken abschweiften. Er konzentrierte sich wieder auf sein Gegenüber. »Wissen Sie, ob Herr Rösch Probleme mit jemandem hatte?«

»Hm …« Der Mann zuckte die Achseln.

»Hatte er mal mit jemandem Ärger? Gab es Streit?«

»Ah, manchmal Streit mit Vater. Aber ist normal. Streiten. Vertragen. Ich oft Streit mit meine Vater. Aber wir immer vertragen.«

»Und außerhalb der Familie? Mit Freunden? Bekannten?«

»Ich weiß nicht. Wir treffen immer nur wir zwei. Mit uns alles gut.« Hammami nahm seinen Rucksack. »Ich muss Arbeit. Kann gehen?«

Die Aufbruchstimmung kam unerwartet.

»Denken Sie bitte noch einmal über meine Fragen nach. Wenn Ihnen etwas einfällt, das uns weiterhelfen könnte, melden Sie sich bitte bei mir.« Brander nahm eine Visitenkarte aus seiner Schreibtischschublade und reichte sie Hammami.

Der junge Mann drehte die Karte zwischen seinen Fingern. »Warum Sie stellen Fragen? Warum Moritz tot?«

»Dazu kann ich Ihnen nichts sagen.«

»Ist wegen –« Er unterbrach sich selbst.

»Ja?«, hakte Brander nach, aber Hammami schüttelte den Kopf. Er stand auf und schwang seinen Rucksack über die linke Schulter. »Ich muss Arbeit. Pause Ende.«

»Herr Hammami, Sie sagten vorhin, dass Sie Moritz Rösch Sonntagabend zuletzt gesehen haben?«

»Ja, bevor er gehen Arbeit. Wir treffen so um sechs, dann er geht Arbeit.«

»Und Sie?«

»Ich? Gehen nach Hause. Essen, schlafen. Muss viel früh

aufstehen.« Hammami verzog bittend das Gesicht. »Jetzt muss gehen. Chef warten.«

»Ich bringe Sie nach unten.« Brander schob seinen Stuhl zurück und erhob sich. »Wann fangen Sie morgens an zu arbeiten?«, fragte er beiläufig.

»Sieben Uhr.« Hammami klopfte mit der Hand gegen eine imaginäre Tür. »Sechs Uhr kommt Chef. Klopfen. Aufwachen. Ich nie verschlafe.«

»Sie leben im Haus Ihres Chefs?«

»Ja. Ist gut. Ich habe Zimmer, kann schlafen, kann essen, kann arbeiten und lernen Deutsch.« Wieder fiel ein Schatten auf das junge Gesicht. »Aber ohne Moritz wird schwer.«

Stephan Klein saß an seinem Schreibtisch, Kopfhörer auf den Ohren, Füße auf dem Tisch, den Blick auf den Monitor geheftet. Brander klopfte an den Türrahmen, um auf sich aufmerksam zu machen.

Stephan hievte seinen Oberkörper in eine aufrechte Position und nahm den Kopfhörer ab. »Immer herein. Was machen die Partypläne?«

»Erinnere mich nicht daran.« Den Gedanken an seinen bevorstehenden runden Geburtstag und das damit verbundene Fest hatte er erfolgreich verdrängt.

»Das wird 'ne großartige Fete.« Stephan grinste vorfreudig.

Fete. Brander zog eine Grimasse, daran merkte man, dass sie zum alten Eisen gehörten. Sprach man heute noch von einer Fete? Und dieses Grinsen, das jeder bekam, sobald es um seine Geburtstagsfeier ging, behagte ihm ganz und gar nicht.

»Wobei störe ich gerade?«, wechselte er das Thema.

»Pass auf, mein Freund, das musst du dir anhören.« Stephan reichte Brander den Kopfhörer und deutete auf den Monitor, auf dem ein Video eine junge Frau am Klavier zeigte. Der schlanke Körper steckte in einem dunkelroten Kleid, das ihr bis zu den Knien reichte. Das dunkelblonde Haar war im Nacken zu einem Zopf geflochten, das Gesicht dezent geschminkt, die Mimik ernst und konzentriert.

Brander lauschte eine Weile dem virtuosen Spiel, beobachtete gebannt, wie flink und geschmeidig die langen Finger über die Tasten flogen, der Körper dabei mal sanft, mal energisch mit der Melodie wogte.

»Nicht schlecht.«

»Nicht schlecht?«, rief Stephan empört. »Das ist grandios! Das ist Weltklasse!«

»Wusste gar nicht, dass du dich da so auskennst.«

»Weißt doch, mit wem ich verheiratet war. Das öffnet den Horizont.« Der sechsundfünfzigjährige Hüne war einige Jahre mit einer Opernsängerin liiert gewesen. »Und jetzt verrate ich dir, wer diese virtuose Pianistin ist. Pass auf: Das Mädel heißt Apollonia Heppler.«

»Ach was?« Brander nickte erkennend. Fabio hatte den Namen am Morgen in der Sitzung erwähnt.

»Das Video entstand vor dreieinhalb Jahren«, fuhr Stephan fort. »Apollonia war ein Ausnahmetalent. Auf dem Video ist sie vierundzwanzig Jahre alt, da hatte sie bereits zahlreiche Stipendien und Auszeichnungen bekommen und eine aussichtsreiche Weltkarriere vor sich. Sie wurde bereits mit Yuja Wang und Valentina Lisitsa verglichen.«

Die Namen sagten Brander nichts.

»Weltklassepianistinnen«, erklärte Stephan.

»Was du alles weißt.«

»Ich geb's zu: Google hat's mir verraten«, gestand der Kollege.

»Du hast Frau Gugel schon kennengelernt?«

»Hä?«

Brander grinste. »Jeannette Gugel, unsere neue Umläuferin. Sie wird dir hier demnächst ein bisschen Gesellschaft leisten.« Hoffte Brander zumindest. Er deutete auf den Monitor. »Du sagtest, sie war ein Ausnahmetalent. Was ging schief?«

»Guter Mann! Gut aufgepasst. Sie ist mit Moritz Rösch zusammengestoßen. Oder sagen wir besser: Moritz hat sie im Stuttgarter Hauptbahnhof auf der Treppe zur S-Bahn umgerannt. Es gab sogar Zeugenaussagen, die behaupteten, er habe sie absichtlich angerempelt. Apollonia ist gestürzt, hat sich, wie Fabio sagte, die rechte Hand gebrochen und eine schwere Gehirnerschütterung erlitten. Sie hatte lang anhaltende gesundheitliche Probleme. Das hat ihrer Karriere ein jähes Ende gesetzt.«

Branders Blick hing noch an dem Video, in dem Apollonia Hepplers Finger jetzt für ihn tonlos über die Tasten glitten. Er kannte die langen, steilen Treppen, die im Hauptbahnhof der Landeshauptstadt zu den S-Bahn-Gleisen führten. »Und war es Absicht?«

»Laut Aussage von Moritz: nein. Er hatte es eilig, weil er seine Bahn bekommen wollte, und hätte sie dabei versehentlich angerempelt. Er hat damals gesagt, es wäre ihm nicht bewusst gewesen, wie heftig er sie angestoßen hatte. Er hätte ihren Sturz nicht bemerkt. Daher hat er sich nicht um sie gekümmert und ist weitergerannt und ab in die S-Bahn. Er hat Alkohol ins Feld geführt. Die Blutalkoholprobe ergab, dass er zum Tatzeitpunkt vermutlich um die null Komma acht Promille intus hatte.«

Das war jetzt nicht so viel, dass man nicht mehr wusste, was man tat, fand Brander. »Was sagt sie?«

»Kann sich an nichts erinnern. Sie wusste noch, dass sie bei einer Orchesterprobe war und von dort zur S-Bahn gegangen ist. Als Nächstes ist sie in einem Krankenhausbett aufgewacht. Die Zeit dazwischen …« Stephan öffnete die Hände, um die entstandene Gedächtnislücke anzuzeigen. »Ein schwarzes Loch. Das kommt von der schweren Gehirnerschütterung. Der Moment des Zusammenstoßes hat es nicht vom Kurzzeit- ins Langzeitgedächtnis geschafft.«

Das bittere Ende einer Karriere. Ein kleiner Rempler, ein fataler Sturz. Mit etwas Glück hatte Röschs Vater eine Haftpflichtversicherung, die seinen Sohn miteinschloss. Bei der Familie war ansonsten sicher kein Geld zu holen. »Wie alt war Moritz Rösch damals?«

»Sechzehn. Das Urteil lautete fahrlässige Körperverletzung«, erklärte Stephan. »Strafmaß: sechzig Stunden gemeinnützige Arbeit, die er in der Flüchtlingshilfe absolviert hat. Da er damals anscheinend viel getrunken hat, wurde ihm zudem auferlegt, an einem Präventionsprogramm von HaLT teilzunehmen.«

Brander kannte das Alkoholpräventionsprogramm »HaLT – Hart am Limit« des Esslinger Landkreises. Er blickte grübelnd auf den Monitor, auf dem Apollonia Heppler noch immer selbstversunken spielte. »Mit denen sollten wir Kontakt aufnehmen. Ich wüsste gern, wie erfolgreich seine Teilnahme an dem Programm damals war.«

Immerhin hatte Peppi eine kleine Ration Cannabis in Moritz Röschs Zimmer gefunden.

»Hätten Sie Herrn Hammami nicht nach seinem Alibi für die Tatzeit fragen müssen?«, preschte Jeannette vor, kaum dass Brander sein Büro betreten hatte.

»Du.«

»Ich?« Die Anwärterin zog irritiert die Nase kraus.

»Hättest du Herrn Hammami …«, erinnerte Brander die junge Kollegin daran, dass sie beim vertraulichen Du waren. Obwohl er gern beim Sie geblieben wäre. Er warf einen Blick auf seine Armbanduhr. »Ich mache erst einmal Mittagspause. Wie sieht's mit euch aus?«

»Bin dabei.« Peppi nahm ihre Handtasche. »Wohin gehen wir?«

»Aber was ist mit dem Alibi?« Jeannette sah ratlos von einem zum anderen. »Die meisten Tötungsdelikte sind doch Beziehungstaten. Die beiden kannten sich. Der Mann ist Migrant, kommt anscheinend aus einem Kriegsgebiet. Vielleicht hatten die Streit. Sogar statistisch gesehen passt Hammami vom Alter in das Profil. Die meisten Töt–«

»Jeannette«, Brander hob bremsend die Hand, »ich habe Herrn Hammami gefragt, wo er zur Tatzeit war.«

»Haben Sie?«

»Hast du«, korrigierte Brander.

»Ich habe doch gar nichts gefragt.«

Brander gab auf. »Ich habe ihn gefragt, wo er zur Tatzeit

war. Vielleicht nicht ganz so offensichtlich, wie Sie es sich vorgestellt haben.«

»Du«, korrigierte dieses Mal Peppi.

Verflucht, jetzt fing er auch schon an. »Genau, wie du es dir vorgestellt hast. Ich muss ihm nicht sagen, wann Moritz Rösch getötet wurde. Im Übrigen möchte ich dich bitten, nicht so voreilig Schlüsse zu ziehen. Nur weil Herr Hammami aus Nordafrika kommt, heißt das nicht, dass er hier mit einer Armbrust herumläuft und seinen Freund erschießt.«

Brander war sich nicht sicher, ob die Kommissaranwärterin ihm überhaupt noch zuhörte. Ihr Blick wirkte abwesend, dann hellte sich ihr Gesicht auf. »Ihre Fragen am Schluss.« Sie nickte anerkennend. »Sehr geschickt, Herr Brander. Er hat gesagt, dass er nach dem Treffen mit Moritz Rösch nach Hause gegangen ist, und dort war er dann, bis sein Chef ihn am nächsten Morgen um sechs geweckt hat.«

»Mutmaßlich, ja. Das muss natürlich überprüft werden.«

»Also denken Sie doch –«

»Nein, denke ich nicht.« Brander spürte eine leichte Gereiztheit in sich aufsteigen. Er sollte unbedingt etwas essen. Mit Hunger im Bauch hatte er nicht die Geduld, dieser eifrigen Anwärterin zu erklären, was sorgfältige Ermittlungsarbeit bedeutete. Er nahm seine Jacke von der Garderobe, als Fabio im Türrahmen erschien.

»Andi, hast du eine Minute?«

»Nur eine.«

»Ich bin da auf was gestoßen. Es geht um diese Flora Heppler, mit der Rösch anscheinend Kontakt hatte. Eigentlich heißt sie Florentine. Sie ist dreiundzwanzig, studiert in Stuttgart auf Lehramt Deutsch, Geschichte und Politik, wohnhaft bei den Eltern in Denkendorf gemeldet.«

»Die Minute ist gleich um, Fabio. Komm auf den Punkt.«

Der Kollege sah ihn konsterniert an. »Florentine Heppler ist die Schwester von Apollonia Heppler. Das war die –«

»Ich weiß, wer Apollonia Heppler ist«, unterbrach Brander ihn. Da hatte er am Morgen den richtigen Riecher gehabt, dass die ungewöhnlichen Vornamen nach einer Familie klangen.

»Du hast ja heute gute Laune«, konnte Fabio sich nicht verkneifen.

»Er hat Hunger«, sprang Peppi ihm bei.

»Ach, wart ihr noch gar nicht ess–« Dieses Mal unterbrach Fabio sich selbst. Er grinste frech. »Ich hätte noch 'n Snickers.«

»Hast du schon mit Florentine Heppler gesprochen?«, ignorierte Brander die Bemerkung. Moritz Rösch rempelt Apollonia Heppler an, diese stürzt so schwer, dass sie ihre Karriere als Berufspianistin beenden muss. Und ihre Schwester hatte anscheinend zumindest telefonisch Kontakt zu Rösch. Das war eine interessante Konstellation.

»Nur kurz. Sie war noch in der Uni. Ich habe sie zu einem Gespräch gebeten. Sie müsste in einer Stunde hier sein. Willst du dabei sein?«

Da würde die Zeit nur für Fast Food reichen. »Sag Bescheid, wenn sie da ist.«

***

Die Verwandtschaft zwischen Apollonia und Florentine Heppler war nicht zu übersehen, stellte Brander fest, als er der jungen Frau in Fabios Büro zur Begrüßung die Hand reichte. Sie ähnelte ihrer Schwester: schlank, lange dunkelblonde Haare, eng stehende Augen und ein schmales ernstes Gesicht. Ihr Händedruck war zart, um nicht zu sagen nicht vorhanden. Die Handfläche feucht, die Fingerspitzen kalt. Florentine Heppler war nervös.

Fabio bot ihr einen Platz und Kaffee an. Sie setzte sich, bat um ein Glas Wasser. Ihre Stimme war unerwartet dunkel und ein wenig rau, als wäre sie heiser.

»Frau Heppler, ich hatte Ihnen am Telefon mitgeteilt, dass es um Moritz Rösch geht«, begann Fabio, nachdem die Formalitäten geklärt waren. »Sie kennen ihn?«

»Ja.«

»Wie gut kennen Sie ihn?«

Sie zuckte die Achseln. »Von damals halt. Meine Schwester ... Sie wissen das bestimmt? Er hat Loni angerempelt, und sie ist schwer gestürzt.«

»Hatten Sie seither Kontakt zu ihm?«

Sie deutete ein Kopfschütteln an, von dem sowohl Brander als auch Fabio wusste, dass die Botschaft nicht stimmte. Jens hatte Röschs Mobildaten der letzten Wochen ausgelesen, und demnach hatte Moritz Rösch vor fünfzehn Tagen mit ihr telefoniert. Ob es davor schon Gespräche zwischen den beiden gegeben hatte, wussten sie noch nicht. Falls Jens dem Smartphone nicht mehr Informationen entlocken konnte, würden sie auf den Einzelverbindungsnachweis des Anbieters warten müssen.

»Wann zuletzt?«, fragte Fabio.

»Gar nicht.«

»Ihre Handynummer war in seinem Smartphone abgespeichert«, gab Fabio ihr die Chance, ihre Antwort zu überdenken.

Sie hob die Schultern.

»Er hat Sie vor fünfzehn Tagen angerufen.«

Sie senkte den Blick. »Ich krieg manchmal Anrufe, unbekannte Nummer. Die nehme ich nicht an.«

»Das Gespräch dauerte eine halbe Minute.«

»Ich hab nicht mit ihm gesprochen.«

Brander musterte die junge Frau prüfend. Was war so schlimm daran zuzugeben, dass sie mit Moritz Rösch telefoniert hatte? »Frau Heppler, halten Sie es tatsächlich für eine gute Idee, uns anzulügen?«, schaltete er sich ein.

Sie presste ertappt die Lippen zusammen, änderte ihre Aussage jedoch nicht.

»Moritz Rösch wurde gestern Morgen tot aufgefunden«, erklärte er.

Sie riss ungläubig die Augen auf. »Nein!«

War ihre Überraschung echt oder gespielt? Brander wurde nicht schlau aus der jungen Frau.

»Sie sprechen von dem, was heute Morgen in den Nachrichten kam? Der Tote vom Friedhof?«, fragte sie. »Hat … hat er sich etwas angetan?«

Die Kollegen von der Öffentlichkeitsarbeit hatten es wundersamerweise geschafft, die brisante Information, dass Rösch mit dem Bolzen aus einer Armbrust erschossen worden war, vor der Presse geheim zu halten. Brander hoffte, dass sie dieses Täterwissen noch möglichst lange unter Verschluss halten konnten.

»Hat Herr Rösch Ihnen gegenüber angedeutet, dass er sich etwas antun wollte?«

»Nein. Ich dachte nur …« Sie verstummte.

»Was dachten Sie, Frau Heppler?«, hakte Brander nach.

»Nix.«

»Wann haben Sie Herrn Rösch zuletzt gesehen?«

»Gar nicht.«

Und das war schon wieder eine Lüge, stellte Brander fest. Ihre Antwort kam zu hastig, zu abwehrend. Die Röte auf ihren Schläfen verriet ihre innere Anspannung.

Sie bemerkte Branders prüfenden Blick und wandte das Gesicht zur Seite. An ihrer Kiefermuskulatur sah er, dass sie die Zähne zusammenbiss.

»Warum lügen Sic uns an?«, fragte er erneut.

Sie schluckte trocken, blieb aber stumm.

»Frau Heppler, wir haben es schwarz auf weiß, dass Sie zumindest vor fünfzehn Tagen miteinander telefoniert haben. Ich könnte mir vorstellen, wenn wir uns Herrn Röschs Smartphone genauer anschauen, dass es weitere Telefonate aufzeigt und eventuell den einen oder anderen Chatverlauf mit Ihnen.«

»Ich hab ihn doch nicht umgebracht!«

»Niemand hat gesagt, dass er umgebracht wurde.«

Die Röte auf ihren Wangen vertiefte sich. »Aber in der Zeitung …« Ihr Blick wanderte unruhig im Zimmer umher, wobei sie es vermied, den Kommissaren ins Gesicht zu sehen.

»Sie hatten Kontakt zu Herrn Rösch, und wir wüssten gern, in welcher Beziehung Sie zu ihm standen.«

»In gar keiner!«, fuhr sie auf. »Wir kannten uns halt.«

»Woher?«

»Na, von der Gerichtsverhandlung damals. Die Sache mit meiner Schwester.«

»Und dabei haben Sie Telefonnummern ausgetauscht?«

»Nein!«

»Woher hatte er dann Ihre Nummer?«

»Keine Ahnung.« Sie verschränkte die Arme vor der Brust. »Ich hatte nichts mit ihm zu tun. Ich weiß gar nicht, was Sie von mir wollen!«

Fürs Erste wäre eine ehrliche Antwort mal ein Anfang, dachte Brander. »Wie geht es Ihrer Schwester?«

Sie blinzelte, irritiert über den plötzlichen Themenwechsel. »Meinen Sie Loni?«

»Apollonia, ja. Haben Sie noch weitere Schwestern?«

Sie nickte. »Della, Cordelia.«

Da hatten sich die Eltern bei der Namenssuche aber ganz schön ausgelassen, sinnierte Brander, während er den Namen notierte. »Und?«

»Was und?«

»Wie geht es Apollonia?«

»Gut«, erwiderte sie knapp.

»Sehen Sie sich oft?«

»Ab und zu.«

»Hatte Ihre Schwester nach dem Vorfall vor drei Jahren noch Kontakt zu Herrn Rösch?«

»Nein.«

»Wo waren Sie gestern früh zwischen drei und sieben Uhr morgens?«

Wieder verzog sie irritiert das Gesicht. »Zu Hause.«

»Sie wohnen bei Ihren Eltern in Denkendorf?«

»Ja. Ich studiere in Stuttgart. Bei dem Mietspiegel pendle ich lieber jeden Tag, als einen Haufen Geld für eine Abstellkammer in einer Fünfer-WG zu zahlen.«

Das war nachvollziehbar. Brander rieb sich grübelnd über das Kinn. »Fällt Ihnen jemand ein, der ein Interesse daran gehabt haben könnte, Herrn Rösch etwas anzutun?«

Sie wandte den Blick erneut zur Seite, noch immer war ihr Kiefer angespannt. Über irgendetwas dachte sie nach. Wie konnte er sie zum Reden bringen? Brander wusste nicht, was er von Florentine Heppler halten sollte. Er wechselte einen Blick mit Fabio. Der hob ebenso unschlüssig die Schultern.

»Waren Sie damals bei dem Unfall Ihrer Schwester dabei?«, fragte Brander.

Sie schüttelte den Kopf.

»Wo waren Sie?«

»Zu Hause.«

»Bei Ihren Eltern?«

Sie nickte.

»Wie haben Sie von dem Unfall erfahren?«

»Zwei Polizisten kamen zu uns.« Sie schluckte bei der Erinnerung. »Es war mitten in der Nacht. Wir dachten ... Wir sind in die Klinik. Loni lag im Koma.« Sie räusperte sich, wandte sich ihm mit trotzigem Blick wieder zu. »Ich will nicht über damals reden. Ich möchte jetzt bitte gehen.«

Lag in dieser Tragödie der Schlüssel zum Tod von Moritz Rösch? Die meisten Tötungsdelikte waren Beziehungstaten, da hatte Jeannette Gugel recht. Aber um welche Beziehung ging es? Florentine? Apollonia? Er musste mehr über diese Familie erfahren.

»Herrn Rösch wurde damals vorgeworfen, er habe Ihre Schwester absichtlich angerempelt.«

Die junge Frau biss die Zähne zusammen. »Ich möchte bitte gehen«, wiederholte sie gepresst.

»Geht es Ihrer Schwester Apollonia wirklich gut?«, hakte Brander nach.

Sie starrte ihn mit verschlossener Miene schweigend an.

»Fabio, hast du eine Visitenkarte für Frau Heppler?«, fragte Brander. Sie hatten keine Handhabe, die junge Frau länger als nötig zu befragen. Er wandte sich ihr wieder zu. »Vielen Dank, dass Sie zu uns gekommen sind. Falls Ihnen noch etwas einfällt, melden Sie sich jederzeit bei uns. Mein Kollege bringt Sie wieder nach unten.« Er erhob sich.

Florentine Heppler sah zu ihm auf, hin- und hergerissen zwischen Sorge und Verstocktheit. »Loni war das nicht. Sie verlässt kaum ihre Wohnung. Sie würde so etwas nie tun.«

»Was würde Ihre Schwester nicht tun?«

»Den Moritz umbringen.«

Den Moritz – nicht »den Rösch«, fiel Brander auf. »Hätte sie denn einen Grund dazu?«, stellte er sich dumm.

»Sie wissen doch, was passiert ist. Es ist schlimm, aber sie wäre nie im Leben dazu fähig, jemandem etwas anzutun.«

Brander schlurfte gedankenverloren durch den Flur zu seinem Büro. Florentine Heppler hatte Kontakt zu Moritz Rösch gehabt. Doch sie stritt es vehement ab. Und sie hatte Sorge, dass ihre Schwester unter Tatverdacht geraten könnte. Grund genug, sich mit Apollonia Heppler zu unterhalten. Sie würde kaum ihre Wohnung verlassen, hatte Florentine behauptet. Da stand die Chance gut, sie zu Hause anzutreffen.

Sein Büro war verwaist. Er setzte sich an den Computer und suchte die Adresse der einstigen Weltklassepianistin heraus. Im Anschluss suchte er Peppi und fand sie in der Kaffeeküche. Die Kollegin saß mit Stephan und dem neuen Sonnenschein der Kompanie am Tisch. Er mustere Jeannette stirnrunzelnd, die mit einem Röhrchen aus ihrer Tasse trank.

»Ich mag nicht aus Tassen trinken, aus denen schon jemand getrunken hat«, erklärte sie, als sie seinen Blick bemerkte.

»Aha.« Er sah zur Küchenzeile. »Wir haben eine Spülmaschine.«

»Aber dann nimmt jemand die Tasse aus der Spülmaschine heraus. Da weiß ich nicht, wer das war und ob er sich vorher die Hände gewaschen hat oder vielleicht gerade erkältet ist oder einen Virus hat. Und dann steht die Tasse im Schrank mit der Öffnung nach unten. Wie oft wird der Schrank ausgeputzt? Da können ganz viele Keime am Tassenrand sein.«

Das Mädel wollte ihn doch wohl auf den Arm nehmen. »Kaffee durch den Strohhalm. Das schmeckt doch nicht.«

»Das ist Tee.« Sie deutete ins Innere ihrer Tasse.

Peppi und Stephan feixten.

»Außerdem ist das kein Strohhalm, sondern ein Trinkröhrchen aus Glas. Spülmaschinenfest, geschmacksneutral und wiederverwendbar. Ich war seit elf Jahren nicht mehr erkältet.«

Peppi schürzte beeindruckt die Lippen. »Sollte man mal drüber nachdenken.«

So weit kam es noch, dass sie alle mit Strohhalm um den Kaffeetisch saßen. »Peppi, ich will zu Apollonia Heppler fahren«, wechselte Brander das Thema. »Bei dem Gespräch hätte ich dich gern dabei.«

»Okay.« Peppi stand auf. Auch die Anwärterin erhob sich.

»Tut mir leid, Jeannette, wir fahren zu zweit.«

»Aber –«

»Frau Heppler hatte vor drei Jahren einen schweren Unfall, von dem sie sich mutmaßlich nicht vollständig erholt hat. Was denkst du, wie das ankommt, wenn unerwartet drei Kripobeamte vor ihrer Tür stehen? Zwei sind mehr als genug.«

»Und was soll ich so lange machen?«

»Du könntest uns einen Überblick verschaffen, welche Fälle es in den letzten Jahren gab, bei denen Personen durch eine Armbrust verletzt oder getötet wurden«, bat Brander.

»›Letzte Jahre‹ ist etwas unspezifisch«, erwiderte Jeannette. »Könnten Sie das etwas genauer eingrenzen?«

Das mit dem Duzen fiel der Anwärterin offensichtlich ebenso schwer wie Brander. Er hob die Schultern. »Schau einfach mal, was du findest.« So viele Fälle konnten es nicht sein.

Apollonia Heppler wohnte in Esslinger Halbhöhenlage in einem Mehrfamilienhaus auf der Flandernhöhe. Die schmalen Straßen waren an den Rändern vollständig zugeparkt, doch am Parkplatz bei der evangelischen St.-Bernhardt-Kirche gab es an diesem späten Nachmittag etliche freie Stellplätze. Die einst frei stehende Feldkirche ging fast ein wenig unter zwischen den vielen Mehrfamilien-Reihenhäusern, die sie mittlerweile von allen Seiten einkesselten. Ein Friedhof grenzte unmittelbar an das hell verputzte Sandsteingebäude mit roter Turmspitze.

»Was ist denn das da?« Peppi war ausgestiegen und deutete auf einen viereckigen Kasten, an dessen Seite sich zwei runde Silos erhoben.

»Spontan würde ich sagen: ein kleines Heizkraftwerk.«

»Mitten in einem Wohngebiet?«

»Nahwärme. Ist doch nicht schlecht.«

»Aber nicht schön.«

»Ich finde es recht dezent.«

»Na ja.« Peppi verriegelte die Wagentüren. »Aber umwelttechnisch sicher gut.«

Sie machten sich auf die Suche nach dem richtigen Hauseingang. Irgendwo lärmte ein Rasenmäher, vermischte sich mit Kinderlachen. Ein junger Mann in dunklem Jogginganzug, mit Bartflaum am Kinn und einer Bulldogge an der Leine, die ein breiteres Kreuz hatte als ihr Besitzer, kam ihnen entgegen. Eine Katze suchte das Weite.

In dem Neubaugebiet dominierten moderne drei- und viergeschossige Mehrfamilienhäuser mit Flachdach und Fassaden aus hellbraunem Backstein und beigem Putz. Der Eingang des Hauses, in dem Apollonia Heppler wohnte, war schlicht, durch die Glastür sah man in ein helles Treppenhaus.

Brander studierte die Schilder neben den Briefkästen und klingelte. Nach dem zweiten Versuch ertönte eine weibliche Stimme aus der Gegensprechanlage. »Ja bitte?«

Brander deutete Peppi mit einem Nicken an zu antworten.

»Pachatourides, Kripo Esslingen«, stellte sie sich vor. »Mein Kollege und ich würden gern mit Frau Apollonia Heppler sprechen.«

»Worum geht es denn?«

»Das möchten wir nicht auf der Straße klären. Frau Heppler? Ich kann Ihnen meine Dienstnummer geben. Dann können Sie in der Esslinger Polizeidienststelle anrufen, die werden Ihnen bestätigen, dass ich dort arbeite«, versuchte Peppi, die Unsicherheit zu verscheuchen, die in der Stimme mitschwang. Die Trickbetrügereien durch falsche Polizeibeamte hatten viele Menschen misstrauisch gemacht.

Ihre Worte schienen die Frau zu beruhigen. Der Türsummer wurde betätigt. Peppi steuerte den Fahrstuhl an, aber Brander schob sie Richtung Stufen.

»Wir müssen ins Dachgeschoss«, protestierte sie.

»Ich weiß. Treppen steigen ist gutes Herz-Kreislauf-Training.«

»Och nö …«

»Komm, auf.«

Sie stiegen die Stufen hinauf und wurden an der Wohnungstür von einer jungen Frau erwartet. Sie trug Jogginghose und Kapuzenshirt. Die dunkelblonden Haare waren locker im Nacken zusammengesteckt. Das Gesicht war blass. Schatten lagen unter ihren Augen.

»Frau Heppler?«, fragte Peppi.

»Ja.«

»Ich bin Kriminalhauptkommissarin Pachatourides, das ist mein Kollege, Kriminalhauptkommissar Brander.«

»Darf ich Ihre Dienstausweise sehen?« Die Stimme war ähnlich wie die ihrer Schwester, dunkel, jedoch fehlte der raue Unterton.

Während sie der jungen Frau ihre Ausweise zeigten, hörte Brander, wie hinter ihm dic gegenüberliegende Wohnungstür geöffnet wurde.

»Loni, ist alles in Ordnung?«, erklang eine zaghafte männliche Stimme.

Brander und Peppi wandten sich um. Ein Mann um die vierzig stand im Türrahmen, untersetzt, rundes rotfleckiges Gesicht, speckige dünne Haare, kleine helle Augen.

»Ja«, erwiderte Apollonia knapp. »Kommen Sie bitte rein.« Sie trat einen Schritt zurück.

Schummriges Licht empfing sie in dem engen Vorraum, der durch einen schmalen Wandvorsprung vom Wohnbereich getrennt war. Helles Eichenparkett bedeckte durchgehend den Boden, lediglich vor der kleinen Kochecke, die gleich zu ihrer Linken an die Diele angrenzte, waren hellgraue Fliesen ausgelegt.

»Würden Sie bitte die Schuhe ausziehen?«

Brander streifte die Sneaker von den Füßen. »Sie haben einen aufmerksamen Nachbarn.«

»Ja.«

Es hatte den Anschein, als wäre sie unschlüssig, ob sie froh oder verärgert darüber sein sollte. Der Grat zwischen Fürsorge und Neugierde war schmal.

»Wie heißt Ihr Nachbar?«, erkundigte sich Peppi.

»Jakub.«

»Und weiter?«

»Piotrowski.«

»Ist er Pole?«

»Weiß ich nicht.« Apollonia Heppler wandte sich um und schritt weiter in den Wohnraum.

Brander und Peppi folgten ihr. Zu ihrer Rechten stand eine dunkelrote Récamiere. Eine Decke lag zusammengeknautscht darauf. Es hatte den Anschein, als hätte die Bewohnerin vor ihrem Eintreffen dort gelegen. Der kleine Couchtisch war mit einer Schale aus bunten Mosaiksteinchen und einer Kerze dekoriert, dahinter befand sich an der kurzen Wand ein weißes Sideboard. Linksseitig war die Kochecke.

Geradeaus vor einem bodentiefen Fenster säumten vier Stühle einen schmalen Esstisch. Die Terrassentür war angekippt. Tageslicht fiel durch die Ritzen der Jalousien und flutete Boden und Möbel mit einem löchrigen Muster.

»Ich habe Migräne, da vertrage ich grelles Licht nicht gut«, entschuldigte sie das Dämmerlicht in ihrer Wohnung. Sie zeigte auf die Stühle am Esstisch. »Möchten Sie etwas trinken? Ich habe allerdings nur Leitungswasser oder Tee.«

»Machen Sie sich keine Umstände.« Brander zog einen Stuhl zurück. Ein schlichter, mit heller Mikrofaser bezogener Sitz, der auf ein Metallbügelgestell geschraubt war. Das Gestänge war dünn. Er hoffte, dass es sein Gewicht trug, und setzte sich.

Apollonia nahm auf der anderen Seite des Tisches Platz. Sie wählte nicht den Stuhl ihm gegenüber, sondern den daneben. Abstand so groß wie möglich. Sie verschränkte die Arme vor der Brust, ihr Blick war verschlossen. »Flora hat mich angerufen.«

Da hatte ihre Schwester keine unnütze Zeit verstreichen lassen, um sie auf dieses Gespräch vorzubereiten. Aber warum ein Anruf? Warum war Florentine nicht zu ihr gekommen, fragte Brander sich. »Dann wissen Sie bereits von Herrn Röschs Tod?«

Die Frau nickte.

Ihre Mimik blieb emotionslos, zeigte weder Anteilnahme noch Erleichterung oder Genugtuung. Es war dasselbe Gesicht, das Brander wenige Stunden zuvor in dem Video auf Stephans Computer gesehen hatte, dennoch hatte es wenig damit gemein. In den strengen Zügen lag kein Hauch von konzentrierter Selbstvergessenheit mehr, die sich beim Spielen des Präludiums auf ihr Gesicht gelegt hatte. Ihre Miene wirkte angespannt und abweisend.

Aber Migräne war anstrengend. Er wusste aus eigener Erfahrung, wie quälend Kopfschmerzen sein konnten. Das schränkte die Mimik ein.

»Hatten Sie Kontakt zu Herrn Rösch?«, fragte Peppi. Sie hatte neben Brander Platz genommen.

»Nein.«

»Aber Sie haben ihn damals bei der Gerichtsverhandlung kennengelernt?«

»Nein.«

Nachdem Peppi sie weiterhin fragend ansah, erklärte sie: »Ich war nicht dabei. Ich war im Krankenhaus, dann in Rehamaßnahmen. Meine Eltern haben sich um alles gekümmert. Ein Anwalt hat mich vor Gericht vertreten.«

»Das heißt, Sie haben Herrn Rösch nie gesehen?«

»Doch, später mal.«

»Wann später?«, fragte Peppi, nachdem Apollonia nicht weitersprach.

»Vor einem Jahr vielleicht. Er stand plötzlich vor meiner Tür. Wollte sich entschuldigen.«

Sie sprach leise, aber Brander entging die Bitterkeit in ihrer Stimme nicht.

»Und?«, hakte Peppi behutsam nach.

»Ich … ich konnte nicht.« Sie legte die rechte Hand flach auf den Tisch, starrte stumm auf die sorgfältig manikürten langen, schlanken Finger. Perlmuttfarbener Lack zierte ihre Nägel.

»Sie spielen keine Klavierkonzerte mehr?«, fragte Brander. Es war eher eine Feststellung als eine Frage.

»Korrekt.« Sie presste die Lippen zu einem schmalen Strich zusammen.

»Was machen Sie beruflich?«

»Ich studiere.« Sie wandte das Gesicht zur Seite, den Blick ins Nichts gerichtet.

»Was studieren Sie?«

»Wirtschaftswissenschaften. Fernstudium.«

Brander musste ihr nicht in die Augen sehen. Der Ton verriet ihm, dass dieses Studium ein Notnagel war, eine Aufgabe, um irgendetwas zu tun. Etwas, das ganz und gar nichts mit Musik zu tun hatte. Er fragte sich, wie gravierend ihre Verletzungen gewesen waren, dass sie nicht mehr in der Lage war, Konzerte zu spielen.

»Herr Rösch war also vor etwa einem Jahr bei Ihnen, um sich zu entschuldigen«, kam Brander zurück auf das Mordopfer. »Seither haben Sie ihn nicht wiedergesehen oder gesprochen?«

»Wozu?«

»Was ist mit Ihrer Familie? Hatten Ihre Schwestern oder Ihre Eltern Kontakt zu Herrn Rösch?«

Sie hob die Augenbrauen. Die Verbitterung zeichnete sich deutlich in dem jungen Gesicht ab. »Warum sollte irgendjemand von uns Kontakt zu diesem Mann haben?«

»Es gab anscheinend Telefonate zwischen Herrn Rösch und Ihrer Schwester Florentine«, erwiderte Brander.

»Nie im Leben.« Ihre Antwort klang zutiefst überzeugt.

Aber der Verbindungsnachweis von Röschs Smartphone sagte etwas anderes.

Als sie Apollonia Hepplers Wohnung verließen, hatte Brander das Gefühl, von der gegenüberliegenden Seite des Flures beobachtet zu werden. Er blieb am Treppenabsatz stehen.

»Fahrstuhl?«, fragte Peppi.

Brander schüttelte den Kopf. »Ich möchte noch mit Herrn Piotrowski sprechen. Er scheint seine Nachbarin ja gut im Blick zu haben.«

Peppi runzelte die Stirn. »Ich hatte nicht das Gefühl, dass ihr das gefiel.«

Brander schritt zu der Wohnungstür und klingelte. Drinnen blieb alles still. Er versuchte es ein zweites Mal. Erfolglos.

»Vielleicht sollten wir noch mal bei Frau Heppler klingeln, damit sich hier etwas tut«, schlug Peppi vor.

Abgesehen davon, dass es keinen Grund gab, die einstige Pianistin erneut zu stören, befürchtete Brander, dass sie dort ebenfalls vor verschlossener Tür stehen würden.

***

Brander hatte den geplanten Termin bei der Stuttgarter Schützengilde völlig vergessen, als Peppi direkt im Anschluss an die abendliche Sitzung der Ermittlungsgruppe zum Aufbruch drängte. Er hätte sich gern etwas Zeit genommen, die bisher zusammengetragenen Informationen in Ruhe zu studieren und über den Fall nachzudenken. Aber das musste er wohl auf den Feierabend verschieben.

Das Übungsgelände der Sportschützen befand sich in Stuttgarts Süden unterhalb des Waldfriedhofs. Eine schmale Straße schlängelte sich vom Südheimer Platz hinauf zum Schützenhaus, links und rechts säumten Sträucher und Bäume den Weg. Peppi lotste Brander durch ein Tor zu einem Parkplatz vor dem Eingang.

An der metallenen Eingangstür hing eine Information. »Immaterielles Kulturerbe«, las Brander verdutzt. »Die Schützengilde?«

»Nicht nur. Die Auszeichnung wurde dem gesamten Schützenwesen in Deutschland verliehen.« Ein Mann Mitte vierzig kam aus dem Gebäude heraus. Groß, mittelschlank, dunkle Haare, offener Blick. »Friedhelm Falkenberg. Du bist vermutlich Marcos Frau?«

»Genau.« Peppi reichte ihm die Hand. »Ich bin die Peppi, mein Kollege Andreas Brander.«

Friedhelm. Das war kein klassischer Name für einen Mittvierziger, sinnierte Brander, während der Mann ihn mit festem Handschlag begrüßte.

»Schützenvereine haben eine sehr lange Tradition. Wir sind die drittgrößte Sportart in Deutschland – nach Fußball und Leichtathletik.«

Die Auskunft überraschte Brander im ersten Augenblick erneut. Aber es war nachvollziehbar: In jedem Dorf gab es neben dem traditionellen Fußballverein häufig auch einen Schützenverein, da kam sicher einiges an Mitgliedern zusammen.

»Und jetzt habt ihr uns Sportschützen also wieder ins Visier genommen«, stellte Falkenberg fest.

»Irgendwo müssen wir ja anfangen.« Brander milderte seine Worte durch einen lockeren Ton ab.

»Dann kommt mal herein. Heute ist kein Übungsbetrieb, da kann ich euch alles in Ruhe zeigen.«

Sie betraten das Gebäude und stiegen eine Treppe hinauf. Auf der Empore standen Stühle um einen runden Tisch. Falkenberg führte sie daran vorbei und durch eine Tür auf den angrenzenden überdachten Schießstand.

»Es gibt gar nicht so viele Vereine, die Armbrustschießen anbieten«, nahm Peppi das Gespräch wieder auf. »Hat das einen Grund?«

»Zum einen kann sich nicht jeder Verein so einen professionellen Schießstand leisten wie wir.« Er deutete auf die Bahnen. »Wir haben hier zehn Bahnen mit Scheibentransportanlagen. Das ist kein Standard, wir können Meisterschaften austragen. Die meisten Vereine haben, wenn überhaupt, eine oder zwei Bahnen dieser Art. Fürs Bogen- oder Pistolenschießen braucht man so etwas nicht. Zum anderen ist unser Sportgerät nicht ganz billig. Schaut mal.«

Er blieb vor einem hüfthohen Podest stehen, auf dem ein Ungetüm von einer Armbrust lag. »Das ist unser Sportgerät«, erklärte der Schütze.

Brander betrachtete die Waffe. Auf den ersten Blick ähnelte sie einem simplen Holzgewehr, dem man einen Bogen aufgesetzt hatte.

»Diese Armbrust hat mit der Armbrust aus dem Mittelalter oder den Geräten, die sich jeder Depp im Handel kaufen kann, nichts zu tun. Das ist ein Hightech-Sportgerät. Carbonbogen, Kunststoffsehne, elektronischer Abzug. Gezielt wird ähnlich wie beim Gewehrschießen durch Diopter und Ringkorn. Vorne ist zudem eine kleine Wasserwaage angebracht.« Er hatte auf die einzelnen Teile der Armbrust gezeigt, wandte sich jetzt wieder den Kommissaren zu. »So eine Armbrust kostet mehrere tausend Euro.«

Im Vergleich dazu waren die Jagdarmbrüste, die man für ein paar hundert Euro im Fachhandel oder online erwerben konnte, äußerst preisgünstig.

Falkenberg nahm die Armbrust hoch und hielt sie Peppi hin. »Leg mal an.«

Peppi nahm die Waffe entgegen. »Hui, die wiegt was.«

»Gut sieben Kilo. Stell dich seitlich hin. Nimm den Oberarm zum Körper und stütz den Ellenbogen in die Seite, dann geht es besser.«

»Okay.« Peppi versuchte, ein Ziel anzuvisieren. »Auf wie viel Meter schießt ihr?«

»Es gibt zwei Distanzen, zehn und dreißig Meter. Mit der hier schieße ich auf dreißig Meter.« Er holte eine kleine Pappe aus seiner Sporttasche und reichte sie Brander.

Brander betrachtete die Zielscheibe, deren Ringdurchmesser kaum zwölf Zentimeter betrug. Der Mittelpunkt hatte etwa einen halben Zentimeter Durchmesser. »Auf dreißig Meter?« Er schürzte anerkennend die Lippen.

»Und wir haben kein Zielfernrohr mit Vergrößerungsglas.«

Peppi legte das Gerät vorsichtig wieder ab. »Wie wird die geladen?«

»Dazu brauchst du einen Spannhebel. Der Bolzen wird dann hier vorn in die Pfeilschiene eingelegt.« Falkenberg kramte erneut in seiner Sporttasche und zeigte ihnen kurz darauf einen schmalen Holzstift, etwas länger als ein Kugelschreiber, die Stahlkrone hatte ein Gewinde, eine Befiederung fehlte.

»Der ist stumpf«, stellte Brander fest.

»Ja. Damit schießen wir auf Blei.« Falkenberg ging an einen der Schießstände und zeigte ihnen die Zielscheibe, die mittels Scheibenwagen und Stahldrähten auf die gewünschte Distanz transportiert und wieder herangeholt werden konnte. »In der Mitte des Scheibenhalters ist ein Bleikern. Die Pappe klemmen wir davor. Der Bolzen dringt durch die Pappe ins Blei, und ich kann den Bolzen nach dem Schuss herausdrehen und wiederverwenden. So ein Bolzen ist nicht billig.«

»Was kostet so was?«, fragte Brander.

»Ein guter Bolzen an die zweihundert Euro.«

Peppi wandte sich der Armbrust wieder zu. »Ich kann mir nicht vorstellen, dass unser Schütze mit so einem Gerät unterwegs war.«

»Mit Sicherheit nicht«, bestätigte Falkenberg.

»Wie kommt man eigentlich zum Armbrustschießen?«, fragte Peppi. »Ich meine, kann ich hier einfach vorbeikommen und sagen, ich möchte so ein bisschen Probe schießen?«

»Schon mal mit dem Luftgewehr geschossen?«

»Ist ewig her.«

»Also, einfach so lassen wir hier niemanden mit der Armbrust schießen. Wenn der Bolzen nicht im Blei landet, sondern zum Beispiel ins Holz schlägt, ist der kaputt. Dann sind mal eben ein paar hundert Euro dahin. Am Anfang ist das Luftgewehrschießen dran. Und wenn man da Technik und Zielsicherheit entwickelt hat, dann können wir darüber nachdenken, zur Armbrust zu wechseln.«

»Aber das Schießen mit einer günstigeren Jagdarmbrust ist von jedem leicht zu erlernen?«

»Das sei mal dahingestellt. Die Schwelle ist niedriger, weil jeder so ein Ding erwerben und an einem geschützten«, er setzte das Wort mit den Fingern in Anführungszeichen, »Ort damit schießen darf. Schaut euch hier mal um.« Er zeigte auf die Schießbahnen. »Wir haben rundherum Wälle, damit, falls mal ein Schuss danebengeht, er nicht sonst wo landet. Dass bei den selbst ernannten Robin Hoods, die sich irgendwo auf einen Acker stellen und herumschießen, noch nicht mehr passiert ist, ist meines Erachtens reine Glückssache.«

Brander stimmte ihm stumm zu.

»Was hat euer Schütze denn für ein Geschoss verwendet? Einen normalen Pfeil oder einen Pfeil mit einer Jagdspitze?«

»Dazu dürfen wir dir keine Auskunft geben«, erwiderte Peppi.

Falkenberg nickte verstehend und kehrte zu dem Podest mit seiner Armbrust zurück. Er zeigte auf die Pfeilschiene. »Die Bolzen, die Jagdarmbrust-Schützen verwenden, sind anders geformt. In der Regel mit Befiederung, sie sind dünner und länger als unsere Bolzen. Die kannst du hier gar nicht einspannen. Ein Bolzen mit einer Jagdspitze – völlig unmöglich.«

Das schloss die Sportschützen mit ihrem Sportgerät definitiv von einer Täterschaft aus. Natürlich konnte sich auch ein Sportschütze eine Jagdarmbrust zulegen und damit schießen. An Zielsicherheit mangelte es dem Schützen sicherlich nicht. Aber sein Instinkt sagte Brander, dass sie hier an der falschen Stelle suchten.

Sie hatten eine ganze Weile mit Friedhelm Falkenberg über seinen Sport gesprochen, sodass es nach acht Uhr war, als Brander sich endlich mit Peppi auf den Heimweg machte. Zumindest war der Berufsverkehr abgeebbt, und sie kamen zügig aus Stuttgart heraus.

»War ganz interessant, oder?«, stellte Peppi fest.

»Bringt uns aber leider nicht weiter.« Abgesehen davon, dass das Sportgerät als Tatwaffe ausgeschlossen werden konnte, war Armbrustschießen zudem eine Randerscheinung im Schießsport. Die Schützen in der Region wären schnell überprüft. Herauszufinden, wer im Ländle eine Jagdarmbrust erworben hatte und damit sein Unwesen trieb, war jedoch aufwendig, wenn nicht nahezu unmöglich.

Friedhelm Falkenberg frustrierte es, dass in den Medien nicht klar unterschieden wurde zwischen den Hobbyschützen, die sich unbedarft so eine Waffe besorgten, und den Sportschützen, die ihren Sport mit der gebotenen Sicherheit ausübten. Die undifferenzierten, oft reißerischen Schlagzeilen warfen ein schlechtes Licht auf die Vereine. Nachwuchssorgen waren die Folge.

»Wäre ich Sportschütze, würde ich nicht ausgerechnet mit der Waffe töten, mit der ich meinen Sport ausübe. Da kommt man ja gleich auf mich«, überlegte Peppi.

»Das ist die eine Seite, die andere ist: Wenn ich eine Tat begehe, dann gibt mir eine Waffe, mit der ich mich gut auskenne, Sicherheit. Und ich muss nicht aufwendig nach einer Alternativmethode suchen und irgendetwas heimlich anschaffen.«

»Auch wieder wahr.«

Eine Weile hingen sie ihren Gedanken nach.

»Weißt du, was ich mich noch frage?«, ergriff Peppi wieder das Wort.

»Sprich dich aus.«

»Als wir heute in Apollonia Hepplers Wohnung waren, ist mir etwas aufgefallen: Es gab dort nicht einen einzigen Hinweis auf ihre Vergangenheit.«

»Inwiefern?«

»Was weiß ich: Bilder, Auszeichnungen, Musiknoten, CDs. Irgendetwas, das mit Musik zu tun hat. So wie Stephan es beschrieben hat, war sie eine Weltklassepianistin.«

»Für ein Klavier ist die Wohnung vielleicht etwas klein.«

»Ja, aber es war total still in der Wohnung, es lief keine Musik.«

»Sie hatte Migräne, da will man seine Ruhe haben.«

»Nirgendwo stand ein Radio. Kein Fernseher, keine Stereoanlage, nichts.«

»Auf welchem Planeten lebst du? Die jungen Leute heutzutage machen doch alles mit ihrem Smartphone, dazu eine kleine Bluetoothbox, das reicht vollkommen«, wusste Brander durch Nathalie, die meistens ohnehin ihre Musik über Kopfhörer hörte.

Die Antwort befriedigte Peppi nicht. »Um Weltklasse in einer Sache zu sein, muss ich dafür brennen. Das muss mein Lebensinhalt sein, mein Elixier, meine Luft zum Atmen. Und dann umgebe ich mich auch damit. Wenn ich Extrembergsteiger bin, dann hänge ich mir Bilder der höchsten Berge an die Wand.«

»Du vielleicht.«

»Hans macht das.«

Kriminaloberrat Hans Ulrich Clewer war leidenschaftlicher Bergsteiger gewesen, hatte vier der »Seven Summits« bestiegen, bis gesundheitliche Probleme ihn ausgebremst hatten. Sein Büro zierten Großdrucke der Berglandschaften, und noch heute war er gern in der Natur unterwegs und erzählte von seinen Ausflügen und den teils dramatischen Aufstiegen vergangener Tage.

»Dann nimm doch mal mich: Ich habe ein Faible für guten Scotch. Deswegen hänge ich mir aber keine Bilder von Brennereien ins Wohnzimmer.«

»Zum einen hat Cecilia da sicher ein Wörtchen mitzureden, zum anderen gibt es eine Vitrine, in der deine Whiskygläser dekorativ stehen, und eine Minibar mit zahlreichen Whiskys.«

»Die ist verschlossen.«

»Und im Flur habt ihr an einer Wandseite Bilder eurer Schottlandreisen hängen«, fuhr Peppi unbeirrt fort. »Da ist mindestens ein Bild dabei, wo du einen Whisky in einer Brennerei verkostest.«

»Das besagt trotzdem nichts.«

»Du bist ja auch kein Weltklassesommelier.«

Das war er in der Tat nicht. Er war ein Genießer, freute sich, wenn er ein paar Aromen in einem Whisky entdeckte, ihm der Brand schmeckte und die Brennerei eine schöne Geschichte zu ihren Produkten erzählen konnte.

»Erinnere dich mal an den Dieken. Der hatte Urkunden in seinem Büro hängen, die waren über dreißig Jahre alt, da war er immer noch stolz drauf.«

Mit Walter Dieken hatten sie vor wenigen Monaten zu tun gehabt. Ein Reinigungsunternehmer, der in seiner Jugend ein erfolgreicher Ringer gewesen war und es sogar in den Olympiakader geschafft hatte. »Jeder geht mit so einer Situation anders um.«

»Ich hatte den Eindruck, dass Apollonia Heppler ihre Vergangenheit komplett aus ihrem Leben gestrichen hat. Und sie ist nicht glücklich.«

»Jetzt mal langsam, Peppi. Wir waren nicht einmal eine halbe Stunde bei der Frau. Nur weil kein Notenheft auf ihrem Esstisch lag, heißt das nicht, dass sie ihre Vergangenheit aus ihrem Leben verbannt hat. Vielleicht hängt ihr Schlafzimmer voll mit Urkunden, Bildern und Musiknoten.«

»Sie ist eine hübsche junge Frau, aber ihr Gesicht ist verhärmt.«

»Sie hatte Migräne.«

»Mag sein. Aber wenn du mich fragst: Mit dem Vorfall vor drei Jahren hat sie längst nicht abgeschlossen.«

In diesem Punkt stimmte Brander seiner Kollegin stumm nickend zu.

Das Haus war leer, als Brander die Tür aufschloss. Nathalie ging dienstagabends zum Taekwondo. Cecilia war mit einer Freundin verabredet. Er bereitete sich in der Küche ein paar belegte Brote zu und ging ins Wohnzimmer, um sich beim Essen vom Fernseher berieseln zu lassen.

Auf halbem Weg blieb er im Türrahmen stehen, ließ den Blick durch den Raum schweifen und versuchte sich vorzustellen, was ein Fremder aus diesem Zimmer über ihn herausinterpretieren könnte. Er fand sein Wohnzimmer gemütlich. Die helle Sofagarnitur war in die Jahre gekommen, etwas abgewetzt, aber bequem. Auf dem kleinen Couchtisch lag ein Roman, den Cecilia gerade las. In der Mitte stand eine altrosafarbene Kerze auf einem hölzernen Kerzenständer, daneben eine Dose Erdnüsse.

Er wandte sich der schmalen Vitrine zu. Da waren die Whiskygläser neben Wein- und Sektgläsern drapiert. Auch die drei kleinen Whiskyproben waren nicht zu übersehen. Er öffnete die Minibar. Ein abschließbares Schränkchen, das sie sich zugelegt hatten, nachdem Nathalie als vierzehnjährige, verwahrloste Teenagerin zu ihnen gekommen war. Das Schloss hatte sie nicht davon abgehalten, die Tür zu öffnen.

Mit Grausen erinnerte er sich daran, wie er das Mädchen eines Nachts in seiner Küche gefunden hatte. Weil er ihr das Trinken verboten hatte, hatte sie in einem Wutanfall seine gesamte Whiskysammlung in den Abfluss gegossen. Es war nicht nur ein finanzieller Verlust gewesen, mit manch einem Whisky hatte er die Erinnerung an einen schönen Moment verbunden. Aber das war zu verschmerzen gewesen. Nicht auszudenken, was geschehen wäre, wenn Nathalie damals eine Flasche des hochprozentigen Brands getrunken hätte.

Lange Zeit hatte es danach im Hause Brander keinen Alkohol mehr gegeben. Mittlerweile war Nathalie gefestigt und hatte ihr Alkoholproblem in den Griff bekommen. Seine Sammlung hatte im Laufe der Jahre wieder einen stattlichen Umfang angenommen. In der vorderen Reihe stand die schwarze Tube eines fünfzehnjährigen Glencadam.

Er nahm die Flasche heraus, holte ein Glas aus der Vitrine und setzte sich auf das Sofa. Während er sein Brot aß, studierte er die Informationen auf der Verpackung. Nicht gefärbt, nicht kühlgefiltert, ein unverfälschter Brand. Fruchtige und nussige Aromen wurden angekündigt.

Er suchte auf seinem Smartphone den Ort Brechin, in dem die Brennerei seit 1825 beheimatet war. Es war ein kleiner Ort im Osten Schottlands zwischen Dundee und Aberdeen. Gedanklich begann er eine Reiseroute zu planen. Von Edinburgh nach Brechin, von dort in die Speyside, dann weiter nach Inverness … Er seufzte sehnsüchtig. Ob er Cecilia erneut zu einem Urlaub in Schottland überreden konnte?

Nachdem er sein Abendbrot beendet hatte, öffnete er die Flasche und goss ein Dram der hellgoldenen Flüssigkeit in sein Glas. Er schnupperte am Destillat. Zunächst stieg ihm eine milde Vanillenote in die Nase, im Hintergrund etwas Frucht. Apfel oder eher Birne? Brander schloss die Augen, roch erneut am Glas. Allein dieser ruhige Moment und der Genuss der Aromen ließen die vielen Eindrücke der vergangenen zwei Tage in den Hintergrund rücken.

Er nahm einen Schluck, ließ den Whisky einen Moment im Mund verweilen, spürte die sanfte, ölige Konsistenz am Gaumen. Trotz des hohen Alkoholgehalts lag der Brand weich auf der Zunge. Zu Vanille- und Fruchtaromen gesellte sich etwas Würzigkeit, die Brander keinem bestimmten Gewürz zuordnen konnte. Im Nachgang meinte er, eine Zimtnote zu erkennen.

Brander genoss die angenehme Wärme, die der Whisky in seinem Körper verbreitete. Er hob das Glas auf Augenhöhe, schwenkte den Inhalt ein wenig herum, betrachtete entspannt die Schlieren, die am Glasrand hinabliefen.

Wenn er seinen Geruchs- oder Geschmackssinn verlieren würde, würde er sich dann trotzdem weiterhin für Whisky begeistern können? Oder würde er alles aus seinem Leben verbannen, was ihn an diesen Genuss erinnerte?

***

Ihre Finger flogen über die Tasten. Berührten sie manchmal nur hauchzart, ein sanftes Streicheln. Dann wieder voller Kraft und Energie. Die Melodie schwoll an, ebbte ab, um sich gleich darauf erneut zu erheben. Laut. Erhaben. Kraftvoll.

Ihre Augen waren geschlossen. Sie brauchte keine Noten. Ihre Finger wussten, was sie zu tun hatten, fanden die Tasten, kannten das Tempo und die Intensität. Sie spielte mit all ihrem Können, ihrem Körper, ihrem Herzen, ihrer Seele. War eins mit der Musik. War die Melodie selbst. Ihr Körper wogte, erhob sich dem Höhepunkt entgegen. Sie strahlte. Es gab nur sie und die Musik.

Ein jäher Schmerz durchflutete ihre Finger, fuhr stechend und rasend schnell in ihren Arm, in ihre Schulter, schickte Blitze in ihren Kopf. Die Melodie verschwand, war nur mehr ein lauter, hallender Brei. Sie verlor den Halt. Sie fiel. Stürzte in eine reißende Flut. Ihr Körper wirbelte umher. Ein Rauschen in den Ohren. Sie würde sterben.

Sie riss die Augen auf. Stockfinstere Nacht umgab sie. Sie meinte, ihren Herzschlag zu hören. Der eifrige Muskel schlug hart in ihrer Brust. Sie spürte es bis hinauf in den Hals. Ihre Haut war schweißnass.

Sie lauschte in die Dunkelheit, in der Gewissheit, dass sie nicht allein war. Wagte nicht, sich zu bewegen. Kein verdächtiges Rascheln, das signalisieren würde, dass sie wach war. Sie atmete flach. Lag regungslos in ihrem Bett.

Die Augen gewöhnten sich an die Dunkelheit. Ihr Blick wanderte suchend umher. Sie sah die Konturen der Möbel. Sie wagte nicht, das Licht einzuschalten, aus Angst, es könnte tatsächlich jemand in ihrem Zimmer sein.

Mittwoch

Kriminaloberrat Hans Ulrich Clewer stand am Whiteboard des Konferenzraumes. Die Jacke seines hellen Anzuges hatte er über die Stuhllehne gehängt, die Ärmel seines Hemdes hochgekrempelt. Der Sechzigjährige war voller Tatendrang.

Er hatte den Namen Moritz Rösch in die Mitte geschrieben. Dazu die Namen des Vaters Christian, seines Freundes Hamadi Hammami und die der Schwestern Heppler.

»Weitere Kontakte?«, fragte er.

»Die Großeltern«, erwiderte Fabio. »Die Eltern von Christian Rösch wohnen am Zollberg, allerdings sind die laut Aussage der Nachbarn letzten Samstag zum Wandern nach Österreich gefahren, kommen erst in zehn Tagen zurück. Von Melanie Rösch lebt lediglich noch der Vater Helmut Unger.«

»Bei dem Helmut waren wir gestern«, fuhr Stephan fort. »Ich denk, den können wir von der Liste streichen. Der schafft's kaum vom Sofa zum Klo.« Stephan deutete mit einer kreisenden Armbewegung den Körperumfang des Mannes an. »Der klettert über keinen Zaun. Und bei dem Flaschenarsenal, das bei ihm im Flur stand, kann er vermutlich weder geradeaus gucken noch zielen.«

Fabio, der Stephan am Vortag begleitet hatte, nickte zustimmend. »Der Mann hat definitiv ein Alkoholproblem.«

Clewer schrieb die Namen am Rand auf das Whiteboard. »Hat Helmut Unger was Brauchbares von sich gegeben?«

»Nein«, erwiderte Fabio. »Interessanterweise wusste er nichts vom Tod seines Enkels. Das hat ihn ziemlich erschüttert.«

»Scheinen nicht die besten Familienverhältnisse zu sein«, resümierte Clewer. »Wen haben wir noch?«

»Die Arbeitskollegen aus dem Fast-Food-Restaurant«, ergänzte Brander.

»Da war ich gestern«, meldete sich Peter Sänger zu Wort. »Ich habe mit dem Filialleiter und ein paar Mitarbeitern gesprochen. Der Kontakt zu allen war eher oberflächlich, anscheinend gab es keine privaten Freundschaften. Rösch wäre zuverlässig gewesen, sagt sein Chef. Ein zurückhaltender junger Mann, freundlich zu Kunden und Kollegen.«

»Und was sagen die Kollegen und Kolleginnen?«, fragte Brander.

»Ähnliches. In seinem Handy war doch eine Sarah Mayer gespeichert«, erinnerte Peter an die Info, die sie am Tag zuvor von Jens Schöne bekommen hatten. »Das ist eine Kollegin. Sie hat öfter mit ihm gemeinsam Schicht gehabt und wirkte ziemlich betroffen. Ich glaube, sie mochte ihn ganz gern.«

»Was heißt ›ganz gern‹?«

»Na ja, es ist eher so ein Gefühl. Sie hat nichts diesbezüglich gesagt, aber in ihrer Mimik lag Betroffenheit. Ihr Freund war in der Nähe, sonst hätte sie vielleicht etwas offener gesprochen. Sie hat gefragt, ob er sich etwas angetan hätte. Da habe ich natürlich nachgehakt. Etwas in der Richtung angedeutet hätte er nie, sagt sie, nur manchmal sehr traurig auf sie gewirkt. Sie hätte ihn aber nicht näher gekannt, es wäre nur ein spontaner Gedanke gewesen.«

»Peter, lade die junge Frau zu einem Gespräch zu uns ein. Vielleicht erzählt sie mehr, wenn ihr Freund nicht neben ihr steht.« Clewer ergänzte den Namen Sarah Mayer auf dem Whiteboard. »Wie heißt der Freund?«

Peter stieß die Luft durch die vibrierenden Lippen. »Momentchen.« Er blätterte durch seinen Notizblock. »Laszlo Farkas.«

Clewer notierte auch den Namen. »Könnte Eifersucht im Spiel sein? Überprüft Farkas mal, ob er bei uns schon bekannt ist.«

»Der Vater von Moritz Rösch hatte doch auch schon gedacht, sein Sohn hätte sich etwas angetan, oder?« Die Frage kam von Jeannette Gugel.

»Ja«, bestätigte Brander.

»Vielleicht war das Ganze ja eine Art Selbstmord.« Die Kommissaranwärterin sah erwartungsvoll in die Runde.

Stephan runzelte die Stirn. »Und die Armbrust, die hat der Moritz mit ins Jenseits genommen, oder was?«

»Nein, natürlich nicht.«

»Kriegt man das hin? Sich selbst mit einer Armbrust in den Bauch schießen?« Peppi blies sich grübelnd eine Locke aus der Stirn und hielt die Arme vor ihrer Körpermitte von sich gestreckt.

»Es gab in der Vergangenheit schon Fälle, bei denen sich jemand mit einer Armbrust getötet hat«, erwiderte Jeannette. »Ich sollte das ja gestern recherchieren. Also Tötungen mit einer Armbrust. So richtig viel habe ich leider nicht gefunden.«

»So bedauerlich finde ich das nicht«, bemerkte Clewer und nickte ihr aufmunternd zu, ihre Ergebnisse vorzutragen.

»2022 gab es einen Fall in Bremerhaven, da hat ein Mann in einer Schule mit einer Armbrust auf eine Frau geschossen, die Frau hat überlebt, der Täter wurde verhaftet. 2020 wurde in Harburg ein Pfau mit einer Armbrust erschossen. Auch hier konnte der Täter gefasst werden.«

»Ein Pfau?« Stephan grinste belustigt.

Die Anwärterin fand das nicht so spaßig. »Ja, ein Pfau«, entgegnete sie ernst. »Tierschützer und Besitzer waren sehr empört.«

Stephan hob kapitulierend die Hände.

»Der spektakulärste Fall war 2019 in Passau«, fuhr Jeannette fort. »Da hat eine Frau erst einen Mann und eine Frau mit einer Armbrust erschossen und dann sich selbst damit getötet. Die beiden Tötungen wurden als Tötung auf Verlangen eingestuft und der Tod der Frau, die die Taten begangen hat, als Suizid. Die gehörten alle drei zu einer Art Sekte.«

Die Anwärterin hatte ihren Arbeitsauftrag gewissenhaft bearbeitet, stellte Brander anerkennend fest.

»Zum Thema Selbstmord habe ich dann noch einen Bericht in einem Fachblatt für Rechtsmediziner gefunden«, ergänzte Jeannette. »Da hatte sich ein Suizident mit der Armbrust in den Kopf geschossen, also genauer gesagt in den Mund.«

»Nichtsdestotrotz: Wenn wir von einem Suizid ausgehen

wollten, fehlt uns definitiv die Tatwaffe«, erinnerte Brander sie an die Auffindesituation. »Du hast doch sicher den Obduktionsbericht gelesen: Nach dem Schuss hat er nicht lange genug gelebt, um die Armbrust noch irgendwo zu verstecken. Mal abgesehen davon, dass das auch wenig Sinn ergeben würde.«

»Moritz Rösch muss es ja nicht selbst gemacht haben.« Jeannette atmete einmal tief durch, als müsse sie Anlauf für den nächsten Satz nehmen. »Er hat jemanden gebeten, es für ihn zu tun.«

»Er hat einen Auftragskiller engagiert?« Die Mundwinkel in Stephans faltigem Gesicht zuckten verdächtig.

»So in der Art.« Die Anwärterin ließ sich von der Skepsis ihrer Kollegen nicht aus dem Konzept bringen. Ein leichter Triumph legte sich in ihren Blick. »Einen Freund.«

Brander ahnte, auf wen sie anspielte. Er musterte die junge Frau, die kaum einen Tag Mitglied in ihrem Team war und so unbeirrt ihren Weg ging. Wie hatte sie sich ausgedrückt? Den Fall im Brainstorming lösen. Manchmal musste man ein wenig herumspinnen, um auf den richtigen Lösungsansatz zu kommen. Vielleicht war ja etwas Brauchbares an Jeannettes Theorie, bemühte er sich um Unvoreingenommenheit. »Dann erkläre uns mal, wie du dir das vorstellst.«

Jeannette begann erfreut an den Fingern abzuzählen. »Erstens das Motiv für einen Suizid: Moritz Rösch verursacht vor drei Jahren einen folgenschweren Unfall. Seine Unfallgegnerin Apollonia Heppler erleidet schwerwiegende Verletzungen und muss daraufhin ihre vielversprechende Karriere als Pianistin beenden. Moritz Rösch kommt aus einfachen Verhältnissen. Er hat nichts, um das Geschehene wiedergutzumachen. Das belastet ihn. Dann verliert er kurz darauf seine Mutter. Melanie Rösch ist innerhalb eines Jahres, nachdem sie eine Krebsdiagnose bekommen hat, der Krankheit erlegen.«

»Woher hast du diese Information?«, wunderte sich Brander.

Sie deutete auf Fabio, der bestätigend nickte, und fuhr fort.

»Wie sein Freund Hamadi Hammami uns gestern bei der Vernehmung erklärt hat, litt Moritz Rösch sehr unter dem Verlust seiner Mutter.«

»Es war lediglich eine Befragung«, korrigierte Brander.

»Moritz Rösch war jedenfalls nicht glücklich. Er konsumiert leichte Drogen –«

»Das ist noch nicht erwiesen«, stellte Brander die Aussage richtig. Es waren die unscheinbaren Details, auf die es oft genug ankam, das sollte Jeannette Gugel lernen. Immerhin hatte die Obduktion bisher keinen Hinweis darauf ergeben, dass Moritz Rösch Drogen konsumiert hatte.

Die Nachwuchskommissarin zog kurz eine Schnute, dann fing sie sich wieder. »Jedenfalls schmeißt er letzten Sommer die Schule, obwohl er nur noch ein Jahr bis zum Abi gebraucht hätte, und beginnt zu jobben.«

»Zu dem Zeitpunkt war Christian Rösch kurzzeitig arbeitslos«, ergänzte Fabio.

»Vielleicht wollte er seinen Vater finanziell entlasten«, überlegte Peppi.

»Aber es könnte doch sein, dass ihn das alles fertigmachte«, beharrte Jeannette auf ihrer Theorie. »Moritz Rösch sah keine Perspektive für sich. Er litt unter Schuldgefühlen, vermisste seine Mutter, dann wird sein Vater arbeitslos, finanzielle Sorgen. Und darum beschließt er, seinem Leben ein Ende zu setzen.«

Dem Zimmer nach zu urteilen, das Brander in Röschs Wohnung gesehen hatte, und nach den Informationen, die sie bisher über das Opfer zusammengetragen hatten, war Moritz offensichtlich kein lebensfroher Mensch gewesen, so weit stimmte Brander ihr zu. Aber nicht jeder unglückliche Mensch war suizidal.

»Und jetzt denkste, der sucht sich jemanden, der bereit ist, ihn zu erschießen?«, hakte Stephan nach.

»Das wäre doch möglich.« Jeannette nickte eifrig. »Und da kommt sein Freund Hamadi Hammami ins Spiel. Er hat sicherlich das Können: Er kommt aus einem Kriegsgebiet.

Der weiß, wie man kämpft. Und eine Armbrust kann man sich ganz einfach im Onlineshop bestellen. Da braucht man nicht einmal einen Waffenschein. Man muss lediglich seine Volljährigkeit nachweisen. Wir haben also erstens ein Motiv, zweitens das Können.«

»Das sei noch dahingestellt«, kommentierte Brander.

»Und drittens die Gelegenheit: Die beiden verabreden sich frühmorgens auf dem Friedhof. Vielleicht waren sie in den Wochen davor sogar gemeinsam dort, um auszukundschaften, ob sie ihren Plan ungestört durchführen können.«

»Du hast ja Phantasie, Mädel.« Stephan runzelte skeptisch die Stirn.

Ganz so abwegig war dieser Gedanke vielleicht nicht, überlegte Brander. Aber etwas störte ihn an Jeannettes Theorie.

»Oder aber«, ergriff diese wieder das Wort, »Moritz wollte gar nicht wissen, wann es so weit ist. Es gibt ja nicht mal einen Abschiedsbrief. Er hat Hammami einfach gebeten, es zu tun. Irgendwann. Irgendwo. Irgendwie.«

»Irgendwie, irgendwo, irgendwann«, trällerte Peppi leise den Refrain eines Hits aus ihrer Jugend.

Jeannette sah sie irritiert an.

»'tschuldigung.« Peppi räusperte sich. »Mach weiter.«

»Hammami wusste, dass Moritz jeden Montag auf den Friedhof zum Grab seiner Mutter geht, hat er gestern selbst zugegeben. Und da könnte er doch auf ihn gewartet haben. Und viertens: das Alibi. Ich habe da gestern noch was überprüft.«

»Du hast etwas überprüft?« Brander meinte, sich verhört zu haben. Etwas überprüfen klang nicht mehr nach simplem Brainstorming.

»Hamadi Hammami wohnt bei seinem Arbeitgeber mit im Haus. Das wissen wir aus der Vernehm… Befragung. Er hat angegeben, dass er am Sonntagabend nach dem Treffen mit Moritz nach Hause gegangen ist. Aber er hätte die Möglichkeit gehabt, sich nachts unbemerkt aus dem Haus zu schleichen.«

»Woher weißt du das?« In Branders Stimme schwang ein mahnender Unterton mit.

»Ich bin gestern Abend hingefahren und habe mir das Haus angesehen.«

»Mit wem?« Brander sah zu Fabio, der mit einem Kopfschütteln und gehobenen Händen jede Beteiligung von sich wies. Auch die anderen Kollegen wussten von nichts.

»Ich bin doch nur an dem Haus vorbeigegangen …«

»Darüber sprechen wir gleich noch.« Brander wollte die junge Frau nicht vor versammelter Mannschaft zurechtweisen. »Ich habe eine Frage zu deiner Theorie des in Auftrag gegebenen Suizides: Warum wurde Moritz mitten auf dem Weg bei den Kriegsgräbern erschossen und nicht beim Grab seiner Mutter, wenn Hamadi Hammami doch wusste, dass Moritz sehr an seiner Mutter hing? Du hast ihn gestern gehört: Familie hat für Hammami große Bedeutung.«

Brander bat die Anwärterin, im Konferenzraum zu bleiben. Er wartete mit ihr und Peppi, bis die Kollegen das Zimmer verlassen hatten, dann schloss er die Tür und wandte sich Jeannette zu. »Ich hatte dir gestern eine klare Arbeitsanweisung gegeben, oder?«

»Die habe ich ja auch erledigt. Ich habe das Ergebnis doch gerade vorgetragen.«

»Habe ich irgendetwas davon gesagt, dass du Hamadi Hammamis Alibi überprüfen sollst?«

»Nein, aber –«

»So etwas geht nicht! So einen Alleingang machst du nie wieder, hast du das verstanden?«

»Ich bin doch nur an dem Haus vorbeigegangen.«

»Nur daran vorbeigegangen?« Brander schnaufte ärgerlich. Er hatte sich am Tag zuvor auf einer Onlinekarte angesehen, wo Hammamis Chef wohnte. Das Wohnhaus der Familie Ulmer befand sich unmittelbar auf dem Betriebsgelände der Elektrofirma. Von der Straße aus hätte Jeannette kaum etwas erkennen können. »Im Vorbeigehen konntest du feststellen, dass Herr Hammami die Möglichkeit hatte, unbemerkt aus seinem Zimmer und dem Haus zu verschwinden?«

Sie senkte den Blick.

»Herrgott noch eins! Das ist kein Kinderzirkus! Wir ermitteln in einem Tötungsdelikt! Und da will ich keine Alleingänge einer unerfahrenen Anwärterin. Du gefährdest damit unsere Ermittlung. Herr Hammami hat dich gestern bei uns gesehen, und dann strolchst du abends auf dem Firmengelände herum! Geht's noch?«

»Ich wollte doch nur Initiative zeigen.«

»Du wolltest beweisen, dass Hammami lügt«, unterstellte Brander ihr. »Eine vorgefasste, dazu noch rassistisch motivierte Meinung hat bei der Ermittlung in einem Kapitalverbrechen nichts zu suchen!«

Jeannette riss die Augen auf. »Ich bin doch kein Rassist!«

»Was Andi sagen möchte, ist, dass wir bei einer Ermittlung Objektivität brauchen«, mischte Peppi sich ein, um die Wogen zu glätten. »Wenn du meinst, du hättest einen Ermittlungsansatz, dann rede mit uns, und wir schauen dann gemeinsam, wie wir vorgehen können.«

»Aber –«

»Es reicht, Frau Gu… Jeannette«, bremste Brander sie entschieden. »Du bist viel zu unerfahren, um entscheiden zu können, welche Maßnahmen wann während einer Ermittlung zu unternehmen sind. Und außerdem solltest du bereits gelernt haben, dass Polizeiarbeit Teamarbeit ist! Das gilt auch für dich. Wir arbeiten in Teams. Niemals allein.« Er sah der jungen Frau eindringlich in die Augen, um festzustellen, ob seine Botschaft angekommen war. Sie erwiderte seinen Blick trotzig.

»Du gehst jetzt in das Büro von Stephan Klein und richtest dir deinen Arbeitsplatz ein. Und dann möchte ich, dass du mir ganz genau aufschreibst, was du gestern auf dem Firmengelände gemacht hast, was du gesehen und mit wem du gesprochen hast.«

Vielleicht hatte sie ja bei ihrem Alleingang irgendetwas Brauchbares bemerkt, dann hätte die Aktion zumindest einen kleinen Sinn gehabt. Brander sah der jungen Frau hinterher, die schmollend den Raum verließ.

»Ich hab kein gutes Gefühl bei diesem Mädchen«, erklärte Brander, als er mit Peppi allein war.

»Sei nicht so streng. Sie ist ein Greenhorn, die uns zeigen will, was sie draufhat.«

»Und genau das gefällt mir nicht.« Er nahm seine Unterlagen und folgte Peppi in ihr gemeinsames Büro.

Zu seiner Überraschung traf er Fabio dort an. Er war in Gesellschaft eines jungen Paares. Die Frau war klein, etwas stämmig, halblange dunkelblonde Haare umrahmten ein Gesicht, das Brander irgendwie bekannt vorkam. Der junge Mann neben ihr war einen halben Kopf größer als sie, schlank, das schmale Gesicht krönte ein moderner Kurzhaarschnitt.

»Cordelia Heppler und Paul Kübler«, stellte Fabio die beiden vor.

Die dritte der Schwestern. Ihr Gesicht war etwas runder, aber die Gesichtszüge passten: eng stehende Augen, schmale Nase, schmaler Mund. Nur die Größe und die schlanke Figur von Florentine und Apollonia hatte sie nicht.

»Frau Heppler, das passt gut, mit Ihnen wollten wir ohnehin sprechen.« Er deutete auf den Besucherstuhl. »Setzen Sie sich, bitte. Fabio, könntest du noch einen Stuhl –«

»Ich möchte nicht, dass Sie meine Schwester noch einmal belästigen!«, unterbrach die Frau ihn barsch.

Paul Kübler presste verlegen die Lippen zusammen und sah zu Boden.

Brander runzelte die Stirn. »Wir haben niemanden belästigt.«

»Sie sind doch Herr Brander, oder?« Sie wartete die Antwort nicht ab. »Dann waren Sie gestern bei Loni. Ich will nicht, dass Sie noch einmal zu ihr fahren und ihr all diese Fragen stellen!«

»Ich denke, ich kann Ihre Sorge verstehen, Frau Heppler. Aber ein junger Mann ist eines gewaltsamen Todes gestor–«

»Dieser ›junge Mann‹ hat Lonis Leben ruiniert. Und Sie wühlen mit Ihren Fragen alles wieder auf!«

»Kannten Sie Moritz Rösch?«

»Bedauerlicherweise kannte ich dieses nichtsnutzige Arschloch.«

»Della!« Paul Kübler sah bestürzt zu seiner Freundin.

Diese Unterhaltung versprach interessant zu werden. Brander deutete erneut auf den Besucherstuhl. »Nehmen Sie bitte Platz. Fabio, besorgst du bitte einen Stuhl für Herrn Kübler?«

Fabio nickte und verschwand eilig.

»Ich will mich nicht setzen! Ich habe gesagt, was ich zu sagen hatte«, ereiferte sich Cordelia weiter. »Sollten Sie Loni noch ein einziges Mal belästigen, dann werde ich mich über Sie beschweren. Und zwar an oberster Stelle!«

»Es steht Ihnen frei, sich über mich zu beschweren«, räumte Brander gleichmütig ein. Cordelia Heppler wäre nicht die Erste. »Aber ich muss mich wiederholen: Wir haben Ihre Schwester nicht belästigt. Wir ermitteln in einem Tötungsdelikt, und da ist es unerlässlich, dass wir mit Menschen aus dem Umfeld des Opfers sprechen.«

»Aus dem Umfeld?« Ihre Stimme überschlug sich. »Moritz Rösch gehörte garantiert nicht zu unserem Umfeld!«

»Della, bitte …« In Küblers Worten schwang leichter Ärger mit. »So hilfst du niemandem. Die Polizei hat ein paar Fragen, die werden wir beantworten, und dann ist die Sache für uns alle erledigt.«

Die junge Frau starrte ihren Begleiter grimmig an. Brander sah, wie ihr Kiefer malmte, ähnlich wie am Tag zuvor bei Florentine Heppler. Diese Schwestern konnten ihre Verwandtschaft nicht leugnen. Mit einem Protestschnaufer ließ sich Cordelia auf dem angebotenen Platz nieder. Fabio brachte den zweiten Stuhl.

Paul Kübler setzte sich neben seine Freundin und ergriff ihre Hand. Vielleicht, um ihr Halt zu geben, vielleicht, um sie zu bremsen, wenn sie wieder mit einer Beschwerde drohte. »Was möchten Sie von uns wissen?«, fragte er.

»Sie kannten Herrn Rösch ebenfalls?«, wandte Brander sich an Kübler.

»Ich glaube, niemand von uns ›kannte‹ Herrn Rösch. Ich

bin mit Cordelia seit meiner Jugend befreundet, und seit sechs Jahren sind wir zusammen, dadurch habe ich den schlimmen Unfall damals –«

»Das war kein Unfall!«, fuhr Cordelia dazwischen.

»Ich habe diese schreckliche Geschichte natürlich mitbekommen«, vollendete Kübler seinen Satz.

»Hatten Sie beide Kontakt zu Herrn Rösch?«

»Nein, es gab keinen persönlichen Kontakt zu Herrn Rösch. Wir haben ihn bei der Gerichtsverhandlung gesehen, mehr nicht. Und seither hatten wir nichts mehr mit ihm zu tun.«

Brander wandte sich Cordelia zu. »Hatte sonst jemand aus Ihrer Familie Kontakt zu Herrn Rösch? Ihre Eltern vielleicht oder eine Ihrer Schwestern?«

»Nein.«

»Frau Heppler, Sie sagten gerade, der Treppensturz Ihrer Schwester war kein Unfall. Wie meinen Sie das?«

»Er hat sie umgerannt! Es war kein Unfall. Es war volle Absicht.«

»Warum hätte er das tun sollen? Soweit mir bekannt ist, waren Ihre Schwester Apollonia und Herr Rösch sich vorher nie begegnet.«

»Er war betrunken und hat sie hinterrücks gestoßen! Sie ist kopfüber die Treppen hinuntergestürzt. Es gibt Videoaufzeichnungen von den Überwachungskameras. Schauen Sie sich die Bilder an.«

Brander war sich sicher, dass die Aufzeichnungen bei Gericht sorgfältig ausgewertet worden waren. Aber es konnte nicht schaden, einen Blick darauf zu werfen, um sich ein Bild von den damaligen Geschehnissen zu machen.

Cordelia hielt mühsam ihre Wuttränen zurück, als sie mit erstickter Stimme erklärte: »Er hat ihr Leben zerstört! Unser aller Leben.«

»Unser aller Leben?«, wiederholte Brander.

»Denken Sie, wir leiden nicht mit ihr?«

Seine nächste Frage würde ihr Gemüt nicht beruhigen,

ahnte Brander. »Frau Heppler, nur der Form halber, ich muss Sie das leider fragen: Wo waren Sie vergangenen Montag zwischen drei und sechs Uhr morgens?«

Die Frau schnappte nach Luft. Brander sah, wie sich Paul Küblers Finger fest um ihre Hand schlossen. »Wir waren zu Hause«, antwortete er an ihrer Stelle. »Um die Zeit pflegen wir zu schlafen.«

***

Brander saß grübelnd an seinem Schreibtisch, das Blatt mit seiner Zeichnung lag vor ihm. Blitz und Donner waren ein gutes Symbol für die Wut von Cordelia Heppler, befand er. Sie war mit ihren dreißig Jahren die älteste der drei Schwestern. Und sie wollte Apollonia schützen.

Unter welchen Folgen litt die einstige Starpianistin seit dem Unfall? Denn laut den Unterlagen, die Fabio ihm über den Vorfall geschickt hatte, war es das. Eine fahrlässige Körperverletzung. Moritz Rösch hatte das nicht gewollt. Er hatte sich während der Gerichtsverhandlung entschuldigt. Die Videoaufzeichnungen ließen keinen bewussten Angriff erkennen. Unachtsamkeit, das konnte man ihm vorwerfen, vielleicht auch Rücksichtslosigkeit, aber keinen Vorsatz.

Apollonia hatte am Tag zuvor ausgesagt, er wäre vor einem Jahr zu ihr gekommen, um sich persönlich bei ihr zu entschuldigen. Aber sie war nicht bereit, diese Entschuldigung anzunehmen. Cordelias Wut gegenüber Rösch war offenkundig. Was war mit Florentine?

Es gab mindestens einen telefonischen Kontakt zwischen ihr und Rösch. Warum leugnete Florentine das? Sie brauchten die Verbindungsnachweise der letzten Monate. Hatte es häufiger Kontakt zwischen den beiden gegeben? Womöglich seit seinem Auftauchen bei Apollonia? Hatten die Schwestern daraufhin die Tötung geplant und ihn in eine Falle gelockt?

Eine Armbrust war nicht nur leicht zu erwerben, sondern auch relativ einfach zu bedienen. Abgesehen vom Zielen war das Schwierigste vermutlich das Spannen der Sehne, überlegte er.

»Verfluchter Mist«, schimpfte Peppi in seine Grübeleien hinein. »Denkst du, ich krieg diese blöde Melodie aus dem Kopf?«

»Was für eine Melodie?«

»›Gib mir die Hand, ich bau dir ein Schloss aus Sand. Irgendwie, irgendwo …‹«, stimmte Peppi den Refrain des Nena-Hits an.

»So blöd fand ich den Song damals gar nicht«, erinnerte Brander sich. Einen Moment schweiften seine Gedanken zurück in seine Jugend. Verdammt, war das lange her. Und schon schwirrte ihm der Klaus-Lage-Song im Kopf herum. Er summte den Refrain leise und talentfrei vor sich hin.

Peppi lachte auf. »Jetzt komm du mir mit dem nächsten Ohrwurm! Sollen wir einen Gesangsverein gründen?«

»Lieber nicht.« Er seufzte sehnsüchtig. »Noch mal fünfzehn sein, das wär's.«

»Nö, dann könnten wir ja in drei Wochen nicht deinen Fünfzigsten feiern.«

»Musst du mich daran erinnern?«

»Was ist denn so schlimm daran? Fünfzig – das ist doch nur eine Zahl.«

So simpel war es für Brander nicht. Der Zenit war überschritten, hier und da zwickte es im Rücken, im Nacken, die Kondition wurde nicht besser, die Haut schlaffer. »Es geht nicht um das Alter, es geht um die Feier.«

»Andi, die wird klasse! Das wird eine Neue-Deutsche-Welle-Party, oder?«

»Mit Stirnband und Schweißbändern an den Handgelenken?«

Damit brachte er seine Kollegin erneut zum Lachen. »Gut, dass es damals noch kein Facebook oder Insta gab! Sonst könntest du jetzt die Bilder aus meiner Jugend googeln.«

Der Gedanke verursachte ihm erneut Bauchschmerzen. Eine Bildershow mit blamablen Fotos aus seinem Leben. Seine

Eltern hatten sicherlich peinliche Aufnahmen von Klein-Andi nackig im Planschbecken oder auf dem Babytöpfchen.

»Was ist los? Du ziehst eine Grimasse, als hättest du in eine saure Zitrone gebissen.«

»Nichts.« Brander winkte ab. So schlimm würde sein Geburtstag hoffentlich nicht werden. Bei Peppis Worten war ihm allerdings noch ein anderer Gedanke gekommen. Er griff zum Telefon und wählte Fabios Nummer.

»Pronto?«

»Ich habe einen Auftrag für dich: Finde mal heraus, ob Moritz Rösch in den sozialen Medien unterwegs war, und wenn ja, was er da so von sich gegeben hat.«

»Eh, Andi! Das habe ich doch längst gemacht. Backgroundrecherche. Was denkst du denn, wo ich bei den jungen Leuten anfange?«

»Und?«

»Er hat einen Insta-Account, postet da aber nichts.«

»Kannst du auch mal die Heppler-Schwestern checken?«

»Alle drei?«

»Alle drei. Hol dir Jeannette dazu, die ist jung, die kennt sich sicher gut mit dem ganzen Kram aus.«

»Sì, Signore.«

So war die Anwärterin mit einer Aufgabe versorgt und kam hoffentlich nicht auf neue dumme Ideen.

Brander und Peppi hatten sich mittags mit Stephan zum Essen bei ihrem Stammitaliener am Roßmarkt verabredet. Der Kollege saß bereits mit Kriminaloberrat Hans Ulrich Clewer unter einem Sonnenschirm an einem der Außentische vor dem Restaurant.

»Wo ist Jeannette?«, erkundigte sich Clewer.

»Observiert Hammami«, erwiderte Peppi, ohne eine Miene zu verziehen.

Der Inspektionsleiter zog eine Grimasse. »Und wo ist sie wirklich?«

»Wir haben sie in Fabios erfahrene Hände gegeben. Onlinerecherche.« Brander zog einen Stuhl zurück und setzte sich. Die Sonne strahlte von einem wolkenlosen Himmel, die Temperaturen hatten die Zwanzig-Grad-Marke überschritten. Er bereute, dass er am Morgen ein langärmliges Hemd angezogen hatte, und krempelte die Ärmel hoch. Es war nicht einmal Mitte Mai. Wie sollte es da im Sommer werden? »Habt ihr schon bestellt?«

»Nur Getränke.«

Sie orderten einen Vorspeisenteller für vier Personen und Pizza und Pasta als Hauptgang. Während des Essens vermieden sie es, über ihren Fall zu sprechen. Stattdessen unterhielt Peppi die Runde mit einem Bericht über ihre Hochzeitsreise. Schwärmte von der einzigartigen Natur mit Traumstränden, Bergen, Vulkanlandschaften und Regenwäldern, lobte die Offenheit und Freundlichkeit der »Kiwis«, wie die Neuseeländer sich selbst nannten, und gab ihr frisch erworbenes Wissen über die Kultur der Maori wieder.

»Hast du auch einen kleinen Hobbit getroffen?«, fragte Brander, während der Kellner ihm Tiramisu zum Nachtisch servierte.

Stephan feixte. »Den hatte sie doch dabei.«

»Kann nicht jeder so ein Baumbart sein wie du«, konterte Peppi.

Der Hüne zupfte sich an seinem rasierten Kinn. »Ich sehe mich eher in der Rolle des Zauberers oder eines edlen Elben.« Er spannte einen imaginären Bogen. Die Eleganz eines Elben besaß er allerdings nicht.

»Sei froh, dass sie dich nicht mit einem Ork verglichen hat«, stichelte Brander.

Clewer war gedanklich wieder bei der Arbeit. »Mit was für einem Tätertyp haben wir es zu tun?«, fragte er in die Runde.

»Ich tippe auf Einzeltäter.« Brander nahm einen Löffel seiner Cremespeise.

»Warum?«

»Zunächst einmal die Spurenlage: Wir haben bisher kaum was Brauchbares.«

»›Kaum‹ ist gut.« Peppi zog eine abschlägige Grimasse.

»Der Ebershaldenfriedhof ist gut frequentiert«, gab Clewer zu bedenken. »Da bei den Spuren die Spreu vom Weizen zu trennen, ist eine Sisyphusarbeit.«

»Mit Sicherheit. Was noch für einen Einzeltäter spricht: Allein kann man sich leichter verstecken als zu zweit oder zu dritt, obwohl der Friedhof einige gute Möglichkeiten bietet«, räumte Brander ein. »Zudem: Um jemanden mit einer Armbrust zu erschießen, braucht man keinen zweiten Mann.«

Stephan bewegte abwägend den Kopf. »Könnte jemand Schmiere gestanden haben.«

»Laut Anwohnerbefragung wurde zumindest niemand bemerkt.«

»Was nichts heißen muss. So früh schlafen die meisten Leute noch. Sieht gut aus, dein Nachtisch.« Stephan winkte dem Kellner, entschied sich nach einem Blick in die Karte für Pannacotta. »Und einen Espresso, per favore.«

»Espresso nehm ich auch«, schloss Brander sich an. Peppi und Clewer zogen nach.

»Es gab keine Auseinandersetzung zwischen Täter und Opfer«, nahm Brander den Faden wieder auf. »Die beiden sind sich begegnet, der Täter hat geschossen. Abgang. Ende.«

»Es könnte auch eine Täterin gewesen sein«, gab Peppi zu bedenken.

»Eine Armbrust zählt als Schusswaffe«, überlegte Stephan. »Schusswaffe deutet eher auf einen männlichen Täter hin.«

»Muss nicht sein«, widersprach Peppi. »Es gibt viele Frauen, die sich für das Bogenschießen begeistern. Warum nicht auch für eine Armbrust?«

»Du hast doch gestern von Falkenberg gehört: Erst wird mit dem Gewehr geübt, und dann geht's an die Armbrust«, erinnerte Brander seine Kollegin an ihren Besuch beim Schützenverein.

Stephan runzelte zweifelnd die Stirn. »Wenn ich ein Gewehr zur Verfügung habe, besorg ich mir doch nicht extra eine Armbrust, um jemanden umzulegen.«

Peppi schürzte die Lippen. »Warum nicht? Zunächst einmal ist ein Gewehr wesentlich lauter als eine Armbrust. Und wenn du die Waffe nicht auf dem Schwarzmarkt erwirbst, ist sie in der Regel registriert. Selbst wenn nicht: Wenn ich einen Tatverdächtigen habe, der im Besitz einer Waffe ist, kann ich die Geschosse und Projektile damit vergleichen. Ich bin nicht sicher, ob das auch für Bolzen und Armbrust gilt.«

»Hm.« Stephan fand keine Gegenargumente.

»Fakt ist, Tatwaffe war eine Armbrust. Ob Täter oder Täterin –«, hob Clewer zu einem Gedanken an, als die Melodie von Branders Handy ihn unterbrach. Es war Manfred Tropper von der Kriminaltechnik.

»Bin gerade beim Nachtisch«, grüßte Brander den Kollegen.

»Dann sieh zu, dass du fertig wirst.«

»Was gibt's denn?«

»Wir haben vermutlich ein zweites Opfer.«

»Oha, die Kavallerie ist da. Kommen da noch mehr von euch?«, fragte Tropper amüsiert, als sich die vier Kommissare der K1 in sein kleines Büro drängten.

»Was heißt ›zweites Opfer‹?« Clewer strich sich einen Krümel von seiner Krawatte. »Warum weiß ich nichts davon?«

»Die Info habe ich von Maggie bekommen. Wir haben gerade telefoniert. Es gab vor knapp sechs Wochen einen Vorfall in der Nähe von Heidelberg.«

»Mit einer Armbrust?«

»Das ist nicht sicher, aber gut möglich. Das Opfer ist siebenundsechzig, männlich. Er wurde damals vor seiner Haustür tot aufgefunden. Er hatte eine tiefe Schnittwunde am Hals, die Halsschlagader war durchtrennt.«

Der Kriminaltechniker wandte sich seinem Computer zu und öffnete eine Bilddatei auf dem Monitor. Sie zeigte das Foto eines Halses, der linksseitig eine Schnittwunde aufwies.

»Das Bild hat Maggie von den Heidelberger Rechtsmedizinerinnen bekommen. Sie gingen zunächst davon aus, dass dem Mann die Verletzung mit einem Messer mit scharfer, dünner Klinge zugefügt wurde. Allerdings gab das Verletzungsmuster zwei Rätsel auf. Zum einen verläuft der Schnitt von vorn an der linken Halsseite entlang nach hinten. Seht ihr, hier vorn neben dem Kehlkopf ist die Einstichstelle, von da zieht die Tatwaffe in gerader Linie am Hals entlang.«

»Und?«, fragte Stephan.

»Die Frage ist: Wie hat der Täter das Messer geführt?«

»Er könnte frontal auf den Hals des Opfers gezielt haben«, überlegte Peppi.

Tropper zog zweifelnd die Stirn in Falten. »Überleg mal, Peppi, wie würde man ein Messer bei einem Frontalangriff führen? Wo habe ich das Messer versteckt? In der Hosentasche? Oder vielleicht in der Jackentasche? Der Täter zieht die Waffe hervor und streckt den Arm dann vermutlich im Reflex der Bewegung eher von unten nach vorn Richtung Bauchregion und nicht hinauf zum Hals.«

Tropper nahm ein Lineal von seinem Schreibtisch und stand auf. »Andi, stell dich mal da hin.«

Er positionierte sich Brander gegenüber und demonstrierte den Bewegungsablauf. Beim Vorstrecken berührte das Ende des Lineals Branders Solarplexus.

»Er muss das Messer nicht von unten geführt haben. Er kann den Arm hochgerissen und von oben auf den Hals seines Gegners eingestochen haben.« Peppi winkelte den Arm an, sodass ihre Hand auf Kopfhöhe war.

»Ja.« Tropper tat es ihr gleich. »Aber wenn ich jetzt auf meinen Gegner einsteche, geht der Hieb diagonal nach unten und somit auch die Spitze des Messers. Der Schnitt würde nach hinten unten verlaufen und nicht gerade am Hals entlang.«

Er wandte sich wieder seinem Monitor zu und rief ein Foto auf, das einen waagerechten Schnittkanal zeigte. »Wie soll ich jemandem von vorn so gerade in den Hals schneiden? Da würde ich eher vermuten, dass der Täter das Opfer von hinten angreift und das Messer am Hals entlangführt.«

»Aber da verläuft der Schnitt doch eher vorn von links nach rechts über den Kehlkopf und nicht von vorn seitlich nach hinten«, überlegte Brander.

Tropper nickte zustimmend. »Und wenn ich mein Opfer

von hinten angreife, hätten die Kollegen Täterspuren am Opfer finden müssen. So einen Schnitt machst du ja nicht ohne Körperkontakt. Doch es gab keinerlei Spuren, die auf eine direkte Berührung zwischen Täter und Opfer hinweisen. Und wie hätte der Täter unbemerkt hinter sein Opfer kommen sollen? Der Mann kam höchstwahrscheinlich gerade aus dem Haus. Er war maximal eine Schrittlänge vom Eingang entfernt.«

»Sie könnten gemeinsam in dem Haus gewesen sein«, schlug Peppi vor.

»Darauf gab es im Haus keine Hinweise. Wie auch immer. Das Muster, das wir hier haben, ist ein eher untypisches Verletzungsmuster für einen Messerangriff.«

»Was ist Rätsel Nummer zwei?«, fragte Brander.

»Die Art der Schnittverletzung. Bei einem Messer haben wir, wenn wir nicht gerade ein geriffeltes Brotmesser oder eine stumpfe Klinge verwenden, einen sauberen Schnitt. Im vorliegenden Fall gehen wir von einer rasiermesserscharfen Klinge aus. Allerdings haben wir nicht nur diese scharfe Schnittkante, sondern eine … Warte, ich zeige es euch.«

Tropper öffnete eine Aufnahme auf seinem Monitor, auf der ein Schnittkanal markiert war. »Seht ihr? Am Anfang der glatte Schnitt, dann hier eine runde, etwas dickere Einstichstelle. Von dieser Verdickung gehen von innen nach außen zwei weitere Schnitte ansatzweise ab, da wurde quasi ein schmaler Hautstreifen am Hals herausgeschnitten.«

Peppi schob ihre Brille auf der Nase zurecht und beugte sich näher zum Monitor. »Also kein Durchschuss, sondern eher ein Streifschuss, oder? Dieser runde Kanal ist der Pfeil, und davon gehen sternförmig drei Klingen ab.«

»Und da sind die in Heidelberg nicht auf Jagdbolzen gekommen?«, fragte Stephan.

»So alltäglich ist so ein Verletzungsmuster nicht, dass man gleich daran denkt«, nahm Tropper die Rechtsmedizinerinnen in Schutz. »Zudem wurde am Tatort weder Pfeil noch Bolzen gefunden. Die Heidelbergerinnen hatten Pfeil und Bogen in Betracht gezogen. Sie haben die Bilder an ihre Kollegen geschickt, um deren Meinungen einzuholen. Und daran hat Maggie sich gestern erinnert.«

»Und informiert uns erst heute?«, beschwerte Brander sich.

»Sie hat erst einmal nach den Unterlagen suchen müssen und sich alles angesehen, bevor sie hier die Pferde scheu macht. Heute Vormittag hat sie mit den Heidelberger Kolleginnen gesprochen und sich den Obduktionsbericht und die Bilder organisiert.«

»Was weiß man über das Opfer?«, fragte Clewer.

»Der Mann heißt Ulf Subisch. Pensionär. Wohnhaft in Heidelberg. Mehr habe ich nicht.«

Peppi schüttelte ungläubig den Kopf. »Und niemand hat mitbekommen, dass er vor seiner Haustür erschossen wurde?«

»Habe ich das nicht erwähnt? Die Tat passierte nicht vor seinem Wohnhaus in Heidelberg, sondern vor seinem Wochenendhaus, das einsam und verlassen am Rande eines Waldgebiets liegt. Da sagen sich Fuchs und Hase Gute Nacht und freuen sich, wenn sie mal nicht Ziel einer Jagd sind.«

»Wie wurde er gefunden?«, fragte Brander.

»Die Tat erfolgte an einem Sonntag, mutmaßlich zwischen zwei und sechs Uhr morgens. Zwei Frauen, die dort regelmäßig sonntagvormittags eine Nordic-Walking-Runde drehen, haben ihn entdeckt.«

»Wie muss ich mir das vorstellen? Subisch tritt aus seiner Haustür und wird dort von dem Schützen niedergestreckt«, rekonstruierte Brander. »Wieso wurde keine Tatwaffe gefunden? Wenn es ein Streifschuss war, ist der Bolzen am Opfer vorbei und gegen die Hauswand geprallt. Wo soll er denn von da hingeflogen sein?«

»Der Täter könnte den Bolzen geholt und wieder mitgenommen haben«, schlug Tropper vor. »Aber du hast nicht ganz unrecht. Der Bolzen geht am Hals entlang, was die Geschwindigkeit zwar bremst, aber er könnte beispielsweise in der Haustür stecken geblieben oder zumindest daran entlanggeschrappt sein. Wäre interessant zu wissen, was die Spurensicherung vor Ort ergeben hat.«

»Die Tat fand vor sechs Wochen statt, sagst du?«

»Ja, am letzten Sonntag im März.«

»Da war es um sechs noch dunkel«, überlegte Brander. »War der Hauseingang beleuchtet?«

»Du kannst Fragen stellen. Das weiß ich nicht.«

Brander sah zu Clewer. »Wir brauchen mehr Informationen über den Fall.«

Der Inspektionsleiter nickte. »Ich spreche mit Frau Mertens. Sie soll sich mit der Heidelberger Staatsanwaltschaft austauschen.«

Auf dem Rückweg in sein Büro machte Brander einen Stopp bei Fabio Esposito und Peter Sänger, um sie über die neuesten Entwicklungen in Kenntnis zu setzen. Jeannette hatte mit ihrem Laptop eine Ecke von Fabios Schreibtisch in Beschlag genommen.

»Ein zweites Opfer?« Jeannette stellte ihre Teetasse mit obligatorischem Trinkröhrchen, an dem sie gerade genuckelt hatte, auf den Tisch. »Fahren wir jetzt nach Heidelberg?«

»Nein«, bremste Brander die Anwärterin, bevor sie aufspringen und in die Tiefgarage zu den Dienstwagen rennen konnte. »Wir werden uns mit den Kollegen erst einmal telefonisch austauschen und prüfen, ob es tatsächlich einen Zusammenhang gibt, dann sehen wir weiter.«

»Ja, aber – zwei Opfer, die gleiche Schusswaffe!«

»Das wissen wir nicht.« Brander bemerkte, wie ihm bei dem unüberlegten Übereifer der Anwärterin schon wieder die Geduld abhandenkam. »Es könnte sich um die gleiche Tatwaffe handeln, aber das muss erst einmal abgeklärt werden. Was machen eure Recherchen?«

Fabio wollte zu einer Antwort ansetzen, aber Jeannette kam ihm zuvor. »Die sind alle in den sozialen Medien vertreten. Alle auf Insta, und Apollonia Heppler ist auch bei Facebook und Twitter.«

»Wer sind ›die alle‹?«, hakte Brander nach.

»Na, die drei Schwestern und Hamadi Hammami. Florentine liest wohl viel, die postet immer irgendwelche Buchcover. Macht einen auf Intellektuelle.«

»Was studiert sie noch gleich?« Brander sah zu Fabio.

»Deutsch, Geschichte, Politik.«

»Es könnte also durchaus ein berufliches Interesse sein«, erklärte Brander.

Jeannette nahm die Information mit einem Achselzucken zur Kenntnis. »Hammami nutzt seinen Account offensichtlich, um mit Leuten aus seiner Heimat Kontakt zu halten. Er schreibt wenig über sich, aber oft, dass er seine Heimat, seine Freunde und seine Familie vermisst. Er schreibt in seiner Muttersprache, auf Arabisch. Zum Glück gibt es Google Translate. Aber ich finde, das spricht nicht für besonders gute Integration.«

Brander verkniff sich mit Mühe einen erneuten Hinweis darauf, dass die junge Frau nicht so voreilig mit ihrer Urteilsbildung sein sollte.

»Apollonia hat mächtig viele Follower auf Insta und viele Freunde auf Facebook. Postet nicht viel, und wenn, dann belangloses Zeug – Weisheiten irgendwelcher alten Philosophen oder wie's Wetter gerade ist.«

»Irgendetwas über ihre Karriere als Pianistin?«, fragte Brander.

»Nö.«

»Ganz so weit sind wir noch nicht«, schaltete Fabio sich ein. »Wir haben ja erst einmal nur die Accounts gesucht und die öffentlich einsehbaren Posts der letzten Wochen angeschaut. Ich denke, da müssen wir noch ein bisschen tiefer einsteigen, um uns ein umfassendes Bild zu machen.«

Fabios Worte waren Musik in Branders Ohren. Gründliche Hintergrundrecherche. Er wusste, dass der Kollege genau der richtige Mann dafür war, und hoffte, dass er dem neuen Teammitglied die notwendige Akribie bei der Arbeit näherbringen würde.

»Was ist mit Cordelia?«

»Postet nicht viel. Aber …« Jeannette machte eine künstliche Pause und ein bedeutsames Gesicht, um den folgenden

Worten mehr Gewicht zu geben. »Bei der Bildersuche haben wir das hier entdeckt.« Sie drehte das Display ihres Laptops in Branders Richtung. Die darauf geöffnete Website zeigte das Bild einer Bogenschützin. Unverkennbar Cordelia Heppler. Diese Information hätte Brander gern ein paar Stunden früher gehabt.

***

Der Nachmittag war vorangeschritten. Brander hatte sich mit Peppi auf den Weg gemacht, um Christian Rösch einen Besuch abzustatten. Er wusste zu wenig über das Opfer und hatte bisher kein Gespür dafür entwickeln können, wer Moriz Rösch zu Lebzeiten gewesen war.

Peppi parkte den Wagen am Straßenrand. Sie umrundeten das Mehrfamilienhaus, um zum Eingang zu kommen. An der Haustür stießen sie unvermittelt mit Hamadi Hammami zusammen.

»Oh«, gab dieser von sich und wollte an ihnen vorbeihuschen.

»Herr Hammami, einen Augenblick bitte«, hielt Brander ihn zurück.

Der junge Mann blieb stehen, den Kopf zwischen den Schultern blickte er von unten herauf zu den beiden Kripobeamten. Eine unterwürfige Geste. Er hatte anscheinend in der Vergangenheit keine guten Erfahrungen mit der Staatsgewalt gemacht.

»Waren Sie bei Herrn Rösch?«

»Chef sagt, ich soll machen. Konsolen.«

Er meinte vermutlich, dass sein Chef ihm vorgeschlagen hatte, einen Kondolenzbesuch zu machen, reimte Brander sich zusammen. Er nickte verstehend. »Herr Hammami, wie geht es Ihnen?«

Am Gesicht des jungen Nordafrikaners war abzulesen, dass er unsicher war, wie er mit Branders Anteilnahme umgehen sollte. Er hob die Schultern ein Stück höher, klopfte mit der flachen Rechten auf sein Herz. »Moritz war Freund. Fehlt.«

»Ist Ihnen noch etwas eingefallen, das uns weiterhelfen könnte? Hat er sich Ihnen anvertraut, dass er mit jemandem Ärger hatte?«

»Nein. Immer nur wir zwei. Moritz und ich.«

»Hat er mit Ihnen über den Unfall gesprochen, den er vor einigen Jahren verursacht hatte?«

»Nein.« Es klang fast wie ein erschreckter Aufschrei.

»Eine junge Frau wurde damals verletzt.«

»Ich weiß nicht. Muss gehen.« Eilig lief er davon.

Peppi sah zu Brander. »Denkst du, was ich denke?«

Hammami hatte gelogen. Er wusste von dem Unfall. Aber warum leugnete er das?

Brander wandte sich der Haustür zu, die Peppi mit dem Fuß gebremst hatte, damit sie nicht ins Schloss fiel. Wie zwei Tage zuvor schritt er ihr voran in die erste Etage und klopfte an die Wohnungstür. Auch dieses Mal mussten sie sich gedulden, bis ihnen geöffnet wurde.

Christian Rösch trug denselben ausgebeulten Jogginganzug, den er bei ihrem ersten Besuch angehabt hatte. Die Haare waren strubbelig. Bartstoppeln zierten sein Kinn. Die Augen lagen eingefallen in den Höhlen und waren von roten Äderchen durchzogen. Es war nicht zu übersehen, dass der Mann geweint hatte.

»Es tut mir leid, Herr Rösch, aber wir müssen noch einmal mit Ihnen sprechen«, entschuldigte Brander den unangekündigten Besuch.

»Gibt es Neuigkeiten?«

»Dürfen wir bitte hereinkommen?«

Rösch nickte kraftlos und wich zur Seite, um Brander und Peppi in die Wohnung zu lassen. Sie gingen in die Küche. Auf dem Tisch stand unverändert auf einer Seite das unbenutzte Frühstücksgeschirr vom Montag, als hoffe Rösch darauf, dass sein Sohn doch noch nach Hause käme. Der Anblick war beklemmend.

Sie setzten sich um den Tisch herum. Rösch mit krummem Rücken, den Blick auf den Boden gerichtet.

»Wir haben Herrn Hammami unten getroffen. Er war bei Ihnen?«, begann Brander.

»Ja. Kurz. Ich wusste nicht ...« Die ohnehin schwache Stimme verlor sich.

»Sie wussten was nicht?«

»Dass Moritz einen Freund hat. Moritz hat nie jemanden mit nach Hause gebracht.«

»Warum nicht?«

»Ich weiß es nicht. Es war nicht immer leicht zwischen uns.« Er starrte weiter zu Boden. »Ich habe versucht, für ihn da zu sein, aber die letzten Jahre waren ...« Er hob hilflos die Schultern. »Melis Krankheit, ihr Tod. Es war alles zu viel. Ich hätte mich mehr um ihn kümmern müssen.«

Brander wollte nachhaken, beschloss aber, den Mann in seinem eigenen Tempo reden zu lassen. Er sah sich in der Küche um. Gebrauchtes Geschirr der vergangenen Tage stand auf der Arbeitsplatte. Es erforderte zu viel Anstrengung, Tassen, Teller und Besteck in die Spülmaschine zu stellen.

Unweigerlich erinnerte er sich an unermüdliche Diskussionen zwischen Cecilia und Nathalie, dass man, wenn man es schon geschafft hatte, das benutzte Geschirr bis zur Spüle zu tragen, es auch gleich in die Spülmaschine einräumen könnte. Es waren Kleinigkeiten, an denen sich die Gemüter erhitzen konnten.

Auf der Fensterbank standen Blumentöpfe, gefüllt mit trockener Erde, aber ohne Pflanzen. Hatte Röschs Frau zu Lebzeiten Kräuter gezogen? Vorhänge vor den Fenstern gab es nicht. Die Scheibe hatte noch keinen Frühjahrsputz gesehen – Birkenpollen, die sich mit dem Regen zu Schlieren vermischt hatten, bildeten ein fleckiges Muster. Die Küche versprühte ebenso wenig Lebensfreude wie das trostlose Zimmer von Moritz.

Brander fragte sich, wie diese Wohnung ausgesehen hatte, als die Mutter noch lebte. Wie würde sein Haus aussehen, wenn es Cecilia nicht mehr gäbe? Ohne die kleinen Accessoires und den ganzen Klimbim, mit dem sie die Zimmer liebevoll dekorierte und über den er sich gern lustig machte, wäre es vielleicht ähnlich trist wie hier. Schlicht. Funktional. Ohne Leben. Ach verflucht, was hatte er für blöde Gedanken? Setzte mit fünfzig eine Alterssentimentalität ein, die ihn empfindlich machte?

»Herr Rösch, um herauszufinden, was Ihrem Sohn geschehen ist, müssen wir mehr über ihn wissen«, durchbrach Brander nun doch die Stille, bevor sich die deprimierende Atmosphäre auf sein Gemüt legte.

Rösch sah ratlos auf. »Was soll ich Ihnen erzählen? Ich verstehe es nicht. Warum sollte jemand meinen Sohn töten? Ich kann es mir nicht erklären.« Er raufte sich die Haare. »Was sind das für Drogen, die Sie in seinem Zimmer gefunden haben? Er hat nicht einmal geraucht! Und dann steht dieser fremde Junge vor meiner Tür. Wer ist das? Wieso hat Moritz nie etwas über ihn erzählt?« In die Trauer mischte sich Verzweiflung. »Ich habe das Gefühl, ich weiß nichts über meinen Sohn. Diese Drogen, dieser Junge … Gehörte Moritz zu einer Gang?«

»Uns ist bisher nichts bekannt«, erwiderte Brander. Eine Gang. Hatte Moritz gedealt? Sie sollten sich mit den Kollegen von der K4, die für Rauschgiftdelikte zuständig waren, unterhalten, ob sie Moritz Rösch kannten. Auch wenn er bisher nicht aktenkundig war – wenn Moritz sich in den Kreisen aufgehalten hatte, war sein Gesicht vielleicht dem einen oder anderen Kollegen schon mal begegnet.

»Was wollte Herr Hammami von Ihnen?«, wandte er sich wieder an den verwaisten Vater.

»Er hat gesagt, er wäre ein Freund von Moritz und dass ihm Moritz' Tod leidtäte, dass er ihn vermissen würde. Moritz wäre jetzt bei seiner Mutter, hat er gesagt. Bei seiner Mutter!« Rösch rang um Fassung. »Ich wünschte, ich wäre auch dort.«

Brander tauschte einen besorgten Blick mit Peppi. Wie verzweifelt war dieser Mann? Bestand die Gefahr, dass er sich etwas antat? Peppi öffnete ihre Tasche, suchte den Flyer einer Opferhilfe und legte ihn auf den Küchentisch. »Rufen Sie dort an. Die Leute sind geschult. Die können Ihnen helfen, mit der Situation umzugehen.«

Rösch nahm das Blatt, aber sein Blick glitt ins Leere.

»Herr Rösch«, fuhr Brander fort, »sagt Ihnen der Name Ulf Subisch etwas?«

»Ulf? Nein.« Er hob den Blick. »Ist das auch ein Freund von Moritz?«

»Das wissen wir nicht.« Brander wollte ihm nicht sagen, dass der Mann vermutlich ebenfalls Opfer eines Armbrustschützen geworden war. »War Moritz mal in Heidelberg oder in der näheren Umgebung?«

Rösch schüttelte den Kopf. »Geht es um diese Drogen, die Sie gefunden haben? Hat Moritz Drogen genommen?«

»Vermutlich nicht. Sie kennen keinen einzigen Freund Ihres Sohnes? Bekannte? Arbeitskollegen?«

»Nein. Wir waren immer nur zu zweit seit … seit Melis Tod.«

»Hat er denn nie etwas erzählt, wenn er von der Arbeit kam oder unterwegs war?«

»Er war sehr in sich gekehrt. Wir haben unsere Tagesabläufe besprochen, über Fußball gesprochen, über einen Film … Banales, Nichtigkeiten. Ich glaube, wir haben schon lange nicht mehr richtig miteinander geredet.«

»Wussten Sie, dass er regelmäßig zum Grab seiner Mutter ging?«

»Er hat es nie erzählt, aber ich habe es gesehen. Er hat ihr jede Woche Blumen gebracht. Immer wenn ich zu ihrem Grab kam, war da ein frischer Blumenstrauß.« Ein trauriges Lächeln legte sich auf Röschs Gesicht.

»Ihre Frau hatte Krebs?«, fragte Peppi.

»Ein aggressiver Hirntumor. Es ging schnell … zu schnell. Und dann … dann passierte auch noch die Sache mit dieser Frau. Sie wissen sicher davon?« Er sah fragend in ihre Gesichter.

Brander nickte. »Der Treppensturz am Stuttgarter Hauptbahnhof.«

»Die haben gesagt, Moritz hätte sie absichtlich gestoßen! Aber das hat er nicht.«

»Wer sind ›die‹?«

»Die Familie der Frau. Die Eltern, ihre Schwestern. Moritz hat sich entschuldigt. Mehrfach hat er sich entschuldigt. Er hat es nicht mit Absicht getan. Er war damals einfach völlig neben der Spur, und die stellen ihn als Hooligan dar!«

Rösch riss sich ein Tuch von der Rolle Küchentücher, schnäuzte sich und tupfte sich über die Augen. »Seine Mutter lag im Sterben! Aber das wollten die nicht hören. Die wollten, dass er ins Gefängnis geht. Und ich konnte ihm nicht helfen. Ich konnte ihm nicht einmal einen Anwalt zahlen. Einen Pflichtverteidiger hat er gekriegt. Es war ein Unfall. Ein gottverdammter Unfall!«

»So steht es auch in den Akten«, versuchte Brander den Mann zu beruhigen. »Hat sich jemand aus der Familie mal persönlich an Sie oder an Ihren Sohn gewandt?«

»Nein. Das lief alles über deren Anwalt.«

Brander zögerte mit seiner nächsten Frage. »Ihr Sohn hatte anscheinend Kontakt zu Florentine Heppler. Wissen Sie etwas darüber?«

»Das ist eine der Schwestern von dieser Frau, oder?«

»Ja.«

»Was wollten die denn noch von ihm?« Tränen liefen über Röschs Wangen. »Warum haben die ihn denn nicht in Ruhe gelassen?«

***

Brander schwitzte. Die Temperaturen waren im Laufe des Tages bis auf fünfundzwanzig Grad gestiegen, und die Sonne hatte den Sitzungsraum aufgeheizt.

»Staatsanwältin Mertens hat mit den Kollegen in Heidelberg gesprochen«, begann Clewer die Besprechung. »Sie stellen uns die Ermittlungsunterlagen zur Verfügung. Morgen früh haben wir eine gemeinsame Videokonferenz geplant. Das ist die gute Nachricht.«

»Was ist die schlechte?«, fragte Brander.

»Bei der Presse ist durchgesickert, dass Rösch von einem Armbrustschützen erschossen wurde. Ich hatte heute bereits mehrere Anfragen von der Zeitung, und bei den Kollegen im Öffentlichkeitsreferat laufen die Telefone heiß. Ich freue mich auf die Schlagzeilen.«

Die Auskunft erhöhte den Druck auf das Team. Abgesehen von reißerischer Berichterstattung, die seitens einiger Nachrichtenblätter zu befürchten war, würde die Information zur Beunruhigung und zu Spekulationen in der Bevölkerung führen. Brander hoffte, dass keine Meldung das Wort »Amokschütze« enthielt.

»Schauen wir, dass wir mit unseren Ermittlungen vorankommen.« Clewer trat an das Whiteboard und schrieb den Namen Ulf Subisch neben die bereits notierten Namen auf die rechte Seite. »Subisch ging vor zwei Jahren in Pension. Zuvor arbeitete er als Chirurg in einer Privatklinik in Heidelberg. Er war geschieden, zwei Kinder, zur Zeit seines Todes allein lebend, nicht liiert.«

»Das heißt, es steht fest, dass der Mann mit einer Armbrust erschossen wurde?«, hakte Stephan nach.

»Nein, aber in Anbetracht der Ergebnisse der rechtsmedizinischen Untersuchung ist es sehr wahrscheinlich, dass die Verletzung durch einen Pfeil oder Bolzen mit Jagdspitze verursacht wurde. Ob mit einem Bogen oder einer Armbrust geschossen wurde, kann ich dir nicht sagen«, erwiderte Tropper.

»Wo ist die Verbindung?«, fragte Fabio. »Was haben ein anscheinend gut situierter Heidelberger Pensionär und ein mittelloser Teenager aus Esslingen gemeinsam? Es kann kein Zufall sein, dass zwei Menschen relativ zeitnah auf so skurrile Art und Weise getötet werden.«

»Wir wissen nicht, aus welchem Motiv der Täter handelt und nach welchem Prinzip er seine Opfer aussucht«, erwiderte Clewer.

»Hans, jetzt komm mir nicht damit, dass wir einen Psychopathen suchen, der durch Deutschland reist und seine Opfer nach dem Zufallsprinzip auswählt«, murrte Stephan.

»Es wäre zumindest kein Fehler, die Meldungen zu durchforsten, ob es ungeklärte Fälle in den vergangenen Monaten gab, bei denen die Opfer ähnliche Verletzungen aufweisen.«

»Das ist doch eine schöne Aufgabe für unseren Neuzugang«, wälzte Stephan die drohende Schreibtischrecherche von sich ab.

»Mach ich gern.« Jeannette nickte freudig.

»Was ist mit dem Cannabis, das wir in Moritz Röschs Zimmer gefunden haben?« Peppi blies sich eine Strähne ihrer dunklen Locken aus dem Gesicht, der Schweiß glänzte auf ihrer Stirn. Sie sah zu Tropper. »Gibt es schon weitere Ergebnisse von der Obduktion? Hat Rösch Drogen konsumiert?«

»Die Testergebnisse von Blut- und Haaranalyse liegen mir noch nicht vor, die Schnelltests bei der Obduktion waren allesamt negativ.«

»Aber wozu hat er dann das Cannabis in seinem Zimmer verwahrt?«

»Es muss nicht für den Eigenbedarf gewesen sein«, gab der Kriminaltechniker zu bedenken.

»Denkst du, er hat gedealt?«

Brander kam das Gespräch mit Röschs Vater in den Sinn. Gehörte Moritz zu einer Gang? Er wandte sich an Stephan: »Frag doch mal bei deinen ehemaligen Kollegen von der OK nach, vielleicht ist Rösch denen ja schon mal über den Weg gelaufen.«

Stephan nickte. »Kann nicht schaden.«

Bevor er Mitglied der Kriminalinspektion 1 wurde, war Stephan Klein im Bereich Organisierte Kriminalität im Einsatz gewesen und hatte davor jahrelang als verdeckter Ermittler gearbeitet. Was er, zu Clewers Leidwesen, noch immer, gern auch mal ohne offizielle Genehmigung, tat.

»Sarah Mayer war heute Nachmittag bei uns«, ergriff Peter Sänger das Wort. Als er die ratlosen Gesichter der Kollegen erblickte, ergänzte er: »Moritz' Arbeitskollegin aus dem Fast-Food-Restaurant.«

»Hoffentlich ohne ihren Freund?«, fragte Clewer.

»Ja, und ich lag mit meiner Vermutung richtig: Sie mochte Moritz sehr gern, ein bisschen mehr, als ihrem Freund lieb war. Gelaufen ist aber nichts zwischen den beiden. Moritz war laut ihrer Aussage sehr schüchtern.«

»Könnte ihr Freund – wie heißt der noch gleich?«

»Laszlo Farkas.«

»Könnte er die Tat begangen haben?«

»Sarah gibt ihm für die Tatzeit ein Alibi: Sie wäre in der Nacht bei ihm gewesen.«

»Muss ja nicht stimmen«, kommentierte Stephan.

»Sie hat allerdings von einer Begebenheit erzählt, die schon eine Weile zurückliegt. Das war im Sommer letztes Jahr. Moritz hatte gerade angefangen, in dem Restaurant zu arbeiten. Sie hatten gemeinsam Nachtschicht, und da wäre eine Gruppe von jungen Leuten gekommen. Unter ihnen eine Frau, die Moritz ihrer Meinung nach kannte. Jedenfalls hätte er kurz mit ihr gesprochen. Es wäre Sarah nicht weiter aufgefallen, wenn er dazu nicht seinen Platz am Counter verlassen hätte, ohne jemandem Bescheid zu geben. Sie hat seinen Schalter mitbedient, damit er keinen Ärger bekommt.«

»Wer war die Frau?«, fragte Brander.

»Das wusste sie nicht. Sie vermutet, dass es eine Ex-Freundin gewesen ist, an der er noch hing. Er wäre hinterher sehr deprimiert gewesen, hat sich Sarah erinnert. Wenige Wochen später tauchte die Frau erneut auf. Moritz hatte Feierabend, und sie hat am Ausgang auf ihn gewartet. Sarah hat das mitbekommen, da ihre Schicht zur selben Zeit zu Ende war. Die beiden hätten fürchterlich gestritten, am Ende hätten beide dagestanden und geheult. Sie wusste nicht, weshalb, und wollte sich nicht einmischen. Sie hat Moritz nicht darauf angesprochen. Seither ist die Frau nicht mehr aufgetaucht.«

»Konnte sie die Frau beschreiben?«

»Nur vage – wie gesagt, das Ganze liegt fast ein Jahr zurück. Mittelgroß, schlank und die Info auch nur unter Vorbehalt.«

»Könnte es Apollonia Heppler gewesen sein?«, überlegte Peppi.

Brander war skeptisch. »Florentine Heppler hat ausgesagt, dass ihre Schwester kaum die Wohnung verlässt.«

»Das heißt ja nicht, dass sie nie ausgeht. Und mal ganz ehrlich: Keine der drei Schwestern schien von Röschs Tod besonders betroffen.«

Peppis Worte hallten in Brander nach. Die Verbitterung der Schwestern Heppler, das Fehlen von Mitgefühl oder zumindest einer gewissen Schockiertheit darüber, dass ein junger Mann eines gewaltsamen Todes gestorben war, ließen ihm keine Ruhe. Lediglich bei Florentine Heppler meinte er, sich an eine leichte Betroffenheit zu erinnern, als sie von Moritz Röschs Tod erfahren hatte.

War es ihnen zu verübeln? Rösch hatte Apollonias Karriere zerstört. Wie ging man mit so einem Schicksalsschlag um? Wenn von heute auf morgen nichts mehr war wie zuvor, wenn die Aussicht auf eine Weltkarriere aus dem Nichts beendet war?

Brander setzte Peppi in Tübingen vor dem Haus am Österberg ab, das sie mit Marco Schmid bewohnte. Statt weiter nach Entringen zu fahren, steuerte er das Lorettoviertel an und klingelte wenig später an Karsten Beckmanns Wohnungstür.

»Andi«, grüßte Beckmann ihn verdutzt.

»Hast du jemand anders erwartet?«

»Nein, ich … ähm … Was verschafft mir die Ehre?«

Als ob es so selten vorkäme, dass er spontan bei seinem Kumpel vorbeischaute. Und warum ließ er ihn vor der Tür stehen, anstatt ihn wie gewohnt hereinzulassen? Hatte er Beckmann beim Schäferstündchen mit seinem Liebsten gestört?

Brander musterte ihn. Er trug T-Shirt und Leinenhose. Es sah nicht danach aus, als wäre er eilig in die Klamotten gesprungen. Gut, er war barfuß an die Tür gekommen, aber das war bei Beckmann nichts Ungewöhnliches. »Komme ich gerade ungelegen?«, fragte er.

Beckmann sah kurz über seine Schulter zurück, wandte sich dann wieder ihm zu. »Nein … Natürlich nicht, komm doch rein.«

Brander trat in den Flur, zog die Sneakers aus und schob sie mit den Füßen zu den anderen Schuhen. »Ist Manu da?«

»Ähm ... ja ...«

Wieder so ein Zögern in der Stimme, als wäre Beckmann unsicher, ob er es zugeben sollte. Brander sah seinem Kumpel, der ein paar Zentimeter größer war als er, ins Gesicht. »Karsten, du bist wieder mit Manu zusammen, und dass er quasi gleich wieder bei dir eingezogen ist, ist ein offenes Geheimnis.«

»Dieses schäbige WG-Zimmer, das er gemietet hat, ist ja keine Alternative«, verteidigte sich Beckmann. »Und ich hab doch Platz genug.«

»Du musst selbst wissen, was du tust. Aber wenn er dich in ein paar Monaten wieder von heute auf morgen sitzen lässt, weil er meint, seine kreative Freiheit zu brauchen, behaupte nicht, ich hätte dich nicht gewarnt.« Brander machte sich nicht die Mühe, leise zu sprechen. Sollte Manuel ruhig hören, was er dachte.

»Du wirst meine Tränen wieder trocknen.« Beckmann grinste kokett. »Was treibt dich her? Lust auf einen guten Scotch?«

»Ich bin mit dem Auto da«, bedauerte Brander. »Und eigentlich hatte ich gehofft, dass Manuel bei dir ist. Ich muss mit ihm reden.«

»Warum?«, fragte Beckmann misstrauisch.

»Rein dienstlich.«

»Was willst du ihm anhängen?«

»Gar nichts. Bleiben wir im Flur stehen, oder was?« Was war denn heute mit seinem Kumpel los?

Noch immer zögerte Beckmann, dann wandte er sich um, marschierte zur Wohnzimmertür, lauerte kurz um die Ecke.

»Habt ihr gerade nackt Pornos geschaut?«

»Was du von uns denkst!«, empörte Beckmann sich.

Endlich durfte Brander das Wohnzimmer betreten. Manuel saß mit Unschuldsmiene und roten Wangen auf dem Sofa. Die langen dunklen Haare fielen über seine Schultern. Sein Hemd war für Branders Geschmack etwas zu weit aufgeknöpft und gab den Blick auf eine glatt rasierte Brust frei. Eine Flasche Wein und zwei Gläser standen auf dem Tisch. Da war er doch ungelegen gekommen, stellte Brander fest. Aber warum hatte Beckmann ihm dann überhaupt geöffnet, wenn er einen romantischen Abend geplant hatte? Irgendetwas passte nicht ins Bild.

»Hallo, Andi.« Manuel lächelte befangen.

Brander setzte sich auf den freien Sessel, während Beckmann neben seinem Freund Platz nahm.

»Andi ist dienstlich hier. Überlege dir genau, was du ihm antwortest. Du darfst auch die Aussage verweigern.«

»Becks, ich bin nicht hier, um Manuel zu vernehmen, ich habe lediglich eine Frage.«

»Das sagt ihr immer. Ich kenn euch Bullen.« Beckmann streckte ihm den Finger entgegen. »Und dich ganz besonders, mein Freund. Darf ich dich an unsere ersten Begegnungen erinnern?«

Die waren allerdings nicht sehr freundlich gewesen. Dass daraus eine langjährige Männerfreundschaft entstanden war, hätte damals keiner von ihnen erwartet. Doch Brander beschäftigte etwas anderes. »Können wir den Quatsch jetzt mal lassen?«

»Quatsch?« Beckmann wandte sich seinem Freund zu. »Einsperren wollte er mich, meine Wohnung hat er durchsucht. Mein Schlafzimmer durchwühlt.«

»Becks, erzähl keine Opern. Mach mir lieber was zu essen. Ich hatte noch kein Abendbrot.«

»Obrigkeitswillkür!«

»Du magst es doch, wenn ich dominant bin«, stichelte Brander.

»Oh ja, allerdings, Sweetheart.« Beckmann zwinkerte ihm lüstern grinsend zu und begab sich in die Küche.

Es war Manuel anzusehen, dass ihm das Geplänkel zwischen Brander und Beckmann nicht gefiel. Dieses Band zwischen den beiden Männern war ein anderes als das, das ihn mit seinem Partner verband. Eine tiefe Freundschaft, die auf ungebrochenem Vertrauen beruhte. Einem Vertrauen, das Manuel vor einiger Zeit bei beiden Männern verspielt hatte.

»Was möchtest du denn wissen?«, fragte er.

»Du bist doch Berufsmusiker.«

Manuel nickte. Er hatte einige Jahre im Orchester eines Musicals im SI-Centrum in Stuttgart gespielt und dann völlig unerwartet ein Engagement in Wien angenommen. Mit Corona war seine Entlassung gekommen, und er kehrte wieder nach Tübingen und damit auch zu Beckmann zurück. Seither schlug er sich mit Gelegenheitsengagements und privatem Musikunterricht durch.

»Was wäre, wenn du einen Unfall hättest und nicht mehr spielen könntest? Wie würdest du damit umgehen?«

Manuel blies die Backen auf und stieß die Luft vibrierend wieder aus. »Das wäre entsetzlich. Ich weiß nicht, ich würde sicher in ein tiefes Loch fallen.« Er lehnte sich zurück, legte den Kopf in den Nacken und starrte eine Weile grübelnd an die Decke.

Brander ließ ihm die Zeit, musterte das Profil des zart gebauten Mannes. Keine einzige Bartstoppel zeigte sich an seinem Kinn, die Wimpern waren dunkel und lang geschwungen, die Haut makellos. Wie viel Zeit verbrachte dieser Mann mit dem Engelsgesicht morgens im Bad? Brander war nach dem Aufstehen innerhalb von zehn Minuten startklar. Waschen, Zähne putzen – um seine Frisur musste er sich dank seiner Glatze keine Gedanken machen.

Beckmann kehrte mit einem Teller zurück, auf dem er ein paar Käsebrote dekorativ mit Tomaten und Gurken angerichtet hatte, und Brander griff dankbar zu.

Manuel wandte sich ihm wieder zu. »Und ich könnte gar nicht mehr spielen? Was ist passiert? Hat man mir die Hand abgehackt, oder bin ich querschnittsgelähmt?«

»Worüber sprecht ihr denn?« Beckmann setzte sich mit befremdetem Blick zu seinem Freund.

»Andi will wissen, was ich tun würde, wenn ich keine Musik mehr machen könnte.«

»Hab keine Angst, Honey, bevor er dir die Finger bricht, muss er an mir vorbei.«

»Becks, jetzt hör mal auf mit deinen Faxen. Die Frage ist mir ernst.«

»Na, was würde er wohl machen? Er würde alles tun, um wieder spielen zu können. Die Musik ist sein Leben.«

»Ja, wahrscheinlich schon«, stimmte Manuel zu.

»Und wenn das nicht funktioniert?«

»Dann würde ich mir vermutlich von morgens bis abends alte Aufnahmen von mir anhören und in Selbstmitleid verfallen.«

Selbstmitleid und daraus resultierende Verbitterung. Traf das auf Apollonia Heppler zu?

»Um wen geht es denn?«, fragte Manuel. »Ich gehe mal davon aus, dass du mir nicht durch die Blume sagen willst, dass mir in Kürze etwas geschehen könnte, falls ich nicht ganz schnell verschwinde?«

»Es geht um eine junge Frau, eine Pianistin. Sie hatte vor ein paar Jahren einen Unfall, und seither spielt sie meines Wissens nach nicht mehr Klavier. Und sie war außerordentlich begabt.«

»Das denken viele von sich.«

»In diesem Fall hat die junge Frau zahlreiche Auszeichnungen und Stipendien erhalten. In Fachkreisen galt sie wohl als Weltklassepianistin.«

Manuels Augen wurden schmal. »Du sprichst nicht zufällig von Loni Heppler?«

»Du kennst sie?«

»Nicht persönlich. Aber ich habe das damals mitbekommen. Eine Tragödie. Sie war göttlich. Eine Virtuosin! Und das Schwein, das sie geschubst hat, ist nicht mal in den Knast gekommen, wenn ich mich richtig erinnere. Wir waren alle empört.«

»Soweit mir bekannt ist, war es ein Unfall.«

»Ihre Karriere war vorbei. Ich weiß gar nicht, was sie heute macht.« Manuel zog grübelnd die Stirn in Falten. »Ist sie noch mit ihrer Schwester unterwegs?«

»Welche Schwester meinst du? Sie hat zwei.«

»Das wusste ich gar nicht. Die, mit der sie in den Clubs –«

Es klingelte an der Wohnungstür. Manuel verstummte, Beckmann sprang auf und eilte zur Tür.

»Sorry, ist was spät geworden«, schallte kurz darauf Nathalies atemlose Stimme aus dem Treppenhaus zu ihnen ins Wohnzimmer.

»Macht nichts«, erwiderte Beckmann mit bemüht unbekümmertem Tonfall. »Der Andi ist auch da.«

Brander bemerkte, wie sich Manuels Wangen wieder rot verfärbten. Von wegen romantischer Abend zu zweit. »Ihr führt was im Schilde.« Er ließ Manuel nicht aus den Augen.

»Nein«, entrüstete er sich wenig überzeugend.

»Was hattet ihr vor?«

»Hey, Paps.« Nathalie stürmte um die Ecke und erlöste Manuel aus seiner misslichen Lage. Sie drückte Brander einen Kuss auf die Wange. »Das ist ja cool. Da muss ich nachher nicht mit der Bahn nach Hause fahren.«

»Was machst du hier?« Er sah prüfend zu seiner Adoptivtochter auf.

»Och, Papilein, ich hab doch wohl ein Recht auf mein eigenes Leben.«

Papilein. Brander seufzte. Die drei heckten etwas aus, und das hatte garantiert mit dem bevorstehenden Geburtstagsfest zu tun. »Becks, du hast gesagt, du hast einen guten Scotch?«

»Und dein Auto?«

»Ich habe ja jetzt eine Chauffeurin.«

Nathalie salutierte grinsend. »Alles klar, Herr Kommissar.«

Ihr Unschuldsengel, dachte Brander grimmig.

Beckmann ging an seine Whiskybar, suchte nach einem passenden Tropfen. »Oh, hier habe ich einen, den habe ich selbst noch nicht probiert. Nc'nean Organic. Ein vielversprechender Single Malt aus einer ganz jungen Destillerie, übrigens von einer Frau gegründet. Was meinst du? Ist das der passende Tropfen für diesen Abend?«

»Schenk mir ein Dram ein, dann sag ich es dir.«

Beckmann kehrte mit zwei Gläsern und dem Whisky zurück an den Tisch. Er drückte Brander die Verpackung in die Hand. »Schau mal, das ist was für dein Künstlerauge.«

Nicht nur die Verpackung war ansprechend gestaltet – auf dunkelblauem Grund schlängelten sich in Grün-, Weiß- und Grautönen regionale Pflanzen. Das Muster wiederholte sich auf der Flasche, entdeckte Brander, als er sie aus der Tube herausnahm.

»Westliche Highlands, die Brennerei liegt auf der Halbinsel Morvern, am Ufer des Sound of Mull«, wusste Beckmann zu berichten. »Die setzen voll und ganz auf Nachhaltigkeit. Hundert Prozent Biogerste, ausschließlich mit erneuerbarer Energie produziert.«

»Na, da könnt ihr ja ohne schlechtes Gewissen saufen«, lästerte Nathalie.

»Wir saufen nicht, meine Süße.« Beckmann stupste sie auf die Nase. »Wir genießen in aller Würde einen guten Scotch.«

Brander öffnete die Flasche, schnupperte am Korken, der ihm passend zur Dekoration florale Noten offerierte. Dazu das typische Vanillearoma der Eichenfasslagerung. Er goss den Brand in die Gläser, prostete seinem Kumpel zu. Im Geschmack zeigte der Whisky sein junges Alter, pfeffrig gepaart mit Zitrusaromen, aber er wirkte trotz seiner Spritzigkeit harmonisch ausgewogen.

»Was bedeutet ›Nc'nean‹?«, fragte Nathalie.

»Verrate ich dir gleich.« Beckmann bemühte sein Smartphone. »Abkürzung für – oh, wie spricht man das aus? Neachneohain, eine Figur aus alten gälischen Sagen. Jägerin und Beschützerin der Natur.«

Manuel gähnte gelangweilt.

»Hey, Manu, nicht pennen.« Nathalie stieß ihn in die Seite. »Du wolltest mir noch den Trick mit den Wimpern zeigen.«

»Ich wollte – was?« Irritiert blinzelte er, dann erhellte sich sein Blick. »Ja, der Trick mit den Wimpern.« Manuel stand auf. »Zeig ich dir im Bad.«

»Warte kurz«, bremste Brander ihn. »Was du vorhin gesagt hast, Apollonia und ihre Schwester. Wo waren die unterwegs?«

»Nichts Großes. Die sind in ein paar Clubs zusammen aufgetreten.«

»Die haben zusammen Klavier gespielt?«

»Nein, ihre Schwester hat gesungen.«

***

Der Schlaf wollte nicht kommen. Vielleicht wollte sie auch nicht, dass er kam. Würde sie wieder träumen? Sie wollte nicht träumen. Keine schönen Träume, keine schlechten Träume. Wollte nur Leere. Leere war gut. Sie machte keine Angst. Machte keine Hoffnung. Führte in ein Nichts, das ihr niemand nehmen konnte.

Sie lag in ihrem Bett. Die Nachttischlampe leuchtete, ließ das Zimmer in warmem Licht erstrahlen. Sie mochte ihre kleine Wohnung. Alles war überschaubar. Ein sicherer Ort. Nichts fehlte ihr. Gar nichts.

Sie nahm ihr Smartphone, öffnete ihren Social-Media-Account, scrollte durch die Beiträge, ohne einen einzigen davon wahrzunehmen. Bilder, Buchstaben, Emojis huschten an ihren Augen vorbei. Berieselung. Sie konnte sich nicht konzentrieren. Sie kannte das. Nach der Migräne kam die Erschöpfung.

Der Messenger verkündete eine Nachricht: »Noch wach?«

»Du auch?«, schrieb sie zurück. So banal.

»Bin bei der Arbeit.«

»Schon wieder Sonderschichten?«

»Ständig. Und du? Schon wieder schlechte Träume?«

Sie antwortete mit dem Bild eines genervten Emojis, musste aber lächeln. Die Anteilnahme tat gut. Sie war nicht allein. Es machte die Nacht erträglicher.

Sie zögerte. »Jetzt ist er tot. Aber mir geht es nicht besser.«

»Es braucht Zeit. Aber es wird besser.«

»Meinst du?«

»›Zur rechten Zeit vertreibt der Sonne Lauf die finstre Nacht, und sie muss sich erhellen.‹ Vertrau mir. Alles wird gut.«

Donnerstag

Wie am Abend zuvor von Kriminaloberrat Hans Ulrich Clewer angekündigt startete die morgendliche Sitzung der Ermittlungsgruppe mit einer Videokonferenz. Während von Esslinger Seite der Raum voll besetzt war, sahen sie sich in Heidelberg lediglich der Ersten Kriminalhauptkommissarin Beate Götting gegenüber.

Die Frau war Mitte vierzig, trug eine helle Bluse und trotz der wieder sommerlich anmutenden Temperaturen einen Blazer. Kurze dunkle Locken kringelten sich um ihr Gesicht. Sie sah übermüdet und gestresst aus.

»Es wäre prima, wenn wir uns kurz fassen könnten«, eröffnete Götting das Gespräch, nachdem Clewer sie begrüßt hatte. »Es gab heute Nacht ein Tötungsdelikt bei uns. Mein Team ist unterwegs.«

»Gibt es Parallelen zum Fall Subisch?«, fragte der Inspektionsleiter alarmiert.

»Ich denke nicht. Streit zwischen zwei Jugendgruppen. Messerattacke mit tödlichem Ausgang.«

»Sie sind über unseren Fall im Bilde?«

Die Kollegin zog eine Grimasse. »Nicht wirklich. Unser Staatsanwalt hat mich zwar gestern informiert, aber ich hatte noch keine Zeit, mich näher mit Ihrem Anliegen zu befassen.«

Clewer gab ihr eine knappe Zusammenfassung über den Fall Rösch.

Götting schürzte grübelnd die Lippen. »Der Name Rösch taucht in unserer Ermittlung bisher nicht auf.«

»Und Heppler?«

Wieder überlegte sie kurz. »Nein, auch nicht.«

»Hatte Herr Subisch Kontakte nach Esslingen oder Denkendorf?«, fragte Clewer.

»Mir ist nichts bekannt. Muss aber nichts heißen. In die Richtung haben wir bisher nicht ermittelt. Wir haben uns zunächst auf das Umfeld des Opfers konzentriert und ehemalige Kollegen und Patienten befragt. Subisch genoss einen hervorragenden Ruf, sowohl als Arzt als auch als Mensch. Es gab weder Klagen noch Beschwerden über ihn seitens der Patienten.«

»Von anderer Seite?«

»Nein, auch nicht. Seine ehemaligen Kolleginnen und Kollegen schätzten ihn sehr. Zuverlässig, freundlich, aufrichtig, keine Allüren – das waren die Eigenschaften, mit denen er beschrieben wurde.«

»Gab es zu Subischs aktiver Zeit als Chirurg mal Probleme? Vielleicht eine Operation, die schiefgegangen ist?«, fragte Brander.

»Nein, jedenfalls nichts, was vor Gericht verhandelt worden ist. Und von den Kollegen hat keiner was in der Richtung erwähnt.«

»Eine Krähe hackt der anderen kein Auge aus«, murmelte Stephan vor sich hin.

Aber Götting hatte gute Ohren. »Wir haben denen schon ordentlich auf den Zahn gefühlt«, erklärte sie verstimmt.

»Hat er schon immer in Heidelberg gearbeitet?«, fragte Brander.

»Nein. Studium in München, Stationen in Augsburg, Nürnberg, Jena, kurz in Rostock, dann Heidelberg.«

»Stuttgart?«

»Stand nicht in seiner Vita.«

Brander grübelte, was in der Akte zum Fall Rösch gestanden hatte. War Apollonia Heppler ausschließlich in Stuttgart behandelt worden?

»Was ist mit seiner Ex-Frau?«, fuhr Peppi derweil fort.

»Die ist zurzeit in Libyen und dort für Ärzte ohne Grenzen im Einsatz. Schwer zu erreichen.«

»Aber Sie haben mit ihr gesprochen?«

»Kurz, ja. Die Trennung von ihrem Mann war laut ihr im gegenseitigen Einvernehmen. Man hatte sich auseinandergelebt. Die Kinder gingen ihre eigenen Wege. Es gab nichts mehr, was sie miteinander verbunden hätte.«

»Hatte sie noch Kontakt zu ihrem Ex-Mann?«

»Ja, sie sind in Freundschaft verbunden geblieben. Wenn sie auf Heimaturlaub nach Deutschland kam, hat sie in ihrem gemeinsamen Haus in Heidelberg gewohnt.«

»Im Moment ist sie aber in Libyen?«

»Ja.«

»War sie in Deutschland, als ihr Mann getötet wurde?«

»Nein, sie war zuletzt an Weihnachten in Deutschland. Und bevor die Frage kommt: Sie hatte keine Idee, wer ihren Mann getötet haben könnte. Soweit sie wusste, gab es keine Drohungen gegen ihn. Er hätte sich oft um ihr Leben gesorgt, weil sie für Ärzte ohne Grenzen häufig in Krisengebieten unterwegs ist. Dass es nun ihn getroffen hat, fand sie eine Ironie des Schicksals. Ihre Worte.« Götting sah auf ihre Armbanduhr. Das Gespräch dauerte ihr zu lang.

»Wie war die Spurenlage vor Ort?«, fragte Clewer. »Soweit wir wissen, wurde keine Tatwaffe gefunden.«

»Korrekt, keine Tatwaffe, kaum verwertbare Spuren. Ein bisschen niedergetrampeltes Gras neben der Pforte bei der Hecke, aber keine brauchbaren Fußspuren. Der März war zu warm und trocken. Es hatte den ganzen Monat kaum geregnet. Der Boden war knüppelhart.«

»Konnte der Tathergang rekonstruiert werden?«, hakte Brander weiter nach.

Götting stieß angestrengt die Luft aus. »Momentchen, ich teile mal meinen Bildschirm.«

Sie konnten sehen, wie die Augen der Ersten Kriminalhauptkommissarin über den Monitor huschten, kurz darauf erschien das Foto eines schmucken Holzhäuschens.

»Das ist der Tatort«, erklärte sie. »Das Wochenendhaus ist von einer hohen Hecke umgeben, lediglich von der Pforte, die auf das Grundstück führt, kann man zum Haus sehen. Es sind circa acht Meter Weg von der Pforte bis zur Haustür.«

Götting wechselte zum nächsten Foto. Ein mit Platten ausgelegter Weg führte geradewegs zur Eingangstür. Links und rechts war der Weg von Rasen gesäumt.

»Die Rekonstruktion des Tatgeschehens ergab, dass das Opfer mutmaßlich in dem Haus übernachtet hat und am frühen Morgen herauskam. Subisch muss zwei, drei Schritte vom Eingang entfernt gewesen sein, als er von dem Pfeil getroffen wurde. Wir vermuten, dass er stehen geblieben ist, als er den Täter entdeckt hat. Da war es aber schon zu spät. Es ist allerdings unklar, ob der Täter das Grundstück betreten hat oder von der Pforte aus schoss.«

»Ich vermute, dass vom Grundstück aus geschossen wurde«, meldete Manfred Tropper sich zu Wort. »Der Pfeil traf den Hals nicht frontal, sondern hat ihn seitlich gestreift. Ich könnte mir vorstellen, dass der Täter links von der Pforte auf dem Grundstück stand. Hätte für ihn auch den Vorteil gehabt, dass er von außerhalb nicht zu sehen gewesen wäre.«

»Da ist was dran«, stimmte Götting zu. »Alternativ könnte der Täter sich aber auch außerhalb des Grundstücks hinter der Hecke verborgen und am Rande vorbeigezielt haben, damit sein Opfer ihn nicht direkt beim Verlassen des Hauses bemerkt.«

»Könnte es nicht auch eine Täterin gewesen sein?«, fragte Jeannette.

Die Kommissarin verdrehte die Augen. »Ich verwende das generische Maskulinum, das schließt eine Täterin nicht aus.«

»Na ja –«

»Jeannette«, unterbrach Brander die junge Frau eilig mit einem strengen Kopfschütteln. Jetzt war nicht der richtige Zeitpunkt, über Genderfragen zu diskutieren.

»Gehen Sie in Esslingen von einer Täterin aus?«, hakte Götting nach.

»Es ist nicht auszuschließen«, erwiderte Brander.

»Wir haben Spaziergänger befragt, die regelmäßig in der Gegend des Ferienhauses ihre Runde drehen. Tatsächlich hat ein Ehepaar ausgesagt, dass ihnen eine junge Frau aufgefallen wäre, die wenige Wochen zuvor ihrer Meinung nach auffällig um das Haus herumgeschlichen sei. Beschreiben konnten sie die Frau aber nicht wirklich. Mittelgroß, mittelschlank.«

So ähnlich hatte Sarah Mayer die Frau beschrieben, die im vergangenen Jahr Streit mit Moritz Rösch gehabt hatte, erinnerte Brander sich. »Weitere Merkmale? Kurze oder lange Haare?«

»Da waren sie sich uneinig. Er sagte lange Haare. Sie sagte kurz, maximal schulterlang. Dann haben sie überlegt, ob die Person eventuell eine Mütze getragen hat. Nicht besonders hilfreich.«

Brander konnte den Frust der Kollegin verstehen. Zeugenaussagen waren leider zu oft ungenau und unzuverlässig.

»Kann ich noch einmal das Foto des Ferienhauses sehen?«, bat Tropper.

Götting wechselte zurück zu der Aufnahme.

»Das ist ein Holzhaus. Wenn der Mann vor der Tür stand und der Pfeil ihn gestreift hat, muss er am Haus abgeprallt sein. Haben Sie Kratzspuren gefunden, die von der Pfeilspitze herrühren könnten?«

»Ich glaube, ja … Moment.« Die Augen huschten wieder suchend umher. »Da haben wir es. Es wurde ein frischer Kratzer an der Holzzarge der Haustür entdeckt, mit Blutanhaftung. Blut stammt vom Opfer. Blut vom Täter wäre besser gewesen, aber bedauerlicherweise hat er sich nicht beim Einlegen des Pfeils an der Spitze geschnitten.« Götting seufzte frustriert. »Wir tappen leider mächtig im Dunkeln. Wenn Sie irgendwelche weiterführenden Hinweise für uns haben, wären wir sehr erfreut.«

»Wir tun, was wir können«, versprach Clewer.

»Wenn es das Wochenendhaus von Subisch war – woher wusste der Täter, dass er dort ist?«, fragte Peppi.

»Subisch hat fast jedes Wochenende dort verbracht«, antwortete Götting. »In der Regel kam er Freitagmittag und blieb bis Montagfrüh.«

»Das heißt, der Täter muss ihn beobachtet und seine Gewohnheiten ausspioniert haben. Dazu braucht man Zeit.«

»Florentine Heppler studiert«, bemerkte Fabio. »Da ist sie zeitlich ziemlich flexibel, würde ich meinen.«

Peppi nickte. »Apollonia studiert ebenfalls. Und im März sind Semesterferien, oder?«

»Normalerweise geht das Wintersemester von Oktober bis Februar, das Sommersemester von April bis Juli«, wusste Peter.

»Also hätten die Schwestern Zeit gehabt, ihn auszuspionieren.«

»Cordelia nicht, die studiert nicht«, erwiderte Fabio.

»Was macht sie denn?«

»Sie ist Floristin, hat einen Blumenladen in Denkendorf.«

»Ha, da haben wir's!«, rief Stephan aus.

Die Blicke der Teammitglieder richteten sich fragend auf den Hünen.

»Der Gärtner war's – also in diesem Fall: die Gärtnerin.«

»Stephan«, mahnte Clewer den Kollegen.

Es war der Heidelberger Kommissarin deutlich anzusehen, dass sie auf heißen Kohlen saß und nicht die Ruhe hatte, den Mutmaßungen der Esslinger Kollegen zu folgen. Sie sah erneut auf ihre Uhr. »Es tut mir leid, aber ich muss mich jetzt wirklich ausklinken.«

»Danke, Frau Götting, wir halten Sie auf dem Laufenden«, verabschiedete Clewer die Kollegin.

Sie hob die Hand zum Gruß und beendete die Videokonferenz.

»Also ich halte eine Täterin für sehr wahrscheinlich«, ergriff Jeannette umgehend das Wort.

Der Inspektionsleiter wandte seine Aufmerksamkeit der Anwärterin zu. »Warum?«

»Der Täter – oder eben die Täterin – tötet aus der Distanz. Das deutet darauf hin, dass sie die direkte Konfrontation scheut. Warum tut sie das?« Jeannette wartete nicht auf eine Reaktion des Auditoriums, sondern antwortete gleich selbst: »Weil sie dem Opfer körperlich unterlegen ist.«

Der Gedanke war gar nicht mal so dumm, gestand Brander ihr zu.

»Cordelia Heppler ist Bogenschützin«, fuhr sie fort. »Die könnten es alle drei zusammen gewesen sein. Florentine und

Apollonia spionieren die Opfer aus, und Cordelia führt die Taten aus.«

»Eins nach dem anderen«, bremste Clewer den Enthusiasmus der jungen Kollegin. »Erst einmal müssen wir herausfinden, ob Apollonia Heppler überhaupt etwas mit Ulf Subisch zu tun hatte.«

Brander strich sich nachdenklich übers Kinn. »Was ist das für eine Klinik, in der Subisch gearbeitet hat?«

Clewer sah in seine Unterlagen. »Eine Privatklinik, spezialisiert auf ästhetische und rekonstruktive Chirurgie.«

»Rekonstruktive Chirurgie?« Brander sah zu Fabio. »Was für Verletzungen hat Apollonia durch den Sturz davongetragen?«

»Schwere Gehirnerschütterung, infolgedessen lag sie mehrere Tage im Koma, dazu kamen Prellungen an der Hüfte und am rechten Oberschenkel und ein komplizierter Bruch der rechten Hand.«

Brander erinnerte sich an eine Geste der jungen Pianistin bei seinem Besuch in ihrer Wohnung. Sie hatte die rechte Hand flach auf den Tisch gelegt und eingehend betrachtet. Was hatte sie gesehen? Was hatte sie gedacht? Gefühlt? Er versuchte, sich das Gesicht der jungen Frau ins Gedächtnis zu rufen, sah ihre verschlossene Miene. »Könnte das eine Verbindung zwischen unseren beiden Opfern sein? Hat Subisch sie operiert?«

»Sie ist in Stuttgart behandelt worden«, erwiderte Fabio.

»Vielleicht haben die in Stuttgart Murks gemacht«, schlug Stephan vor. »Und dann ist sie nach Heidelberg gegangen, damit die es wieder richten.« Er zeigte auf sein Handydisplay. »Die machen auch Handchirurgie. Und ihre Verletzung muss gravierend gewesen sein, sonst hätte sie wieder angefangen, Klavier zu spielen. Sie war ein Megatalent, da gibt man nicht einfach auf.«

***

Zu Katharina Preuss' Ritualen gehörte es, jeden Montag- und Donnerstagmorgen eine Runde durch den Wald zu gehen, bevor sie sich auf den Weg zur Arbeit machte. Das seltsame Erlebnis bei ihrer letzten Runde hielt sie nicht davon ab, an diesem Donnerstagmorgen ihren gewohnten Spaziergang zu machen.

Sie verließ ihre Dachgeschosswohnung in Bebenhausen, passierte das Zisterzienserkloster, überquerte am Zebrastreifen die Straße, und schon war sie in der Natur. Der schmale Pfad, der zwischen Bäumen und Sträuchern hinauf zum Olgahain führte, gab ihr jedes Mal das Gefühl, wahrhaftig einzutauchen. Der Wald nahm sie auf, für die Welt davor wurde sie unsichtbar. Sie hörte den Gesang der Vögel, spürte das Knirschen von getrocknetem Laub unter ihren Füßen. Der Verkehrslärm wurde zu einem Rauschen im Hintergrund, wie Wellen am Strand.

Der Olgahain war ein verwunschenes Waldstück am Hang des Kirnbergs im Naturpark Schönbuch. Der Hain war im 19. Jahrhundert parkähnlich, wie Katharina aufgrund der alten Steinstufen und Holzbänke vermutete, angelegt und der russischen Großfürstin Olga gewidmet worden.

Olga war die Ehefrau König Karls I. von Württemberg, aber die Ehe war nicht glücklich, hatte Katharina gelesen. Man munkelte, König Karl sei eher jungen Männern zugetan gewesen und die Tatkräftigkeit seiner Gattin hätte ihn eingeschüchtert. Ihr soziales Engagement verschaffte Olga hohe Wertschätzung im Volk. Katharina liebte es, auf ihren Spuren durch den Hain zu spazieren, auch wenn sie nicht wusste, ob die Adelsfrau tatsächlich je auf den Wegen und Staffeln gelustwandelt war.

Das Eintauchen in den Wald wappnete sie für die Herausforderungen des anstehenden Tages. Die Natur gab ihr Kraft. Sie lauschte bewusst dem munteren Gezwitscher einer Amsel und dem Rascheln der Blätter, als eine leichte Böe durch die Äste wehte. Sie atmete die kühle, klare Luft.

Die Japaner hatten dem einen Namen gegeben: »Shinrin Yoku« – achtsam in die Waldatmosphäre eintauchen. Waldbaden. Katharina war Fachfrau in dem Thema. Wie vielen Menschen hatte sie schon in der Natur dazu verholfen, wieder zu sich selbst zu finden?

Sie horchte in sich hinein. Wie ging es ihr an diesem Morgen? Sie fühlte sich ausgeruht, stellte sie zufrieden fest. Nichts, was ihr Sorgen bereitete.

Auf dem schmalen Pfad zum Olgahain verlangsamte sie ihren Schritt. Ein Tümpel schimmerte grün im Morgenlicht, der erste zarte Farn zeigte sich im Schatten. Am Wegesrand lag ein langer moosbewachsener Baumstamm wie eine Echse, die darauf wartete, dass die wärmenden Sonnenstrahlen ihren schattigen Platz erreichten. Eine Holzbank war von Steinblöcken umrahmt.

Über gewundene Wege und alte, unebene Steinstufen ging es den Hang hinauf. Auf halber Höhe, beim Olgastein, hielt sie inne, schloss die Augen, inhalierte die Waldluft, schnupperte den Duft von Holz und Erde. Sie hörte ein aufgeregtes Flattern. Schritte auf dem geschotterten Pfad, die plötzlich verstummten.

Ihr Herz schlug mit einem Mal schneller. Ein hartes Hämmern in ihrer Brust. Es verscheuchte ihre gerade noch so entspannte Stimmung, ließ sie die Stille, die sie umgab, überdeutlich gewahr werden.

Sie öffnete die Augen, ließ den Blick kreisen, entdeckte keine Menschenseele. Um sie herum nur Wald: Buchen, Eichen, Kiefern. Frühlingsgrün an den Sträuchern, hier und da Löwenzahn.

Sie schüttelte den Kopf über sich selbst. Hatte sie Schritte gehört? Oder war es eine Imagination? Der Nachklang eines Problems, dem sie sich in ihrem Unterbewusstsein gewidmet hatte und das nun ein schales Gefühl der Verunsicherung hinterließ?

Sie setzte ihren Weg fort, doch die Ruhe, die sie vor wenigen Sekunden verspürt hatte, war verschwunden. Statt sich ihrem Gang und der Natur zu überlassen, lauschte sie hinter sich. War da nicht ein Knacken nur wenige Meter entfernt? Das Brechen von kleinen Zweigen, auf die jemand trat?

Selbst wenn, rief sie sich zur Vernunft, dies war ein öffentlicher Ort. Jeder konnte durch den Wald spazieren, so wie sie.

Aber woher kam dieses schlechte Gefühl? War so präsent, als bestünde eine reale Gefahr?

Hing es mit ihrer Arbeit zusammen? Sie durfte die Sorgen ihrer Klienten nicht mit nach Hause nehmen, musste ihr Leben von den Problemfällen abgrenzen, mit denen sie konfrontiert wurde. Opfer waren die anderen. Sie war die Helfende. Und die Natur die Heilerin.

Sie schwitzte, und ihr Herz pumpte, weil sie den Anstieg zu schnell genommen hatte. Sie hielt sich rechts, stieg bei den zwei Schautafeln, die zum geologischen Lehrpfad gehörten, die Steine hinauf und gelangte zur Olgahütte.

Der Weg wurde breiter und übersichtlicher, erstreckte sich gerade vor ihr. Sie zwang sich, langsamer zu gehen, um ihrem Körper zu signalisieren, dass es nichts zu befürchten gab. An der Kreuzung stand wie seit mehr als zweihundertfünfzig Jahren unerschütterlich die alte Traubeneiche.

Ein Knirschen von Fahrradreifen auf dem geschotterten Waldweg näherte sich. Sie zuckte zusammen, als eine Frau auf einem E-Bike an ihr vorbeisauste. Sie verwarf den Gedanken, bei der alten Eiche zu verweilen. Ihre innere Unruhe trieb sie voran. Auch die mächtige Wellingtonia bedachte sie nur mit flüchtigem Blick im Vorübereilen. Urlaub, ging es ihr durch den Kopf. Vielleicht brauchte sie Abstand vom Alltag. Sie war doch sonst nicht so schreckhaft.

Kurz vor der nächsten Kehre verließ sie den Weg, um zu »ihrer« Buche zu gehen. Ein doppelstämmiger mächtiger Baum, der am Rande eines kleinen gelichteten Platzes stand. Hier gab es eine Schautafel, die über die Schätze des Schönbuchs Auskunft gab. Sie verstellte den direkten Blick auf den Stamm. Katharina ging an der Tafel vorbei, lehnte sich mit dem Rücken gegen den Baum, hoffte auf die stärkende und beruhigende Wirkung der Berührung. Die Natur war mächtig, sie überdauerte alles.

Ein Rauschen ging durch die Krone. Waren da wieder Schritte? Durch die Schautafel konnte sie von hier aus nicht zurück auf den Weg sehen. Sie spürte ein Frösteln. Ihr war, als stoße der Baum sie von sich. »Lauf!«, rief er. »Lauf um dein Leben!«

***

Die Verbindung zu Subisch ließ Brander keine Ruhe. Er hatte mit der Leitung der Heidelberger Privatklinik telefoniert, um zu erfahren, ob Apollonia Heppler eine Patientin von Subisch gewesen war. Doch mit Hinweis auf den Datenschutz wurde ihm diese Auskunft verweigert. Er griff zum Telefon, um bei der Staatsanwältin eine richterliche Genehmigung einzuholen.

Isabella Mertens hörte sich sein Anliegen an, und er meinte, schon aus ihren Atemzügen das Nein herauszuhören.

»Herr Brander, ich glaube, ich muss Ihnen nicht sagen, dass die Gründe nicht ausreichen, oder?« Bedauern schwang in der Stimme der Staatsanwältin mit.

»Subisch war Spezialist für Handchirurgie, und Apollonia hatte anscheinend einen komplizierten Bruch.«

»Anscheinend, das ist der entscheidende Punkt. Wir wissen es nicht.«

»Wie soll ich es denn herausfinden, wenn mir niemand Auskunft gibt?«

»Haben Sie Frau Heppler schon gefragt?«

»So wie ich sie einschätze, wird sie mir nichts sagen.« Falls sie überhaupt noch einmal zu einem Gespräch bereit wäre. Nach Cordelia Hepplers aufgebrachtem Besuch am Vortag war zu vermuten, dass die Befragung durch Brander und Peppi die einstige Starpianistin sehr aufgewühlt hatte.

»Lassen Sie Ihren Charme spielen. Auch mit annähernd fünfzig kriegen Sie das noch hin.«

»Wie bitte?« Brander meinte sich verhört zu haben. Zum einen verwunderte es ihn, dass die Staatsanwältin von seinem bevorstehenden runden Geburtstag wusste – er hatte sie garantiert nicht auf die Gästeliste gesetzt. Zum anderen war es nicht Mertens' Art, scherzhafte Bemerkungen zu machen.

»Sprechen Sie mit Frau Heppler, mit den Schwestern, mit den Eltern, irgendjemand wird Ihnen Auskunft geben. Und wenn es gar nicht klappt, dann rufen Sie mich noch mal an.«

Mach du dir das Leben ruhig leicht, dachte Brander missmutig. Er nahm die Akte zu dem Vorfall vor drei Jahren zur Hand. Ein Professor Dr. Horst Müller hatte eine Aussage zu Apollonias Verletzungen gemacht. Brander suchte die Telefonnummer der Stuttgarter Klinik heraus, um nach diversen Gesprächen mit verschiedenen Abteilungen zu erfahren, dass der Arzt vor zwei Jahren in Pension gegangen war. Er fluchte.

»Das ist interessant«, murmelte Peppi.

Er sah fragend zu seiner Kollegin hinüber. »Was?«

»Wir suchen nach der Verbindung Apollonia Heppler – Rösch – Subisch. Aber vielleicht hat der Fall Heppler gar nichts mit unserem Fall zu tun.«

»Wie kommst du darauf?«

»Komm mal her.«

Brander stand auf und ging um die Schreibtische herum. Peppi hatte ein Foto vom Leichenfundort auf ihrem Rechner geöffnet.

»Schau dir das mal genau an.«

Er sah die Leiche von Moritz Rösch am Fundort. Der Bolzen steckte in seinem Bauch. Die Jacke war leicht aufgefächert. »Und?«

»Warte.« Peppi öffnete ein zweites Foto, das Hamadi Hammami zeigte.

»Woher hast du das Foto?«

»Haben die Kollegen damals aufgenommen, als Hammami die Anzeige wegen des Eierwurfs erstattet hat. Hier am Kragen, siehst du? Und rechtsseitig sind noch Flecken vom Eigelb.«

»So sieht das aus, wenn man mit einem rohen Ei beworfen wurde.« Brander fand daran nichts Ungewöhnliches.

Peppi betätigte die Maustaste und platzierte das Bild des Leichenfundortes neben die Aufnahme von Hammami. »Und jetzt schau dir mal die Jacken an.«

Brander verglich die Kleidungsstücke miteinander. »Das sind die gleichen Jacken«, stellte er fest.

»Genau. Die gleichen Jacken. Könnte es eine Verwechslung gegeben haben? Vielleicht war nicht Rösch das Ziel unseres Täters, sondern Hammami.«

Brander betrachtete grübelnd die Aufnahmen. Irgendetwas irritierte ihn. »Und wo ist dann der Zusammenhang zwischen Hammami und Subisch?«

»Hammami kommt aus Libyen, oder?«

»Ja.«

»Subischs Ex-Frau arbeitet für Ärzte ohne Grenzen in Libyen. Zufall?«

»Denkst du, die kennen sich?«

»Laut Hammami ist seine Familie bei einem Bombenattentat ums Leben gekommen. Sie ist Ärztin. Sie könnten sich begegnet sein. Lass uns doch noch mal mit dem jungen Mann sprechen.«

»Okay.«

»Spontanbesuch oder laden wir ihn vor?«

»Wir fahren hin«, entschied Brander. »Wollte mir eh mal anschauen, wie genau Jeannette das Firmengelände beschrieben hat.«

Peppi fuhr auf den Hof der Firma Elektrotechnik Ulmer im Gewerbegebiet ›Neue Neckarwiesen‹ südöstlich der Esslinger Innenstadt. Linksseitig befanden sich fünf Stellplätze vor einem zweieinhalbgeschossigen Haus, in dessen unteren Räumen sich offenbar das Büro der Firma befand. Auf der gegenüberliegenden Seite erstreckte sich eine Lagerhalle mit Werkstatt. Exakt so hatte Jeannette es skizziert. Brander schüttelte innerlich den Kopf bei dem Gedanken, dass die Kommissaranwärterin am Dienstagabend allein auf dem Gelände herumgestrolcht war.

Sie fanden Hammami in der Werkstatt mit einem Mann an einer Werkbank stehend, der nicht weit vom Rentenalter entfernt schien.

»Entschuldigen Sie die Störung, aber wir müssten mit Herrn Hammami sprechen.« Brander zeigte seinen Dienstausweis. »Kriminalpolizei Esslingen.«

»Alfred Ulmer«, stellte der Mann sich vor. »Ich bin Hamadis Chef. Worum geht es denn?«

»Das würden wir gern mit Ihrem Mitarbeiter unter vier Augen besprechen.«

»Ja, natürlich, kommen Sie mit ins Büro, in unserem Beratungszimmer können Sie ungestört reden.«

Ulmer schritt über den Hof zu dem Bürogebäude. Eine Frau im ähnlichen Alter wie der Firmenchef blickte von ihrem Schreibtisch auf. Erika Ulmer, die Frau des Unternehmers. Wenig später saßen Brander und Peppi mit Hamadi Hammami an einem runden Tisch. Ein paar Prospekte lagen in der Mitte, ein Aktenschrank stand verschlossen an der Wand, ansonsten herrschte um sie herum nüchterne Leere.

»Meine Frau und ich sind nebenan. Falls es Sprachprobleme gibt, sagen Sie Bescheid. Wir sprechen beide Französisch«, erklärte Ulmer, bevor er sie allein ließ.

»Herr Hammami, kennen Sie eine Franziska de Mezier?«, begann Peppi. Subischs Frau hatte während ihrer Ehe ihren Mädchennamen behalten, hatte sie herausgefunden.

Hammami schüttelte den Kopf.

»Sie ist Ärztin.«

Er hob die Schultern. »Ich kenne nicht.«

»Ulf Subisch?«

Er schüttelte erneut den Kopf. Brander entging nicht, dass sein Bein nervös zu wippen begann.

»Waren Sie schon einmal in Heidelberg?«

Nochmaliges Kopfschütteln.

»Hatten Sie in Ihrer Heimat Kontakt zu einer deutschen Ärztin?«, setzte Peppi wieder an ihrem Ausgangspunkt an.

Hammamis Blick war gequält. »Ich verstehe Fragen nicht.«

»Hatten Sie Kontakt zu einer deutschen Ärztin?«, wiederholte Peppi langsam und deutlich.

»Weiß nicht. Nein. Weiß nicht.«

»Sie müssen sich doch erinnern können, ob Sie mit einer Ärztin gesprochen haben?«

»Nein, ich ... Vater tot, Mutter tot, Schwester ... alle tot. Ich weg ... fliehen. Viele Menschen, überall, ich kenne nicht alle.«

Er sprach schnell und aufgeregt. Der junge Mann geriet unter Stress, bemerkte Brander. Waren es Peppis Fragen, oder quälte ihn eine andere Last?

»Herr Hammami, Sie haben vor gut acht Wochen Anzeige gegen unbekannt erstattet, weil jemand Sie mit einem rohen Ei beworfen hat«, wechselte er das Thema.

Peppi holte ein Blatt aus ihrer Tasche. Sie hatte das Foto, das die Kollegen von dem jungen Mann gemacht hatten, ausgedruckt. »Das sind Sie.« Sie deutete auf das Bild. »Ist das Ihre Jacke?«

Er starrte stumm auf den Ausdruck.

»Herr Rösch besitzt ebenfalls so eine Jacke«, stellte Peppi fest.

Hammami hielt den Blick gesenkt.

Da fiel Brander ein, was ihn an der Aufnahme irritiert hatte. Er zog die Kopie zu sich heran. Die Jacke saß straff an den Schultern. Hammami war kräftiger als Moritz Rösch. Brander tippte auf das Foto. »Das ist nicht Ihre Jacke, oder?«

Hammami presste die Lippen zusammen.

»Warum tragen Sie die Jacke Ihres Freundes?«

Der junge Mann raufte sich mit gesenktem Kopf die dunklen Locken.

»Herr Hammami, reden Sie mit uns.«

»Ich ... nein ... ich nicht kennen Arzt und Subsch und ...« Er legte die Arme um seinen Oberkörper, wippte vor und zurück.

»Haben Sie öfter ihre Jacken getauscht?«

»Non ... Ich ... nein.« Hammami hob den Blick gequält zum Himmel, als hoffe er auf Erlösung.

»Warum –«, setzte Brander an, wurde aber von einem Klopfen unterbrochen.

Erika Ulmer kam mit einem Tablett herein. »Ich dachte, Sie möchten vielleicht Kaffee oder ein Glas Wasser?« Sie stellte alles auf den Tisch, sah besorgt zu ihrem Azubi. »Hamadi, ist alles in Ordnung?«

Er schaute sie zermürbt an. »Ich Scheiße gebaut.«

Die Geschäftsfrau setzte sich unaufgefordert auf den Stuhl neben ihren Auszubildenden. »Hamadi, so schlimm kann es doch nicht sein.«

»Ich kann nicht. Ich weg.« Er wedelte mit der Hand. »Retourner. Zurück. Zurück.«

Erika Ulmer zog irritiert die Augenbrauen zusammen. »Niemand schickt dich zurück.« Sie suchte Bestätigung in den Gesichtern der Kommissare.

»Wir hätten erst einmal gern, dass Herr Hammami unsere Fragen beantwortet, und zwar ehrlich.«

»Je ne peux pas. Kann nicht.«

»Kann ich bitte einen Moment unter vier Augen mit Hamadi sprechen?«, bat die Geschäftsführerin.

Sie ließen die Frau mit dem Azubi allein und hofften, dass der junge Mann nicht durch die Hintertür davonflitzte. Ihr Vertrauen wurde belohnt. Wenige Minuten später holte Erika Ulmer sie zurück in das Besprechungszimmer.

»Hamadi, bitte erzähle noch einmal, was du mir gerade gesagt hast«, bat sie.

Der junge Mann saß am Tisch, sein rechtes Bein wippte noch immer nervös. »Moritz und ich, wir gehen Straße. Auto kommt und dann: Moritz überall Ei. Jacke, alles. Einfach so. Werfen Ei und alles überall.«

Er wedelte mit den Händen umher, während er weitersprach. »Ich frag, warum die das tun? Aber Moritz weiß nicht, sagt: ›Scheißnazis‹. Vielleicht weil wir Freunde. Nazis hassen gens de couleur. Und wir denken, ist besser, ich anzeige. Er gibt mir Jacke, und ich gehen Polizei.«

»Herr Rösch wusste nicht, wer in dem Auto saß?«

»Nein. Er nicht gucken, aber ich gesehen Bitch. Muss gucken. Muss aufpassen. Überall.«

Immer alles im Blick behalten, ob von irgendwo Gefahr drohte. Ein Trauma seiner Flucht und seiner Vergangenheit, vermutete Brander. »Sie haben ausgesagt, es wäre eine Frau gewesen, die das Ei geworfen hat.«

»Oui, war Frau. Ich gesehen. Kamen von vorn gegen uns. Werfen Ei, fahren.«

»Saß die Frau am Steuer?«

»Nein, andere Seite.«

»Und wer saß am Steuer?«

Hammami hob die Schultern. »Weiß nicht. Ich nur Frau gesehen.«

»Würden Sie die Frau wiedererkennen, die das Ei geworfen hat?«

Er zog zweifelnd die Nase kraus. »Ist lange weg und hab nur kurz gesehen.«

»Ich würde Ihnen dennoch gern ein paar Bilder zeigen, dazu müssten Sie uns aber zur Polizeidienststelle begleiten.«

»Sie mich verhaften, weil gelogen.« Angst spiegelte sich in seinen Augen. »Ich zurück.«

»Nein, Herr Hammami, wir wollen Sie weder verhaften noch abschieben. Sie müssen aber Ihre Anzeige korrigieren. Und ich möchte Ihnen ein paar Bilder zeigen. Vielleicht erkennen Sie die Frau, die Ihren Freund mit einem Ei beworfen hat.«

Hammami sah zu seiner Chefin, die nickte zuversichtlich. »Ich komme mit.«

Während Hamadi Hammami seine Anzeige bei den Kollegen von der Schutzpolizei neu zu Protokoll gab, stellte Brander eine Bildershow mit Fotos verschiedener Frauengesichter zusammen. Wenig später scrollte Hammami durch die Bilder.

»Ich weiß nicht, alles ging schnell.« Er zuckte die Achseln. »Kann die sein oder die oder die.« Er zeigte nacheinander auf die Bilder. »Alle sehen gleich aus.«

Brander musterte den jungen Mann nachdenklich. »Herr Hammami, Moritz Rösch hat Ihnen von dem Unfall erzählt, den er vor einigen Jahren verursacht hat, oder?«

Hammami wich seinem Blick aus.

»Ich möchte, dass Sie ehrlich zu mir sind.«

»Er sagen, war schlimme Sache, viel Schuld ... Er immer traurig. Ich soll schwören, dass ich niemand sage.«

»Und warum nicht?«

»Er sich schämt.«

»Und er hat die Frau, die das Ei auf ihn geworfen hat, wirklich nicht gesehen?«

»Ich schwöre, Mann! Er voll erschreckt. Er nichts gesehen.«

Brander betrachtete grübelnd die Bilder, auf die Hammami gezeigt hatte. Alle drei Frauen hatten dunkelblondes Haar. Ein Foto zeigte eine ehemalige Mitarbeiterin der Reutlinger Polizeidirektion, die vor zwei Jahren zu jung verstorben war. Ein anderes Bild war eine Collage aus verschiedenen Frauengesichtern. Das dritte zeigte Cordelia Heppler.

»Was halten wir denn jetzt davon?« Clewer lehnte sich mit verschränkten Armen zurück.

Nachdem Hammami und seine Chefin wieder gegangen waren, hatte Brander mit Peppi den Inspektionsleiter aufgesucht. Sie saßen in seinem Büro in den bunten Sesseln um einen kleinen Nierentisch herum – Möbelstücke aus Clewers privatem Fundus, mit denen er dem Raum eine persönliche Note verliehen hatte. Damit und mit großen Fotografien der vier höchsten Berge, deren Spitze er in seiner aktiven Bergsteigerzeit erklommen hatte.

»Fassen wir mal zusammen.« Clewer löste die Arme wieder. »An einem Mittwochnachmittag vor acht Wochen wurde nicht Hamadi Hammami mit einem Ei aus einem fahrenden Auto beworfen, sondern Moritz Rösch. Die beiden Jungen hielten das für eine fremdenfeindliche Aktion. Heute meint Hammami, in Cordelia Heppler – oder einer ihr ähnlich sehenden Frau – die Eierwerferin zu erkennen.« Er hielt kurz inne. »Hätte Rösch sie nicht ebenfalls erkennen können?«

»Ich weiß nicht, ob die sich kannten«, erwiderte Brander.

Peppi zog die Stirn in Falten. »Als sie gestern bei uns war, hat sie zumindest erklärt, dass sie ihn kannte. Sie könnten sich bei der Gerichtsverhandlung damals begegnet sein.«

»Cordelia wird bei der Verhandlung vermutlich im Zuschauerbereich gesessen haben«, überlegte Brander. »Woher hätte Rösch wissen sollen, wer sie ist?«

Clewer nickte zustimmend.

»Außerdem liegt der Vorfall zwischen Apollonia Heppler und Rösch drei Jahre zurück«, schob Brander hinterher. »Selbst wenn er Cordelia bei der Verhandlung mal gesehen hat, ist fraglich, ob er sie tatsächlich in dem kurzen Moment hätte erkennen können, als ihnen das Auto entgegenkam.«

»Wenn er sie erkannt hat, hätte er nicht seinen Kumpel herschicken müssen, um Anzeige gegen unbekannt zu erstatten. In diesem Fall hätte er uns den Namen der Täterin nennen können«, stellte Clewer fest. »Schauen wir mal weiter. Kurz nach der Eierattacke, vor gut sechs Wochen, wird Ulf Subisch vor seinem Wochenendhaus erschossen. Frau Götting sagte heute Morgen, dass Zeugen eine junge Frau in der Nähe des Hauses gesehen haben wollen. Könnte das Cordelia gewesen sein?«

»Wir sollten den Heidelbergern ein Foto von ihr zukommen lassen, damit sie das überprüfen«, schlug Brander vor.

»Ja, unbedingt. Was haben wir noch? Vor drei Tagen wird Moritz Rösch am frühen Morgen auf dem Ebershaldenfriedhof erschossen.«

»Für die Tatzeit hat Cordelia Heppler ein Alibi: Ihr Freund sagte aus, dass sie gemeinsam zu Hause waren«, erwiderte Brander.

»Muss nicht stimmen. Sagte unsere Umläuferin nicht, dass Cordelia Heppler Bogenschützin ist?« Clewer sah sich irritiert um. »Wo steckt sie eigentlich?«

»Du hattest ihr aufgetragen, nach ungelösten Fällen mit ähnlichen Verletzungsmustern wie bei Subisch oder Rösch zu suchen«, erinnerte Brander seinen Vorgesetzten an den Arbeitsauftrag vom Abend zuvor.

»Aber ihr hättet sie doch jetzt mitbringen können.«

»Ja«, erwiderte Brander wenig enthusiastisch.

Clewer horchte auf. »Was ist? Macht sie Probleme?«

»Sie ist ein bisschen anstrengend.«

»Ja und? Mit Stephan kommst du doch auch klar.«

»Das ist was anderes. Ich hätte es besser gefunden, wenn sie erst einmal bei der KT reinschnuppert. Ein Kapitalverbrechen ist eine recht hohe Herausforderung.«

»Andreas!« Clewer schüttelte den Kopf. »Was ist das für ein Unsinn? So sieht sie gleich, wie der Hase läuft. Außerdem hat die K8 noch genug mit ihrem Wasserschaden zu tun. Wir können froh sein, dass zumindest ein Teil der Untersuchungen wieder hier im Haus stattfinden kann.«

Bei Umbauarbeiten war unbemerkt eine Heizschleife der Fußbodenheizung angebohrt worden. Das fiel jedoch erst auf, als in den darunterliegenden Büros ein Wasserfleck an der Decke auftauchte. Statt in die Heizung war das Wasser in den Boden getröpfelt. Der gerade erst umgebaute und renovierte Laborbereich hatte zeitweise komplett geschlossen und erneut saniert werden müssen. Die Kriminaltechniker waren mit ihrer Arbeit von Esslingen nach Tübingen und Stuttgart ausgewichen. Tropper hatte ordentlich geflucht.

»Wir werden Cordelia Heppler zu dem Vorfall befragen. Da hole ich Jeannette dazu«, versprach Brander.

»Was ist mit Florentine?«, fragte Peppi. »Sie hatte laut Verbindungsnachweis von Röschs Smartphone Kontakt zu ihm.«

»Apropos Florentine: Ich habe gestern erfahren, dass Apollonia und Florentine früher gemeinsam Musik gemacht haben«, fiel Brander bei dem Stichwort ein.

»Florentine spielt auch Klavier?«

»Nein, sie singt. Chansons und so was. Apollonia hat sie am Klavier begleitet.« Das hatte Brander am Abend zuvor mit Beckmann online recherchiert, nachdem Manuel ihm die Information gegeben hatte. Florentine interpretierte vertonte Gedichte von Fauré, Goethe und Satie. Brander war eher ein Fan von Bluesmusik, aber die dunkle gefühlvolle Stimme von Florentine hatte ihm gefallen.

»Singt sie immer noch?«, fragte Clewer.

»Das weiß ich nicht. Online haben wir nichts von ihr gefunden, was jünger als drei Jahre ist.«

»Hört sich so an, als sollten wir die gesamte Familie Heppler etwas genauer unter die Lupe nehmen.«

Jeannette saß allein im Büro. Stephan war ausgeflogen – oder geflüchtet, vermutete Brander still und rügte sich gleich für den zynischen Gedanken. Warum hegte er so eine Abneigung gegen die Umläuferin? Sie war aufgeweckt, fleißig, kreativ und bemüht darum, sich mit aller Kraft in die Ermittlung einzubringen. Brander beschloss, geduldiger mit der jungen Frau und freundlicher im Ton zu sein.

»Wie laufen die Recherchen?« Er schickte der Frage ein aufmunterndes Lächeln hinterher.

Sie zog eine Grimasse. »Ich find nichts. Es gibt ein paar sehr interessante Fälle, aber davon passt nichts zu den beiden Todesopfern. In den meisten Fällen geht es um Affekttaten, bei denen der Täter bereits festgesetzt wurde. Zum Einsatz kommen Pistolen, Messer, Schlagwerkzeuge, aber keine Jagdpfeile oder Bolzen. Keine Tötung, bei der die Methode nicht klar ist.«

Polizeiarbeit war bisweilen mühsam und eintönig. »Komm mal mit, wir wollen unser weiteres Vorgehen besprechen«, erlöste er Jeannette von der stupiden Suche. Sie sprang hocherfreut auf.

Auf dem Weg in sein Büro berichtete er ihr von den neuesten Erkenntnissen. Peppi telefonierte, als sie hereinkamen. Er bedeutete Jeannette, sich auf den Besucherstuhl zu setzen.

»Aber ist der Hammami denn glaubwürdig?«, wisperte sie ihm zu.

»Inwiefern?«

»Wenn der bei der Anzeige damals schon gelogen hat, warum sollte er es jetzt nicht tun? Kann doch genauso gut sein, dass er nur versucht, den Verdacht auf jemand anderen zu lenken.«

»Aus welchem Grund?«

»Na, weil er der Killer ist.«

Brander verdrehte innerlich die Augen. »Wenn überhaupt, ist er der Täter und nicht der Killer.«

»Die Ex von dem Subisch könnte Hammami bei ihrer Arbeit in Afrika kennengelernt haben. Sie schleust ihn nach Deutschland ein, und dafür killt der ihren Ex. Ja, und dann eben noch den Moritz Rösch.«

Brander biss die Zähne zusammen, um nichts Unbedachtes zu sagen. Was hatte das Mädel nur für eine wilde Phantasie? Und hatte sie nicht vor wenigen Stunden voller Überzeugung gesagt, es müsse sich um eine Täterin handeln? Mit einer Geste forderte er sie auf zu schweigen, bis Peppi das Telefonat beendet hatte.

»Das war Lutz Heppler, der Vater der Schwestern«, erklärte Peppi, nachdem sie aufgelegt hatte. »Er ist gerade in der Schweiz und kommt erst morgen Abend zurück. Seine Frau habe ich bisher nicht erreicht. Er meint, sie könnte beim Golfspielen sein. Cordelia habe ich leider auch nicht an die Strippe bekommen.«

»Sie hat einen Blumenladen, oder?«, fragte Brander.

»Ja, laut Website ist sie die Inhaberin von ›Delias Blumeninsel‹.«

»Dann fahren wir einfach mal bei ihr vorbei.«

Peppi sah auf die Uhr. »Zwischen dreizehn und vierzehn Uhr dreißig hat sie Mittagspause. Da können wir noch eine Kleinigkeit essen, bevor wir zu ihr fahren.«

***

Ein Windspiel ließ eine Glockenmelodie erklingen, als Brander mit Peppi und Jeannette den Blumenladen in Denkendorf betrat. Das kleine Geschäft war überfüllt mit Schnitt- und Topfblumen, Pflanzgefäßen, Vasen und allerlei Dekoklimbim: Herzchen, Engelchen, Frösche und Vögel, dazwischen hingen tanzende Elfen von der Decke und an Regalhalterungen. Zwei

Ständer mit Karten, Schokoladentäfelchen und Servietten ergänzten das farbenfrohe Ambiente.

Cecilia wäre begeistert, ging es Brander durch den Kopf, und er bemerkte auch in Peppis Augen ein leichtes Leuchten, während Jeannette alles mit ernster Miene inspizierte, als erwarte sie, eine versteckte Armbrust hinter einem Blumentopf zu entdecken.

Zu seiner Überraschung kam nicht Cordelia Heppler, sondern ihr Lebensgefährte Paul Kübler durch einen mit einem glitzernden Fliegenschutz verhangenen Durchgang aus einem Hinterzimmer in den Verkaufsraum.

»Oh«, kam es ebenso überrascht von dem jungen Mann, der abrupt stehen geblieben war. Er räusperte sich. »Was kann ich für Sie tun?«

Kübler hatte eine grüne Latzschürze über Jeans und T-Shirt gebunden. Eine große Tasche aus Stoff mit Blümchendruck zierte den Schoß. Um die Hüfte trug er einen Ledergürtel mit Ledertasche an der Seite, in der nützliches Gartenwerkzeug griffbereit verstaut war.

»Wir möchten zu Cordelia Heppler«, erklärte Brander ihren Besuch.

»Della ist nicht da.«

»Wo ist sie?«

»Unterwegs … Wir pflegen auch Grabstätten und machen Gartengestaltung.«

»Wir? Sie arbeiten ebenfalls hier?« Eine dumme Frage, rügte Brander sich selbst – Kübler würde sonst sicher nicht mit einer Schürze vor ihm in diesem Laden stehen.

»Ja, das Geschäft gehört Della, aber allein ist das nicht zu schaffen. Wie gesagt, wir haben viele Außenaufträge.«

Ein florierendes Floristikunternehmen, sinnierte Brander. »Sie sind Florist?«

»Landschaftsgärtner.« Kübler sah auf seine Uhr. »Ich muss ein Gesteck für eine Kundin fertig machen. Sie will es um drei Uhr abholen.«

»Wir sind gleich wieder weg.« Brander machte keine Anstalten zu gehen. »Sie haben gestern gesagt, Sie kennen die Familie schon lange?«

»Ja.«

»Wie haben Sie sich kennengelernt?«

»In der Schule. Della und ich waren in derselben Klasse. Wir haben uns gut verstanden.« Er lächelte flüchtig. »Ich habe ihr und Loni die ersten Noten auf dem Keyboard beigebracht.«

»Sie spielen Keyboard?«

»Oh Gott, nein.« Er hob abwehrend die Hände. »Ich konnte die Tonleiter und ein, zwei leichte Popsongs. Hab sie den Mädels stolz vorgespielt und mich wie ein Rockstar gefühlt.« Er grinste verlegen.

»Loni hat mir dann in kürzester Zeit gezeigt, was für eine Niete ich war. Sie hat sich alles selbst beigebracht. Ich habe ihre Eltern darauf hingewiesen, wie talentiert sie ist, und daraufhin haben sie ihr ein Klavier gekauft und einen Privatlehrer engagiert. Der Rest ist Geschichte, wie man so schön sagt.« Die Lockerheit in Küblers Gesicht wich einer betrübten Mimik.

»Haben Sie den Vorfall zwischen Apollonia und Moritz Rösch damals mitbekommen?«

»Was heißt ›mitbekommen‹? Es war ja niemand von uns dabei.«

»Aber Sie wissen, was geschehen ist.«

»Ja.«

»Sind Sie mit Ihrer Lebensgefährtin einer Meinung, dass der Zusammenstoß Vorsatz war?«

Brander bemerkte, wie sich eine leichte Anspannung um den Kiefer des jungen Mannes legte. »Das Gericht sagt, es war ein Unfall. Letztendlich – ob Vorsatz oder Unachtsamkeit: Es ändert nichts am Resultat.«

»Soweit ich das überblicke, spielt Frau Heppler seither nicht mehr Klavier. Wissen Sie, warum?«

Kübler überlegte einen Moment, bevor er sich zu einer Antwort durchrang. »Die Verletzungen waren gravierend. Der Heilungsprozess langwierig. Es gibt noch immer Tage, an denen sie Schmerzen hat. Sie hat Konzentrationsschwierigkeiten. Dieser Unfall hat sie um Jahre zurückgeworfen.« Ein bitterer Zug legte sich um seinen Mund. »Loni ist hochbegabt, aber sie ist auch sehr sensibel und sehr ehrgeizig, und das macht sie verletzlich. Sie braucht Zeit, um das alles zu verarbeiten.«

»Und Cordelia leidet mit ihrer Schwester mit«, resümierte Peppi, die bislang schweigend mit der Anwärterin im Hintergrund gestanden hatte.

»Natürlich leidet sie mit ihrer Schwester. Sie ist die Älteste, sie hat immer auf Loni und Flora aufgepasst, nur an dem Abend, da konnte sie nicht –«

Brander hatte den Eindruck, als hätte Kübler sich selbst mitten im Satz unterbrochen.

»Was heißt: Da konnte sie nicht?«, hakte Peppi nach.

»Na …« Er geriet ins Schwimmen. »Sie war nicht bei ihr, konnte ihr nicht helfen. Es ist passiert, und sie wünscht sich, sie hätte es verhindern können.« Er blickte erneut auf seine Uhr. »Ich müsste jetzt wirklich …«

»Wir sind gleich weg«, versprach Brander. »Kennen Sie einen Dr. Ulf Subisch? Er war Chirurg, Spezialist für Handchirurgie.«

»Subisch?« Kübler schüttelte den Kopf. »Der Name sagt mir nichts. Wenn das dann alles wäre …«

»Könnten Sie uns bitte die Handynummer Ihrer Lebensgefährtin geben?«

Er verzog unsicher das Gesicht. »Bin ich dazu verpflichtet?«

»Nein«, erwiderte Brander ehrlich.

»Dann tut es mir leid, aber ich glaube nicht, dass Della das möchte.«

Auf dem Weg zurück zur Dienststelle entdeckte Brander am Kreisverkehr vor dem Ortsausgang eine Bäckerei. »Lass uns einen Kaffee trinken«, schlug er vor.

Peppi drehte eine Ehrenrunde um den Kreisel, um die richtige Ausfahrt zu erwischen. Wenig später saßen sie vor Kaffee und Kuchen, den Brander spendiert hatte.

Jeannette war nicht nur mit ihrem obligatorischen Trinkröhrchen unterwegs. In dem Universum ihrer Handtasche verbarg sich eine kleine Kunststoffbox, aus der sie eigenes Besteck zauberte. »Ich mag nicht Dinge in den Mund nehmen, die andere schon im Mund hatten«, erklärte sie, obwohl niemand gefragt hatte.

Da Brander sich vorgenommen hatte, netter und toleranter gegenüber der Nachwuchskommissarin zu sein, beschloss er, diesen Hygienespleen als nette Marotte zu betrachten. Er hatte sich in der Vergangenheit nie Gedanken darüber gemacht, wer Geschirr und Besteck, das er benutzte, wenn er aushäusig aß, zuvor verwendet hatte. Er betrachtete seine Kuchengabel kritisch. Sie schien ihm sauber.

»Hätten Sie Herrn Kübler nicht sagen können, dass er zur Herausgabe der Telefonnummer verpflichtet ist?«, fragte Jeannette und schob sich ein Stück Erdbeertorte in den Mund.

»Aus welchem Grund? Wir sind übrigens beim Du«, erinnerte Brander sie.

»Gefahr im Verzug.«

»Welche Gefahr denn?«

»Sie könnte die Täterin sein.«

»Im Moment haben wir lediglich die Aussage von Herrn Hammami, dass sie eventuell die Person gewesen sein könnte, die das Ei auf Moritz Rösch geworfen hat. Für den Tatzeitpunkt der Tötung von Rösch hat Cordelia Heppler ein Alibi.«

»Von ihrem Freund. Das ist doch nichts wert.«

»Warum sollte er lügen?«

»Weil er seine Freundin liebt.«

»Durchaus möglich, dass er lügt«, räumte Brander ein. »Vielleicht sagt er aber auch die Wahrheit. Hast du vorhin nicht überlegt, dass Hammami unser Mann ist?«

»Hm, ja«, gab Jeannette zu. »Aber aufgrund der Methodik bin ich doch eher davon überzeugt, dass wir eine Täterin suchen.«

»Tötung aus der Distanz, weil sie dem Opfer körperlich unterlegen ist?«, wiederholte Brander ihr Argument, das sie am Morgen vorgebracht hatte.

»Ja, und außerdem ist Cordelia Heppler Bogenschützin. Die kann bestimmt gut zielen«, erwiderte Jeannette.

»Warum sollte sie zu einer Armbrust greifen, wenn sie einen Bogen zur Hand hat?«, fragte Brander.

»Weil das zu offensichtlich wäre.«

Peppi schob ihren leeren Teller ein Stück von sich. »Wie machen wir jetzt weiter?«

»Wir könnten bei Hepplers Mutter vorbeischauen. Die wohnt doch auch in Denkendorf. Vielleicht ist sie vom Golfspielen zurück.«

Wenig später standen sie vor verschlossener Tür.

»Lass uns noch mal beim Blumenladen vorbeifahren«, bat Brander, während Peppi damit kämpfte, den mühsam in eine kleine Parklücke am Straßenrand gezwängten Dienstwagen wieder hinauszumanövrieren.

»Warum?«, fragte Jeannette von der Rückbank aus.

»Ich möchte Blumen kaufen.«

Als er Jeannettes fragendes Gesicht sah, ergänzte er: »Für meine Frau.«

»Geht das im Dienst?«

Peppi warf Brander einen tadelnden Blick zu. »Vielleicht haben wir Glück, und Frau Heppler ist von ihrem Auswärtstermin inzwischen zurückgekehrt«, erklärte sie.

Peppi hielt Ausschau nach einem freien Parkplatz, als Brander Cordelia Heppler mit einem E-Bike vor ihrem Blumengeschäft halten sah. Sie trug ein sportliches Outfit – Funktionsshirt, Radlerleggins, Helm und Handschuhe. Was hatte Paul Kübler gesagt? Grabpflege, Gartengestaltung … Brander brachte die Kleidung nicht mit Gartenarbeit zusammen, aber was verstand er schon vom Gärtnern? Obwohl – seitdem Karsten Beckmann eine Streuobstwiese sein Eigen nannte, hatte er einiges über Magerwiesen und Baumschnitt gelernt.

Cordelia öffnete ein Gatter neben dem Haus und verschwand samt Fahrrad aus Branders Blickfeld. Als er wenig später mit Peppi und Jeannette den Blumenladen betrat, ertönte zum zweiten Mal an diesem Tag das sanfte Glockenspiel über ihm.

»... war hier. Wo warst du den ganzen Tag?«, drang Paul Küblers Stimme aus dem Hinterzimmer gedämpft zu ihnen in den Verkaufsraum.

»Bei Loni, das weißt du doch«, zischte Cordelia gereizt.

»Wie geht es ihr?«

»Was denkst du wohl?«

Kübler seufzte. »Wir reden später, ich muss jetzt los.«

»Hallo?«, rief Peppi in den Raum, um sich bemerkbar zu machen.

»Bin gleich bei Ihnen«, antwortete Cordelia betont fröhlich aus dem Hinterzimmer.

Wenig später trat sie durch die Türöffnung mit dem Insektenschutz. Den Blick gesenkt, war sie dabei, die grüne Schürze zu verknoten. Unter einem Headloop blitzten verspielt ein paar Locken hervor, das Funktionsshirt hatte sie gegen eine weite Bluse mit Blümchendruck getauscht. Ihr kundenfreundliches Lächeln erstarb, als sie den Kopf hob und in Branders Gesicht sah.

»Ich habe jetzt keine Zeit für Sie.«

»Dann lassen Sie uns einen Termin vereinbaren. Zeitnah.«

»Schicken Sie mir eine Vorladung.«

»Wenn Sie möchten, gern. Sie werden ohnehin eine Anzeige wegen Körperverletzung und Sachbeschädigung bekommen.«

Die Floristin riss die Augen auf. »Wie bitte?«

»Ihnen wird zur Last gelegt, an einem Mittwochnachmittag vor gut acht Wochen aus einem fahrenden Wagen einen jungen Mann mit einem rohen Ei beworfen zu haben. Es gibt einen Zeugen. Eierschalen können sehr scharfkantig sein. Ihre Aktion gegen Moritz Rösch war kein simpler Streich.«

Branders Worte schlugen ein. Die Schultern der jungen Frau sackten herab. Die angespannte Miene erschlaffte. Offensichtlich war es tatsächlich Cordelia Heppler gewesen, die Hammami in dem Wagen erkannt hatte.

Brander wollte fortfahren, als die Ladentür geöffnet wurde.

Eine Frau mit auffällig rotem Lippenstift und Designerkleidung kam herein.

»Sorry, Polizeieinsatz.« Jeannette preschte ihr mit vorgestreckter Hand entgegen, um sie am weiteren Eintreten zu hindern.

»Jeannette!« Peppi fasste die Anwärterin kopfschüttelnd am Ellenbogen und bugsierte sie mit entschuldigendem Blick an der Kundin vorbei. »Wir warten draußen.«

Brander fluchte stumm.

Cordelia grinste angespannt. »Hallo, Tina, du möchtest deine Blumen abholen?«

»Ja, aber ich habe keine Eile, mach hier ruhig erst fertig.« Sie deutete auf Brander, der so tat, als interessiere er sich für die Schnittblumen. Er könnte Cecilia ein paar Rosen mitbringen.

»Geben Sie mir bitte fünf von den langstieligen roten Rosen«, bat er.

Er erntete einen irritierten Blick der Shop-Inhaberin.

»Die kann man doch einzeln kaufen, oder?«, hakte er nach.

»Ja, natürlich.« Cordelia Heppler trat neben ihn und zog fünf Rosen heraus. »Soll ich Ihnen die Blumen zu einem Strauß binden?«

»Nein, wenn Sie mir die einfach gut verpacken, damit sie bis heute Abend halten.« Da würde Ceci Augen machen, wenn er mit diesen schönen Rosen nach Hause kam, freute Brander sich.

Die Floristin wandte sich ab und verschwand mit den Blumen im Hinterzimmer. Brander hoffte, dass sie sich nicht durch den Hinterausgang aus dem Staub machte. Er warf einen Blick zum Schaufenster, sah Peppi mit Jeannette auf dem Bürgersteig reden. Hoffentlich erklärte sie der Anwärterin die Begriffe Hausrecht und Geschäftsschädigung nachhaltig.

Cordelia kehrte mit den eingepackten Rosen und einem Blumenarrangement in einem Korb in den Verkaufsraum zurück.

»Ich schau gerade noch die Karten durch. Machen Sie gern so lange hier weiter.« Brander deutete auf die Kundin.

Während Cordelia kassierte, bemühte sie sich um einen lockeren Small Talk, begleitete die Kundin zur Tür und hängte ein »Bin gleich zurück«-Schild auf. Dann wandte sie sich Brander wieder zu.

Er bedauerte, dass der erste Schreckmoment vorüber war, nachdem er die junge Frau mit den neuesten Erkenntnissen zu der Ei-Attacke konfrontiert hatte. »Ich möchte mich für das Verhalten meiner Kollegin gerade eben entschuldigen.«

Cordelia hob gleichgültig die Schultern. »Wenn meine Kundin es herumerzählt, kommen vielleicht ein paar neue Kunden aus purer Neugierde.«

Brander war sich nicht sicher, ob sie den Vorfall wirklich so leicht abtat oder versuchte, für eine gute Atmosphäre zu sorgen, in der Hoffnung, so um die Anzeige wegen des Eierwurfs herumzukommen.

»Ich möchte meine Kollegin Frau Pachatourides zu unserem Gespräch hinzuholen.«

Die Floristin schloss die Tür wieder auf, und Brander rief Peppi zu sich.

»Wollen Sie die Blumen tatsächlich mitnehmen? Ansonsten würde ich sie wieder ins Wasser stellen.«

»Die nehme ich mit.« Brander zahlte unter Peppis verdutzten Augen, dann folgten sie Cordelia in den hinteren Raum.

Töpfe mit Schleierkraut, Blattgrün und Zweigen standen herum. In einem Regal reihten sich jungen Topfpflanzen aneinander, dazwischen lag ein abgewetzter Reclam-Gedichtband. Die Mitte des Raumes nahm ein großer Tisch ein, auf dem ein halb fertiges Gesteck lag, umgeben von einem Eimer mit Erde, kleinen Schaufeln und Schere. Cordelia lehnte sich mit dem Gesäß gegen die Kante, die Hände seitlich abgestützt.

Brander nahm das Reclam-Heftchen zur Hand, blätterte flüchtig durch die Seiten. »Sie interessieren sich für Lyrik?«

»Beruflich. Die Kunden mögen Tafeln mit schönen Texten. Was wollen Sie?«

Er legte das Heft zurück ins Regal. »Warum haben Sie Moritz Rösch mit dem Ei beworfen?«

Sie zuckte die Achseln. »Aus einer Laune raus.«

»Machen Sie das öfter: Leute aus einer Laune heraus mit einem Ei bewerfen?«

»Sie wissen doch, wer Rösch ist … war.«

»Das rechtfertigt Ihre Handlung trotzdem nicht.« Brander erinnerte sich an die Worte von Röschs Vater: *Warum haben die ihn denn nicht in Ruhe gelassen?* »Haben Sie ihn verfolgt?«

»Nein.«

»Wie kam es dann zu der Aktion?«

Ein genervter Unterton schwang in ihrer Stimme mit. »Wir waren einkaufen, ich sah den Arsch auf dem Fußweg, und da hab ich es getan. Einfach so. Ich hab nicht groß darüber nachgedacht. Ich mein, der Asi rennt fröhlich durch die Gegend, und Loni …« Sie verstummte.

»Ihre Schwester könnte ebenfalls fröhlich durch die Gegend laufen.«

»Klar«, erwiderte Cordelia zynisch. »Der hat sie kaputtgemacht! Sie war eine großartige Pianistin! Sie hatte eine Weltkarriere vor sich. Und jetzt sitzt sie in ihrer Bude und traut sich kaum auf die Straße. Es ist ja nicht nur, dass sie nicht mehr Klavier spielen kann. Sie erträgt Musik nicht einmal mehr. Sie leidet unter Panikattacken, Migräneanfällen, Depressionen. Da ist nicht mehr viel übrig geblieben von meiner kleinen Schwester. Und Sie machen einen Aufstand, nur weil ich dem Arsch ein Ei an den Kopf geworfen habe. Ich habe niemanden hinterrücks eine Treppe heruntergestoßen!«

Sie schnaufte aufgebracht, versuchte, ihre Emotionen wieder einzufangen. »Loni ist eine sensible Künstlerin, und dieser Angriff auf ihr Leben aus dem Nichts hat sie zutiefst verstört.«

»Wer hat den Wagen gefahren?«

Sie starrte ihn an, schob das Kinn trotzig vor. »Weiß ich nicht.«

»Frau Heppler.«

»Ich kann mich nicht mehr erinnern.« Kampfeslust legte sich in ihren Blick. »Eigentlich kann ich mich an gar nichts erinnern. Ihr Zeuge hat sich geirrt. Ich war das nicht. Wann soll das überhaupt gewesen sein?«

»Vor acht Wochen, an einem Mittwochnachmittag. Wie ich Ihrem Ladenschild entnehme, haben Sie mittwochs geschlossen.«

»Ja und?«, stellte sie sich dumm.

»Sie sagten, Sie kamen vom Einkaufen. Mit wem waren Sie unterwegs?«

»Tut mir leid, ich kann mich nicht erinnern, wo ich vor acht Wochen gewesen bin. Und nun möchte ich mich bitte meiner Arbeit wieder widmen. Wenn Sie weitere Fragen haben, schicken Sie mir eine Vorladung.« Sie deutete ausladend Richtung Ladentür.

Während Brander mit Peppi durch den Verkaufsraum zum Ausgang ging, blieb Cordelia Heppler am Verkaufstresen stehen. Brander öffnete die Tür.

»Warten Sie.« Die Floristin kam mit den verpackten Rosen zu ihnen, drückte Brander den Strauß in die Hand. »Sie sollten die Stiele schräg anschneiden, bevor Sie sie ins Wasser stellen.«

»Das war jetzt gewieft von dir«, lobte Jeannette Brander, als sie im Wagen saßen.

»Wieso?«

»Na, jetzt haben wir Cordelias Fingerabdrücke auf dem Papier. Wenn wir nun Täterspuren finden, haben wir Vergleichsspuren, das schafft Fakten! Du musst aber aufpassen, dass deine Fingerabdrücke ihre nicht überlagern.«

»Jeannette, die Blumen sind für meine Frau«, erwiderte Brander. »Und im Übrigen dürften wir diese Fingerabdrücke gar nicht polizeilich verwenden, das weißt du hoffentlich.«

»Ja, aber –«

»Da gibt es kein Aber. Die Dinge, die du an der Polizeihochschule lernst, sind nicht nur pure Theorie, die gelten auch im praktischen Alltag.«

***

Cecilia und Nathalie waren ausgeflogen, als Brander am Abend nach Hause kam.

Er schnitt die Rosen an, suchte eine passende Vase und stellte sie im Wohnzimmer auf den Couchtisch, so würde Cecilia sie gleich sehen, wenn sie hereinkam. Dann schlüpfte er in seine Sportkleidung und trabte wenig später aus dem Ort hinaus, am Freibad vorbei, den Hohlweg hinauf in den Schönbuch.

Die Sonne war hinter dem Horizont abgetaucht und schenkte ihm einen Himmel in malerischen Orange- und Rottönen. Ein herrlicher Frühlingsabend. Hoffentlich hielt das Wetter bis zum Wochenende, dann könnte er abends mit Cecilia auf der Terrasse ein Glas Wein trinken.

Brander schlug den Weg zum Schloss Hohenentringen ein und umrundete den Friedwald. Während des Laufens ließ er seine Gedanken schweifen. Eine Täterin, vermutete Jeannette Gugel. Mochte sie recht haben? Cordelia Heppler hatte Wut im Bauch, daraus machte sie keinen Hehl. Und wenn man Paul Küblers Worten glaubte, machte sie sich Vorwürfe, dass sie den Unfall ihrer Schwester nicht hatte verhindern können. Irrationale Vorwürfe, fand Brander. Selbst wenn sie neben Apollonia die Treppe hinuntergegangen wäre, hätte sie den Sturz vermutlich nicht vermeiden können.

Erst der Eierwurf. Dann der Schuss mit der Armbrust? Das wäre eine extreme Eskalation der Gewalt. Aber nicht unmöglich. Doch wo lag der Trigger für diese plötzliche Eskalation? Der Vorfall lag drei Jahre zurück. Und wie passte Ulf Subisch da rein, wenn Apollonia Heppler in Stuttgart operiert worden war?

Nachdem Brander seine Runde beendet hatte, war noch keine der Frauen zurückgekehrt. Wo steckten die nur? Schon wieder überkam Brander die Sorge, dass Familie und Freunde hinter seinem Rücken Spiele und Peinlichkeiten für sein Geburtstagsfest planten. Wieso hatte er sich nur breitschlagen lassen und dem Fest zugestimmt? War es zu spät, alles abzusagen? Er könnte ein paar Tage freinehmen und mit Cecilia wegfahren – an den Bodensee, in die Berge oder vielleicht sogar ein Kurztrip nach Schottland.

Er hatte geduscht und gegessen und sich anschließend auf dem Sofa vom Fernseher berieseln lassen, als Cecilia nach Hause kam.

»Hey, Schatz«, rief sie ihm aus dem Flur entgegen. Sie streifte die Schuhe ab und kam zu ihm ins Wohnzimmer.

»Hast du so lange gearbeitet?«, fragte er argwöhnisch.

»Therapeutenstammtisch, habe ich dir heute Morgen gesagt.« Sie gab ihm einen Kuss, ließ sich neben ihm rücklings auf das Sofa fallen und streckte ihm ihre Beine entgegen. »So hörst du mir zu.«

»Sorry.« Er zog ihre Füße auf seinen Schoß und massierte sanft ihre Zehen.

»Machst du die Flimmerkiste aus?«, bat sie.

Er tat ihr den Gefallen.

Sie strich sich die braunen Haare aus dem Gesicht und gähnte herzhaft, mittendrin blieb ihr Blick an den Rosen auf dem Tisch hängen. »Oh, für wen sind die?«

Was für eine Frage! »Für dich.«

»Womit habe ich die verdient?«

»Weil du die beste Ehefrau von allen bist.«

»Wie viele hattest du schon?«

»Hä?«

»Wenn ich die beste bin, muss es ja Vergleichsfrauen geben.«

»Ceci, ich hatte einen anstrengenden Tag. Ich wollte dir nur eine Freude machen.«

Sie lächelte entschuldigend. »Danke.«

»Wie war dein Stammtisch? Habt ihr euch gegenseitig therapiert und für eure Patienten gestärkt?«, stichelte er.

»Ich habe meine Kolleginnen gefragt, was man machen kann, wenn man einen Patienten mit Fünfziger-Phobie hat.«

»Ich habe keine Fünfziger-Phobie.«

»Habe ich von dir gesprochen?« Sie sah ihn mit Unschuldsmiene an.

»Denk dran, Ceci, du wirst auch noch fünfzig.«

»Ich werde aber nicht feiern. Ich werde verreisen.«

»Das kannst du vergessen!«

Sie lachte amüsiert auf, wurde aber gleich wieder ernst. »Andi, ich brauche einen Polizistenratschlag von dir.«

»Ich habe zwar Dienstschluss, aber klar, wo drückt der Schuh?«

»Es geht um eine Kollegin. Kathie, du hast sie mal kennengelernt.«

Ja, das hatte er. Kathie war eine charismatische Frau mit einem herzlichen Wesen. Anfang vierzig, geschieden und naturverbunden. Die Baumflüsterin nannte er sie heimlich. Sie umarmte die Bäume nicht nur, sie sprach mit ihnen, hörte ihnen zu und ließ ihre Energie in sich wirken, hatte er erfahren, als er bei einer Feier neben ihr gesessen hatte. Sie hatte ihn zum Waldbaden überreden wollen, damit er die negativen Belastungen seines Berufsalltags abgeben und neue, gereinigte Kraft aus der Natur schöpfen konnte. Sie war ihm ein bisschen weltfremd vorgekommen, aber Cecilia behauptete, sie wäre eine hervorragende Therapeutin.

»Was hat sie angestellt?«

»Sie fühlt sich bedroht.«

»Von wem? Von ihrem Ex? Einem Patienten?«

»Nein, keine konkrete Person ... Sie beschreibt es eher als diffuses Gefühl.«

Na toll. Brander stöhnte innerlich auf. »Und wie äußert sich diese Bedrohung?«

»Heute Morgen zum Beispiel war sie im Olgahain spazieren, und da hatte sie das Gefühl, verfolgt zu werden. Sie hat Schritte gehört, aber immer wenn sie sich umgedreht hat, war da niemand. Na ja ...« Cecilia zögerte. »Und dann hatte sie das Gefühl, dass der Wald sie warnen wollte, dass sie in Gefahr sei.«

Das war ja nicht anders zu erwarten gewesen. »Der Wald wollte sie warnen?«

»Ja. Du weißt doch, Kathie ist ein sehr feinfühliger Mensch, und sie hat eine sehr enge Bindung zur Natur.«

»Mhm.« Brander zwang sich, nicht zu spöttisch zu klingen. Cecilia war es ernst mit ihrer Sorge um die Kollegin. »Gab es andere Begebenheiten, bei denen sie sich bedroht gefühlt hat?«

»Nach dem Erlebnis heute Morgen hat sie darüber nachgedacht, und sie meint, dieses Gefühl, verfolgt zu werden, hätte sie in den letzten Wochen ein paarmal gehabt. Immer nur flüchtig, sodass sie dem Ganzen keine große Aufmerksamkeit geschenkt hat.«

»Hat sie noch Kontakt zu ihrem Ex?«

»Sie haben sich in Freundschaft getrennt.«

»Das heißt ja nichts.«

»Wenn von ihrem Ex Gefahr ausginge, würde sie das spüren.«

Natürlich. »Hat sie einen Patienten, der vielleicht mehr in ihr sieht als eine Therapeutin?«

»Das war meine erste Vermutung. Aber ihr fiel niemand ein, der sie bedrohen oder verfolgen könnte.«

»Man sieht den Menschen nur vor den Kopf.«

»Kathie ist geschult im Umgang mit Menschen. Sie weiß doch Verhalten zu deuten.«

»Man muss es aber richtig deuten. Selbst eine Therapeutin ist nicht unfehlbar. Anwesende natürlich ausgenommen«, fügte er mit einem Augenzwinkern an. »Hat sie einen Patienten, der jemanden gestalkt hat oder der ein Problem mit dem Setzen von zwischenmenschlichen Grenzen hat?«

»Das weiß ich nicht.«

Brander seufzte ratlos. »Was soll ich dir jetzt raten, Ceci? Ohne einen konkreten Hinweis können wir nicht helfen. Und schlag mir jetzt bitte nicht vor, dass die Kollegen den Wald befragen sollen.«

»Aber irgendetwas muss man doch tun können.«

»Sag ihr, sie soll sich die Situationen notieren, in denen sie sich bedroht fühlt. Wo setzt dieses Gefühl ein? Nur im Wald oder auch bei anderen Gelegenheiten? Sind ihr kurz zuvor oder danach Personen begegnet?«

»Okay.«

»Sie soll mit den Vermietern und Nachbarn von ihrer Wohnung und ihrer Praxis sprechen, ob denen etwas aufgefallen ist. Eine Person, die öfter in der Gegend auftaucht, sich vielleicht sogar nach ihr erkundigt hat. Und sie sollte ihre Gewohnheiten ändern, unberechenbarer werden: andere Wege zur Arbeit nehmen, zu anderen Zeiten, etwas früher, etwas später. Wenn möglich, sollte sie Situationen vermeiden, in denen sie allein unterwegs ist.«

Cecilia entzog ihm ihre Füße und setzte sich auf. »Ich rufe sie gleich an. Soll ich ihr sonst noch etwas mit auf den Weg geben?«

»Wenn sich der Verdacht erhärtet, dass eine reale Person hinter ihrem schlechten Gefühl steckt, dann soll sie bitte nicht allein mit dieser Person reden. Wenn sie sich ernsthaft bedroht fühlt, soll sie sich an die Polizei wenden.«

***

Nur noch der Freitag lag vor ihr. Wenn sie den Tag überstand, hatte sie wieder eine Woche geschafft. Sie saß auf ihrem Balkon, den Stuhl so dicht wie möglich an die Hauswand geschoben. Sie mochte den Abgrund nicht, aber der Blick in die Ferne tat ihr gut. Es war ein lauer Abend, die Luft klar, der Himmel wunderschön orangerot, bevor er in die dunkle Nacht überging.

Sie hatte eine dicke Strickjacke angezogen und eine Decke über die Beine gelegt. Wenn die Sonne verschwunden war, wurde es spürbar kühler. Auf dem kleinen Beistelltisch stand eine Thermoskanne mit Tee.

Seit Sonntag hatte sie ihre Wohnung nicht verlassen. Seit sie dieses verfluchte Päckchen vor ihrer Tür gefunden hatte. Latente Kopfschmerzen, die sich in Wellenbewegungen immer wieder zu einer Migräne aufschaukelten, hatten sie die ganze Woche begleitet.

Je dunkler es wurde, desto stiller wurde die Umgebung. Kein Kindergeschrei mehr, der Verkehr ebbte ab. Hin und wieder hörte sie den Glockenschlag der St.-Bernhardt-Kirche. Irgendwo schwoll das Krakeelen von ein paar Jugendlichen an und verlor sich in der Nacht.

Sie sollte mehr hinausgehen. In die Natur. Stress abbauen. Energie tanken. Menschen treffen, Sport treiben. Sie konnte die Ratschläge der Therapeuten nicht befolgen. Was wussten die schon davon, was in ihr vorging?

Der Höhepunkt war dieser verfluchte Waldspaziergang gewesen. So ein Schwachsinn! Ein Baum konnte sie nicht von ihren Alpträumen befreien, konnte ihre Schmerzen nicht lindern, konnte die Desillusion in ihr nicht vertreiben. Da war der Zuspruch, den sie im Internet von ihren digitalen Freunden bekam, heilsamer. Die forderten nichts von ihr, sie waren einfach da.

Röschs Tod, dazu die Befragung der Polizei hatten die Mauern, die sie mühsam in sich errichtet hatte, wieder bröckeln lassen. Diese Rückschläge zermürbten sie. Machten sie wütend. Machten sie hilflos.

Erschöpft rieb sie sich über die Stirn. Röschs Tod war eine gerechte Strafe, wandelte sie doch selbst seit drei Jahren wie ein Zombie durch das Leben. Nun würde es besser. Musste es besser werden. Keine Päckchen mehr vor ihrer Tür. Nie wieder.

Alles war gut.

Freitag

Manfred Tropper kam mit neuen Informationen von der Rechtsmedizin zur morgendlichen Sitzung. »Beste Grüße von Maggie, wir haben die Ergebnisse der Drogentests von Moritz Rösch. Es gibt keinerlei Anzeichen dafür, dass er Cannabis oder andere Drogen konsumiert hat.«

»Stellt sich die Frage: Warum haben wir das Zeug in seinem Zimmer gefunden?« Peppi zwirbelte grübelnd eine Haarsträhne um den Finger.

»Vielleicht hat er das Zeug vertickt. Stephan –« Brander hielt inne und sah sich suchend um. »Wo ist er denn?«

»Nicht da, wie es ausschaut«, stellte Clewer verärgert fest. Er studierte seine Unterlagen. »Aber für einen Dealer war die Menge ziemlich gering.«

»Den Rest hatte er vielleicht schon verkauft«, schlug Fabio vor.

»Was ist mit Hammami?«, meldete sich Jeannette zu Wort.

»Inwiefern?«, fragte Brander.

»Vielleicht war das Cannabis für ihn.« Die Kommissaranwärterin hatte ihre Brainstorming-Miene aufgesetzt. »Du bist doch letztens bei Röschs Vater gewesen, und da war der Hammami auch da – angeblich, um sein Beileid auszusprechen. Aber vielleicht wollte er nur seine Drogen aus der Wohnung holen.«

Möglich war Jeannettes Theorie. Hamadi Hammami wohnte bei seinem Arbeitgeber, und Brander hatte den Eindruck gehabt, dass zwischen dem jungen Nordafrikaner und dem Unternehmerehepaar ein familiäres Miteinander bestand. Wollte er verhindern, dass Alfred oder Erika Ulmer zufällig über Drogen in seinem Zimmer stolperten, und hatte er sie daher bei seinem Kumpel deponiert?

»Dem könnte man mal nachgehen«, überlegte Peppi.

Die Zustimmung der Kollegin brachte das Gesicht der Umläuferin zum Leuchten.

»Aber was besagt das dann?«, fragte Brander.

Jeannettes Strahlen erlosch wieder.

»Wenn Rösch für Hammami Drogen zwischengelagert hat, wäre er dumm, ihn umzubringen«, überlegte Fabio.

»Oder aber …« So leicht gab Jeannette nicht auf. »Hammami ist der Dealer. Rösch hat für ihn die Drogen versteckt, ihm dann aber gedroht, ihn auffliegen zu lassen. Damit hätte Hammami ein Motiv, Rösch umzubringen.«

»Und warum musste Ulf Subisch sterben?«, hakte Brander nach.

»Ich denke, das hängt mit seiner Frau zusammen.«

»Ex-Frau, sie waren geschieden.«

»Wir überprüfen mal, ob Herr Hammami schon einmal in Zusammenhang mit Verstößen gegen das Betäubungsmittelgesetz in Erscheinung getreten ist«, beendete Clewer die Diskussion. »Fabio, kannst du dich darum kümmern?«

»Ja.«

»Nimm Jeannette dazu.« Clewer sah zu Tropper. »Gibt es weitere Informationen für uns?«

»Ja. Die Fasern, die wir am Friedhofszaun nahe von Röschs Fahrrad gefunden haben, gehörten definitiv nicht zu Röschs Kleidung. Rösch trug Jeans. Bei der Faser handelt es sich um ein Gemisch aus fünfundsechzig Prozent Polyester und fünfunddreißig Prozent Baumwolle, Farbton dunkelgrau. Röschs Jeans war hellblau und hundert Prozent Baumwolle.«

»Was aber nicht heißen muss, dass die Faserspur zur Kleidung unseres Täters gehört«, stellte Brander fest.

»Das nicht, aber bring mir die Hose des Täters, und ich kann dir sagen, ob es Übereinstimmungen gibt.«

»Was für eine Art Hose würdest du der Faser denn zuordnen?«

Tropper bewegte abwägend den Kopf. »Da kommen verschiedene in Betracht. Es könnte Militärkleidung sein, Cargohose, Arbeitshose, Outdoorkleidung.«

»Also alles, nur keine Jeans.«

»Cord- oder Flanellhosen würde ich auch ausschließen.«

»So etwas trägt heute ja kein Mensch mehr«, erwiderte Peppi.

»Sag das nicht.« Tropper deutete grinsend auf Jens Schöne, der eine ockerfarbene Cordhose zum schwarzen T-Shirt mit dem passenden Aufdruck »vague but exciting« trug.

»Jens zählt nicht, Nerds haben keine Ahnung von Mode.«

»Hey!«, empörte sich der IT-Forensiker.

»Beschwer dich nicht«, erwiderte Peppi ungerührt. »Dein hochmodisches Outfit hat dich gerade aus der Menge der potenziellen Täter und Täterinnen herausdividiert.«

»Subtrahiert«, korrigierte Jens.

»Wie auch immer.«

»Was macht denn die Auswertung der Mobilfunkdaten von Moritz Rösch?«, wandte Clewer sich an Jens.

»Da haben wir gestern endlich die Einzelverbindungsnachweise der letzten Monate bekommen. Der Anbieter hat sich ganz schön quergestellt. Wir haben noch nicht alles aufgedröselt, aber eines kann ich euch schon verraten: Moritz Rösch hatte seit einem Dreivierteljahr grob überschlagen mindestens einmal im Monat Kontakt zu Florentine Heppler – oder zumindest zu ihrem Handy.«

Warum versuchte die junge Frau, diesen Kontakt zu leugnen, grübelte Brander. »Gab es auch Telefonate mit Cordelia oder Apollonia?«

»Nein, zumindest nicht über eine der uns bekannten Nummern.«

Die Tür wurde aufgerissen, und Stephan Klein kam herein. »Morgen, Kollegen.« Sein Blick blieb bei Peppi hängen. »Und verehrte Kolleginnen.«

»Wie schön, dass du auch hergefunden hast«, grüßte Clewer zynisch.

»Hans, pass auf, ich hab 'ne Nachtschicht eingelegt für uns.«

»Ich kann mich nicht erinnern, die angeordnet zu haben.«

»Jetzt mal nicht kleinlich werden.« Stephan war seit Jahren mit dem Inspektionsleiter privat eng befreundet, sodass er sich derartige Flegeleien ungestraft erlauben konnte. Dennoch verriet Clewers Gesichtsausdruck, dass sich seine Geduld an diesem Morgen dem Ende zuneigte. Stephan füllte sich Kaffee aus der bereitstehenden Thermoskanne in eine Tasse und setzte sich neben Peppi.

»Also, passt auf«, begann er im gemütlichen Plauderton, ungeachtet dessen, dass er die vorangegangenen Gespräche damit abwürgte. »Der Andreas hat doch gestern vorgeschlagen, dass ich mal mit meinen alten Kollegen von der OK sprechen soll, ob die den Moritz vielleicht kennen. Kennen sie nicht. Dachte ich mir, bist ja nicht faul, schauste mal bei den Spezies von der K2 vorbei.«

Die Kriminalinspektion 2 befasste sich mit Raub- und Eigentumsdelikten sowie mit jugendspezifischer Kriminalität.

»Die kannten Moritz und Hamadi auch nicht, hatten aber eine abendliche Tour geplant. Da hab ich mich spontan angeschlossen und bin mit dem Markus am Bahnhof spazieren gegangen. Wir haben ein paar Gespräche geführt, und siehe da: Einer unserer Kunden kannte den Moritz. Der hat sich nämlich hin und wieder am Bahnhof mit Stoff versorgt.«

»Ach nee? Also doch«, entfuhr es Fabio.

»Pass auf, wird noch besser.« Stephan grinste selbstgefällig. »Die Info habe ich also schon mal. War schon was später, der Markus macht Feierabend. Ich denk mir, hängste mal noch 'n bisschen mit den Jungs hier ab, vielleicht erfährste noch was.«

Clewer quittierte die Auskunft mit einem missbilligenden Stirnrunzeln.

»Und da kommt ein junges, hübsches Mädel daher, das so gar nicht in die Gruppe meiner neuen Freunde passt.«

Brander warf unheilahnend einen Blick auf die Kommissaranwärterin. Nicht noch ein Alleingang. Aber Jeannette hing gebannt an Stephans Lippen.

»Ich frag die Kleine, was sie denn sucht. Druckst sie ein bisschen rum. Ich erkläre ihr mal ganz freundschaftlich, dass dies vielleicht nicht die richtige Gesellschaft ist, mit der sich eine junge attraktive Frau nachts allein herumtreiben sollte. Rückt sie mit der Sprache raus. Sie wolle was kaufen, wüsste aber nicht so recht, wo. Sag ich: Der Bäcker hat schon zu. Nee, Brötchen wolle sie nicht kaufen. Die Jungs haben sich zerbastelt.«

Die Erzählung entlockte einigen Teammitgliedern ein Schmunzeln.

»Erkläre ich ihr: Hab ich auch nicht gemeint. Ist ein Code«, fuhr Stephan fort. »Fragt sie mich, ob ich Cannabis verkaufen würde. Mädel, hab ich gesagt, da biste bei mir genau an der richtigen Adresse.«

Brander konnte sich die Situation lebhaft vorstellen. Stephan wusste sich im Drogenmilieu zu bewegen und fiel dort mit seiner Erscheinung nicht auf. Die jahrelange Arbeit als verdeckter Ermittler hatte nicht nur sprachlich, sondern auch äußerlich sichtbar ihre Spuren hinterlassen. Der muskulöse Riese war bis an die Handgelenke tätowiert, die grauen Haare waren immer etwas zu lang, das Gesicht faltig und verlebt. Er trug bevorzugt ungebügelte Jeans und kurzärmlige T-Shirts. Es war sicherlich ein Leichtes, ihn für einen Drogendealer zu halten.

»Hab sie gefragt, was und wie viel sie denn haben wolle. Hatte von Tuten und Blasen keine Ahnung, die Kleine. Kann froh sein, dass sie an mich geraten ist, die hätten ihr sonst was andrehen können.«

»Nun komm mal auf den Punkt«, forderte Clewer.

»Pass auf, Hans, ich mach das ja nur, um das Mädel ins rechte Licht zu rücken, nicht dass es da Missverständnisse gibt.«

Der Inspektionsleiter forderte Stephan mit wedelnder Hand auf, seinen Bericht zu Ende zu bringen.

»Na, für die Junkies war es ein Fest, die lagen am Boden. Ich sag zu ihr: Jetzt zeigste mir erst mal deinen Ausweis, damit ich weiß, ob du schon alt genug bist. Guckt sie ein bisschen blöd, hol ich meinen Dienstausweis heraus, damit sie weiß, wer vor ihr steht, und sag so: Jetzt mal Butter bei die Fische, Florentine. Was willst du mit Drogen?«

Florentine Heppler hatte die Frage nicht beantwortet, stattdessen war sie auf und davon gestürmt. Da ihre Adresse bekannt und Stephan nicht offiziell in dienstlicher Mission unterwegs war, hatte er sich eine nächtliche Verfolgungsjagd durch die Esslinger Innenstadt erspart. Für ein klärendes Gespräch war am nächsten Tag noch ausreichend Zeit, hatte er befunden.

Brander machte sich im Anschluss an die Sitzung mit Peppi auf den Weg nach Denkendorf, wo Florentine im Haus ihrer Eltern lebte. Sie hätten die junge Frau erneut zu einem Gespräch in die Dienststelle einladen können, aber er hoffte, dass er bei der Gelegenheit auch die Mutter der Schwestern antraf. Zudem konnte es nicht schaden, sich ein genaues Bild von der Lebenssituation der Familie zu machen.

Hepplers Doppelhaushälfte befand sich in einem idyllisch an der Körsch gelegenen Denkendorfer Wohnviertel, wie sie bereits bei ihrem Besuch am Tag zuvor festgestellt hatten. Die Stiftskirche St. Pelagius, die zum ehemaligen Kloster gehörte, erhob sich in Sichtweite. Die Straßen waren schmal und boten kaum Parkraum, wenn man den Anwohnerverkehr nicht behindern wollte.

Peppi wendete den Wagen und fuhr in die Kirchstraße, aber auch da waren die Straßenränder zugeparkt. »Ist heute Markttag, oder was?« Sie überquerte die Körsch und bog links zum Maierhof ab. Der kleine Platz unterhalb der Klosteranlage bot ausreichend Freifläche. Ein Brunnen plätscherte vor sich hin. Zwei Frauen in Funktionskleidung und mit Nordic-Walking-Stöcken ausgestattet plauderten im Schatten der alten Kelter.

»Was dagegen, ein paar Schritte zu laufen?«

»Alles bestens.« Brander stieg aus.

Die Sonne schien wie an den Tagen zuvor von einem pastellblauen Himmel. Sie gingen über die Brücke und gelangten zurück in das Wohnviertel, in dem Hepplers wohnten. Brander genoss das sonnige Wetter, aber die anhaltende Trockenheit erinnerte ihn nicht nur an die Klimaerwärmung, sondern auch daran, dass er am Abend im Garten würde gießen müssen.

Die Tulpen in Hepplers kleinem Vorgarten waren verblüht,

dafür öffneten die Rosen ihre ersten zarten Knospen. Bienen schwirrten auf der Suche nach Nektar summend umher.

Auf ihr Klingeln öffnete eine große, schlanke Frau die Tür, Ende fünfzig, Leinenhose, Bluse, dunkel gefärbte halblange Haare. Unverkennbar die Mutter der Schwestern. Sie sah ihnen fragend entgegen.

Brander zeigte seinen Dienstausweis und stellte sich und Peppi vor. »Wir würden gern mit Ihnen und Ihrer Tochter Florentine sprechen.«

»Florentine ist nicht da.«

»Haben Sie ein paar Minuten Zeit für uns?«

Doris Heppler zögerte. »Wenn es nicht zu lange dauert. Ich muss noch einige Einkäufe machen.«

Sie führte die Beamten durch einen aufgeräumten Flur in ein ebenso aufgeräumtes, großes L-förmiges Wohnzimmer. Eine teuer anmutende beige Couchgarnitur stand auf der rechten Seite, um die Ecke befand sich ein großer Esstisch aus dunklem Akazienholz, dazu gab es eine passende Vitrine mit edlem Porzellan und Kristallgläsern. Die Fläche zwischen Wohn- und Essbereich bedeckte ein dunkelroter runder Teppich. Der ideale Platz für einen Flügel, ging es Brander durch den Kopf.

Die Schiebetüren standen offen und gaben den Blick auf eine Terrasse und einen gepflegten Garten frei. Er fragte sich flüchtig, ob Cordelia die Beete betreute oder Doris und Lutz Heppler selbst Hand anlegten.

»Möchten Sie draußen sitzen?«, bot die Hausherrin an.

Bei den frühsommerlichen Temperaturen wäre es idyllisch, aber Brander hatte Sorge, dass Nachbarn in den angrenzenden Gärten ihre Ohren spitzen könnten. »Vielleicht können wir uns hier an den Esstisch setzen?«, schlug er vor.

»Ja, natürlich.«

Brander meinte, leichte Verunsicherung in der Stimme mitschwingen zu hören.

»Möchten Sie etwas trinken? Einen Kaffee vielleicht?«

Brander wollte ablehnen, aber da hatte Peppi schon zugestimmt. Doris Heppler verschwand durch die an die Essecke angrenzende Tür. Kurz darauf erklang das Mahlwerk eines Kaffeevollautomaten. Brander nutzte die Gelegenheit und betrachtete die Fotos, die an der Wandseite gegenüber der Vitrine arrangiert worden waren. Es gab ein paar wenige Kinderbilder – keine Schnappschüsse, sondern Fotostudioaufnahmen. Die anderen Bilder stammten allesamt aus der jüngsten Zeit. Kein Foto, bei dem ein Sprössling der Familie in elegantem Kleid an einem Flügel saß.

Ein schlurfendes Geräusch erklang im Flur, wenig später die erstaunte Stimme der Mutter in der Küche. »Flora? Ich dachte, du bist längst in der Uni.«

»Fühl mich nicht gut«, kam die vernuschelte Antwort.

Brander eilte von der Essecke durch die Zwischentür in die Küche. »Frau Heppler, wie erfreulich, dass wir Sie doch zu Hause antreffen.«

Der Schreck flackerte in den Augen der jungen Frau auf. Ähnlich wie Stephan es vom Vorabend beschrieben hatte, machte sie auf der Stelle kehrt und flüchtete zurück in den Flur. Peppi hatte es vorausgeahnt und war vom Wohnzimmer direkt durch den Flur zur Haustür gelaufen.

»Frau Heppler, was soll der Quatsch?«, erklang die Stimme seiner Kollegin. »Wir wollen lediglich mit Ihnen reden.«

Doris Heppler sah irritiert zu Brander. »Können Sie mir bitte mal erklären, warum Sie hier sind?«

»Setzen wir uns doch erst einmal alle zusammen an den Tisch.« Brander deutete einladend zum Esszimmer.

Peppi hatte Florentine dorthin dirigiert. Die Lehramtsstudentin trug einen Morgenmantel über ihrem Nachthemd. Die Haare waren zerzaust, der Blick übernächtigt. In diesem Aufzug hatte sie aus dem Haus flüchten wollen? Wovor hatte sie solche Angst?

Doris Heppler nahm neben ihrer Tochter Platz und strich ihr fürsorglich die Haare aus dem Gesicht. »Flora, was ist denn los?«

Sie hielt die Augenlider gesenkt. »Kann ich … Ich möchte bitte allein mit den Polizisten sprechen.«

»Kommt gar nicht in Frage. Was ist passiert? Brauchst du einen Anwalt?« Sie sah fragend zu Brander und Peppi.

»Bitte, Mama.«

»Ich verstehe gar nicht, was hier los ist. Ich rufe jetzt den Papa an.«

»Mama, nein!«

»Frau Heppler«, mischte Brander sich ein. »Ihre Tochter ist volljährig. Es ist ihr gutes Recht zu entscheiden, ob sie allein mit uns sprechen möchte oder jemand dabei sein soll.«

Doris Heppler warf erneut einen besorgten Blick auf ihre Tochter, dann erhob sie sich widerstrebend. »Ich bin nebenan, Flora. Wenn etwas ist, rufst du mich. Soll ich nicht doch –?«

»Nein!«, unterbrach Florentine sie gereizt.

Während ihre Mutter die Tür zur Küche schloss, stand Florentine auf. »Können wir uns da hinsetzen?« Ohne eine Antwort abzuwarten, ging sie um die Ecke und setzte sich an den äußeren Rand des Sofas, offensichtlich darum bemüht, den größtmöglichen Abstand zur Küche zu bekommen, damit Gesagtes nicht zufällig mitgehört werden konnte.

Von der anderen Seite der Küchentür vernahm Brander die leise Stimme von Doris Heppler, die anscheinend umgehend zum Telefon gegriffen hatte, um ihren Mann zu informieren. Peppi und er gesellten sich zu Florentine. Das Sofa war bequem, die Sitzhöhe angenehm. Nicht zu vergleichen mit der durchgesessenen Couch in Branders Wohnzimmer. Aber der Raum war längst nicht so gemütlich, fand er.

»Sind Sie gekommen, um mich zu verhaften?«

»Hätten wir einen Grund dazu?«, erwiderte Brander.

»Ihr Kollege hat mich doch gestern erwischt.«

»Bei Ihrem Versuch, Cannabis zu kaufen?«

Florentine nickte.

»Dafür kommt man nicht in Haft. Soweit ich das überblicke, sind Sie Ersttäterin, da kommen Sie mit einer mündlichen Verwarnung davon. Nehmen Sie –« Brander unterbrach sich, als die Tür aufgerissen wurde und Doris Heppler hereinstürmte.

»Drogen, Flora? Du nimmst Drogen?« Ihre Stimme überschlug sich.

»Sag mal, hast du jetzt echt an der Tür gelauscht?«, raunzte Florentine ihre Mutter ungläubig an.

»Drogen, Kind? Wie kannst du uns das antun! Nach allem, was wir in den letzten Jahren durchgemacht haben.« Sie griff sich an die Stirn. »Wenn das dein Vater erfährt!«

Florentine wollte etwas erwidern, überlegte es sich anders und wandte sich Brander wieder zu. »Ich zieh mir was an, dann können Sie mich mitnehmen.«

»Sie verhaften meine Tochter?« Doris Heppler hielt ihr Smartphone drohend in die Höhe. »Ich rufe sofort einen Anwalt an. Sie werden mein Kind nicht verhaften! Flora, du bleibst hier. Wir kümmern uns um alles. Oh Gott, Kind.«

»Frau Heppler, wir wollen Ihre Tochter nicht verhaften, wir wollen lediglich mit ihr reden.«

Florentine warf ihrer Mutter einen wütenden Blick zu. »Bin gleich zurück.« Sie verließ den Raum und stieg die Stufen zu ihrem Zimmer hinauf.

»Wenn Sie keinen Haftbefehl für Florentine haben, verlassen Sie bitte umgehend mein Haus. Sie werden meine Tochter nicht mitnehmen. Sie hat nichts getan. Unser Anwalt wird sich mit Ihnen in Verbindung setzen. Gehen Sie jetzt. Raus! Raus aus meinem Haus!« Sie scheuchte die Kommissare wie eine Hühnerschar mit wedelnden Händen vor sich her zur Tür.

»Wir hätten sie vorladen sollen«, ärgerte Brander sich über die Eskalation, während sie zurück zu ihrem Wagen gingen.

»Ich glaube, so verkehrt war es nicht, dass wir hergefahren sind. Ist dir in dem Wohnzimmer was aufgefallen?«

»An der Stelle, wo der Teppich liegt, hätte früher gut ein Flügel stehen können.«

Peppi nickte. »Platz genug hätte es. Und wieder findet sich keine Erinnerung an glorreiche Zeiten. An der Fotowand im Esszimmerbereich hing kein einziges Bild von Apollonia Heppler am Klavier.«

»Und auch nicht von ihrer Schwester«, erinnerte Brander sie daran, dass Florentine ebenfalls musikalische Ambitionen gehabt hatte – oder immer noch hegte?

Sie überquerten die Straße.

»Och, guck mal. Die Pilze sind klasse, oder? Sind mir vorhin gar nicht aufgefallen.« Peppi deutete auf die überdimensionalen Holzskulpturen, die vor einem Scheunentor standen, dessen Holzfächer durch Glas ersetzt worden waren und den Blick in eine kleine Ausstellung gewährten. »Gefällt dir so was? Ich brauche noch ein Geschenk für dich.«

»Einen ein Meter großen Holzpilz?« Die Skulpturen waren sorgfältig gearbeitet, erkannte Brander. Wo es hinpasste, sicher dekorativ.

»Ja, das ist doch was, oder? Mit blauer oder roter Kappe? Was gefällt dir besser?« Peppi grinste. »Wenn du dann in deinem Garten sitzt und auf den Pilz schaust, wird er dich immer an mich erinnern.«

»Ich weiß nicht, ob ich das will«, gab Brander zurück.

»Du machst es einem aber auch nicht leicht.« Statt den Wagen zu entriegeln, ging Peppi am Auto vorbei zu dem steinernen Brunnen und hielt ihre Hände unter den fließenden Wasserstrahl.

»Kein Trinkwasser«, mahnte Brander sie. Eine Plakette informierte darüber, dass der Brunnen seit 2020 den Namen Hölderlin-Brunnen trug, zu Ehren des ehemaligen Denkendorfer Klosterschülers Friedrich Hölderlin. Dazu wurde die zweite Strophe des hölderlinschen »Heimath«-Gedichts in einem Vierzeiler zitiert.

»Ich dachte, Hölderlin wurde in Lauffen geboren«, überlegte Peppi, die die Zeilen gelesen hatte.

»Und dann reiste er in die Ferne und sehnte sich nach seiner Heimat. Ich glaube, niemand, der nicht mal seine Heimat für eine Zeit verlassen hat, weiß, was Heimat bedeutet.« Er selbst war mit fünfzehn Jahren aus dem westfälischen Münster ins Ländle gekommen, weil sein Vater beruflich versetzt worden war.

»Hört, hört, nicht nur ein begnadeter Zeichner, auch ein Philosoph. Jetzt kennen wir uns schon so lange, und ich entdecke immer wieder neue Seiten an dir.«

»Kannste mal sehen.«

Peppis Blick glitt an ihm vorbei. »Na, wer kommt denn da?«

Brander wandte sich um.

Florentine Heppler lief mit gesenktem Kopf und energischen Schritten den Weg entlang, schnurstracks auf die steinerne Treppe zu, die zum Kloster hinaufführte. Sie hatte den Morgenmantel gegen Jeans und T-Shirt getauscht, die Haare nur achtlos im Nacken zusammengesteckt. Einzelne Strähnen zottelten heraus. Sie war gedanklich so sehr mit sich selbst beschäftigt, dass sie weder einen Blick für ihre Umgebung hatte noch die beiden Kommissare bemerkte, die wenige Meter entfernt im Schatten der Mauer am Hölderlin-Brunnen standen.

Brander sah ihr hinterher, wie sie flott die Stufen erklomm. »Lust auf einen Spaziergang?«

»Fern der Heimat mit meinem liebsten Kollegen? Immer doch.«

Sie folgten Florentine die Treppe hinauf zur ehemaligen Klosteranlage. Die Frau ging an der Kirche vorbei und überquerte einen mit Kopfstein gepflasterten Parkplatz. Brander war mit Peppi im Schutz der romanischen Klosterkirche stehen geblieben, dessen weiß getünchter Glockenturm sich gen Himmel hob.

Rechts von ihnen erstreckte sich der lang gezogene Bau der renovierten Zehntscheuer, deren einstige Holztore bodentiefe Glasfronten zierten. Linksherum, an der Kirche vorbei, ging es zur Pfarrscheuer, und wenige Meter weiter befand sich ein Pflegeheim, das wesentlich jüngeren Datums war als die restlichen Gemäuer auf der Anhöhe.

Hinter einer lichten Hecke am Ende des Parkplatzes schimmerte eine niedrige Mauer. Dort verschwand Florentine aus ihrem Sichtfeld.

»Wo geht's da hin?«, fragte Peppi.

»Keine Ahnung.« Brander lief über den Platz zu der Mauer, hinter der sich ein kleiner, unerwartet idyllischer See befand. Durch eine metallene Pforte gelangten sie auf einen hell geschotterten Weg. Der Pfad verlief um das Gewässer herum, Schilf wuchs im Uferbereich. Irgendwo quakte ein Frosch.

Brander wandte sich nach links, der Weg führte um eine Kurve, dahinter saß auf einer hölzernen Bank Florentine Heppler. Sie hob erst den Blick, als Brander fast vor ihr stand. Ihre Wangen waren gerötet, die Stirn glänzte verschwitzt.

»Haben Sie mich verfolgt?«

»Eigentlich wollten wir im Klostercafé Kaffee trinken. Ist aber zu.«

»Sie sind genauso lustig wie Ihr Kollege gestern«, erwiderte Florentine finster.

Die junge Dame war nicht zu Späßen aufgelegt, stellte Brander fest. »Darf ich mich zu Ihnen setzen?« Es war nicht gut für das Gesprächsklima, wenn er auf sie herabblickte.

Er nahm ihr Achselzucken als Zustimmung und setzte sich neben sie. Peppi blieb abseits stehen. Sie würde ihm die Gesprächsführung überlassen. Er beschloss, erst einmal abwartend zu schweigen, und ließ den Blick umherschweifen. Wenige Meter links von ihnen gab es einen Wasserlauf über drei eckige Becken. Brander vermutete, dass der kleine See von dort mit Quellwasser gespeist wurde.

»Ich bin gern hier«, erklärte die junge Frau nach einer Weile, ohne ihn anzusehen. »Normalerweise stört mich hier niemand.«

»Das ließ sich heute leider nicht vermeiden.«

Wieder verfiel sie einen Moment lang in Schweigen.

»Meine Eltern denken jetzt, ich nehm Drogen. Schöner Scheiß.«

»Konsumieren Sie regelmäßig Cannabis?«, nahm er das Stichwort auf.

Sie stieß ein bitteres Lachen aus. »Ich nehm das Zeug gar nicht.«

»Warum wollten Sie es dann kaufen?«

»War nicht für mich.«

»Für wen dann?«

»Geht Sie nichts an.«

»Das sehe ich anders, Frau Heppler.« Brander lehnte sich zurück und musterte das Profil der jungen Frau. Ihr Blick war starr auf den See gerichtet.

»Was versuchen Sie vor uns zu verbergen?«

»Nix.«

»Fangen wir mal damit an, dass Sie behaupten, keinen Kontakt zu Moritz Rösch gehabt zu haben. Die Auswertung seiner Mobilfunkdaten der letzten Monate hat aber ergeben, dass Sie regelmäßig miteinander telefonierten.«

»Ist das verboten?«

»Nein, aber ich befrage Sie im Rahmen einer Todesfallermittlung, und Sie machen eine Falschaussage. Was soll ich davon halten?«

Sie schob trotzig das Kinn vor.

»Vor gut acht Wochen hat Ihre Schwester Cordelia aus einem fahrenden Auto ein rohes Ei auf Herrn Rösch geworfen.«

Brander bemerkte an ihrer Kiefermuskulatur, dass sie die Zähne zusammenbiss. »Ihre Schwester saß nicht allein im Auto«, fuhr er fort. »Sind Sie gefahren?«

»Nein.«

»Wer dann?«

»Woher soll ich das wissen?«

»Ich könnte mir vorstellen, dass Ihre Schwester Ihnen davon erzählt hat.«

Erneut malmte der Kiefer. War sie verärgert? Oder versuchte sie schon wieder, etwas zu verheimlichen?

»Ist Apollonia gefahren?«

Ihr Brustkorb hob sich, als sie bebend die Luft einsog.

»Ich nehme das mal als ein Ja«, interpretierte Brander ihre Reaktion.

Wutschnaubend sah sie auf. »Loni hat gar keinen Führerschein. Verdammt, ich weiß nicht, wer gefahren ist. Fragen Sie Della!«

Woher rührte diese heftige Reaktion? Ging ihr die Aktion ihrer Schwester gegen den Strich? Ihm fiel eine Bemerkung ein, die Stephan am Morgen gemacht hatte und die in der schillernden Beschreibung seiner Begegnung mit Florentine untergegangen war. »Uns ist bekannt, dass Herr Rösch hin und wieder Cannabis gekauft hat.«

»Sein Problem«, herrschte sie ihn an.

»Da Sie bisher nicht in der Szene in Erscheinung getreten sind und nach Ihrem Auftritt letzte Nacht frage ich mich: Könnte es sein, dass Herr Rösch das Cannabis für Sie gekauft hat?«

»Ich hab gesagt, dass ich das Zeug nicht nehme.«

»Sie haben auch gesagt, Sie hätten keinen Kontakt zu Herrn Rösch.«

»Verflucht, was wollen Sie denn von mir?«

»Ich versuche herauszufinden, warum und von wem Herr Rösch getötet wurde. Der Unfall Ihrer Schwester tut mir sehr leid. Dennoch erwarte ich von Ihnen, dass Sie ehrlich auf meine Fragen antworten. Für wen wollten Sie das Cannabis kaufen?«

Sie starrte wieder auf den See. Ihre Fassade war eingerissen. Brander sah, wie es in ihr arbeitete, spürte ihre Ratlosigkeit und roch ihre Angst.

Er musste sich gedulden, bis sie sich zu einer Antwort durchringen konnte. Schließlich sackten ihre Schultern nach vorn, sie senkte den Kopf. »Für Loni«, wisperte sie.

»Ihre Schwester nimmt Drogen?«

»Ist mehr medizinisch.«

»Aber nicht ärztlich verordnet.«

Die junge Frau seufzte resigniert. Ihre Wut war einer Mutlosigkeit gewichen. »Ist die Psyche. Loni ist sehr sensibel. Und seit das damals passiert ist … Alles hat sich verändert. Sie ist oft sehr traurig und angespannt. Ist doch besser, sie raucht mal einen Joint und fühlt sich gut, als sich immer mit Psychopharmaka zuzudröhnen. Von den Tabletten kriegt sie Gesichtszuckungen. Ist doch scheiße.«

Aber stattdessen unkontrolliert Drogen zu konsumieren war sicherlich keine gute Alternative. »Hat Herr Rösch die Drogen für Ihre Schwester besorgt?«

»Ja ... nein ... Also, sie weiß nicht, dass ich es von Moritz bekommen hab.« Sie hob den Blick flehentlich. »Sie dürfen ihr das niemals sagen.«

Das würde sich höchstwahrscheinlich nicht vermeiden lassen, befürchtete Brander.

Brander und Peppi hatten Florentine Heppler mit zur Dienststelle genommen, um ihre Aussage zu protokollieren. Sie war Moritz Rösch ein Dreivierteljahr zuvor zufällig wiederbegegnet. Sie war mit Freunden bis in den frühen Morgen in einem Stuttgarter Club gewesen. Alkohol und eine durchtanzte Nacht machten hungrig, daher waren sie auf dem Rückweg in einem Schnellrestaurant eingekehrt. Es war die Fast-Food-Filiale, in der Moritz im vergangenen Sommer angefangen hatte zu arbeiten. Er hatte sie bedient.

»Ich weiß nicht, für wen es der größere Schock war«, hatte Florentine berichtet. »Ich hab nichts gesagt, hab bestellt, gegessen ... Ich hab bemerkt, dass er mich beobachtet. So viel war um die Zeit nicht los. Als wir gegangen sind, kam er hinter mir her, hat mich auf dem Parkplatz angesprochen. Er hat gefragt, wie es Loni geht. Ich wollte ihn anschreien, dass er sich verpissen soll, aber er stand da wie ... ich weiß auch nicht. So einsam. So elend. Ich hatte zu viel getrunken, und dann tat er mir plötzlich irgendwie leid.«

Sie hatte auf dem Parkplatz vor ihren Freunden nicht mit ihm reden wollen. »Frag sie selbst«, hatte sie ihn angeraunzt. Er wusste nicht, wie, weil er nicht wusste, wo Apollonia wohnte. Aus einem Grund, den Florentine sich im Nachhinein selbst nicht mehr erklären konnte, hatte sie ihm die Adresse ihrer Schwester verraten.

»Und dann steht der Idiot ein paar Tage später mit einem billigen Strauß Rosen aus dem Supermarkt vor ihrer Tür und will sich bei ihr entschuldigen. Aber Loni will keine Entschuldigung. Die will, dass alles wieder so wird, wie es mal war. Aber das geht ja nicht.«

Apollonia hatte ihren Schwestern von Röschs Besuch erzählt. Sie war aufgewühlt, Wunden, die noch nicht verheilt waren, waren wieder aufgerissen und brachten ihre Verzweiflung über die verlorene Karriere erneut zum Ausbruch. Florentine war zu dem Fast-Food-Restaurant gefahren und hatte Moritz nach der Arbeit abgepasst.

»Ich hab ihn voll angeschrien, was ihm einfiele und so. Ich war so sauer. Aber vor allem auf mich, weil ich ihm Lonis Adresse gegeben hatte. Das war so bescheuert. Er hat das alles über sich ergehen lassen. Und dann fing er an zu heulen. Dass ihm alles so leidtäte und er es so gern wiedergutmachen würde. Aber wie sollte er das gutmachen? Das geht doch nicht.«

Irgendwann hatte Florentine all ihre Wut aus sich herausgeschrien und auch nur noch weinen können.

»Da haben wir beide mitten in der Nacht auf diesem Parkplatz gehockt und uns die Augen aus dem Kopf geheult. Ich hab ihm erzählt, dass es Loni echt schlecht geht. Wegen seines Besuchs hatte sie eine Panikattacke bekommen. Aber Moritz ging es auch schlecht. Er hat mir von seiner Mutter erzählt. Die hatte einen Scheißtumor. Die kriegen im Endstadium hammerharte Drogen gegen die Schmerzen. Und dann sind wir irgendwie auf Cannabis gekommen. Loni hatte mal davon erzählt, dass sie einen Bericht im Fernsehen gesehen hatte und das Zeug bei Angststörungen und Schmerzen helfen könnte. Aber das kann man ja nicht einfach so kaufen.«

Wenige Tage später hatte Moritz Florentine angerufen, um ihr zu sagen, dass er eine kleine Menge Cannabis für ihre Schwester besorgt hätte. Sie trafen sich, und er übergab es ihr. Er hatte kein Geld dafür haben wollen.

»Ich hab es Loni mitgebracht, und sie hat es in ihre Shisha getan und geraucht.« Bei der Erinnerung war ein trauriges Lächeln über das angespannte Gesicht gehuscht. »Ich hatte Loni jahrelang nicht mehr so lachen hören wie an dem Abend. Wir hatten richtig Spaß. Fast wie früher.«

Brander war bei seinem Besuch in Apollonias Wohnung keine Wasserpfeife aufgefallen, aber vielleicht hatte die junge Frau das Ding im Schrank oder im Schlafzimmer stehen. Er konnte sich nicht verkneifen, Florentine zu ermahnen. »Ich muss Ihnen nicht sagen, wie gefährlich das ist, was Sie machen?«

»Ich rauch das Zeug nicht, und Lonis Lebenstraum ist tot.« Trotz und Frust waren in ihre Stimme zurückgekehrt. »Es ist ihr egal, ob sie noch zehn, zwanzig oder hundert Jahre lebt.«

»Und Ihnen ist es auch egal?«, hatte Brander gefragt.

Sie war seinem Blick ausgewichen. »Natürlich nicht. Ich will doch nur, dass sie wieder Musik macht.«

***

»Echt jetzt?« Fabio warf den Kuli, den er gerade durch die Finger hatte gleiten lassen, frustriert auf den Tisch. Die Ermittlungsgruppe hatte sich zur abendlichen Sitzung eingefunden, und Brander hatte das Team über die Aussage von Florentine Heppler in Kenntnis gesetzt.

»Den ganzen Tag durchleuchten Jeannette und ich den Hammami, und jetzt hat der gar nichts mit der Sache zu tun?«, wetterte Fabio weiter.

»Das wissen wir noch nicht«, erwiderte Brander konsterniert. »Was regst du dich denn so auf?«

Fabio winkte ab.

»Auftritt von der Jüngsten verpasst«, wusste Peter, der sich sein Büro mit dem italienischen Kollegen teilte.

Es tat Brander leid. Er wusste, dass Fabio seine drei Töchter abgöttisch liebte. Aber bei einer Mordermittlung waren Überstunden an der Tagesordnung, insbesondere in den ersten Tagen. Wie oft hatte Brander in all den Dienstjahren seine Frau versetzt? Selbst Feiertage hatte Cecilia manchmal allein verbringen müssen, weil er zu einer Ermittlung gerufen wurde.

»Wenn der Rösch für Apollonia Heppler das Cannabis organisiert hat, dann wusste Hammami doch bestimmt davon«, überlegte Jeannette. »Die waren doch dicke befreundet.«

»Der Frage könnt ihr mal nachgehen«, vergab Clewer den Auftrag an Fabio und Jeannette, bevor er sich noch einmal an Brander wandte: »Wie glaubhaft ist die Aussage von Frau Heppler denn überhaupt?«

»Wir haben bisher keine Beweise, aber ich halte ihre Aussage für glaubwürdig.« Brander sah fragend zu Peppi.

»Ich denke nicht, dass sie uns ein Märchen aufgetischt hat. Ihre Aussage war zu genau, um sich das alles mal spontan auszudenken«, bestätigte sie.

Peter hatte den Blick auf seinen Laptop gesenkt. »Wann, hat die Heppler gesagt, hätte sie den Rösch in dem Fast-Food-Restaurant getroffen?«

»Letzten Sommer, es muss Mitte, Ende August gewesen sein. Ganz genau konnte sie sich nicht mehr erinnern«, erwiderte Brander.

»Das passt. Sarah Mayer, Röschs Arbeitskollegin, hatte doch einen Streit zwischen Moritz und einer Frau beobachtet. Beim ersten Mal hätten sie nur kurz miteinander gesprochen, beim zweiten Mal hätte die junge Frau ihn nach der Arbeit abgepasst und ordentlich zusammengestaucht.«

»Und am Ende haben beide geheult«, ergänzte Jeannette.

»Das wäre eine ziemlich genaue Übereinstimmung mit der Aussage von Florentine Heppler«, stellte Clewer fest. »Peter, rede noch mal mit der Zeugin und zeig ihr ein Foto von Frau Heppler.«

»Da weiß ich, wo ich heute Abend diniere.«

»Quittung für die Spesenabrechnung nicht vergessen«, riet Stephan dem Kollegen.

»Hat Florentine bestätigt, dass Cordelia Heppler das Ei auf Moritz Rösch geworfen hat?«, wandte sich Clewer an Brander.

»Ja. Sie gibt aber nicht preis, wer den Wagen gefahren hat, obwohl ich mir sicher bin, dass sie es weiß.«

»Da seid ihr alle.« Jens Schöne spazierte herein.

»Da sind wir jeden Tag um diese Zeit«, erwiderte Clewer. »Und hatten eigentlich mit deinem pünktlichen Erscheinen gerechnet.«

»Hans, jetzt sei nicht immer so streng«, rügte Stephan seinen Vorgesetzten. »Jetzt ist der Jens ja da und hat uns sicher was Interessantes zu berichten.«

Die Augen richteten sich erwartungsvoll auf den IT-Forensiker.

»Ich habe immer Interessantes zu berichten.«

»Du kannst es nur nicht so verpacken«, konnte Peppi sich eine Stichelei nicht verkneifen.

»Lästere nur über uns Computerfuzzis«, erinnerte Jens die Kollegin an eine peinliche Begebenheit, die mittlerweile fast zwei Jahre zurücklag. In manchen Dingen hatte der Informatiker ein Gedächtnis wie ein Elefant.

»Dann hoffe ich mal, dass du uns der Lösung des Falles näher bringst«, lenkte Clewer die Aufmerksamkeit wieder auf den Kern der Sitzung.

»Wie ich heute Morgen berichtet hatte, haben wir die Einzelverbindungsnachweise des letzten Jahres zu Moritz Röschs Smartphone bekommen. Es gab relativ wenige Telefonate. Abgesehen von den regelmäßigen Kontakten zu Florentine Heppler gab es Telefonate mit seinem Arbeitgeber, ein paar wenige mit seiner Kollegin Sarah Mayer, den häufigsten Kontakt hatte er, wie wir wissen, mit Hamadi Hammami, wobei er mit dem eher gechattet als telefoniert hat.«

»Also keine Auffälligkeiten?«

»Doch. Es gab im September letzten Jahres einen Anruf von einer Mobilfunknummer, die wir zunächst nicht zuordnen konnten. Das Gespräch war kurz, wenn es denn überhaupt stattgefunden hat. Knapp neun Sekunden. Die Nummer gehört zu einer Prepaidtelefonkarte. Und die wiederum hat Doris Heppler vor fünf Jahren gekauft.«

»Doris Heppler hat Moritz Rösch angerufen?«, fragte Peppi verblüfft.

Jens grinste überheblich. »Hat der Computerfuzzi das jetzt für dich interessant genug verpackt?«

»Och, Jens, Mensch! Du weißt, dass ich das damals nicht böse gemeint habe.«

»Woher hatte sie denn Röschs Handynummer?«, wunderte sich Peter.

»Florentine hatte seine Nummer. Vermutlich seit dem Treffen im August, oder?« Peppi sah fragend zu Brander.

»Ja.« Brander rief sich den Besuch im Hause Heppler in Denkendorf in Erinnerung. Florentines vergeblicher Versuch zu verhindern, dass die Mutter das Gespräch zwischen ihr und den Kripobeamten mitbekam … Hatte Doris Heppler die Nummer von Moritz im Handy ihrer Tochter entdeckt und dort angerufen, um festzustellen, mit wem sie telefonierte? Das wäre ein starkes Stück.

»Dass Doris Heppler die Prepaidkarte gekauft hat, muss nicht bedeuten, dass sie sie benutzt hat«, gab Jens zu bedenken. »Vielleicht hat sie die Karte für eine ihrer Töchter gekauft.«

»Darüber sollten wir mit ihr sprechen.« Clewer sah zu Brander.

»Wie ich Frau Heppler heute Vormittag erlebt habe, wird sie ohne richterliche Vorladung nicht bereit sein, mit uns zu sprechen.«

»Andreas, Persephone, versucht euer Glück. Und wenn sie tatsächlich nichts sagen will, dann spreche ich mit Frau Mertens.« Clewer trat an das Whiteboard, betrachtete seine Notizen und ergänzte den Namen Doris Heppler über dem Namen von Florentine. Er zog eine Verbindungslinie zu ihrer Tochter und zu Moritz Rösch. Einen Moment starrte er stumm auf sein Diagramm, dann wandte er sich seinem Team wieder zu.

»Ich weiß, das Wochenende steht vor der Tür. Aber wir brauchen alle Informationen, die wir über die Familie Heppler bekommen können. Checkt die Social-Media-Profile für die Tatzeiträume. Hat sich da im Vorfeld etwas angedeutet? Sprecht mit den Mitarbeitern von der Friedhofsverwaltung, ob jemand von der Familie Heppler in der Vergangenheit auf dem Friedhof gesehen wurde. Befragt die Nachbarschaft, auch von Rösch. Jetzt am Wochenende sollten einige zu Hause anzutreffen sein.«

Ein Stöhnen ging durch den Raum.

»Wenn es euch ein Trost ist: Der Wetterbericht für die nächsten Tage sieht nicht gut aus.«

Brander hatte zu Hause gerade den Wagen in die Garage gestellt, als ein weiteres Auto vor seinem Haus hielt. Er sah Marvin Feldkamp hinterm Steuer sitzen, einen Tübinger Feuerwehrmann, der seit Monaten um Nathalies Herz buhlte. Brander hob grüßend die Hand.

»Hey, Paps.« Nathalie kam aus dem Haus.

»Hey, Nathi. Geht ihr aus?«

»Billard spielen.«

»Viel Spaß.« Es war Brander neu, dass seine Adoptivtochter Billard spielte.

Cecilia saß im Wohnzimmer. Sie hatte Besuch. Brander stöhnte innerlich auf, als er Katharina Preuss erkannte. Die Baumflüsterin hatte ihm an diesem Freitagabend gerade noch gefehlt. Er winkte den Frauen vom Flur aus zu. »Hallo, ihr beiden, lasst euch nicht stören.«

»Du störst nicht, Andi. Setz dich zu uns.«

»Ich muss mich noch frisch machen und was essen.«

»Mach nur.«

Brander verschwand im Bad und schlüpfte in bequeme Klamotten. Als er in der Küche stand und sich ein paar Brote belegte, kam Cecilia zu ihm. »Du kommst noch zu uns, ja?«

»Muss das sein?«

»Ja, muss es.« Ihr Lächeln duldete keinen Widerspruch. »Du darfst auch einen Whisky trinken.«

»Die Bestechung zieht nicht, meine Süße.«

»Es ist wichtig, Andi.«

Als ob er ihr je eine Bitte abschlagen könnte. Er küsste ihre Nasenspitze. »Ich komme gleich rüber.«

Katharina Preuss trug ein Gewand mit grünen, braunen und beigen ineinander verschlungenen Ornamenten, das in den siebziger Jahren als Tapetenmustervorlage hätte dienen können, ging es Brander durch den Kopf, als er wenig später mit seinem Vesperteller ins Wohnzimmer kam und sich zu den Frauen setzte. »Kathie, schön, dich mal wiederzusehen.«

»Ich weiß, dass du kein Fan von mir bist«, durchschaute sie seine aufgesetzte Freundlichkeit und schenkte ihm ein entwaffnendes Lächeln, wobei sich tiefe Grübchen in ihre Wangen gruben.

»Das kann man so nicht sagen. Ich hab's nur nicht so mit Bäume-Umarmen.«

»Täte dir aber gewiss mal gut.«

Sauna und eine Nackenmassage hätten sicher einen entspannenderen Effekt, fand Brander. »Gehe ich richtig in der Annahme, dass dein spontaner Besuch heute Abend mit deiner Begegnung gestern Morgen zu tun hat?«

»Es war keine Begegnung. Ich wurde rechtzeitig gewarnt und konnte der Gefahr entkommen.«

Brander bemühte sich, die Augen nur innerlich zu verdrehen, und konzentrierte sich auf sein Abendessen.

»Was für eine Gefahr war es denn?«

»Jemand hat mich verfolgt. Ich habe ihn nur nicht gesehen.«

»Du gehst also davon aus, dass dein Verfolger männlich war?«

Seine Frage brachte sie ins Grübeln, sodass er in Ruhe essen konnte. Er sah zu Cecilia. »Wurde mir nicht ein Whisky versprochen?«

»Ich habe nicht gesagt, dass ich dich bediene. Du weißt, wo er steht«, erwiderte seine Frau ungerührt.

Um das Gespräch mit Cecilias Kollegin zu überstehen, ging er an seine Minibar. »Möchtet ihr auch einen?«

Die Damen verneinten.

Er entschied sich für einen Smokehead, Rum Rebel, eine Sonderedition aus der Mystery-Malt-Serie des unabhängigen Abfüllers Ian Macleod. Das Konterfei eines metallic orangerot glänzenden Totenschädels auf schwarzem Hintergrund blickte ihm entgegen. In der Flasche erwartete ihn ein rauchiger Islay-Whisky, der für das Finish in einem Rumfass gelagert wurde. Genau der richtige Tropfen, um ihn durch den Abend zu bringen.

»Die Gefahr fühlte sich männlich an«, war Katharina inzwischen zu einem Ergebnis gekommen.

Brander ersparte sich zu fragen, woran man erkannte, ob eine gefühlte Gefahr männlich oder weiblich war. »War es das erste Mal, dass du dich verfolgt gefühlt hast?«, erkundigte er sich stattdessen. Er öffnete die Flasche und schenkte sich großzügig ein.

»Nein, aber das erste Mal so konkret.« Sie hielt inne, rümpfte die Nase. »Was trinkst du da?«

»Einen richtig guten Whisky.« Brander hob das Glas und erschnupperte die kräftigen Torfraucharomen. Es erinnerte ihn an ein knisterndes Lagerfeuer. Sie könnten am Wochenende grillen, überlegte er.

»Letzten Montag war ich auch im Olgahain unterwegs«, brachte Katharina ihn zurück in sein Wohnzimmer. »Ich gehe dort jeden Montag und jeden Donnerstag morgens spazieren. Und da überkam mich so ein seltsames Gefühl. Nicht so stark wie gestern, aber es war da. Im Nachhinein habe ich gedacht, dass die Gefahr vielleicht gar nicht mir galt, sondern dass es eher so etwas wie ein Hilferuf war.«

Na, das wurde ja immer besser. »Und wer hat um Hilfe gerufen?«

»Der Wald.«

»Der Wald?« Brander nahm einen großen Schluck Whisky, anders war das hier nicht zu überstehen. Das Raucharoma setzte sich in Geschmack und Nachklang fort, dazu schlich sich eine fruchtige Süße. Wenn er jetzt ausatmete, ob dann ein kleiner Waldgeist in seinem Atem erschien?

»Du weißt doch: die globale Erwärmung, die trockenen Sommer, der Hitzestress.« Cecilias Kollegin wedelte ausschweifend mit den Armen. »Die Natur leidet.«

Das waren reale Punkte, die sie aufführte. Er gestand der sensiblen Waldbaderin zu, dass sie dieses Leid gespürt haben mochte. »Aber gestern hast du gedacht, die Gefahr war nicht gegen den Wald gerichtet, sondern eine Bedrohung gegen dich?«

»Ja, vielleicht auch beides. Der Wald ist in Gefahr, aber die Warnung, die ich empfangen habe, die war für mich. Ich bin mir sicher, dass mich jemand verfolgt hat.«

Brander beschloss, die Worte erst einmal sacken zu lassen. Er verspeiste den Rest seines Vespers, leerte sein Glas und schenkte sich nach. Warum war er nicht, nachdem er Peppi zu Hause abgesetzt hatte, zu Beckmann gefahren? Was für einen fröhlichen Abend hätte er haben können.

Er spürte Katharinas Blick auf sich. Sie hatte sich hilfesuchend an ihn gewandt. Cecilia nahm ihre Sorge ernst, also würde er ihr Problem auch ernst nehmen. »Du gehst immer zur selben Zeit im Olgahain spazieren?«

»Ja.«

»Dann lass es mal für die nächsten zwei, drei Wochen sein.«

»Das geht nicht.«

»Natürlich geht das.«

»Aber ich muss doch herausfinden, wer oder was mich bedroht.«

»Hast du das Gefühl, dass es eine reale Person ist, die dich bedroht?«

»Was denn sonst?«

Das klang doch schon mal recht bodenständig. »In gut fünfzig Prozent aller Stalkingfälle handelt es sich um den Ex-Partner.«

»René ist es definitiv nicht«, erwiderte Katharina rigoros. »Außerdem lebt er in München.«

»Er könnte Urlaub oder geschäftlich in der Gegend zu tun haben, und er kennt deine Gewohnheiten.«

»Andi, nein, wenn er in der Nähe ist, dann spüre ich das. Er war es nicht, und er würde mich auch nicht bedrohen.«

»Aber bisher hat keine reale Bedrohung stattgefunden, oder?«

Katharina sah zermürbt zu Cecilia. »Deswegen geschehen so viele Gewalttaten, und alle wundern sich hinterher. Weil niemand auf seine Gefühle achtet. Ich werde bedroht! Das ist nicht nur Stalking. Ich hatte Todesangst! Das denke ich mir doch nicht aus.«

»Das glaube ich dir, Kathie«, hörte Brander Cecilia voller Anteilnahme sagen. Sie beugte sich vor und strich Katharina beruhigend über den Arm.

Er nippte grübelnd an seinem Whisky. Jetzt mit dem zweiten Glas traten die exotischen Früchte des Rumaromas stärker hervor, bildeten eine köstliche Komposition mit den Rauchnoten.

»Katharina, ich nehme dein Gefühl und deine Angst ernst«, erklärte er. »Du sagst, die Bedrohung war nicht nur einmal da, sondern mehrfach. Daraus schließe ich, dass es sich nicht um die spontane Aktion eines Fremden handelt, dem du zufällig im falschen Moment über den Weg gelaufen bist. Es muss jemand sein, der dich kennt. Der irgendetwas mit dir zu tun hat.«

Branders Worte besänftigten sie ein wenig. »Ich kann dir keinen Namen nennen. Ich zermartere mir wirklich schon seit Tagen den Kopf. Aber ich habe doch niemandem etwas Böses getan.«

Dessen bedurfte es nicht unbedingt, wusste Brander aus beruflicher Erfahrung. Stalking war irrational und zermürbend für die Opfer. »Wollte einer deiner Patienten mal mit dir ausgehen?«

»Andi, ich mache Coaching, ich habe Klient:innen und Teilnehmer:innen, keine Patient:innen.« Sie betonte die Diversität durch eine minimale Unterbrechung vor dem »innen«. »Und nein, keiner von denen hat auch privaten Kontakt zu mir gesucht.«

Das wunderte Brander nun doch. Katharina hatte zwar einen kleinen Spleen, aber sie war eine attraktive Frau, die Charisma und Leidenschaft ausstrahlte. Es könnte ein schüchterner Verehrer sein, der sich nicht traute, sie direkt anzusprechen, überlegte er.

»Hast du mit deinen Nachbarn und Vermietern gesprochen, ob denen etwas aufgefallen ist?«

»Noch nicht mit allen. Aber bisher hat niemand gesagt, dass ihm oder ihr etwas aufgefallen wäre.«

»Ich denke, als Erstes solltest du für deinen Verfolger unberechenbarer werden. Wenn er sich nicht mehr darauf verlassen kann, dich zu bestimmten Zeiten an bestimmten Orten anzutreffen, erschwert es die Verfolgung, und vielleicht verliert er dadurch das Interesse. Das heißt, du gehst nicht mehr montags und donnerstags in den Wald, und schon gar nicht allein.«

»Wir könnten zusammen gehen, vielleicht mal mittags? Ich brauche eh mehr Bewegung«, schlug Cecilia vor.

Brander sah seine Frau entgeistert an.

»Interessant«, stellte Katharina nüchtern fest. »Mein Gefühl hältst du für Spinnerei. Aber dass Ceci mich bei meinem Spaziergang begleiten möchte, versetzt dir einen Schreck.«

Samstag

Brander fühlte sich gerädert. Das lag nicht an dem Whisky, den er am Abend zuvor genossen hatte, sondern an den Träumen, die ihn des Nachts heimgesucht hatten. An den exakten Inhalt konnte er sich nicht erinnern, aber er war sich sicher, dass schreiende Bäume darin vorgekommen waren.

Er war zum Bäcker gegangen, während Cecilia den Frühstückstisch gedeckt hatte. Nathalie schlief noch. Eigentlich gingen sie samstagmorgens gemeinsam joggen, aber er musste zum Dienst. Vielleicht könnten sie abends eine Runde drehen, wenn er nicht zu spät nach Hause kam.

In der Dienststelle war die Stimmung schlecht. Staatsanwältin Mertens hatte es sich nicht nehmen lassen, ihnen die Wochenendüberstunden persönlich zu verleiden. Sie war zur morgendlichen Sitzung der Ermittlungsgruppe gekommen und hatte mit einem Boulevardblättchen gewedelt.

»Polizei tappt im Dunkeln. Wer wird das nächste Opfer sein?« war die reißerische Titelzeile.

Ein findiger Journalist hatte von wem auch immer erfahren, dass es einen Zusammenhang zwischen der Tötung eines angesehenen Heidelberger Chirurgen und eines Esslinger Teenagers geben könnte – beide wären auf die gleiche Art und Weise ermordet worden.

Diese brisante Information wäre besser nicht an die Öffentlichkeit gelangt. Nun wusste der Täter, was sie wussten. Und das war nicht gut.

»Wir brauchen Ergebnisse!« Isabella Mertens' Blick wanderte über die Gesichter der Anwesenden. »Es kann doch nicht so schwer sein, diesen Armbrustschützen zu finden.«

»Wenn du uns nicht von der Arbeit abhalten würdest, wären wir schon einen Schritt weiter.«

»Oh, Herr Klein, könnten Sie vielleicht mal etwas Konstruktives zu diesen Ermittlungen beitragen?«

Stephan erwiderte den Blick der Staatsanwältin kalt. »Klar. Bringt uns aber bedauerlicherweise nicht weiter.«

Mertens drehte die Augen zur Decke.

»Was hast du denn für uns?«, hakte Clewer nach.

»Ich hab gestern Abend mit dem Richy gesprochen, der war bis vor einem halben Jahr in der Suchtberatung beim Landkreis Esslingen tätig. Moritz war ja nach dem Vorfall damals verdonnert worden, an einem Suchtpräventionsprogramm teilzunehmen, und in dem Rahmen hat der Richy ihn kennengelernt.«

»Hat der Richy auch einen Nachnamen?«, fragte Mertens schnippisch.

»Ja, hat er.« Statt den Namen zu nennen, fuhr Stephan fort: »Richy sagt, der Moritz sei ein ruhiger Junge gewesen, etwas introvertiert, konnte aber aufbrausend sein, wenn er sich gegängelt fühlte. Er hatte Stimmungsschwankungen, was bei Teenagern nicht ungewöhnlich ist. Ein Suchtproblem hatte Moritz seiner Meinung nach nicht. Nach dem Vorfall mit Apollonia hat er anscheinend keinen Tropfen Alkohol mehr angerührt, und er hat sich nicht mehr mit den Leuten getroffen, mit denen er zuvor am Stuttgarter Bahnhof abgehangen hat.«

»Hatte der Berater das Gefühl, dass Rösch die Tat bereut?«, fragte Brander.

»Ja, das hat der Moritz. Er hätte sich gern bei Apollonia entschuldigt – nach dem Vorfall hat er sie nicht mehr gesehen, bei den Verhandlungen war sie nicht anwesend, und Apollonia und die Familie haben weder einem Täter-Opfer-Ausgleich noch später einem persönlichen Treffen zugestimmt.«

Keine Chance auf Vergebung, dachte Brander, und dann klingelte Moritz Rösch zwei Jahre später unangemeldet an Apollonia Hepplers Wohnungstür.

Brander machte sich im Anschluss an die Sitzung mit Peppi auf den Weg nach Denkendorf, in der Hoffnung, Familie Heppler zu Hause anzutreffen.

Wie am Tag zuvor öffnete Doris Heppler ihnen. Sie war

wieder adrett gekleidet. Die Haare hatte sie hochgesteckt, das Gesicht war dezent geschminkt. Ihre Miene versteinerte sich, als sie die beiden Beamten erkannte. »Florentine ist nicht da.«

»Wir wollten zu Ihnen, Frau Heppler«, erklärte Brander. Immerhin hatte sie ihnen nicht gleich die Tür vor der Nase zugeschlagen.

»Zu mir?«

»Dürften wir einen Moment hereinkommen?«

Die Frau musterte sie unwillig, dann wich sie zögernd einen Schritt zurück. Sie ging ihnen voraus durch den Flur ins Wohnzimmer und um die Ecke zum Esstisch. Der Mann, der dort saß und Zeitung las, war im ähnlichen Alter wie sie. Er trug Anzughose und ein gebügeltes Hemd. Das lichte graue Haar war von links nach rechts über den Kopf gekämmt.

»Lutz, das sind die beiden Beamten, die gestern Florentine verhaftet haben.«

Er legte das Blatt zur Seite und sah zu ihnen auf. Ein rundes Gesicht mit aufmerksamen blauen Augen.

»Wir haben Ihre Tochter nicht verhaftet, wir haben sie lediglich befragt«, stellte Peppi richtig. Sie zog einen Zettel aus ihrer Umhängetasche und hielt ihn Doris Heppler hin. »Ist das Ihre Handynummer?«

Die Frau kniff die Augen zusammen, dann suchte sie auf dem Tisch ihre Brille und setzte sie auf. »Nein.«

»Sind Sie sicher?«

Sie schob die Brille in ihre Haare. »Ja.«

»Worum geht es denn bitte?« Auf Lutz Hepplers Stirn hatte sich eine tiefe Falte gebildet.

»Diese Handynummer gehört zu einer Prepaidkarte, die auf den Namen Ihrer Frau zugelassen ist«, erklärte Peppi.

»Zeigen Sie mal her.« Er streckte die Hand nach dem Zettel aus, studierte die Nummer, nickte und gab Peppi das Papier wieder zurück. »Wir haben vor Jahren mal zwei Prepaidkarten für unsere Smartphones gekauft. Wir nutzen die Karten lediglich, wenn wir im Ausland sind, falls mal ein Apparat gestohlen wird. Wenn Sie sagen, dass das unsere Nummer ist, dann wird das wohl so sein.«

»Wer nutzt diese Prepaidkarten in Ihrer Familie?«

»Derjenige, der sie gerade braucht.«

»Also auch Ihre Töchter?«

»Ja. Warum fragen Sie?«

»Von dieser Nummer wurde Moritz Rösch auf seinem Handy angerufen«, erklärte Brander.

War das Ehepaar Heppler ohnehin nicht erpicht darauf, mit ihnen zu sprechen, konnte Brander förmlich sehen, wie eine innere Wand bei beiden hochgezogen wurde. Doris und Lutz Heppler wechselten einen Blick miteinander, dann ergriff er das Wort.

»Mit Moritz Rösch haben weder ich noch meine Frau oder meine Töchter etwas zu schaffen. Wenn Sie keine weiteren Fragen haben, würden wir jetzt gern in Ruhe weiter frühstücken.«

Aber Brander hatte weitere Fragen: »Ihre Tochter Apollonia ist damals nach dem Unfall in Stuttgart operiert worden?«

»Ja.«

»Gab es danach weitere Behandlungen?«

»Ich glaube nicht, dass Sie das etwas angeht«, erwiderte Lutz Heppler. »Wenn Sie jetzt bitte gehen würden?«

»Kennen Sie Dr. Ulf Subisch?«

Der Hausherr nahm seine Zeitung auf. »Das Gespräch ist beendet. Vereinbaren Sie einen Termin, wenn Sie weitere Fragen haben.«

***

»Dass die Familie nicht gut auf Rösch zu sprechen ist, ist nachvollziehbar«, übte Clewer Verständnis, nachdem Brander und Peppi ihm von dem Besuch in Denkendorf berichtet hatten.

»Die haben komplett dichtgemacht, als ich den Namen Subisch erwähnt habe. Da muss es eine Verbindung geben.«

»Mich wundert es nicht mehr, dass Florentine so eine Panik

bekommen hat, als wir gestern aufgetaucht sind.« Peppi zupfte einen Fussel von ihrer Bluse. »Ich möchte nicht wissen, was da los ist, wenn herauskommt, dass sie Kontakt zu Rösch hatte und das Cannabis für Apollonia von ihm bekommen hat.«

»Haben wir einen konkreten Tatverdacht gegen eine der Frauen?«

»Das nicht, aber zumindest steht außer Zweifel, dass Cordelia Moritz Rösch mit dem Ei beworfen hat«, beantwortete Brander Clewers Frage.

Der Inspektionsleiter hob den Zeigefinger. »Da setzen wir an. Wir laden Cordelia Heppler vor. Beschuldigtenvernehmung bezüglich des Eierwurfes. Und das machen wir gleich schön offiziell mit staatsanwaltlicher Vorladung. Die Mertens will Ergebnisse, dann soll sie uns mal unterstützen. Und die beiden Schwestern laden wir ebenfalls vor, Befragung zur Sache, Verdacht, dass eine von ihnen den Wagen gefahren hat.«

»Apollonia hat keinen Führerschein«, gab Brander zu bedenken.

»Das heißt ja nicht, dass sie nicht Auto fahren kann. Wir nehmen uns alle drei vor.«

Jeannette wirbelte ihnen im Flur entgegen, als Brander und Peppi nach der Besprechung zu ihrem Büro gingen.

»Ich suche euch überall! Wir haben einen Hinweis bekommen!«, rief sie atemlos, als wäre sie durchs ganze Haus gerannt. »Ein Förster hat sich gemeldet. Er hat in seinem Wald einen abgebrochenen Pfeil gefunden, und jetzt, wo das mit dem Armbrustschützen in der Esslinger Zeitung stand, da hat er gedacht, das könnte ja auch der Schütze gewesen sein.«

Brander zwickte es in den Eingeweiden. Unwillkürlich poppte das Gespräch vom Vorabend mit Katharina Preuss in seiner Erinnerung auf. War es das, was sie mit ihren metaphysischen Fähigkeiten als Baumflüsterin gespürt hatte? Einen Pfeil, der unheilvoll durch den Wald sauste?

»Wo hat er den Pfeil gefunden?«, hakte Brander nach. »Im Olgahain?«

Jeannette spitzte grübelnd die Lippen in ihrem schmalen Gesicht. »Nö, glaub nicht … Also, kommt drauf an, wo der ist. Ich bin ja nicht von hier. Der Förster hat vom Körschtal gesprochen.«

Demnach konnte es nicht Katharinas unsichtbarer Verfolger sein. War das eine gute Nachricht? Das Körschtal erstreckte sich von Stuttgarts Süden über die Fildern bis nach Esslingen. »Hat er genauer eingegrenzt, wo im Körschtal er den Pfeil gefunden hat?«

»Der hat irgendwas gesagt, aber …« Die Euphorie wich einem beschämten Blick. »Ich hab den nicht richtig verstanden. Der hat ziemlich starken Dialekt gesprochen … Ich kann ja kein Schwäbisch.«

»Hast du seine Telefonnummer?«

»Ja.«

Sie gingen in Branders Büro. Er musste bei dem Gespräch mehrfach nachfragen, dann hatte er sich mit Albert Kusterer verständigt, dass man sich an einem Wanderparkplatz an der Körschtalstraße zwischen Deizisau und Denkendorf treffen würde. Brander rief Manfred Tropper an. »Ich brauche deine geballte schwäbische Kompetenz.«

»In Sachen Gründlichkeit bei der Spurensuche?«

»Auch, aber vor allem deine schwäbischen Sprachkenntnisse. Du brauchst Wanderschuhe.«

Albert Kusterer erwartete sie an seinen silbernen Kombi gelehnt auf dem geschotterten Wanderparkplatz. Er trug Kniebundhosen, Wanderstiefel und einen dunkelgrünen Filzhut mit Kordel. Ein Förster wie aus dem Bilderbuch. Fehlte nur die geschulterte Schrotflinte.

»Griaß Godd.« Es folgte ein kräftiger Händedruck.

»Sie sind Förster?«, erkundigte Brander sich bei dem Mann, den er auf weit über siebzig schätzte.

»Gwä'«, erklärte Kusterer.

In Rente, schon lang, nun ginge er nur noch zum Vergnügen in den Wald. Seinem Schwiegersohn half er beim Holzmachen, entschlüsselte Brander die folgenden Sätze. Er beschloss, Tropper die Gesprächsführung zu überlassen.

Den abgebrochenen Pfeil hatte Kusterer im Unterholz entdeckt. Eine Schande sei es, »dass die jungen Leut so achtlos damit im Wald umherschießen« täten. Der Pfeil hatte eine Jagdspitze mit rasiermesserscharfen Klingen. Nicht nur Tiere hätten sich daran verletzen können, auch Kinder, die ja nicht immer auf den Wegen blieben. Gefährlich sei das, rücksichtslos. Anzeigen hätte er das sollen, aber sein »Dochdermah« – sein Schwiegersohn – hätte gemeint, er solle »koi groß Sach draus mache«.

Den abgebrochenen Pfeil hatte er entsorgt, aber er hatte Fotos gemacht und zeigte sie den Polizisten auf einem modernen Smartphone. Die Aufnahmen waren am 13. März gemacht worden, verriet die Datumsangabe. Der Pfeil lag im vertrockneten Gestrüpp. Er war wandern, hätte mal austreten müssen, erklärte Kusterer, und dabei wäre er beinahe im Dickicht auf den Pfeil getreten.

Die Pfeilspitze entsprach zumindest auf den ersten Blick der Spitze, die die Rechtsmedizinerinnen aus Moritz Rösch herausgeholt hatten. Tropper bat Kusterer darum, ihm die Fotos zukommen zu lassen.

»Könnte es ein Wilderer gewesen sein?«, fragte Brander.

»Ha noi!«, widersprach Kusterer energisch. Ein Wilderer würde ja nicht mit Pfeil und Bogen schießen. Nein, irgendein Granadcdaggel war's. Das käme alles von diesen Bogenparks, die überall aus dem Boden sprießen, in denen die jungen Leut auf Plastikviecher schießen. Und dann kämen die auf Ideen, und schon würde in freier Natur wild umeinander geschossen.

»Ist der Ort weit von hier, wo Sie den Pfeil gefunden haben?«, unterbrach Brander den aufgebrachten Förster a. D.

»A-wa«, winkte Kusterer ab. »Da laufet mir geschwind na. Kommet Se.«

Er ging ihnen voran an den Schranken vorbei, an der Weggabelung rechts. Ein breiter Schotterweg führte in den Wald hinein. Auf den schattigen Wegen war es kühl. Die Sonne wollte an diesem Tag nicht durch die Wolkendecke brechen. Brander bedauerte, dass er keine Jacke mitgenommen hatte, allerdings legte der rüstige Rentner ein zügiges Tempo vor, sodass ihm schnell warm wurde.

Sie wären im »unteren Körschtal«, referierte Kusterer unterwegs, es sei ein Landschaftsschutzgebiet. Das Waldstück, durch das sie gingen, sei der Klingenwald, was Brander eine Ironie des Schicksals fand in Anbetracht dessen, dass Kusterer hier den Pfeil mit der messerscharfen Spitze gefunden hatte.

»Klinge« war in diesem Fall jedoch ein geomorphologischer Ausdruck, erfuhr er kurz darauf von ihrem Tourguide. Der Begriff beschrieb Taleinschnitte, die durch Wasser- und Schutterosionen entstanden seien.

Brander, der dem Förster und Tropper zusammen mit Jeannette folgte, bemerkte, wie die Anwärterin zu ihm sah und die Schultern hochzog. »Ich versteh nix«, wisperte sie so leise, dass er sich nur zusammenreimen konnte, was ihre Lippenbewegungen bedeuteten. Auch er musste sich redlich anstrengen, dem Redeschwall des Mannes zu folgen.

Der Klingenbach, in dessen Richtung sie gingen, sei die Fortsetzung des Bächgrabens, erklärte Kusterer unbeirrt. Er würde in die Körsch münden. Die Körsch wiederum sei nach dem Neckar das zweitgrößte Gewässer in der Stuttgarter Region. Bei Deizisau mündete sie von Osten in den Neckar – die östliche Fließrichtung sei ganz was Ungewöhnliches, betonte der Förster, der sichtlich erfreut war, seinen Wegbegleitern all sein Wissen weitergeben zu dürfen.

Sie hielten sich an der nächsten Gabelung rechts, es ging ein Stück geradeaus, bis Kusterer links auf einen schmaleren Weg abbog, der schließlich zu einem Trampelpfad führte, auf dem sie nur hintereinander hergehen konnten. Brander war froh über die Trockenheit der letzten Tage, ansonsten hätte er sich ordentlich die Schuhe eingesaut. Jeannette hatte es nicht so gut getroffen. Der dunkle Staub des Waldbodens legte sich auf ihre hellen Leinenschuhe.

Der Weg mündete in einer Lichtung. Alte Obstbäume standen in gerader Reihe den flachen Hang hinauf. Kusterer zeigte ihnen die Stelle, an der er zur Verrichtung seiner Notdurft ins Unterholz gegangen war und dabei den abgebrochenen Pfeil entdeckt hatte.

Brander ließ den Blick über die Umgebung schweifen. Der Platz war übersichtlich. Kein schlechtes Terrain für Schießübungen mit der Armbrust. Die Wiese war abschüssig. Von unten her verdeckte der Wald die direkte Sicht, von oben musste man um eine Biegung gehen, um einen Schützen zu entdecken. Hatte der Täter an einem der Bäume seine Zielscheibe zum Trainieren aufgehängt und dabei einen Pfeil verschossen? Oder war der Fund ein Zufall und hatte nichts mit ihrem Fall zu tun?

»Wo geht es da hin?« Brander deutete auf den Pfad, der aus dem Wald an der Streuobstwiese vorbeiführte.

»Köngen«, erwiderte Kusterer. »Da hinüber gaht's zum Birkenhof, und da«, er deutete in südwestliche Richtung, »isch d'r Klingenlinde. Möget Se Fisch?«

»Ja, schon«, erwiderte Brander verdutzt.

»Wenn Se heimfahret, da hat's oi' Forellezucht.« Kusterer beschrieb ihnen ungefragt den Weg.

Frisch geräucherte Forelle, da war fürs Essen ja gesorgt. Vielleicht gab es schon frühe Erdbeeren für den Nachtisch, dachte Brander und bekam Hunger.

***

Vom Hunger getrieben hatte Brander auf dem Rückweg zur Dienststelle einen Schlenker zum empfohlenen Forellenhof gemacht und ein spätes Mittagessen für sich und Peppi besorgt. Jeannette aß nichts, was Augen hatte. Da half es auch nicht, dass der geräucherte Saibling filetiert und kopflos war.

Während sie zu dritt in der kleinen Kaffeeküche zusammensaßen, war Tropper vor Ort geblieben, um sich die Umgebung genauer anzusehen. Vielleicht fanden sich weitere Hinweise darauf, dass jemand am Waldrand Schießübungen gemacht hatte. Zwei Kolleginnen von der Kriminaltechnik waren rausgefahren, um ihn zu unterstützen.

»Ich war vorhin mit Fabio kurz bei Hammami«, berichtete Peppi zwischen zwei Happen Fisch. »Er behauptet, er wusste nichts von den Drogen.«

»Glaubst du ihm?«

»Schwer zu sagen. Er hat natürlich Angst, seine Aufenthaltserlaubnis zu verlieren. Aber genau aus dem Grund kann ich mir auch nicht vorstellen, dass Rösch ihn in die Geschichte mit reingezogen hat. Stephan will sich noch mal umhören, ob Hammami in der Szene bekannt ist.«

Der Auftrag hatte dem Hünen sicherlich gefallen, vermutete Brander.

»Ich könnte mir schon vorstellen, dass der Hammami dem Rösch geholfen hat«, erklärte Jeannette.

»Oh nee, war ja klar, dass ich wieder eine Gräte im Filet habe.« Peppi hielt das kleine garstige Fischknöchelchen in die Höhe. »Hundert Filets am Büfett, und ich erwische das mit der Gräte. Das ist immer so.«

»Wäre gut, ein paar Leute abzustellen, die im Körschtal Spaziergänger und Radfahrer befragen, ob denen in den letzten Monaten etwas aufgefallen ist«, ignorierte Brander Peppis Lamento.

»Na, Jeannette«, wandte diese sich aufmunternd an die Anwärterin. »Lust auf eine Sonderschicht?«

Jeannette sah von ihrem Käseweckle auf. »Das gibt Regen. Da kommt doch kein Mensch vorbei.«

»Doch«, erwiderte Peppi. »Nämlich die, die immer da vorbeikommen – Gassirunde mit Hund, Sportler, die regelmäßig laufen oder radeln –, und das sind die, die wir brauchen. Die können am ehesten etwas bemerken.«

»Hm.« Jeannettes Blick wanderte zu ihren Schuhen, die sie gerade erst gesäubert hatte. »Kann ich vorher zu Hause vorbei und mich umziehen?«

»Klar«, erlaubte Peppi großzügig.

»Gibt es eine Verbindung von Rösch nach Köngen?«, überlegte Brander laut.

»Nicht dass ich wüsste.« Peppi faltete die Haut ihres Fisches zusammen und schob den Teller zur Seite.

»Wie sieht es mit Verwandten aus?«

»Großeltern wohnen sowohl mütterlicher- als auch väterlicherseits in Esslingen.« Peppi blies sich grübelnd eine Haarsträhne aus der Stirn. »Ist Fabio da? Der weiß so was doch immer.«

Jeannette sprang auf. »Ich schau mal.«

Kurz darauf kehrte sie mit dem smarten Italiener im Schlepptau zurück. Brander fragte sich flüchtig, ob die Wangen der Kommissaranwärterin gerötet waren, weil sie so schnell in Fabios Büro geeilt war oder weil sie ihren Kollegen ein klein wenig anhimmelte.

Fabio sah auf die leeren Teller. »Eh, amici miei, ist das hier Kollegenmobbing? Wieso habt ihr uns nichts mitgebracht?«

»Sorry, nächstes Mal. Ich wusste nicht, ob ihr noch da seid.«

Fabio setzte sich mit einem enttäuschten Seufzen zu ihnen, und Brander bekam Mitleid. Gestern verpasste Fabio den Auftritt seiner kleinen Tochter, heute musste er zusehen, wie seine Kollegen einen köstlichen Fisch ohne ihn verspeisten. Im Kühlschrank hatte Brander drei weitere Filets deponiert, die er für Cecilia, Nathalie und sich für den Sonntag mitgenommen hatte. Aber da die beiden nichts von dem Fisch ahnten, konnte er ebenso dem Kollegen eine Freude machen.

Er stand auf, holte Teller aus dem Schrank und den Fisch aus der Kühlung. »Jeannette, schau mal bitte, ob Peter und Stephan da sind und auch was wollen«, bat er die Anwärterin.

Die Kollegen waren da und freuten sich über das unverhoffte späte Mittagessen.

»Eigentlich muss man den ein paar Minuten anwärmen«, erklärte Fabio. »Dann entfaltet er seinen Geschmack so richtig. Aber ich bin nicht undankbar, Andi. Der Fisch ist sehr lecker. Grazie mille für deine Großzügigkeit.«

»Keine Ursache. Weißt du, ob Moritz Rösch irgendeinen

Bezug nach Köngen hat?«, kam Brander auf den eigentlichen Grund für Fabios Anwesenheit zurück.

»Wüsste ich jetzt spontan nicht. Warum?«

Jeannette kam Brander zuvor und berichtete von dem Anruf des Försters.

»Hat unser Wilhelm also im Wald erst mal Zielen geübt.« Stephan hatte sein Filet in Rekordzeit verputzt und wischte sich mit einem Zewa über den Mund.

»Wieso Wilhelm?« Jeannettes Gesicht zierte ein Fragezeichen.

»Wilhelm Tell. Habt ihr den nicht in der Schule gelesen?«

Als die Anwärterin die Achseln zuckte, erklärte Stephan: »Ist 'ne alte Legende, und der Schiller – kennste, oder? Friedrich Schiller? –, der hat ein Drama draus gemacht. War sein letztes Stück, und darin hat der Wilhelm seinem Sohn mit der Armbrust einen Apfel vom Kopf geschossen. Hat er nicht freiwillig gemacht, ein Vogt hat ihn dazu gezwungen. Tja, und dann hat der Wilhelm den Vogt erschossen.«

»Das war jetzt aber eine sehr verkürzte Fassung«, stellte Peter fest.

»Ich will ja nicht alles verraten. Vielleicht schaut sich's die Jeannette ja mal an.«

»Dann hättest du nicht das Ende spoilern sollen.«

»Von Denkendorf ist es nicht allzu weit bis zu der Stelle am Waldrand.« Fabio hatte sein Smartphone herausgeholt und eine Karte aufgerufen. »Da kann man sicher auch mit dem Rad hinfahren.«

»Cordelia Heppler war letztens mit dem Fahrrad unterwegs«, erinnerte Jeannette sich an den Besuch im Blumenladen.

»Macht sie das Bogenschießen im Verein?«, fragte Brander.

»Bei den hiesigen Schützenvereinen ist sie nicht gemeldet«, wusste Stephan. »Das habe ich überprüft.«

»Wie sieht es eigentlich mit der Social-Media-Auswertung aus?«

»Ist nicht sehr ergiebig. Die drei Schwestern haben so gut wie nichts öffentlich gepostet. Cordelia hat übrigens bei Facebook auch eine Businessseite für ihren Blumenladen. Aber da gibt's nur Bilder von Gebinden, Gärten und manchmal irgendeinen Sinnspruch, ein Gedicht oder einen Hinweis auf besondere Angebote oder neu eingetroffene Ware.«

»Florentine postet lediglich in unregelmäßigen Abständen ihre Lesetipps öffentlich«, ergänzte Peter. »Aber das ist ja bekannt. Wir sind bei allen drei Schwestern die Einträge bis Mitte letzten Jahres zurückgegangen. Nichts Auffälliges.«

»Apollonia hat ihre öffentliche Fanseite von damals noch«, ergänzte Fabio. »Aber da hat sie vor zweieinhalb Jahren zuletzt einen Eintrag gepostet, in dem sie sich von ihren Fans verabschiedet hat.«

»Warum hat sie die Seite nicht gelöscht?«, wunderte sich Peppi.

Fabio hob die Schultern. »Sie hat eine Menge Follower. Vielleicht hofft sie auf ein Comeback.«

Peppi verzog zweifelnd das Gesicht. »Den Eindruck hatte ich nicht.«

»Was ist mit ihrem privaten Profil?«

»Das gibt leider nicht viel her. Das Problem ist, dass wir nicht an die Konten rankommen, um zu sehen, was die Schwestern nicht öffentlich schreiben. Ohne richterlichen Beschluss ist da nichts zu machen.«

»Ich könnte ihnen eine Freundschaftsanfrage schicken«, schlug Jeannette vor. »Fakeprofil versteht sich.«

»Das lässt du schön bleiben«, bremste Brander sie scharf. Auf was für Ideen dieses Mädel immer kam. »Wen haben wir denn noch auf der Liste außer den Schwestern?«

»Hamadi Hammami«, überlegte Fabio. »Aber da fehlt uns nach wie vor ein Motiv.«

»Und der Bezug zu Dr. Subisch«, ergänzte Peppi.

»Da gibt's doch die Nordafrika-Connection«, ereiferte Jeannette sich sogleich. »Vielleicht führt Subischs Ex-Frau ein Drogenkartell an, und Hammami ist einer ihrer Gefolgsleute, der hier mal ein bisschen aufräumen sollte.«

Diese Theorie brachte der Anwärterin rundherum ungläubige Blicke ein. Sie starrte naiv zurück. »Möglich ist im Moment doch noch alles, oder?«

»Bei allem, was recht ist, Jeannette, aber Hammami ist kein Auftragskiller«, bremste Brander die Phantasie der jungen Frau. »Was ist mit dem Freund von Cordelia Heppler, Paul Kübler?«

»Da sehe ich kein Motiv«, erwiderte Fabio. »Dann eher die drei Schwestern.«

»Außer Acht lassen sollten wir ihn aber nicht. Überprüf bitte mal, ob wir was über ihn haben und was er in den sozialen Medien so von sich gibt«, bat Brander. Kübler lebte und arbeitete mit der ältesten Tochter zusammen. Von ihm konnten sie sicher einige Informationen über die Familie bekommen.

»Der Laszlo Farkas ist in Köngen wohnhaft gemeldet.« Peter hatte per Handy eine Abfrage gestartet.

»Wer war das jetzt noch gleich?« Brander konnte den Namen spontan nicht zuordnen.

»Der Freund von Sarah Mayer, beide waren Kollegen von Rösch. Vielleicht sollten wir uns mit dem mal etwas intensiver beschäftigen. Immerhin gab's da ja gewisse Eifersüchteleien.«

»Aber wie passt Subisch da rein?«

»Wir wissen nicht, ob die beiden Fälle tatsächlich zusammenhängen.«

Brander bekam langsam das Gefühl, dass sie nach jedem Strohhalm griffen. Sie wussten zu wenig über beide Opfer.

Peppis Blick glitt über die leer gegessenen Teller. »Hab ich's nicht gesagt? Keiner von euch hatte eine Gräte, oder?«

Peter und Fabio versuchten, Laszlo Farkas ausfindig zu machen, während Peppi mit Jeannette ins Körschtal fuhr, um Spaziergänger zu befragen. Brander startete eine Recherche zu Cordelias Freund Paul Kübler, fühlte sich aber von einer inneren Unruhe getrieben. Er beschloss, zum Ebershaldenfriedhof zu gehen. Vielleicht fand er am Ausgangspunkt ihrer Ermittlungen den passenden Ansatz.

Der Himmel hatte sich zu einer geschlossenen grauen Wolkendecke zugezogen, als Brander am Marktplatz und an der Stadtkirche St. Dionys vorüberging. Die Marktstände waren abgebaut, bei der alten Sektkellerei saß man im Innenhof in fröhlicher Runde bei einem Gläschen Prickelwasser zusammen.

Statt weiter durch die Innenstadt zu gehen, schlug Brander den Weg durch die Webergasse ein. Die Kopfsteinpflasterstraße war gesäumt von alten Häusern, teils renoviert, teils noch auf einen Investor wartend. Durch einen Torbogen konnte er einen Blick auf die Weinberge erhaschen, die sich hinauf zur Burg erstreckten.

Auf der anderen Straßenseite wachte auf einem Sockel ein Wolf, darüber lugte eine Fratze strengen Blickes auf die vorbeiflanierenden Passanten herab. Der Neidkopf war dem Aberglauben seiner Zeit geschuldet: das Böse abwenden, indem man ihm etwas Böses entgegensetzte.

Gleiches mit Gleichem vergelten, sinnierte Brander. Der Tod von Moritz Rösch gegen das Leid von Apollonia Heppler. Aber welche der Schwestern wäre zu so einer Tat fähig? Am ehesten Cordelia. Ihre Wut war nicht zu übersehen. Und die anderen beiden? Florentine schien ihm eine offene und bodenständige Frau zu sein, während Apollonia introvertiert, geradezu verschlossen wirkte.

Die drei Frauen verband das gemeinsame Leid. Die Rollen waren klar verteilt: Florentine – die Jüngste im Bunde – war die Helfende, Cordelia – die älteste der Schwestern – die Schützende, Apollonia war das Opfer.

Und die Eltern? Doris Heppler machte den Eindruck, eine Helikoptermutter zu sein, die alles unter Kontrolle haben wollte, dabei jedoch unselbstständig wirkte. Ich rufe den Papa an. Ich rufe den Anwalt an. Bei der Begegnung am Morgen war es Lutz Heppler gewesen, der das Gespräch übernommen und rigoros beendet hatte. War er ein Patriarch? Oder Diener seiner vier Frauen?

Welche Rolle spielte Paul Kübler? Bei dem Besuch am Mittwoch in der Dienststelle hatte er beruhigend und vermittelnd auf seine Freundin eingewirkt. Und das Gespräch im Blumenladen? Er hatte sich kooperativ gezeigt, bereitwillig geantwortet und schien doch bemüht, seine Freundin zu schützen. An einer Stelle war er einer konkreten Antwort ausgewichen. Cordelia wäre unterwegs – wo genau, hatte er nicht gesagt.

Brander erinnerte sich an das Zwiegespräch der beiden, das er bei seinem zweiten Besuch im Blumenladen mitgehört hatte. Kübler hatte Cordelia gefragt, wo sie gewesen wäre, obwohl sie ihm gesagt hatte, dass sie bei ihrer Schwester war. Stimmte das nicht? Warum hatte Kübler nachgefragt?

Brander hatte den Weg direkt an der Hauptstraße gemieden und war beim Jazzkeller in die Landolinsgasse eingebogen. Wenig später gelangte er über die Urbanstraße zum Ziel seines Spaziergangs. Wie am Montag stand er vor dem Haupteingang des Friedhofs. Rösch war von der anderen Seite gekommen.

Brander ging am Tor vorbei, umrundete den Friedhof außerhalb der Umzäunung an der Landenbergerstraße. Hatte Rösch diesen Weg mit dem Fahrrad genommen? Er bog am Ende rechts ab, um zum Rolf-Nesch-Weg zu kommen, der zwischen Friedhof und Klinik entlangführte. Der Weg endete vor einer Treppe, die hinunter zur Urbanstraße führte. Hier hatte Rösch sein Fahrrad am Zaun abgestellt.

Brander betrat den Friedhof durch das kleine Eisentor. Welchen Weg war Moritz Rösch zum Grab seiner Mutter gegangen? Brander schlenderte kreuz und quer an den Grabreihen entlang. Von Weitem sah er eine gebeugte Gestalt bei den Urnengräbern stehen. Er erwog umzudrehen, um den trauernden Mann nicht zu stören, entschied sich dagegen und ging zu ihm.

»Herr Rösch, hätten Sie einen Moment?«

»Ich war die ganze Woche nicht hier«, erwiderte Christian Rösch. »Ich konnte nicht. Ich kann es immer noch nicht begreifen. Ich sitze zu Hause und warte darauf, dass Moritz die Tür öffnet und hereinkommt. Aber er kommt nicht. Niemand kommt.«

Brander mochte sich nicht vorstellen, welche Qualen der

Mann durchlitt, welche Leere und Einsamkeit er ertragen musste. »Da vorn sind ein paar Bänke. Vielleicht setzen wir uns einen Moment?«, schlug er vor.

Sie gingen schweigend dorthin und setzten sich. Vögel zwitscherten in den Bäumen. Im Hintergrund drang leise das Rauschen des Verkehrs von der Wielandstraße zu ihnen. Jemand hantierte mit den Gießkannen an der Wasserstelle. Zwei Teenager spazierten in einiger Entfernung plaudernd über den asphaltierten Weg. Tod und Leben so nah beieinander. War es ein Trost? Brander wusste es nicht.

»Erzählen Sie mir von Moritz.«

Rösch saß mit gebeugtem Rücken neben ihm, den Blick auf den Boden geheftet. Er seufzte abgrundtief. »Moritz war kein Wunschkind. Melanie und ich hatten damals andere Pläne gehabt. Aber als sie schwanger war, war Abtreibung kein Thema für uns. Und dann war Moritz da, und wir waren glücklich.«

Er richtete sich ein Stück weit auf, blickte zum Grab seiner Frau. »Er war immer mehr Melis Sohn als meiner. Besonders als er in die Pubertät kam, wurde es schwierig zwischen uns. Er wurde aufmüpfig, fing an, Alkohol zu trinken, trieb sich lieber mit irgendwelchen Leuten herum, als in die Schule zu gehen.«

»Was waren das für Leute?«

»Keine Ahnung. Ich habe sie nie kennengelernt. Die trafen sich in Stuttgart, lungerten in den Parks oder waren sonst wo unterwegs. Moritz hat nie jemanden mit nach Hause gebracht. Ich weiß gar nicht, wie er überhaupt in diese Kreise geraten ist.«

»Waren Schulkameraden dabei?«

»Nein. Moritz kam mit seinen Schulkameraden nicht klar.«

»Wurde er gemobbt?«

»Er hat nie etwas gesagt.«

Haben Sie ihn gefragt?, lag es Brander auf der Zunge. Er erinnerte sich an das letzte Gespräch mit Rösch – Vater und Sohn hatten nicht über persönliche Dinge oder ihre Gefühle geredet, anscheinend war das nicht erst seit dem Tod von Moritz' Mutter so gewesen. »Haben Sie mit den Lehrern gesprochen?«

Rösch schüttelte den Kopf. »Ich … ich habe meine Frau gepflegt. Ich hatte keine Zeit, in die Schule zu gehen. Nicht dass es nicht wichtig gewesen wäre, aber … es war alles zu viel.« Er schluckte trocken.

Brander wollte Rösch nicht verurteilen, aber er hatte den Eindruck, dass Moritz sich im Großen und Ganzen selbst überlassen gewesen war. Konnte man dem Vater einen Vorwurf machen? Das Handy in Branders Jacke vibrierte. Er drückte den Anruf weg und konzentrierte sich auf Rösch. »Was war mit Ihren Eltern? Konnten die Sie nicht unterstützen?«

»Das hätten sie vielleicht, ja. Aber sie waren nie mit der Heirat von Meli und mir einverstanden, und das hat Moritz gespürt. Er ist nie gern zu meinen Eltern gegangen. Und Melis Vater …« Rösch zuckte die Achseln. »Der hätte Moritz eher weiter zum Trinken animiert. Er löst alle Probleme mit Alkohol. Das hat er schon immer gemacht. Vermutlich hat Moritz bei ihm seinen ersten Schnaps bekommen.«

Brander kannte solche Geschichten zuhauf. Nathalies Geschichte war eine ähnliche. Familienbande. In einer intakten Familie aufzuwachsen, erschien ihm immer mehr wie ein Geschenk des Himmels. Er hatte das Glück gehabt. Aber Mitleid war jetzt fehl am Platz. Er hatte zwei Morde aufzuklären.

»An dem Abend, an dem der Unfall im Stuttgarter Bahnhof geschah. Warum hatte Moritz es da so eilig?«

»Ich weiß es nicht. Es gab keinen Grund.«

»Musste er zu einer bestimmten Zeit zu Hause sein?«

Rösch lachte freudlos auf. »Das hätte ihn damals nicht interessiert.«

»Es gibt Zeugen, die behaupten, er hätte Apollonia Heppler absichtlich auf der Treppe angerempelt.«

»Das hat er nicht.«

Christian Rösch sagte es voller Überzeugung, doch am Ende des Satzes lag ein Zögern in der Luft, ein kleines unsicheres Aber. Brander wandte sich ihm mit fragendem Blick zu.

»Er sagte, er war wütend. Und sie war ihm im Weg.« Rösch sah zu ihm. »Aber er hat nicht gewollt, dass sie stürzt.«

Das hieß nicht, dass er sie nicht absichtlich angerempelt hatte. »Warum war er wütend?«

Rösch zuckte die Achseln. »Vermutlich weil seine Mutter sterben musste und er nichts tun konnte. Dass niemand etwas tun konnte.«

Wut auf den Tod? Oder Wut auf das Leben der anderen? Hatte hinter Röschs Tat ein Vorsatz gesteckt? Brander versuchte sich an die Protokolle der damaligen Verhandlung zu erinnern. Was hatte Moritz Rösch ausgesagt? Dass es ihm leidtue. Dass er es nicht gewollt habe. Dass er um Entschuldigung bitte. Den Rest hatte sein Pflichtverteidiger übernommen.

»Den Nachmittag im Wald hätten wir uns sparen können«, berichtete Peppi in der abendlichen Sitzung. »Die paar Leute, die wir angetroffen haben, konnten uns nicht weiterhelfen. Niemandem ist etwas Ungewöhnliches aufgefallen, geschweige denn, dass jemand einen Schützen gesehen hätte.«

Clewer sah hoffnungsvoll zu Tropper, der ebenfalls aus dem Körschtal in die Dienststelle zurückgekehrt war. »Wie ist es bei Ihnen gelaufen?«

»Leider lag der Fund des Bolzens bereits zwei Monate zurück. Andere Bolzen oder Überreste haben wir nicht gefunden, auch keine frischen Schnittwunden oder Einstichstellen an den Bäumen in der Umgebung. An einem Baum gab es ein paar Ritzen, die schon ein paar Wochen alt sind und von Streifschüssen stammen könnten. Ich würde daher davon ausgehen, dass unser Schütze in den letzten Wochen dort nicht mehr geschossen hat.«

»Oder er ist sehr zielsicher geworden«, überlegte Brander.

»Zielsicher setzt voraus, dass er ein bestimmtes Ziel anvisiert hatte«, erwiderte Tropper. »Da wir kaum Verletzungen am Baumbestand gefunden haben, müsste er eine Zielscheibe aufgestellt haben. So etwas fällt doch auf.«

»Unser Täter hat seine Opfer ausspioniert. Er kannte ihre Gewohnheiten, wusste, wann er eine gute Gelegenheit haben würde, seine Tat möglichst ungesehen umzusetzen. Da ist es sehr wahrscheinlich, dass er seinen Übungsplatz nicht nach dem Zufallsprinzip ausgewählt hat. Es gibt sicherlich Zeiten, zu denen die Stelle dort im Wald nicht besonders stark frequentiert ist.«

»Nachts um drei.«

»Wäre eine Möglichkeit.«

Troppers Antwort war ein skeptisches Stirnrunzeln.

»Gibt es andere Spuren vor Ort?«, fragte Clewer.

»Ein paar Zigarettenkippen, Kaugummipapier, Folie von einem Müsliriegel. Was die Leute halt unterwegs achtlos in die Botanik werfen«, erwiderte Tropper. »Muss alles noch spurentechnisch erfasst und ausgewertet werden.«

»Wir sollten morgen mit den Befragungen im Körschtal weitermachen«, überlegte Clewer.

»Könnte man an der Lichtung nicht eine Kamera aufbauen?«, fragte Jeannette.

»Und dann?«

»Dann könnte man überwachen, ob der Täter dorthin kommt und übt.«

»Das ist öffentlicher Raum. Da können wir nicht einfach eine Kamera aufstellen und die Menschen beobachten, die da herumlaufen. Das müsste erst einmal genehmigt werden, und wir müssten auf die Videoüberwachung hinweisen.«

»Das wäre aber kontraproduktiv.«

Clewer lächelte milde. »Ja, das wäre es.«

***

Als Brander am Abend vom Dienst kam, traf er nur Nathalie zu Hause an. Sie saß im Wohnzimmer und zockte auf ihrem Handy.

»Wo ist Ceci?«

»Tübingen. Irgend so 'ne Motte oder so was Komisches.«

»Oh, verflucht!« Brander fuhr der Schreck in die Glieder. Er hatte mit Cecilia geplant, gemeinsam am Abend zu einer Motette in der Stiftskirche zu gehen. Er erinnerte sich an den

Anruf, den er unbeachtet weggedrückt hatte. Er sah auf die Uhr.

Nathalie grinste. »Kannst dich entspannen. Manu hat sich erbarmt.«

Manuel Heinrich, Beckmanns Freund. Ausgerechnet der. Aber vermutlich wusste der Berufsmusiker das Konzert ohnehin mehr zu würdigen als er selbst. Er wäre sicherlich ständig mit den Gedanken zu seinen Ermittlungen abgedriftet. An ihm nagte dennoch das schlechte Gewissen, dass er Cecilia mal wieder hatte hängen lassen. »Und du?«

Sie zuckte die Achseln. »Keine Pläne.«

Samstagabend und das Mädel saß allein zu Hause und daddelte auf ihrem Smartphone herum. Sie hatte keine Clique, mit der sie an den Wochenenden loszog. Es fiel ihr schwer, Freundschaften zu schließen. In der Schule war sie gemobbt worden. Zu den Freunden, die sie sich damals außerhalb der Schule gesucht hatte, hatte sie keinen Kontakt mehr. Manchmal war Nathalie mit Branders Neffen Julian unterwegs. Er machte eine Ausbildung zum Krankenpfleger in Tübingen, aber er hatte an diesem Wochenende Dienst.

»Hast du Lust, eine kleine Runde laufen zu gehen?«

»Jetzt noch?« Nathalie sah zum Fenster. Es dämmerte.

»Ja.«

»Regnet, oder?«

»Bisschen.«

Sie überlegte kurz, dann legte sie ihr Smartphone zur Seite. »Bei schönem Wetter kann ja jeder.«

Wenig später trabten sie aus dem Dorf hinaus, am Freibad vorbei hinauf zum Schönbuch. Nieselregen begleitete sie. Nathalie lief mühelos die Steigung hinauf, während Brander bei dem Versuch, mit ihr mitzuhalten, seinen Puls deutlich spürte.

Er konnte sich noch immer nicht daran gewöhnen, dass Nathalie inzwischen fitter war als er. Vielleicht sollte er schauen, dass er auf lange Sicht zurück in die Tübinger Dienststelle kam, dann könnte er wieder täglich mit dem Fahrrad zur Arbeit fahren. Das würde seine Kondition deutlich verbessern.

Das würde aber auch bedeuten, nicht mehr mit Peppi und Stephan zusammenzuarbeiten. Die beiden würden ihm fehlen. Und mit Hans Ulrich Clewer hatte er einen großartigen Vorgesetzten. Er seufzte unentschlossen.

»Machst du schlapp?« Nathalie tänzelte rückwärts laufend vor ihm her.

»Ich würde ja leugnen«, schnaufte er. »Aber du legst ein ganz schönes Tempo vor.«

»Sorry, muss halt fit sein, wenn ich mit den Jungs mithalten will.« Sie verlangsamte ihren Lauf.

Die ›Jungs‹ waren ihre Kameraden bei der freiwilligen Feuerwehr, bei der Nathalie seit einigen Jahren ehrenamtliches Mitglied war. Seit sie mit Marvin Feldkamp von den Tübinger Feuerwehrtauchern befreundet war, ging sie mit ihm regelmäßig joggen.

»Kommt Marvin auch zu meiner Feier?«, fragte er.

»Hast du ihn eingeladen?«

»Ich dachte, das hättest du längst getan.«

»Es ist dein Fest, Papa.«

»Soll ich ihn noch einladen?«

Sie verlor ein Stück ihrer Lockerheit. »Weiß nicht.«

»Ich dachte, ihr seid befreundet?«

»Ja, schon.«

Sie verstummte wieder. War am Abend zuvor etwas zwischen den beiden vorgefallen? Brander fragte nicht nach. Wenn Nathalie reden wollte, würde sie es von sich aus tun.

»Ich will nicht, dass du ihn einlädst«, erklärte sie unvermittelt, nachdem sie eine Weile still neben ihm hergelaufen war.

»Okay.«

»Versteh das nicht falsch«, schob sie eilig hinterher. »Marvin ist klasse. Wir verstehen uns super. Ich will das nicht kaputtmachen.«

»Mit den peinlichen Spielen, die ihr an meinem Geburtstag geplant habt?«, flachste Brander.

Ihr Grinsen kehrte zurück. »Ja, da könnte es schon mal peinlich werden.«

Er hatte es doch gewusst! Die Bande hatte etwas vor.

Nathalie stieß ihn lachend an. »Ey, war ’n Spaß. Hat nix mit dem Fest zu tun.«

»Das soll ich dir jetzt noch glauben?«

Sie zog das Tempo wieder an.

***

Es war spät in der Nacht, doch sie tigerte noch immer unruhig durch ihre Wohnung. Die Wut schwappte wieder hoch. Es war unfassbar.

Der Vater hatte verlangt, dass alle nach Hause kämen. Familienrat. Wie sie das hasste. Der Vater sachlich. Die Mutter hysterisch. Dazu der Blick auf den leeren runden roten Teppich. Sie hatte sich nicht entziehen können.

Alles war auf den Tisch gekommen. Der Eierwurf. Das Cannabis. Fast alles. Es gab Dinge, die behielt sie lieber für sich. Schlimm genug, dass die Eltern jetzt wussten, dass sie hin und wieder Cannabis geraucht hatte, aber sie hatte es nicht zulassen können, dass es an Flora hängen blieb. Die Mutter hatte im Internet schon nach Entzugskliniken gesucht.

Aber dann – dieser unglaubliche Verrat! Wie hatte Flora ihr das nur antun können? Wenn es möglich wäre, würde sie alles aus sich herauskotzen. Ahnungslos hatte sie das Zeug geraucht, war Flora dankbar gewesen, dass sie es möglich gemacht hatte. Über den Bekannten des Freundes einer Freundin! Pah! Gelogen, gelogen, gelogen!

Sie schlug wütend auf das Sofakissen, schrie ihre Enttäuschung heraus. Mochten die Nachbarn denken, was sie wollten.

Nie wieder würde sie mit Flora reden. Nie wieder! Was verstand Flora schon von ihrem Leben? Von ihrem Genie, das sie verloren hatte! Ihre kindlichen Versuche, ihr zu helfen. Das war sie, ein dummes, ahnungsloses Kind.

Es klopfte an der Wohnungstür. »Loni? Loni?«

Sie stöhnte erschöpft auf, ging zur Tür, sonst würde Jakub keine Ruhe geben. »Was ist?«, fuhr sie ihn an.

»Ist alles in Ordnung? Ich hab –«

»Hört es sich so an?«, schrie sie. »Nichts ist in Ordnung. Und es wird auch nie wieder in Ordnung sein!« Sie schlug die Tür zu, stampfte zurück ins Wohnzimmer. Sie nahm ihren Laptop, verkroch sich auf die Récamiere, öffnete ihren Instagram-Account. Sie musste nicht lange warten, bis er sich meldete.

»Ich hasse meine Schwester!«, schrieb sie. Irgendwem musste sie sich anvertrauen.

»Was ist passiert?«

»Sie ist eine verlogene Verräterin!«

Er antwortete nicht. Jetzt lass mich bitte nicht im Stich, flehte sie innerlich. Sie zögerte. Sie konnte nicht in diesen Chat schreiben, was Flora ihr angetan hatte. »Ich will dieses Leben nicht mehr! Warum kann es nicht wieder so sein, wie es einmal war?«

»›Kein Schmerz ist größer, als sich der Zeit des Glückes zu erinnern, wenn man im Elend ist.‹«

Wie recht er hatte. »Von wem ist das?«

»Aus ›Dantes Inferno‹.«

Montag

Die Ergebnisse der Befragungen vom Wochenende halfen nicht weiter. Die Nachbarn wussten wenig über die Familie Rösch. Vater und Sohn hatten zurückgezogen gelebt. Man hatte sich gegrüßt, für Small Talk hatte weder Christian noch Moritz Rösch ein offenes Ohr gehabt. Niemand konnte sich erinnern, eine der drei Schwestern in der Umgebung des Wohnblocks gesehen zu haben.

Auch die erneute Befragung der Mitarbeiterinnen und Mitarbeiter der Friedhofsverwaltung und der Gärtnereien, die die Gräber auf dem Ebershaldenfriedhof betreuten, hatte keine neuen Erkenntnisse zutage gefördert. Die Gespräche mit den Passanten, die Brander, Peppi und Jeannette am Sonntag an der Lichtung im Körschtal angetroffen hatten, waren ebenso ergebnislos verlaufen.

Stephan hatte das Wochenende an den einschlägig bekannten Treffpunkten von Junkies und Dealern verbracht, aber Hamadi Hammami war niemandem bekannt. »Der hält sich aus allem raus, was ihm irgendwie Ärger einbringen könnte«, war Stephans Resümee.

Fabio und Peter hatten mit Laszlo Farkas gesprochen. Aber außer dass Farkas Moritz für einen »Loser« hielt, gab es keine neuen Erkenntnisse. Zur Tatzeit war er zu Hause, seine Freundin wäre bei ihm gewesen, was mit der vorhandenen Aussage von Sarah Mayer übereinstimmte. Peter würde der jungen Frau noch mal auf den Zahn fühlen, um zu prüfen, ob sie bei ihrer Aussage blieb.

Brander saß an seinem Schreibtisch. Die Schwestern Heppler waren um elf Uhr vorgeladen. Er fragte sich, ob eine von ihnen kommen würde. Er nahm seine Skizze hervor, um sie zu ergänzen, als sein Telefon klingelte.

»Horst Müller. Sie haben nach mir gesucht?«, meldete sich eine sonore Stimme am anderen Ende.

»Ja«, erwiderte Brander verdutzt. Professor Dr. Horst Müller war der Arzt, der Apollonia operiert hatte.

»Ich habe am Wochenende mit einem ehemaligen Kollegen telefoniert, und er hat mir mitgeteilt, dass Sie sich nach mir erkundigt hätten. Was kann ich für Sie tun?«

Manchmal muss man Glück haben, dachte Brander. »Es geht um einen Ihrer Kollegen, Dr. Ulf Subisch.«

»Der Ulf, Gott hab ihn selig. Haben Sie herausgefunden, wer ihn getötet hat?«

»Sie kannten sich?«

»Wir haben zusammen studiert und sind all die Jahre in Kontakt geblieben.«

Brander ballte triumphierend die Hand zur Faust. »Haben Sie sich auch über Fälle ausgetauscht?«

»Ja, das kam vor.«

»Der Fall Apollonia Heppler? Eine Pianistin.«

Es blieb still in der Leitung.

»Sie haben die junge Frau vor gut drei Jahren nach einem Treppensturz operiert. Sie haben auch vor Gericht ausgesagt«, half er dem Mann auf die Sprünge.

»Ja, ich erinnere mich noch sehr genau.« Bedauern schwang in der Stimme mit.

»War Dr. Subisch dabei?«

»Nein, aber ich habe damals seinen Rat eingeholt. Bleiben Sie einen Moment in der Leitung. Ich bin gleich wieder bei Ihnen.«

Brander musste sich einige Minuten gedulden, bis der Apparat wieder aufgenommen wurde.

»Schädel-Hirn-Trauma. Distale Radiusfraktur der Speiche, knapp oberhalb des Handgelenks, dazu drei gebrochene Finger und Fraktur des Mittelhandknochens«, zählte Müller ungefragt auf.

Wie unglücklich war die junge Frau gestürzt, dass sie derartige Verletzungen davongetragen hatte?

»Dazu Bänder- und Sehnenverletzung. Ich erspare Ihnen den weiteren medizinischen Sermon.«

»Sie können sich aber sehr gut erinnern«, wunderte Brander sich. Hatte der Mann die Krankenakten nach seiner Pensionierung mitgenommen?

»Zu außergewöhnlichen Fällen habe ich mir immer Notizen gemacht. Ich habe mich damals mit Ulf in Verbindung gesetzt. Ich wusste ja, was für die Frau auf dem Spiel stand, und Ulf war eine Koryphäe auf dem Gebiet der Handchirurgie.«

»Konnte er helfen?«

»Bedauerlicherweise nicht. Sie war bei ihm, und er hat festgestellt, dass das Problem nicht der komplizierte Bruch war. Sonst hätte sie mit Geduld, Physiotherapie und viel Üben theoretisch wieder zur alten Form finden können. Die Störung der Feinmotorik rührte von dem Schädel-Hirn-Trauma, das sie bei dem Sturz erlitten hatte. Seiner Meinung nach musste sie damit leben, dass sie vermutlich nie wieder die Fingerfertigkeit erreichen würde, die sie bis dato besessen hatte.«

Migräne, Depressionen, Panikattacken, hatte Cordelia gesagt. Kübler hatte von Konzentrationsschwierigkeiten gesprochen, erinnerte Brander sich. Alles Folgen dieses fatalen Sturzes? »Hat er das Frau Heppler auch gesagt?«

»Davon gehe ich aus. Es hat ja keinen Sinn, einem Patienten falsche Hoffnungen zu machen.«

Da war die Verbindung zwischen beiden Opfern: Moritz Rösch, der den Unfall von Apollonia verursacht hatte, und Ulf Subisch, der nicht helfen konnte. Im Gegenteil, er hatte ihr deutlich gesagt, dass sie nie wieder auf dem einstigen Niveau würde spielen können.

Blieb die Frage, was nach drei Jahren der Trigger für die Taten gewesen sein könnte.

Statt der drei Heppler-Schwestern meldete sich der Vater der Frauen um elf Uhr am Empfang der Dienststelle in der Agnespromenade. Brander war auf lautstarken Protest eingestellt, als er ihn dort abholte, aber in dem kleinen Raum vor der Pforte erwartete ihn ein gebeugter Mann. Hatte der Zweiundsechzigjährige bei ihrem Besuch am Samstagmorgen souverän und dominant gewirkt, schien er nun ein Schatten seiner selbst zu sein. Er trug Anzug und Krawatte und hatte einen kleinen Koffer bei sich.

Brander führte ihn die Treppe hinauf in sein Büro, deutete einladend auf den Besucherstuhl und setzte sich ihm schräg gegenüber an den Schreibtisch. »Herr Heppler, was kann ich für Sie tun?«

Lutz Hepplers Blick wanderte durch den Raum, als müsse er die Situation erst einmal erfassen. Er sah von Branders Schreibtisch zu den gekippten Fenstern und weiter zu Peppi, die an der anderen Seite des Büros saß, wandte sich schließlich wieder Brander zu. Der kurze Moment eines Zögerns, dann fasste er sich ein Herz. »Ich möchte ein Geständnis ablegen. Ich, Lutz Heppler, gestehe, Moritz Rösch getötet zu haben.«

Peppi hob überrascht die Augenbrauen.

»Sie haben Moritz Rösch getötet?«, vergewisserte sich Brander, dass er sich nicht verhört hatte.

»Ja.«

So ein Unsinn! In Brander stieg Ärger auf. Was bezweckte Lutz Heppler mit dieser Aktion? Er klärte den Mann über seine Rechte auf, seine Stimme war eine Spur schärfer geworden. »Möchten Sie einen Anwalt hinzuziehen?«, fragte er abschließend.

»Ist das zum jetzigen Zeitpunkt notwendig? Sie haben mein Geständnis, was brauchen Sie mehr?«

»Zunächst wüsste ich gern, wann, wo, wie und warum Sie Herrn Rösch getötet haben.«

»Wenn ich es richtig verstanden habe, muss ich keine Aussage machen, wenn ich mich damit selbst belaste.«

Na gut, dann würde er sich eben häppchenweise vorarbeiten. »Sie können nicht einfach zu uns kommen und behaupten, Sie hätten jemanden umgebracht. Da müssen Sie uns schon ein bisschen mehr erzählen.«

»Was wollen Sie denn wissen?« Hepplers steife Körperhaltung zeigte deutlich, unter welcher Anspannung er stand, dennoch sprach er mit ruhiger Stimme, bemüht darum, jede Unsicherheit zu unterdrücken.

Was machte er beruflich? Irgendein Managementposten in einer internationalen Firma, erinnerte sich Brander. Vermutlich war er jemand, der es gewohnt war, auch bei schwierigen Verhandlungen die Ruhe zu bewahren. »Fangen wir damit an, dass Sie uns sagen, wie Sie Moritz Rösch getötet haben.«

»Das wissen Sie bereits: mit einer Armbrust.«

Die Information hatte bedauerlicherweise in den Zeitungen gestanden und belegte somit weder seine Täterschaft noch seine Unschuld. »Wie sind Sie dabei vorgegangen?«

»Wie man dabei vorgeht: Ich habe gezielt und geschossen.«

Das war graue Theorie. Brander war sich sicher, dass dieser Mann vor ihm noch nie auf jemanden geschossen hatte. Wie konnte er aus dem Familienvater herauskitzeln, was ihn zu dem Geständnis bewogen hatte?

»Haben Sie die Tat allein begangen, oder hatten Sie Helfer?«

»Allein. Niemand hat mir geholfen.«

»Wo haben Sie die Tatwaffe?« Brander deutete auf den kleinen Koffer. »Haben Sie die gleich mitgebracht?«

Heppler senkte den Blick auf den Koffer, den er neben seinen Stuhl gestellt hatte. »Nein, ich habe ein paar Kleidungsstücke und Waschzeug eingepackt. Ich gehe doch recht in der Annahme, dass Sie mich in Haft nehmen werden?«

»Weiß Ihre Frau, dass Sie hier sind?«

»Ja, wir haben darüber gesprochen.«

»Das heißt, sie weiß, was Sie getan haben und dass Sie zu uns gekommen sind, um ein Geständnis abzulegen?«

»Ja, sie hat es aber erst heute von mir erfahren. Sonst hätte sie natürlich nicht zugelassen, dass ich den Jungen …« Er räusperte sich. Die Worte wollten ihm doch nicht so leicht über die Lippen kommen. »Dass ich ihn töte.«

»Wo ist die Tatwaffe?«, fragte Brander erneut.

Heppler grübelte einen Moment. »Dazu möchte ich mich nicht äußern.«

»In Ihrem Haus?«

»Nein.«
»Sind Sie sicher?«
Der Mann deutete ein Nicken an. Vermutlich wusste er nicht, wo die Tatwaffe war. Brander würde ohnehin einen Durchsuchungsbeschluss für das Haus der Familie beantragen, um Spuren zu finden, die Hepplers Aussage bestätigten – oder widerlegten.
»Haben Sie Ihr Smartphone dabei?«
»Ja.«
»Würden Sie mir das bitte geben?«
»Wozu?«
»Wir müssen die GPS-Daten auswerten.«
»Das halte ich für überflüssig. Ich hatte das Handy nicht bei mir.«
Natürlich nicht. Brander lehnte sich zurück und musterte den Familienvater grübelnd. Wen versuchte er zu schützen? Seine Töchter? Seine Frau? Was sollte diese Schmierenkomödie? Oder hatte er tatsächlich etwas mit dem Tod des Jungen zu tun?
»Warum haben Sie es getan?«
»Er hat das Leben meines Kindes zerstört.«
»Warum erst jetzt?«, hakte Brander nach.
»Wie meinen Sie das?«
»Warum haben Sie Herrn Rösch erst jetzt getötet? Der Unfall Ihrer Tochter liegt drei Jahre zurück. Warum jetzt?«
Eine Spur Ratlosigkeit zeichnete sich auf Hepplers Gesicht ab. Er wusste keine Antwort auf die Frage.
»Sie wissen, dass eine Falschaussage strafbar ist? Wenn Sie Moritz Rösch nicht getötet haben, behindern Sie mit Ihrer Falschaussage eine Mordermittlung. Das ist kein harmloses Kavaliersdelikt.«
Heppler bemühte sich, seine unbewegliche Miene aufrechtzuerhalten. »Ich habe Moritz Rösch getötet.«
»Wie haben Sie es getan?«
»Das sagte ich Ihnen bereits.«
»Sie haben mir das gesagt, was Sie aus der Zeitung wissen.«
»Sie haben mein Geständnis.«

»Was ist mit Herrn Subisch?«

»Was soll mit Herrn Subisch sein?«

»Haben Sie ihn ebenfalls getötet?«

Heppler zog irritiert die Augenbrauen zusammen. »Ich verstehe nicht …«

Der Manager las offensichtlich keine Boulevardpresse. Der ›Süddeutschen‹ dagegen war der mögliche Zusammenhang zwischen den beiden Tötungen bisher keine Schlagzeile wert gewesen. »Professor Dr. Ulf Subisch wurde vor einigen Wochen ebenfalls Opfer eines tödlichen Angriffs.«

Lutz Heppler sank in sich zusammen. »Ach«, wisperte er. »Ja, das …« Mehr sagte er nicht.

***

Lutz Heppler hatte sich nicht weiter zu den Taten äußern wollen. Sie hatten ihn erkennungsdienstlich erfassen lassen und in Gewahrsam genommen. Sollte der Mann ein wenig in der Zelle schmoren und darüber nachdenken, wie viel unnütze Arbeit er der Polizei machte, während ein Mörder frei herumlief.

»Im Leben nicht!«, wetterte Peppi, als sie gemeinsam mit Brander in Clewers Büro saß, um den Inspektionsleiter über die neuesten Entwicklungen in Kenntnis zu setzen. »Der weiß nichts! Gar nichts!«

»Aber offensichtlich traut er einem Mitglied seiner Familie zumindest die Tötung von Moritz Rösch zu«, überlegte Brander. »Und dieses Familienmitglied will er schützen, sonst hätte er sich nicht gestellt.«

»Keine der drei Schwestern ist der Vorladung gefolgt?«, fragte Clewer.

»Nicht eine«, erwiderte Peppi.

»Das heißt, Lutz Heppler hat ihnen vermutlich gesagt, was er vorhat.«

»Holen wir die drei her?«, fragte Brander.

Clewer nickte. »Unbedingt. Ich will wissen, wie sie auf das Geständnis ihres Vaters reagieren.«

»Was ist mit dem Durchsuchungsbeschluss für Hepplers Haus?«

»Den kriegen wir. Ich spreche mit Frau Mertens.«

Am späten Nachmittag fuhr Brander mit Peppi und Jeannette und einem eilig für die Durchsuchung zusammengestellten Trupp nach Denkendorf zum Haus der Familie Heppler. Die Hausherrin öffnete die Tür. Der hellbeige Jumpsuit unterstrich die Blässe in ihrem Gesicht. Als sie die vielen Menschen vor ihrem Haus erblickte, wich sie erschrocken zurück.

Brander trat in den Flur und reichte ihr das offizielle Dokument. »Frau Heppler, wir haben einen Durchsuchungsbeschluss für Ihr Haus und Ihren Garten.«

Sie nahm das Schreiben, ohne es anzusehen. »Muss ich Sie hereinlassen?«

»Ja. Ist Ihre Tochter Florentine zu Hause?«

»Nein.«

»Ist sonst jemand in diesem Haus?«

»Nein, ich ...« Doris Heppler stockte und beobachtete irritiert, wie die Beamten an ihr vorbei ins Haus strömten. »Ich bin allein. Aber ... was soll denn das?«

»Ihr Mann hat sich heute Vormittag bei uns gemeldet, und er hat gestanden, Moritz Rösch getötet zu haben. Wir suchen die Tatwaffe«, erklärte Brander. »Sie könnten die Suche abkürzen, wenn Sie uns die Tatwaffe aushändigen oder uns sagen, wo wir sie finden.«

»Das weiß ich nicht.« Ihr Blick huschte nervös umher. »Sie können doch nicht einfach so ohne Weiteres unser Haus durchsuchen.«

»Wenn Sie möchten, können Sie gern einen Anwalt hinzuziehen.«

»Sie werden in diesem Haus nichts finden.«

»Warum nicht?«

»Weil ... weil ... weil hier nichts ist.« Sie kämpfte um ihre Fassung.

»Wo finden wir Ihre Tochter Florentine?«

»Das weiß ich nicht. Sie ist heute früh zur Uni. Seither habe ich sie nicht wiedergesehen.«

»Florentine ist einer staatsanwaltlichen Vorladung nicht nachgekommen. Wir müssen sie dringend sprechen.«

Sie standen im Flur. Jetzt wandte sich Doris Heppler abrupt um und lief in die Küche. Brander folgte ihr. Sie hielt ihr Handy in der Hand.

»Wen rufen Sie an?«

»Florentine. Sie wollen doch mit ihr sprechen.«

»Stellen Sie bitte den Lautsprecher ein«, forderte Brander.

Doch die Frau ignorierte seine Anordnung. »Flora? Hier ist Mama. Wo steckst du? Die Polizei ist hier, die wollen dich sprechen.« Sie hatte hastig gesprochen und legte eilig wieder auf. »Anrufbeantworter.«

Brander fluchte innerlich. Er streckte fordernd den Arm aus. »Geben Sie mir das Telefon.«

Sie reichte ihm den Apparat. Er drückte auf die Wahlwiederholung. Nach mehreren Freitönen erklang die Mobilboxansage. Er beendete die Verbindung und legte das Telefon auf die Küchenarbeitsplatte. »Wo können wir Ihre Tochter finden?«

»Das weiß ich nicht. Vielleicht ist sie bei Loni oder Della, vielleicht bei Freunden. Oder sie hat eine späte Veranstaltung an der Uni. Was weiß denn ich! Können Sie sich nicht vorstellen, dass ich gerade andere Sorgen habe?« Sie presste die Finger gegen ihre Stirn. »Ich möchte, dass Sie jetzt gehen.«

»Nicht bevor wir die Tatwaffe gefunden haben.«

»So etwas bewahrt man doch nicht zu Hause auf!«, schrie sie ihn unvermittelt an. »Die hat er vermutlich in den Fluss geworfen.«

Einige Kollegen unterbrachen ihre Arbeit und sahen zu ihnen. Brander ließ sich von ihrem Aufbegehren nicht aus der Ruhe bringen. »In welchen Fluss?«

»Das weiß ich doch nicht!«

»Wissen Sie, dass er die Waffe in einen Fluss geworfen hat, oder vermuten Sie es nur?«

»Ich weiß es nicht! Herrgott! Woher soll ich wissen, wo

die Waffe ist? Hören Sie auf, mir Fragen zu stellen! Hören Sie auf, hier alles zu durchsuchen! Gehen Sie! Verlassen Sie mein Haus! Verschwinden Sie. Alle!«

»Wo waren Sie und Ihr Mann am letzten Wochenende im März?«

»Was soll denn jetzt diese Frage?«

»Antworten Sie mir bitte.«

Sie sank auf einen Stuhl, legte die Stirn in die Hände. »Das ist so lange her – ich weiß es nicht. Ich weiß im Moment gar nichts mehr.« Sie begann zu weinen. »Lassen Sie mich in Ruhe!«

Doris Heppler war mit der Situation überfordert, was nicht verwunderlich war. Die wenigsten Menschen kamen damit zurecht, wenn der eigene Ehemann sich selbst eines Mordes bezichtigte und unerwartet ein Pulk Polizeibeamte die persönlichen Räume durchsuchte. Das Ehepaar Heppler hatte das Geständnis nicht mit all seinen Folgen zu Ende gedacht.

Apollonia war entweder nicht in ihrer Wohnung oder stellte sich taub – die Wohnungstür blieb auf Klingeln und Klopfen der Kollegen verschlossen, erfuhr Brander, als er am Abend in die Dienststelle zurückkehrte.

Die Suche nach der Tatwaffe war ergebnislos verlaufen. Brander hatte sich in Florentines Zimmer umgesehen, in der Hoffnung, einen Hinweis auf eine mögliche Tatbeteiligung zu finden. Was er gefunden hatte, waren Studienunterlagen, zahlreiche Bücher und jede Menge Notenblätter: Chansons, Popsongs, ein paar klassische Stücke. Unter ihrem Bett lagen Fotocollagen. Bemerkenswert war, dass die Bilder aus der Zeit vor dem Unfall stammten, als Florentine mit ihrer Schwester noch gemeinsame Auftritte hatte.

Als einzige der drei Schwestern hatten die Kollegen Cordelia Heppler kurz vor Ladenschluss in ihrem Blumengeschäft angetroffen und zur Dienststelle gebracht. Brander übernahm mit Peppi die Befragung. Jeannette saß mit ihrem Laptop an Peppis Schreibtisch und sollte alles protokollieren.

»Ihr Vorgehen ist geschäftsschädigend!«, erboste sich die Floristin. Sie saß auf dem Stuhl, auf dem am Vormittag ihr Vater gesessen hatte, an der kurzen Seite von Branders Schreibtisch.

»Sie haben einer staatsanwaltlichen Vorladung nicht Folge geleistet«, erwiderte Brander.

»Wozu denn auch? Ich habe nichts mit dem Rösch zu schaffen. Hören Sie endlich auf, uns zu belästigen.«

Die Reaktion verwunderte Brander nun doch etwas. »Ihr Vater war heute bei uns.«

»Ja, und? Dann sollte endlich alles geregelt sein.«

Peppi runzelte verwundert die Stirn. »Was genau sollte bitte geregelt sein?«

Cordelia wandte sich ihr zu. »Mein Vater fand diese Vorladungen ebenso unverschämt wie wir. Er hat gesagt, er kümmert sich darum. Und dann kommen Sie mit Polizeigewalt in meinen Laden und führen mich ab wie eine Schwerverbrecherin!«

Brander war sich sicher, dass die beiden Kollegen von der Schutzpolizei keine Gewalt angewendet hatten, um durch die offene Ladentür das Blumengeschäft zu betreten.

»Frau Heppler«, Peppi musterte die Frau eindringlich, »Ihr Vater war heute bei uns und hat gestanden, Moritz Rösch getötet zu haben.«

Das verschlug Cordelia einen Moment lang die Sprache. »Das ist nicht wahr«, hauchte sie schließlich ungläubig.

»Uns ist ganz sicher nicht zum Scherzen«, erwiderte Peppi streng.

»Das ist nicht wahr!« Cordelia erhob ihre Stimme und sprang auf. »Ich will zu ihm. Wo ist mein Vater? Lassen Sie mich sofort –«

»Setzen Sie sich wieder hin«, fuhr Peppi sie scharf an. »Wir haben noch Fragen an Sie!«

Aus den Augenwinkeln bemerkte Brander, wie Jeannette an ihrem Laptop zusammenzuckte und sich anscheinend vor Schreck vertippte.

Cordelia schüttelte energisch den Kopf. »Das ist alles nicht wahr! Papa bringt doch niemanden um!«

»Setzen Sie sich wieder hin, Frau Heppler«, forderte Peppi die aufgebrachte Frau erneut auf.

Cordelias Gebaren erinnerte Brander an Doris Heppler. Doch während die Mutter wie ein in die Ecke getriebener Hund geschnappt hatte, wirkte die Tochter eher wie eine Löwin, zum Kämpfen bereit.

Es dauerte einen tiefen Atemzug, dann folgte sie Peppis Aufforderung. Rote Flecken waren auf ihre Wangen getreten, die Pupillen zorngeweitet.

»Sie glauben also nicht, dass Ihr Vater Moritz Rösch getötet hat?«, fuhr Peppi mit der Befragung fort.

»Natürlich nicht!«

»Warum hat er es dann gestanden?«

»Das weiß ich doch nicht! Ich will jetzt sofort zu ihm.«

»Das geht leider nicht.«

»Warum nicht? Was haben Sie mit ihm gemacht?«

»Nichts haben wir mit ihm gemacht. Er sitzt in einer Zelle in Polizeigewahrsam und hat Zeit, über sein Geständnis nachzudenken.« Peppi mühte sich, ihre Stimme ruhig zu halten. »Er hat uns nicht verraten, wo er die Tatwaffe versteckt hat. Haben Sie eine Ahnung, wo wir die finden könnten?«

Cordelia zog eine angewiderte Grimasse. »Nein.«

»Wo sind Ihre Schwestern?«

»Woher soll ich das wissen?«

»Ich dachte, Sie sprechen miteinander. Wie haben Sie denn erfahren, dass Ihre Schwestern ebenfalls eine Vorladung von uns bekommen haben?«

Die Frau verschränkte trotzig die Arme vor der Brust. »Ich sag gar nichts mehr.«

»Wo können wir Ihre Schwestern finden?«, fragte Peppi dennoch.

Cordelia schwieg und presste demonstrativ die Lippen aufeinander.

»Könnte es sein, dass eine Ihrer Schwestern etwas mit dem Tod von Moritz Rösch zu tun hat?«

In einer energischen Bewegung löste Cordelia die Verschränkung und schlug wütend beide Fäuste auf den Tisch. »Nein, verflucht!«

Jeannette war vor Schreck aufgesprungen. Brander gab ihr mit einer beschwichtigenden Geste zu verstehen, dass sie sich wieder setzen solle.

»Ich hasse Moritz Rösch!« Cordelias Stimme drohte vor Wut zu kippen. »Wie kann ein Mensch nur so viel Leid über eine Familie bringen? Soll ich Ihnen was verraten? Ich bin froh, dass er tot ist! Und dafür schäme ich mich nicht! Er hat unser aller Leben zerstört!«

»Haben Sie Moritz Rösch getötet?«, fragte Brander geradeheraus.

Sie riss den Kopf herum und funkelte ihn mit glühenden Augen an. »Nein, Herrgott! Und mein Vater hat ihn auch nicht umgebracht. Ich verbiete Ihnen diese haltlosen Verdächtigungen!«

»Sie sind Bogenschützin, oder?« Brander blieb unbeeindruckt von ihrer Aggressivität.

»Was soll die Frage denn jetzt?«

»Sind Sie Bogenschützin? Antworten Sie bitte.«

»Nein.«

»In den sozialen Medien gibt es Fotos von Ihnen, auf denen Sie beim Bogenschießen abgebildet sind.«

»Die sind alt. Ich hab das früher mal gemacht.«

»Waren Sie in einem Schützenverein?«

»Nein.«

»Wo haben Sie trainiert?«

»Ich habe nicht trainiert. Das war nur zum Spaß.« Sie zuckte die Achseln und erklärte unwirsch: »Auf dem Acker, manchmal im Bogenpark.«

»Haben Sie das allein gemacht oder zusammen mit Ihren Schwestern?«

Sie sah ihn verständnislos an. »Warum wollen Sie das alles wissen? Ich denke, der Rösch wurde mit einer Armbrust erschossen?«

»Ja, Herr Rösch wurde mit einer Armbrust getötet«, bestätigte Brander. »Können Ihre Schwestern mit Pfeil und Bogen umgehen?«

Sie lehnte sich zurück und verschränkte die Arme wieder vor der Brust. »Ich will keine Fragen mehr beantworten!«

»Sie sind aber dazu verpflichtet. Es sei denn, Sie würden sich oder ein nahestehendes Familienmitglied dadurch belasten. Können Ihre Schwestern mit Pfeil und Bogen umgehen?«

»Weder ich noch meine Schwestern noch mein Vater oder sonst jemand aus meiner Familie haben auch nur irgendetwas mit dem Tod von Moritz Rösch zu tun! Und wenn Sie mich und meinen Vater nicht sofort gehen lassen, verklage ich Sie. Das ist Freiheitsberaubung, das ist Schikane, das ist staatliche Willkür!«, ereiferte sie sich.

»Das ist eine Mordermittlung«, erwiderte Brander.

Sie schüttelte grimmig den Kopf. »Ich lasse mich von Ihnen nicht wie eine Mörderin behandeln! Wissen Sie, wer ein Mörder war? Moritz Rösch. Aber so ein Arschloch kommt ungeschoren davon. Dass meine Schwester quasi nicht mehr existiert, das ist dem Staat doch scheißegal.«

Es würde nichts bringen, Cordelia darauf hinzuweisen, dass es damals Ermittlungen gegeben hatte und Moritz Rösch eine Strafe auferlegt worden war. »Ihre Eltern haben Prepaidtelefonkarten gekauft«, fuhr Brander fort. »Von einer dieser Nummern wurde Moritz Rösch angerufen.«

Sie verzog mit einem grimmigen »Hm« abweisend das Gesicht.

»Haben Sie zwischenzeitlich darüber nachgedacht, ob Sie in den letzten Jahren nicht doch Kontakt zu Moritz Rösch hatten? Vielleicht ein kurzes Telefonat vor gut acht Monaten?«

»Das ist so unverschämt! Das ist ...« Sie suchte nach Worten. Ihr Blick wurde eine Spur kälter. »Wissen Sie was, Herr Brander? Ich gehe an die Presse! Sie können morgen in allen Zeitungen von Ihren Machenschaften lesen! Ich werde denen Ihre Namen nennen.«

»Was versuchen Sie gerade, Frau Heppler? Wollen Sie mir drohen? Ihr Vater ist zu uns gekommen und hat ein Geständnis abgelegt. Dem müssen wir nachgehen. Und wenn Sie wissen, dass dieses Geständnis falsch ist, sollten Sie versuchen, uns bei der Suche nach dem wahren Täter zu unterstützen, um Ihren Vater zu entlasten.«

Die Frau schnaufte wütend. »Ich bin Familienangehörige. Ich bin zu keiner Aussage verpflichtet.«

»Nur wenn Sie damit sich selbst oder ein Familienmitglied belasten.«

»Sie verdrehen einem das Wort im Mund. Bevor Sie mir noch eine einzige Frage stellen, will ich mit einem Anwalt sprechen.«

»Sie halten Ihren Vater für unschuldig?«

»Ich habe gesagt, ich will einen Anwalt!«

»Dann rufen Sie bitte Ihren Anwalt an.«

»Wissen Sie, wie spät es ist? Den erreiche ich doch jetzt nicht mehr!«

Brander sah auf die Uhr: Viertel nach acht. Die Tagesschau hatte er verpasst. »Jeannette, druck bitte das Protokoll aus und gib es Frau Heppler zur Durchsicht und Unterschrift«, bat Brander.

Die Anwärterin sah überrascht auf. »Jetzt sofort?«

Nein, morgen. Brander warf ihr einen genervten Blick zu.

»Aber da sind noch Tippfehler drin.«

»Dann korrigierst du die, bevor du es ausdruckst.«

Cordelias Lippen verzogen sich zu einem spöttischen Grinsen. Sie fühlte sich als Siegerin in diesem Duell.

»Frau Heppler, besprechen Sie sich mit Ihrem Anwalt. Sie hören von uns.« Brander sah zu Peppi. »Bin gleich zurück.«

Er stand auf, ging zur Toilette und schüttete sich kaltes Wasser ins Gesicht. Hatte er die Befragung zu früh abgebrochen? Hätte er noch irgendeine brauchbare Information aus Cordelia Heppler herausholen können? Sie hielt ihren Vater für unschuldig. Aber wusste sie, wer die Taten begangen hatte? War womöglich sie selbst die Täterin? Oder waren sie komplett auf der falschen Fährte?

Als er wieder in den Flur trat, kam ihm Fabio entgegen.

»Ah, Andi, seid ihr fertig?« Fabio blieb vor ihm stehen. »Herr Kübler ist da, um seine Freundin abzuholen.«

»Ein paar Minuten dauert es noch. Ist Kübler unten am Empfang?«

»Nein, ich habe ihn zu Peter und mir ins Büro geholt. Hat ihm nicht so gefallen.«

Brander folgte dem Kollegen und begrüßte wenig später den jungen Mann. »Ihre Freundin muss das Protokoll noch lesen und unterschreiben. Dann kann sie gehen.«

»Ich habe ihr gleich gesagt, dass sie die Vorladung nicht ignorieren darf. Sie hätte wenigstens anrufen sollen.« Kübler sah Brander verständnissuchend an. »Der Termin war aber wirklich sehr kurzfristig. Wir haben ein Geschäft, das kann man nicht immer so von jetzt auf gleich schließen.«

»Sie sind doch zu zweit.«

»Aber wir haben Aufträge, einer von uns ist meistens unterwegs.«

Brander musterte den jungen Mann. Er und seine Freundin könnten kaum gegensätzlicher sein, ging es ihm durch den Kopf, er der Ruhepol, sie der Vulkan. »Sind Sie schon lange mit Frau Heppler liiert?«

Er hob die Schultern. »Was heißt ›lang‹? Zusammen sind wir seit gut sechs Jahren, aber es fühlt sich an, als wäre es schon immer so gewesen. Wir kennen uns seit Kindertagen.«

»Aber verheiratet sind Sie nicht?«

Er schürzte abschlägig die Lippen. »Ist nicht so unser Ding.«

So war das mit den jungen Leuten heutzutage. Kurz kam ihm der Gedanke an Nathalie, die Marvin lieber als guten Freund auf Abstand hielt, als sich auf das Abenteuer einer Beziehung einzulassen. Aber vielleicht war er zu altmodisch in seinen Ansichten.

»Ihre Freundin hat früher Bogenschießen betrieben«, plauderte er locker weiter.

»Ja.«

»Von wem hat sie das gelernt? Von ihrem Vater?«

»Lutz? Nein, der hat das nie gemacht. Das war ein Hobby der Mädels. So eine Phase, ist schon ein paar Jahre her. Die hatten ›Herr der Ringe‹ gesehen und kamen auf die Idee, dass Bogenschießen toll wäre. Die Elben hatten es ihnen angetan. Aber das macht Della schon lange nicht mehr. Ich weiß gar nicht, ob sie ihren Bogen noch hat.«

Alle drei also. Da hatte er doch seine Antwort, dachte Brander zufrieden. »Haben Sie auch geschossen?«

»Ich hab's mal probiert, aber ich bin da ziemlich talentfrei.« Er lachte verlegen auf und fuhr nach kurzem Zögern fort: »Flora war gut. Die hat uns alle in die Tasche gesteckt, wenn es ums Zielschießen ging.«

»Schießt sie noch?«

»Nicht dass ich wüsste. Aber falls Ihre Fragen darauf abzielen: Wir haben nie mit einer Armbrust geschossen.«

»Herr Heppler dann vermutlich auch nicht?«

»Nein.« Kübler zog irritiert die Stirn in Falten. »Wieso fragen Sie eigentlich immer nach Lutz?«

»Haben Sie es noch nicht erfahren? Herr Heppler hat den Mord an Moritz Rösch gestanden.«

Kübler stand der Mund offen.

»Sie wussten das nicht?«

»Nein. Ich verstehe nicht. Wie kommt er denn … Warum hat er das gemacht?«

»Sein Geständnis?«

»Ja … nein, die Taten … überhaupt …« Er schüttelte fassungslos den Kopf.

»Das versuchen wir herauszufinden.« Brander suchte Fabios Blick und bedeutete ihm, bei Paul Kübler weiter nachzuhaken. Dann wandte er sich ihm noch einmal zu. »Meine Kollegin bringt Frau Heppler gleich zu Ihnen, dann können Sie gehen.«

Er kehrte in sein Büro zurück. Jeannette hatte zwischenzeitlich das Protokoll ausgedruckt und Cordelia zum Lesen gegeben. Die Floristin sah fragend von dem Papier auf. »Wo ist mein Vater?«

»Ihr Vater bleibt in Gewahrsam. Er hat eine vorsätzliche

Tötung gestanden. Und auch wenn Sie ihn für unschuldig halten, ich habe keinen Grund, sein Geständnis anzuzweifeln.«

***

»Lutz Hepplers Haftprüfung ist für morgen früh angesetzt«, sagte Clewer, als sich sein Team zu einer späten Sitzung eingefunden hatte. »Frau Mertens hätte es gern heute noch erledigt, aber ich habe sie ein bisschen gebremst. Geben wir Herrn Heppler Zeit, seine Aussage in Ruhe zu überdenken.«

»In seinem Haus haben wir keine Tatwaffe gefunden«, berichtete Brander von der erfolglosen Durchsuchung. »Seine Frau hat die Vermutung geäußert, dass er sie in einen Fluss geworfen hat.«

»In welchen? Die Körsch? Den Neckar?«

»Darauf wollte sie sich nicht festlegen.«

»Gab es sonst irgendeinen Hinweis, der das Geständnis von Lutz Heppler belegt?«

»Nein. Wir haben seinen Laptop und sein Handy an die ITler gegeben. Vielleicht findet sich etwas in seinen Daten.« Viel Hoffnung hegte Brander nicht.

»Paul Kübler ist alles aus dem Gesicht gefallen, als Andi ihm gesagt hat, dass der Heppler gestanden hat«, sagte Fabio.

Das war Brander ebenfalls aufgefallen. »Hast du ihm noch ein wenig auf den Zahn gefühlt?«

»Certo, collega. Er sagte, er kann sich gar nicht vorstellen, dass der Lutz zu so einer Tat fähig wäre. Er wäre immer sehr sachlich und rational. Jemand, der nicht zu unüberlegten Handlungen neigt.«

»Na ja, unüberlegt waren beide Taten nicht«, stellte Peppi fest.

»Warum sollte Lutz Heppler einen Mord gestehen, den er nicht begangen hat? Und was ist mit der Tötung von Subisch? Geht die auch auf sein Konto?« Clewer krempelte die Hemdsärmel hoch. Nachdem es sich am Wochenende durch den Regen etwas abgekühlt hatte, waren die Temperaturen im

Laufe des Tages wieder gestiegen. Die Luft im Konferenzraum war stickig. Er stand auf und öffnete ein Fenster.

»Das Offensichtliche«, erwiderte Brander. »Er versucht, jemanden zu schützen.«

»Wen?« Clewer wandte sich seinem Team wieder zu.

»Seine Töchter oder seine Frau«, überlegte Fabio.

Peppi verzog abschätzig das Gesicht. »Seine Frau hat nicht die Nerven.«

»Vielleicht ist sie ja nur so ein Nervenbündel, gerade weil sie es getan hat«, gab Brander zu bedenken. »Da kann eine Täterin schon nervös werden, wenn ständig die Polizei auf der Matte steht.«

»Vielleicht hat ihn jemand gezwungen, die Schuld auf sich zu nehmen«, meldete Jeannette sich zu Wort.

»Und wer?«

Darauf wusste die Anwärterin keine Antwort.

»Wir haben zwei Tötungsdelikte. Beide Opfer weisen einen Bezug zu Apollonia Heppler auf«, zählte Brander auf. »Hepplers Familie hegt noch heute einen tiefen Groll gegen Moritz Rösch, daraus machen sie keinen Hehl. Ich bin mir sicher, dass wir den Täter im Kreise der Familie finden.«

»Dann ist es wohl eher eine Täterin«, bemerkte Peppi. »Im Übrigen hegte Florentine Heppler keinen Groll gegen Rösch. Im Gegenteil: Sie hatte Kontakt zu ihm und sagt, sie hatte Mitleid mit ihm. Zudem hat er sie mit Cannabis für ihre Schwester versorgt.«

»Das mag sein, aber vorhin haben wir erfahren, dass sie die beste Bogenschützin unter den drei Schwestern war«, erinnerte Brander sich an die Worte von Paul Kübler. »Heute kommt sie der Vorladung nicht nach. Vielleicht hat sie uns schön an der Nase herumgeführt mit ihrem angeblichen Mitleid, und während ihr Papa uns mit seinem falschen Geständnis hinhält, sitzt sie längst im Flieger nach weiß der Kuckuck wo.«

»Das heißt, du hältst Florentine Heppler für unsere Hauptverdächtige?« Clewer sah ihn fragend an.

»Ich weiß es nicht. Keine der Schwestern ist der Vorladung

nachgekommen. Die haben sich auf ihren Papa verlassen. Der wird's richten.«

Peppi strich sich die Haare aus der Stirn. »Aber Cordelia wusste nicht, dass er ein Geständnis ablegen will. Als ich sie damit konfrontiert habe, war sie überrascht. Die hat gedacht, der Papa bläst uns ordentlich den Marsch, und dann ist Ruhe im Karton.«

Fabio hatte sich seinem Tablet-PC zugewandt. »Ich habe hier ein paar Ergebnisse von den Kollegen, die mit den Nachbarn von Doris und Lutz Heppler gesprochen haben. Die sagen, dass das Ende von Apollonias Karriere ein harter Schlag für die Familie war. Die Eltern haben wohl jeden Cent in die Ausbildung ihrer Tochter investiert.«

»Das heißt, die haben ordentlich Kohle in den Sand gesetzt«, überlegte Stephan. »So ein Flügel ist ja nicht ganz billig, und Klavierunterricht wird die Apollonia auch nicht an der dörflichen Musikschule genommen haben.«

»In Florentines Zimmer habe ich Hinweise auf die musikalische Vergangenheit der beiden gefunden. Fotocollagen mit Bildern von gemeinsamen Auftritten, Musiknoten.« Brander sah fragend in die Runde. »Hat jemand geprüft, ob Florentine noch Musik macht?«

»Im Internet und in den Social-Media-Accounts der Schwestern gab es keinen Hinweis, dass sie in jüngster Zeit aufgetreten wäre«, erwiderte Fabio.

»Also ist Florentines Gesangskarriere anscheinend mit dem Unfall ihrer Schwester ebenfalls zum Erliegen gekommen.«

Fabio nickte. »Sieht so aus.«

Ich will doch nur, dass sie wieder Musik macht, echoten Florentines Worte in Branders Ohren. Konnte das der Trigger sein, der die Taten ausgelöst hatte? Der innige Wunsch, wieder gemeinsam Musik zu machen?

Brander wollte sich gerade mit Peppi auf den Heimweg machen, als die Melodie seines Smartphones erklang. Die angezeigte Nummer war ihm unbekannt.

»Brander?«

»Ludwig«, meldete sich eine weibliche Stimme. »Bitte entschuldigen Sie die späte Störung.«

Wer war Frau Ludwig, rätselte Brander, während die Anruferin fortfuhr: »Es geht um Herrn Rösch. Ich mache mir Sorgen. Er steht den ganzen Tag schon am Grab seiner Frau.«

Die Mitarbeiterin von der Friedhofsverwaltung, fiel es Brander ein.

»Ich habe versucht, mit ihm zu reden, aber ich komme nicht zu ihm durch. Wir schließen doch gleich. Ich habe Angst, dass er sich etwas antut, wenn wir ihn wegschicken. Ich weiß nicht, was ich machen soll.«

Unwillkürlich stieg Branders Puls. »Sind Sie noch vor Ort?«

»Ja, ich konnte nicht gehen …«

Der Feierabend musste warten. »Ich komme rüber.«

Brander und Peppi fuhren das kurze Stück zum Ebershaldenfriedhof mit dem Wagen. Frau Ludwig stand wenige Meter entfernt von Christian Rösch. Während Peppi bei ihr blieb, schritt Brander auf Rösch zu. Der Mann stand mit gesenktem Kopf vor dem Urnengrab. Die schemenhafte Figur in der Abenddämmerung ließ die Szene wie aus einem alten Mafiafilm erscheinen.

»Herr Rösch, was machen Sie hier?«, sprach Brander ihn an.

Der Mann reagierte nicht. Brander bemerkte, dass er zitterte, obwohl die Temperaturen noch recht mild waren.

»Herr Rösch?«

Noch immer stand Rösch wie erstarrt vor ihm.

»Herr Rösch, der Friedhof wird gleich geschlossen. Sie können nicht hierbleiben.« Brander wartete auf eine Reaktion, die nicht kam. »Ich glaube, es ist nicht gut, wenn Sie allein nach Hause gehen. Sie sollten mit jemandem reden. Lassen Sie uns hinüber in die Klinik gehen. Dort gibt es Fachleute, die werden Ihnen helfen, mit der Situation –«

»Ich will keine Hilfe«, wisperte Rösch. »Ich konnte Meli nicht helfen. Ich war nicht da, als Moritz mich gebraucht hat.

Ich kann nicht mehr. Ich will nicht mehr.« Seine Stimme schien zu leiern.

»Haben Sie irgendetwas eingenommen, Herr Rösch?«

»Nein … ich weiß es nicht.«

Brander gab Peppi ein Zeichen, einen Notarzt zu verständigen. »Herr Rösch, Sie befinden sich in einem Ausnahmezustand, ich kann nur ahnen, wie es Ihnen geht.«

»Ich hatte so viel mit Meli und mir zu tun. Ich musste mitansehen, wie meine Frau stirbt. Wie sich ihr Wesen durch den Tumor verändert. Wie sie sich immer weiter von uns entfernte. Es war fürchterlich. Es raubt einem alle Kraft. Moritz steckte mitten in der Pubertät, und ich … ich konnte nicht … Ich habe ihn nie gefragt, wie es ihm geht. Wie es ihm wirklich geht. Und dann die Sache mit dieser Frau. Ich konnte ihm nicht helfen. Ich habe ihn alleingelassen. Ich habe als Vater vollkommen versagt.« Die ganze Zeit hatte er auf das Grab gestarrt. Er sank auf die Knie, begann unkontrolliert zu zittern und zu schluchzen.

Brander trat näher und legte eine Hand auf Röschs Schulter. Der ganze Körper wurde vor Kummer geschüttelt. Er krümmte sich vor Schmerz. Brander kniete nieder, legte dem Mann beruhigend den Arm um die Schultern. Wie lange brauchten die Sanitäter für die paar Meter von der Klinik? Das Leid des Vaters schnürte ihm die Kehle zu.

***

Die Angst saß ihr im Nacken. Die Vorladung war ihr am Morgen per Einschreiben zugestellt worden. Sie hatte den Empfang bestätigen müssen. Sie hatte Della angerufen und erfahren, dass sie auch eine Vorladung bekommen hatte, ebenso wie Florentine.

»Befragung in der Sache Moritz Rösch«.

Sie wollte nicht zu dieser Befragung gehen.

»Damit machst du dich verdächtig«, hatte Della gemeint.

Aber sie konnte nicht. Dann hatte der Vater angerufen. Sie

müsse nicht zur Polizei gehen. Er würde sich um alles kümmern. Der Vater. Mitten am Tag. Ob Della ihn von der Arbeit weggeholt hatte? Oder die Mutter?

Sie hatte sich in ihrer Wohnung verkrochen. Die Rollläden heruntergezogen. Sich verbarrikadiert. Am späten Nachmittag hatte jemand geklingelt, kurz darauf hatte es an ihrer Wohnungstür geklopft. Sie hatte sich unter der Bettdecke versteckt. Die Augen fest zusammengepresst. Kaum zu atmen gewagt. Unendlich war ihr die Zeit erschienen, bis endlich wieder Ruhe einkehrte.

Zwischendurch hatte ihr Telefon geklingelt, aber auch das hatte sie ignoriert. Sie hatte sich tot gestellt, gehofft, dass man sie vergessen würde. Hatten sie das nicht ohnehin schon alle? Es gab sie gar nicht mehr.

Es war dunkel, als sie den Mut fand, aus dem Bett zu kriechen. Es ging nicht anders. Sie musste zur Toilette. Das Schreiben lag auf dem Esstisch. »Befragung in der Sache Moritz Rösch«.

Ihr Smartphone blinkte. Anrufe und Nachrichten von der Mutter, von Della ... von Florentine. Groll stieg in ihr auf. Sie war nicht mehr ihre kleine-große Flora. Nie wieder würde sie das sein. »Ich hasse dich«, zischte sie leise in die Stille.

Es tat gut.

Und es tat weh.

Sie ging auf den Balkon. Die Nacht war wolkenfrei. Sie suchte am Himmel nach Sternschnuppen, schickte ihren sehnlichsten Wunsch hinauf. Lass es wieder werden, wie es war.

Sie hatte gehofft, dass es ihr nach seinem Tod besser gehen würde. Was für eine unsinnige Hoffnung. Was änderte das schon? Er war tot, aber sie würde ihr altes Leben trotzdem nicht zurückbekommen.

Dienstag

Die Nacht war kurz gewesen. Brander hatte die Gedanken an Christian Rösch nicht abschütteln können. Zum Glück hatte der Mann sich mit einer stationären Aufnahme einverstanden erklärt. Brander hoffte, dass die Therapeuten ihm helfen konnten. Er wusste nicht, welchen Trost es für Rösch geben sollte.

Auch die morgendliche Sitzung der Ermittlungsgruppe wurde kurz gehalten. Clewer wollte vor dem Haftprüfungstermin gemeinsam mit Staatsanwältin Mertens mit Lutz Heppler sprechen und stand unter Zeitdruck.

Brander und Peppi machten sich auf den Weg zu Apollonia Heppler. Hoffentlich hatten sie mehr Glück als die Kollegen, die am Vortag vor der verschlossenen Tür gestanden hatten.

Peppi parkte wie bei ihrem ersten Besuch auf dem Parkplatz an der St.-Bernhardt-Kirche. Auf dem Weg zu dem Wohnhaus, in dem Apollonia lebte, begegnete ihnen kaum ein Mensch. Kinder waren in der Schule, Eltern bei der Arbeit, Rentner vermutlich beim Frühstücksfernsehen. Der Himmel war grau, es sah nach Regen aus. Für den Nachmittag waren Unwetter angekündigt.

Sie klingelten bei Apollonia. Nach kurzem Warten meldete sich unerwartet eine männliche Stimme, die Brander kannte. »Ja bitte?«

»Kripo Esslingen, Brander und Pachatourides, würden Sie uns bitte ins Haus lassen, Herr Kübler?«

Der Türsummer wurde betätigt, wenig später standen sie Cordelias Lebensgefährten gegenüber. Er war in den Flur getreten und hatte die Wohnungstür hinter sich herangezogen.

»Loni geht es nicht gut«, flüsterte er.

»Was hat sie denn?« Brander meinte wieder den beobachtenden Blick hinter dem Türspion gegenüber zu spüren. Er fragte sich flüchtig, ob der Nachbar zu Hause war. Vormittags um halb zehn vermutete man die meisten Menschen unter sechzig bei der Arbeit.

»Sie hat die ganze Nacht nicht geschlafen, und dann bekam sie eine Panikattacke, da hält sie das Alleinsein nicht aus, aber sie traut sich dann auch nicht aus dem Haus. Della hat heute Morgen einen wichtigen Termin, deswegen bin ich hergefahren.« Er sprach so leise, dass Brander Mühe hatte, ihn zu verstehen.

»Kommt so etwas öfter vor?«

»Hin und wieder, wenn sie unter Druck steht. Und die Situation zurzeit stresst sie immens. Sie ist dem allen nicht gewachsen.«

»Wir müssen leider trotzdem mit Frau Heppler sprechen«, versuchte Brander einen Vorstoß.

»Das halte ich für keine gute Idee. Sie ist gerade sehr aufgewühlt.«

»Davon würden wir uns gern selbst überzeugen. Wenn Frau Heppler der Meinung ist, dass eine Befragung zu anstrengend ist, sind wir gleich wieder weg.«

Kübler setzte erneut zu einem Widerspruch an, dann presste er die Lippen wieder zusammen, wandte sich unschlüssig um und öffnete die Tür einen Spaltbreit. »Loni?«, rief er zaghaft in den Flur. »Die Polizei ist hier. Meinst du –«

Die Tür wurde aufgerissen, und Apollonia stand vor ihnen. Sie wirkte auf den ersten Blick wie ein Junkie auf Entzug. Der helle Jogginganzug war ausgebeult, ihre Gesichtsfarbe fahl, dunkle Schatten lagen unter den geröteten Augen.

»Kommen Sie rein!« Ihre Stimme klang hysterisch. »Ich zeig Ihnen was.«

Kübler trat zur Seite, um Brander und Peppi in den Flur zu lassen. Ich habe es Ihnen gesagt, teilte sein bedauernder Blick ihnen mit.

Apollonia erwartete sie neben ihrem Esstisch stehend und streckte Ihnen einen braunen A4-Umschlag entgegen. »Da!«

»Was ist das?«, fragte Brander.

Sie wedelte aufgebracht mit dem Arm, damit ihr jemand den Umschlag abnahm. Verwundert nahm er ihn entgegen.

Von der Mitte des Papiers zwinkerte ihm ein gelbes Emoji fröhlich zu. »Schauen Sie rein!«, forderte sie.

Er öffnete den Umschlag und zog ein paar vergilbte Blätter heraus. Notenblätter. »Was ist damit?«

»Das ist von ihm!«

Paul Kübler? Brander sah stirnrunzelnd zu dem jungen Mann, der den Kopf schüttelte. Meinte sie Moritz Rösch? Hatte der Junge ihr in seiner Naivität nicht nur Blumen, sondern auch ausgerechnet Musiknoten geschenkt? »Wen meinen Sie mit ›ihm‹?«

Sie nickte mit dem Kopf in Richtung der Nachbarwohnung.

»Von Herrn Piotrowski?« Peppi hatte ihre Schutzhandschuhe aus der Tasche geholt und übergestreift. Sie nahm Brander den Umschlag ab.

Apollonia nickte aufgebracht. »Der stalkt mich. Seit Monaten geht das so. Und jetzt das! Das lag heute Morgen auf meiner Fußmatte. Nicht wahr, Paul? Du hast es gesehen! Er hat es da hingelegt.«

»Ähm … ja, der Umschlag lag auf der Fußmatte.«

»Der ist irre! Der beobachtet mich. Sie müssen was tun! Ich will das nicht.«

»Setzen wir uns einen Moment hin und sprechen ganz in Ruhe über alles.« Brander deutete auf den Esstisch.

Apollonia sah zu Peppi, die ihr zuversichtlich zunickte und den Umschlag vor sich auf den Tisch legte. Sie deutete auf den freien Platz ihr gegenüber. »Setzen Sie sich zu mir. Erzählen Sie mir bitte, was hier vorgeht.«

Zögernd ließ die junge Frau sich nieder. Brander nahm neben Peppi Platz. Als er Apollonias ablehnenden Blick bemerkte, schob er seinen Stuhl ein Stück zur Seite, um ihr größeren Freiraum zu lassen. Anscheinend hatte sie mehr Vertrauen zu Peppi. Schon bei ihrem ersten Besuch war ihm aufgefallen, dass sie versucht hatte, Abstand zu ihm zu halten.

Paul Kübler blieb unschlüssig im Raum stehen, entschied sich dann, auf der Récamiere schräg hinter Apollonia Platz zu nehmen.

Die ehemalige Pianistin saß aufrecht am Tisch, die langen schlanken Finger unruhig ineinander verschränkt. »Dauernd liegt irgendetwas vor meiner Wohnungstür. Ich will das nicht!«

»Was genau liegt vor Ihrer Tür?« Peppi deutete auf den Umschlag vor sich. »Sind es immer Notenblätter?«

»Nein! Päckchen. Ich weiß nicht, was dadrinnen ist. Irgendwas. Ich habe sie nicht ausgepackt.«

»Aber Sie wissen mit Sicherheit, dass diese Geschenke –«

»Das sind keine Geschenke!«

»Dass diese Päckchen vor Ihrer Wohnungstür von Herrn Piotrowski kommen.«

»Von wem denn sonst?« Apollonias Atmung ging schnell und flach. »Aber ich will das nicht!«

»Haben Sie das Herrn Piotrowski gesagt?«, fragte Peppi.

Die junge Frau riss entsetzt die Augen auf. »Nein!«

»Wann hat das mit diesen Päckchen angefangen?«

»Vor … ich weiß nicht.« Sie sah sich hilfesuchend zu ihrem Schwager in spe um. »Vor einem Jahr?«

»Das weiß ich nicht, Loni.« Er sprach sanft, wie zu einem Kind, von dem er nicht wusste, ob er glauben sollte, was es sagte. Brander fragte sich, ob er das erste Mal von diesen Päckchen hörte.

Apollonia senkte den Blick, bemüht darum, sich zu konzentrieren. »Letztes Jahr, im Oktober oder November. Ich glaube, da war es das erste Mal.«

Das reduzierte den Zeitraum auf fünf bis sechs Monate, überschlug Brander.

»Und diese Päckchen liegen immer direkt vor Ihrer Wohnungstür?«, fuhr Peppi fort.

»Auf der Fußmatte. Er legt sie immer auf die Fußmatte.«

»Haben Sie die Päckchen aufbewahrt?«

Apollonia schüttelte heftig den Kopf. »Ich habe alles weggeworfen. Das soll aufhören!«

»Haben Sie Herrn Piotrowski dabei beobachtet, wie er ein Päckchen vor Ihrer Wohnungstür abgelegt hat?«

»Sie glauben mir nicht! Niemand glaubt mir!« Sie vergrub das Gesicht in den Händen.

Paul Kübler sprang auf und legte tröstend eine Hand auf ihre Schulter. Sie schüttelte ihn ab. »Wo ist Della? Ich will, dass Della kommt!«

Kübler versuchte, sich nicht anmerken zu lassen, dass ihn Apollonias rüde Abfuhr traf. »Della muss arbeiten. Das habe ich dir gesagt.«

»Frau Heppler, wir nehmen Ihre Angst sehr ernst«, erklärte Peppi. »Aber um der Sache nachgehen und Ihnen helfen zu können, benötigen wir ein paar Informationen von Ihnen.«

»Der beobachtet mich. Sie haben das doch letztes Mal gesehen! Sobald ich aus der Tür gehe, ist er da.«

»Und was macht er dann?«

»Er fragt immer, ob es mir gut geht. Geht es dir gut? Geht es dir gut?«, äffte sie ihn nach. »Die Päckchen sind von ihm!«

»Mit wem haben Sie über die Päckchen gesprochen?«, fragte Peppi.

»Mit Della. Und Florentine.«

Brander fiel auf, dass sie den Namen ihrer jüngeren Schwester mit einem gewissen Groll aussprach. Und sie verwendete nicht die Koseform. Hatte es Streit zwischen den Frauen gegeben? »Was ist mit Ihren Eltern? Wissen die von den Päckchen?«

»Nein.«

»Doch, Loni, sie wissen davon«, ergriff Kübler, der sich wieder auf die Récamiere zurückgezogen hatte, das Wort.

»Aber nicht von mir«, zischte Apollonia wütend.

»Das stimmt.« Er sah zu den Kommissaren. »Flora hat es ihnen erzählt.«

»Und Sie sind überzeugt, dass Herr Piotrowski diese Päckchen vor Ihre Tür legt?«, fragte Brander.

»Wer denn sonst?«, fuhr Apollonia auf. »Die Haustür unten ist zu. Hier kommt doch keiner rein!«

Es war kein Ding der Unmöglichkeit. Jemand konnte die Ankunft eines Hausbewohners abwarten und beim Öffnen der Tür schnell mit ins Treppenhaus huschen. Vielleicht stand die Tür manchmal offen. Oder die Person hatte einen Nachschlüssel.

Brander sah nachdenklich auf den Umschlag auf dem Tisch. Hatten diese anonymen Geschenke etwas mit der Tötung von Moritz Rösch und Ulf Subisch zu tun? »Wir müssen den Umschlag mitnehmen, um ihn kriminaltechnisch untersuchen zu lassen«, erklärte er.

Apollonia nickte.

»Lonis und meine Fingerabdrücke sind auf dem Umschlag«, bemerkte Kübler. »Wir haben ihn ja angefasst.«

»Dann wäre es gut, wenn Sie beide zu uns kämen, damit wir Ihre Fingerabdrücke nehmen können. So können wir Ihre Spuren ausschließen.«

»In Ordnung.«

»Nein, das will ich nicht«, weigerte Apollonia sich energisch. »Ich geh nicht aus dem Haus! Ich will nicht in diese Dienststelle kommen. Ich will das nicht!«

Diese Frau war nicht nur aufgewühlt, sie war nahezu panisch. Brander sah zur Küchenzeile. »Darf ich einen Tee kochen? Ich glaube, das würde uns allen guttun.«

Während Apollonia ihn verständnislos ansah, stand Kübler auf. »Ich mach das.«

»Ich geh da nicht raus. Nicht, solange der da ist und mich beobachtet!«

»Eine Kollegin kann vorbeikommen und Ihre Fingerabdrücke nehmen«, bot Peppi an. »Wäre das in Ordnung?«

Die junge Frau nickte zögernd.

»Gut.« Peppi lächelte ihr aufmunternd zu. »Sie sagten, dass Sie seit Herbst letzten Jahres diese Päckchen bekommen. Gibt es eine Regelmäßigkeit, in der Sie diese Päckchen vorfinden? Zum Beispiel jeden Dienstag? Oder immer an einem bestimmten Tag im Monat? Eher morgens oder abends?«

»Die sind einfach da. Ganz plötzlich. Manchmal vergehen Wochen, und ich denke, es ist endlich vorbei, dann liegt da plötzlich wieder eins. Und ein paar Tage später wieder. Ich traue mich manchmal gar nicht, die Tür aufzumachen, weil ich

Angst habe, dass da wieder was liegt.« Sie begann zu weinen. »Warum hört das denn nicht auf?«

Peppi reichte ihr ein Taschentuch. Kübler stellte Tassen und eine Kanne Tee auf den Tisch.

»Danke.« Der Duft einer Kräutermischung stieg Brander in die Nase, als er den Tee in die Tassen füllte.

Kübler zog sich auf das Sofa zurück und tippte auf seinem Smartphone herum. »Della kommt, so schnell es geht«, erklärte er wenig später. Anscheinend hatte er mit seiner Freundin gechattet.

Die Auskunft schien Apollonia zu beruhigen. »Ich dachte erst, dass …« Sie zupfte an dem Papiertaschentuch. »… dass der Rösch das wäre. Der kam her mit so einem Blumenstrauß von der Tanke, der Idiot. Und als er tot war, war ich froh. Ich dachte, jetzt hört das endlich auf.«

Er war tot, und ich war froh. Es berührte Brander unangenehm, wie gefühllos ihr die Worte über die Lippen kamen. Rösch war für sie kein Mensch.

»Gibt es außer diesen Päckchen noch andere Situationen, in denen Sie das Gefühl haben, dass Ihnen jemand folgt oder Sie beobachtet werden?«, fragte er.

»Der schaut immer, wer zu mir kommt. Und dann fragt er, ob er helfen kann. Ich will seine Hilfe nicht! Ich will gar nichts von dem.«

»Gibt es eventuell Anrufe? Bekommen Sie anonyme E-Mails?«

»Nein.«

»Hat jemand über die sozialen Medien Kontakt zu Ihnen aufgenommen? Zeigt da jemand ein auffälliges Interesse an Ihnen?«

Apollonia schüttelte den Kopf. »Nein, da sind immer nur die Päckchen. Wie aus dem Nichts.«

»Wann haben Sie das letzte Päckchen bekommen?«, fragte Peppi. »Abgesehen von diesem Umschlag heute.«

»Vor zehn Tagen. Samstagmorgens. Da lag es da.«

»Und Sie haben das Päckchen ungeöffnet weggeworfen?«

Sie nickte.

»In den Hausmüll?«

»Ja, ich habe es gleich runtergebracht. Ich wollte es nicht in meiner Wohnung haben. Es sollte weg!«

Es wäre interessant zu wissen, was in dem Päckchen war, überlegte Brander. Er seufzte. Tropper würde ihn verfluchen, ahnte er, als er hoffnungsvoll zu Apollonia sah: »Wann war die letzte Müllabfuhr?«

»Du Seggel, du willst deinen Geburtstag allein feiern, oder?« Manfred Tropper starrte mit angewiderter Miene auf den prall gefüllten Müllcontainer.

»Ich will ihn gar nicht feiern«, gab Brander ungerührt zurück.

»Und das Mädle ist ganz sicher, dass sie das Päckchen in diesen Container geworfen hat?«, vergewisserte sich der Kriminaltechniker noch einmal.

»Ja, ist sie. Ein kleiner quadratischer Karton mit einem Smiley drauf.«

Peppi hatte Apollonia überredet, mit hinunterzugehen und ihnen den Müllcontainer zu zeigen. Nach einem kurzen Blick ins Innere des Behälters hatten sie beschlossen, dass das definitiv ein Fall für die Kriminaltechnik war.

Tropper nahm seufzend sein Diensthandy zur Hand. »Den müssen wir zum Bauhof bringen lassen. Hier können wir den nicht ausräumen.«

Brander überließ die Kollegen von der KT ihrem Schicksal und begab sich mit Peppi wieder ins Obergeschoss, um dort mit Jakub Piotrowski zu sprechen. Nachdem auf ihr Klingeln niemand reagierte, klopfte Brander vernehmlich an die Wohnungstür. Irritiert stellte er fest, dass er nun das Gefühl hatte, von der gegenüberliegenden Seite aus beobachtet zu werden. Bekam man in diesem Haus Verfolgungswahn? Er klopfte erneut. »Herr Piotrowski, machen Sie bitte die Tür auf.«

»Vermutlich bei der Arbeit«, folgerte Peppi.

Sie wandten sich zum Gehen, als hinter ihnen doch noch

die Tür geöffnet wurde. Der Mann war unrasiert, das dünne Haar klebte verschwitzt an seinem Kopf, das verschlissene Hemd, das er zu einer Stoffhose trug, war schräg zugeknöpft. Sie hatten ihn anscheinend aus dem Bett geholt.

Brander zeigte ihm seinen Dienstausweis. »Herr Piotrowski, können wir kurz reinkommen? Wir müssen mit Ihnen reden.«

Piotrowski stand zwischen Tür und Rahmen, sodass der Blick ins Innere der Wohnung verwehrt blieb. Er machte keine Anstalten, Branders Bitte nachzukommen, stattdessen sah er an ihnen vorbei zu Apollonias Wohnung. »Ist was passiert?«

»Wir haben ein paar Fragen an Sie.«

Irritiert zog Piotrowski die Augenbrauen zusammen. »Was denn für Fragen?«

»Es geht um die Päckchen, die Frau Heppler seit geraumer Zeit erhält.«

»Was für Päckchen?«

»Ich denke, das wissen Sie ganz genau«, erwiderte Peppi scharf. Da war nichts mehr von der Sanftheit in ihrer Stimme, mit der sie kurz zuvor mit Apollonia gesprochen hatte.

»Die sind nicht von mir.«

»Aber Sie wissen davon«, nagelte Brander ihn fest.

»Ja, natürlich. Die haben ja rumgefragt.«

»Wer hat rumgefragt?«

»Die Schwestern von der Loni. Ist schon 'ne Weile her, da sind die durchs Haus und haben rumgefragt, von wem die Päckchen sind.«

»Und?«

»Woher soll ich das wissen?«

»So wie wir das bei unserem letzten Besuch mitbekommen haben, beobachten Sie die Wohnungstür Ihrer Nachbarin ja sehr genau.«

»Das tue ich nicht! Ich habe zufällig mitbekommen, dass bei Loni fremde Leute vor der Tür stehen. Ich wusste ja nicht, wer Sie sind, und die Loni lebt allein, da muss man doch aufpassen.«

»Worauf?«

»Dass ihr nichts passiert.«

»Aber wer ihr die Päckchen vor die Tür legt, haben Sie nie beobachtet?«

»Nein.«

»Haben Sie vielleicht eine Idee, wer die Päckchen dort abgelegt haben könnte? Vielleicht ein anderer Nachbar?«

Piotrowski hob die Schultern. »Ich wohne noch nicht lange hier. Ich kenne die Leute im Haus nicht so gut.«

»Seit wann wohnen Sie denn hier?«

»Seit August.«

Das war immerhin ein Dreivierteljahr. Und wenige Monate später fand Apollonia Heppler das erste Päckchen vor ihrer Wohnungstür. »Wo haben Sie vorher gewohnt?«, hakte Brander nach.

»Plochingen.«

»Leben Sie allein?«

»Ja.«

Brander nahm den Umschlag mit den Notenblättern, den sie in einen Asservatenbeutel gepackt hatten, und zeigte Piotrowski die Blätter. »Haben Sie die schon einmal gesehen?«

Der Mann sah nur flüchtig auf die Papiere. »Nein.«

»Herr Piotrowski, sollten diese Päckchen und Notenblätter von Ihnen sein, hören Sie bitte auf, sie vor Frau Hepplers Wohnung zu legen oder ihr sonst etwas zukommen zu lassen.«

»Die sind nicht von mir.«

»Wir möchten, dass Sie Frau Heppler nicht mehr belästigen«, erklärte Brander mit Nachdruck.

»Sie hat geweint und geschrien, mitten in der Nacht. Das kann ich doch nicht ignorieren!«

»Wann?«

»Samstagnacht. Ich habe sie nicht belästigt. Ich bin zu ihr rüber, weil ich mir Sorgen gemacht hab.« Jakub Piotrowski trat einen Schritt zurück und schlug die Tür zu.

***

Apollonia Heppler erklärte, sie hätte in der Nacht einen Alptraum gehabt, was bei der Anspannung, unter der sie stand, nicht verwunderlich war. Als Brander und Peppi das Haus verließen, sahen sie, wie der Müllcontainer zum Abtransport verladen wurde.

»Ich dachte, du steckst schon bis zu den Knien im Müll«, frotzelte Brander.

Tropper warf ihm einen grimmigen Blick zu. »Du darfst gern mitkommen und bei der Suche helfen.«

»Liebend gern, aber wir haben leider schon den nächsten Termin im Kalender.«

»Was für einen Termin haben wir denn im Kalender?«, erkundigte Peppi sich, als sie außer Hörweite waren.

»Wir fahren nach Denkendorf und versuchen unser Glück noch einmal bei Familie Heppler.« Denn genau solche Notenblätter wie die in dem Umschlag hatte Brander am Tag zuvor in Florentines Zimmer gesehen.

Die Mutter der Schwestern öffnete ihnen mit Leichenbittermiene. »Was wollen Sie schon wieder?«

»Wir möchten immer noch mit Ihrer Tochter Florentine sprechen«, erwiderte Brander.

»Sie ist nicht hier.«

»War sie seit gestern Nachmittag mal zu Hause?«

»Lassen Sie uns in Ruhe.« Zum zweiten Mal an diesem Tag wurde ihnen die Tür vor der Nase zugeschlagen.

Branders erneutes Klingeln wurde ignoriert.

»Man könnte meinen, wir sind nicht erwünscht«, brachte Peppi einen Funken Ironie auf. »Was meinst du, ist Florentine wirklich nicht zu Hause?«

»Schwer zu sagen.« Brander musterte die Fassade des Hauses. »Lass uns mal am Klostersee vorbeischauen.«

Peppi hob den Blick zum Himmel. »Ich hab keine Jacke dabei.«

»Bis der Regen kommt, sind wir längst wieder in Esslingen«, erwiderte Brander voller Optimismus.

Sie liefen durch das Wohngebiet zum Maierhof und nahmen

die Steige, die zur Klosterkirche hinaufführte. Wind kam auf. Über ihnen grummelten die Vorboten des angekündigten Unwetters.

»Super, bei Gewitter den höchsten Platz im Ort aufsuchen. Das liebe ich«, murrte Peppi.

»Ach was, das ist noch meilenweit weg.«

Sie überquerten den Platz, gelangten an den kleinen See, der einsam und verlassen vor sich hin dümpelte. Eine Böe rauschte durch die Sträucher. Erste dicke Tropfen fielen aus grauen Wolken, die den Tag verdunkelten.

»Schade«, bedauerte Brander, als er die leere Bank entdeckte. Die jungen Gräser am Ufer neigten sich im Wind. Ein Blitz zuckte über den Himmel. Der Regen nahm schlagartig zu. Bis sie zurück an ihrem Wagen waren, wären sie klatschnass. Sie brauchten einen Unterschlupf. Und zwar schnell. Er sah zur Kirche. »Da rüber.«

Gemeinsam sprinteten sie über den Platz, während der Himmel seine Schleusen öffnete. Der Wind trieb den Regen diagonal unter das Portal vor dem Eingangstor. Sie hatten Glück, die Kirche war nicht verschlossen, und sie schlüpften hinein.

»Du bist mir so ein Wetterfrosch«, schimpfte Peppi. »Ich bin klitschnass.«

»Jetzt hab dich nicht so.« Brander strich sich das Wasser von der Glatze. »Die paar Tropfen.«

»Ich weiß nicht, ob das schlau ist, bei einem Unwetter ausgerechnet in eine Kirche zu gehen.« Peppi blickte sich unwohl um. »Der Kirchturm ist der höchste Punkt.«

»Die haben sicher einen Blitzableiter.« Brander betrat den Innenraum, der durch anmutige Schlichtheit bestach. Hohe Bogen auf massiven römischen Rechteckpfeilern säumten das Mittelschiff, darüber waren die Wände hell getüncht. Keine Verzierung durch überbordende Wandgemälde mit biblischen Szenen, selbst die Mosaikfenster im Chor hinter dem Altar wirkten dezent. Lediglich ein modernes blaues Kreuz auf dem Altar durchbrach die Einfachheit. Die Bänke waren leer.

»Die haben hier eine Krypta.« Peppi war ihm gefolgt und vor einem Infoboard stehen geblieben.

Brander setzte sich in eine der hinteren Bänke und ließ den Raum auf sich wirken. Er war nicht getauft, aber er mochte die Atmosphäre in den alten Gemäuern, die durch die Jahrhunderte so viel gesehen, so viele Schicksale erlebt hatten. Die Geräusche des Gewitters drangen nur gedämpft durch die Mauern.

Peppi kam zu ihm, schlug ein Kreuz, sprach ein stummes Gebet und setzte sich neben ihn. »Hat was, oder?«

»Mhm.«

Sie saßen schweigend nebeneinander, hörten das Unwetter die Kirche umtosen. Brander schloss die Augen und sinnierte über den Fall. Hatten diese Päckchen, die Apollonia erhielt, etwas mit den beiden Tötungsdelikten zu tun? War Piotrowski der heimliche Geber? Stalkte er die junge Frau?

Ein Täter, der aus der Distanz agierte. Vielleicht nicht weil er körperlich unterlegen war, wie Jeannette angenommen hatte, sondern weil er die Nähe scheute. Hatte die Anbetung durch den Stalker darin gegipfelt, dass er diejenigen aus dem Weg räumte, von denen er meinte, sie hätten Apollonia etwas Böses getan? Er musste mehr über Piotrowski herausfinden. Welche Vergangenheit hatte der Mann? Warum war er nach Esslingen gezogen?

Der Sturm legte sich, bald war nur noch das stetige Plätschern des Regens gegen die Scheiben zu hören. Es hatte etwas Beruhigendes. Nach den aufwühlenden Tagen tat es Brander gut. Seine Gedanken schweiften ab. Hierhin, dorthin, irgendwann ertappte er sich bei einem stillen Gebet, in dem er dem Mann am Kreuz für seine Frau und seine Tochter dankte und ihn bat, seine Familie zu schützen. Er spürte Peppis Blick auf sich, öffnete die Augen wieder.

Sie lächelte, aber ohne Spott. »Hörst du das?«

»Was?« Brander lauschte. Erst dachte er, sie wollte ihn auf die Stille nach dem Ende des Gewitters hinweisen – er hatte gar nicht bemerkt, dass es aufgehört hatte zu regnen. Dann wusste er, was sie meinte. »Da singt jemand.«

Es war eher ein melodisches Summen, das von den dicken Mauern widerhallte. Sie folgten dem Klang, gingen durch den Mittelgang Richtung Altar. Rechts davon führte eine steinerne Treppe hinunter zur Krypta. Der Gesang verstummte.

Peppi deutete auf die Treppe. War die Melodie von dort unten heraufgeschallt? Sie stiegen die Stufen hinab und betraten einen kleinen Raum, der mit einem Tonnengewölbe gedeckt war. Durch ein hohes Fenster flutete mattes Licht in den Raum. Im vorderen Drittel befand sich vor einem steinernen Altar ein offenes Grab, das mit einer dicken Eisenkette gesichert war.

Eine junge Frau stand mit dem Rücken zu ihnen an der gegenüberliegenden Wand vor einem kleinen schlichten, aus zwei runden Hölzern gebastelten Kreuz. Sie hielt den Kopf gesenkt, als wäre sie in ein Gebet vertieft. Schmale, gebeugte Schultern, langes glattes dunkelblondes Haar.

»Frau Heppler?«, sprach Brander sie an.

Es war kein Erschrecken in ihrer Bewegung zu erkennen, als sie sich zu ihnen herumdrehte. In ihrem Blick lag eher etwas Fragendes, als dass sich Erstaunen darin spiegelte, Brander und Peppi ausgerechnet jetzt und hier in der Krypta zu sehen.

»Lasten ablegen«, las Brander auf dem laminierten Blatt, das neben dem Kreuz aufgestellt war und dazu aufforderte, einen Stein unter das Kreuz zu legen und damit seine Last loszulassen. »Haben Sie eine Last abgelegt?«

»Wenn es so einfach wäre.« Florentines Stimme klang resigniert.

»Vielleicht hilft es, wenn Sie uns erzählen, was Sie belastet?«, ermutigte er sie.

Sie starrte ihn mit traurigen Augen an.

Peppi trat hinter Brander in den Raum, ging zu dem abgegrenzten offenen Grab. »Leer«, stellte sie fest.

»Da haben die Ordensbrüder früher den Tod und die Auferstehung Jesu gefeiert«, erklärte Florentine.

Peppi wandte sich ihr zu. »Haben Sie gerade gesungen?«

»Ja.«

»Kommen Sie öfter her zum Singen?«

Florentine hob die Schultern. »Es gibt keinen anderen Ort.« Ein Hauch Bitterkeit schwang in der Stimme mit.

»Wir waren gerade bei Ihrer Schwester«, übernahm Brander wieder.

»Bei Loni?«

»Ja.«

»Wie geht es ihr?«

»Das fragen Sie uns?«, wunderte sich Brander.

»Sie spricht nicht mehr mit mir.«

»Warum nicht?«

»Weil das Cannabis, das ich für sie besorgt habe, von Moritz kam. Sie hasst mich dafür.«

»Von uns hat sie die Information nicht«, stellte Brander klar.

Florentine zuckte die Achseln. »Es ist alles auf den Tisch gekommen. Meine Eltern, Della, Paul, alle sind entsetzt, Loni sowieso. Ich bin das schwarze Schaf. Dabei habe ich nur versucht, ihr zu helfen.«

Nicht jeder gute Zweck heiligte die Mittel. Sie hätte besser von vornherein mit offenen Karten spielen sollen, aber darüber hatte Brander nicht zu urteilen. »Haben Sie einen Schlüssel zur Wohnung Ihrer Schwester?«

»Meine Eltern haben einen, den kann ich nehmen, wenn ich ihn brauche.«

»Brauchen Sie ihn hin und wieder?«

Wieder zuckte sie die Achseln. »Loni ruft manchmal an, wenn es ihr schlecht geht. Dann fahre ich zu ihr. Manchmal hat sie nicht die Kraft, zur Tür zu gehen, deswegen haben wir einen Schlüssel.«

»Kommt man damit auch unten ins Haus?«

»Ja, das ist ein Universalschlüssel.« Sie rieb sich über die Arme. »Können wir raufgehen? Ich vermute, Sie haben noch mehr Fragen?«

»Ja.« Brander ließ sie vorangehen. Oben rutschte sie in eine Bank. Brander wählte die Reihe vor ihr und wandte sich zu ihr um, damit er ihr ins Gesicht sehen konnte, während Peppi es vorzog, abseits stehen zu bleiben.

»Haben Sie Ihrer Schwester die Noten vor die Tür gelegt?«

Sie hob überrascht die Augenbrauen. »Was für Noten?«

War das Erstaunen echt oder gespielt? Er konnte ihr die Originalblätter nicht zeigen. Sie hatten den Kriminaltechnikern den Umschlag zur Spurensicherung überlassen. Brander nahm sein Handy und suchte ein Foto heraus, das er von der anonymen Sendung gemacht hatte.

Sie sah auf das Display. »Darf ich?«

Brander nickte, und sie wischte mit den Fingern darüber, um das Bild zu vergrößern. »Wandrers Nachtlied.« Sie sah auf. »Ein Goethe-Gedicht. Franz Schubert hat das vertont.«

»Sie kennen sich gut aus«, stellte Brander fest.

»Geht so.«

»Warum haben Sie ausgerechnet dieses Lied Ihrer Schwester vor die Tür gelegt?«

»Das habe ich nicht!«, widersprach sie energisch.

»Sie haben jede Menge solcher Notenblätter in Ihrem Zimmer.«

»Weil ich Musik mag.« Sie lehnte sich auf der Bank zurück. »Aber ich schenke Loni doch nicht so ein Lied! Und schon gar nicht anonym! Warum sollte ich das tun?«

»Vielleicht als Entschuldigung«, bot Brander eine mögliche Erklärung an.

Sie schüttelte den Kopf, verschränkte die Arme vor der Brust. »Ich war das nicht. Hat Loni das behauptet?«

»Nein. Sie verdächtigt ihren Nachbarn.«

»Jakub? Das ist ein seltsamer Typ.«

»Ihre Schwester sagte, vor ihrer Haustür lägen öfter Geschenke. Irgendwelche Päckchen, jetzt die Noten.«

»Ja, geht schon ’ne ganze Weile so.«

»Und?«

»Was und?«

»Haben Sie sich keine Gedanken gemacht, warum jemand Ihrer Schwester diese Dinge anonym zukommen lässt?«

»War doch nur Schokolade oder mal eine Blume ...«

»Woher wissen Sie das?«

»Ich hab halt in die Päckchen reingeguckt, war neugierig. Ich fand das irgendwie romantisch.«

»Ihre Schwester fühlt sich bedroht. Sie meint, dass Herr Piotrowski sie verfolgt.«

»Hm ... Na ja, manchmal ist das schon so, als ob er sie im Treppenhaus abpasst und so ... Der ist vermutlich verknallt in Loni.« Sie senkte den Blick. »Alle lieben Loni.«

»Sie lieben Ihre Schwester doch sicher auch?«

Sie antwortete nicht sofort, starrte eine Weile an Brander vorbei zu dem blauen Kreuz auf dem Altar. »Natürlich liebe ich Loni, aber sie ist ein schwieriger Mensch.«

Nach ihrem heutigen Besuch in Apollonias Wohnung war Brander geneigt, der jüngeren Schwester zuzustimmen.

»Sie ist hochtalentiert, aber auch megasensibel. Jede minimalste Veränderung kann sie aus dem Gleichgewicht bringen. Seit ich denken kann, hat sich alles immer nur um sie gedreht. Als sich herausstellte, wie gut sie Klavier spielt, gab es nichts anderes mehr in unserem Leben. Die haben einen Flügel gekauft, die besten Lehrer gesucht, Vorspiel hier, Konzert da, Stipendium – juhu!« Sie hob kurz die Unterarme, wie zum Jubel, aber Freude spiegelte sich nicht in ihrem Gesicht wider. »Dass ich singen kann, interessierte niemanden. Meine Gesangsstunden musste ich mir selbst verdienen.«

»Sie haben eine sehr ausdrucksstarke Stimme.«

Sie zog skeptisch die Stirn in Falten. »Das war gerade doch nur ein bisschen Gesummse.«

»Das meinte ich nicht. Ich habe Aufnahmen im Internet gesehen. Auftritte mit Ihnen und Ihrer Schwester.«

»Echt? Sie haben sich Aufnahmen von uns angesehen?«

»Ich weiß gern, mit wem ich es zu tun habe.«

Ein wehmütiges Lächeln legte sich auf die Lippen der jungen Frau. »Unsere Auftritte waren schön. Da hat Loni mich unterstützt, meinen Gesang begleitet. Das war perfekt.«

»Und jetzt singen Sie nicht mehr?«

»Nein.« Ihr Blick verschloss sich wieder. »Loni erträgt Musik nicht mehr.«

»Sie müssen ja nicht in ihrer Gegenwart singen.«

»Das verstehen Sie nicht. Loni kann nicht mehr auf dem Niveau spielen, auf dem sie vor dem Unfall war. Und bevor sie nur Mittelklasse erreicht, spielt sie lieber gar nicht mehr. Sie hört auch keine Musik mehr. Wenn sie könnte, würde sie sogar die Filmmusik ausblenden, wenn wir denn überhaupt mal einen Film anschauen. Es wäre ein Verrat, wenn ich mit dem Singen weitermachen würde ohne sie.«

Florentine legte den Kopf in den Nacken und stieß stöhnend die Luft aus. »Ich habe alles versucht, damit sie wieder ein bisschen Freude am Leben findet. Lust bekommt, wieder mit mir zusammen Musik zu machen. Aber sie blockt alles ab, was nur irgendwie mit Leichtigkeit zu tun hat. Ich hole sie ab, um mit ihr spazieren zu gehen, damit sie mal aus ihrer Bude rauskommt. Und wo will sie hin? Auf den Friedhof! Bloß nicht irgendwohin, wo fröhliche Menschen sind, wo jemand lachen könnte.« In ihren Worten schwangen Frustration und Ratlosigkeit mit. »Sie hat jede Therapie abgebrochen. Die würden sie alle nicht verstehen.«

»Wie war das damals mit Dr. Subisch?«

»Wer ist das?«

»Ein Chirurg aus Heidelberg, Handspezialist. Ihre Schwester war bei ihm.«

Sie nickte. »Ach so, der. Ich bin schlecht mit Namen.«

Das war nicht die beste Voraussetzung für eine angehende Lehrerin, dachte Brander. »Waren Sie dabei, als Ihre Schwester bei ihm war?«

»Nein, Mama und Papa waren dabei. Der ist damals extra hergekommen, um mit Loni zu sprechen.«

»Und das Ergebnis?«

»Arztgeheimnis.«

»Sie sollten meine Geduld nicht überstrapazieren«, sagte Brander. »Herr Subisch wurde vor gut acht Wochen getötet.«

»Ach du Scheiße.«

»Und?«, forderte Brander eine Antwort auf seine Frage.

»Der konnte ihr nicht helfen. Hat gesagt, sie soll das Beste draus machen und nicht der Vergangenheit nachtrauern. Die waren alle ziemlich down hinterher.«

»Und wie fanden Sie diese Diagnose?«

»Realistisch.« Sie schien zu spüren, dass dieses klare Wort wenig empathisch klang, und ergänzte: »Natürlich war das hart für sie, aber es gibt doch mehr, als der Star im Konzertsaal zu sein. Sie kann noch immer Klavier spielen. Muss ja nicht mehr acht Stunden am Tag sein, sondern einfach so, zum Spaß. Sie sollte aus Liebe zur Musik spielen und nicht, um die Beste zu sein.«

Für ihre dreiundzwanzig Lenze hatte Florentine Heppler in manchen Dingen einen recht reifen Blick auf das Leben, stellte Brander fest.

Sie seufzte resigniert. »Wir haben so viel versucht. Alle möglichen Therapien probiert. Letzten Herbst waren wir mit ihr beim Waldbaden. Ich hab die ganze Family überredet, sonst hätte sie nicht mitgemacht. Es war ein supersonniger Herbsttag, die Blätter schimmerten bunt in wunderschönen Farben. Ich hatte so gehofft, dass es ihr guttun würde. Sie sollte einfach mal raus aus ihrem Schneckenhaus und die Natur genießen. Mal wieder was spüren.«

Der neue Trend. Heute ging man nicht mehr im Wald spazieren oder wandern, heute musste es ›Waldbaden‹ sein. »Aber es hat nicht geklappt?«, hakte Brander nach.

»Sie will sich nicht erden oder Bäume streicheln, sie will, dass alles wieder so wird, wie es war.« Die Bitterkeit schwang nun deutlich in ihrer Stimme mit. »Aber das wird es nicht!«

»Wo waren Sie zum Waldbaden?«

»In so einem Waldstück bei Bebenhausen. Das ist bei Tübingen. Da gibt's auch ein Kloster.«

Brander kannte das Zisterzienserkloster in Bebenhausen. Und nicht nur das. »Wer hat den Kurs gemacht?«

Florentine verzog grübelnd den Mund. »Den Namen weiß ich nicht mehr. Wie gesagt: ich und Namen … Kann man aber leicht googeln, wenn's Sie interessiert. Ich fand es echt gut, jedenfalls, bis Loni es geschafft hatte, allen die Stimmung zu vermiesen, und das Ganze voll in die Hose gegangen ist.«

»Was ist denn passiert?«

»Es gab einen riesengroßen Krach, und das war's dann.«

»Leitet eine Frau den Kurs?«

»Ja.«

So viele Baumflüsterinnen gab es in Bebenhausen sicher nicht. Es musste Katharina Preuss gewesen sein.

Brander musterte die junge Frau nachdenklich. Sie hielt seinem Blick stand, schien entspannter zu sein als am Anfang des Gesprächs. Vielleicht hatte es ihr gutgetan, sich ihren Frust von der Seele zu reden.

»Frau Heppler, warum sind Sie gestern nicht zu uns in die Dienststelle gekommen?«

»Papa hat gesagt, ich soll nicht hingehen.«

»Warum nicht?«

Sie hob die Schultern. »Weil uns das alle so aufwühlt.«

»Ihr Vater ist stattdessen zu uns gekommen und hat ein Geständnis abgelegt, das wissen Sie vermutlich?«

»Ja.«

»Halten Sie Ihren Vater für fähig, einen Menschen zu erschießen?«

»Ich kann es mir echt nicht vorstellen.«

»Was könnte ihn denn dazu bewogen haben, ein Geständnis abzulegen?«

»Denken Sie, er war es nicht?«

»Das weiß ich nicht«, erwiderte Brander ehrlich.

»Aber warum sollte er so was gestehen, wenn er es gar nicht war?«

»Also denken Sie doch, dass Ihr Vater Moritz Rösch erschossen haben könnte?«

»Weiß nicht …«

»Sie haben ausgesagt, dass Sie an dem Montagmorgen zur mutmaßlichen Tatzeit bei Ihren Eltern waren. Dann können Sie doch bezeugen, dass Ihr Vater zu Hause war.«

Sie zog eine Grimasse. »Nee, kann ich nicht wirklich. Ich denke, dass die zu Hause waren, aber gesehen habe ich keinen von beiden. Wenn ich Vorlesung habe, muss ich immer sehr früh los, da sind die noch nicht auf.«

Damit war das Alibi, das die Eltern Florentine gegeben hatten, allerdings ebenso hinfällig.

Auf dem Rückweg von Denkendorf nach Esslingen telefonierte Brander mit Cecilia und ließ sich die Nummer von Katharina Preuss aufs Handy schicken. Er rief die Therapeutin an.

»Hallo, Andi«, grüßte sie unbeschwert. Im Hintergrund hörte Brander munteres Vogelgezwitscher. Entweder sie saß vor einem geöffneten Fenster oder war in der Natur unterwegs, keinen Gedanken an eine drohende Gefahr verschwendend. Sah er Verbindungen, wo keine waren?

»Katharina, kannst du dich erinnern, ob du im Herbst letzten Jahres ein Waldbaden-Seminar mit einer Familie Heppler hattest?«

Sie lachte empört auf. »Andi, ich kann dir nicht die Namen meiner Kunden nennen, das weißt du doch.«

»Es geht um diesen Vorfall vor ein paar Tagen im Olgahain, von dem du Ceci und mir erzählt hast.«

»Das ändert nichts an der Tatsache, dass eine Auskunft zu persönlichen Daten meiner Kunden an eine unberechtigte Person gegen den Datenschutz verstößt.«

»Wie recht du hast. Vergiss meine Frage.« Er überlegte, welchen anderen Weg er einschlagen konnte, um an die Information zu kommen, die er haben wollte. »Wir fangen noch einmal von vorn an. Hallo, Kathie.«

»Kathie?«, echote Katharina Preuss amüsiert. »Werden wir jetzt privat?«

»Genau, ganz privat und unter Freunden. Hast du den Namen Apollonia Heppler schon einmal gehört?«

Sie zögerte. Der Spott aus ihrer Stimme verschwand. »Das ist eine Pianistin, oder?«

»Ja, sie hatte vor ein paar Jahren einen schlimmen Unfall.

Ein Zusammenstoß auf einer Treppe zur S-Bahn. Sie ist schwer gestürzt. Die Medien haben darüber berichtet.«

»Jetzt, wo du es sagst …«

»Die Verletzungen waren gravierend.«

»Mhm.«

»Sie kann seither nicht mehr spielen.«

»Na ja.«

»Na ja? Erzähl!«

»Ich will mir kein Urteil anmaßen«, wiegelte Katharina sogleich wieder ab. »Und ich möchte nicht tratschen.«

»Aber ich liebe Klatsch und Tratsch.«

Peppi warf ihm vom Fahrersitz aus einen irritierten Seitenblick zu.

»Also wenn du mich fragst, so ganz privat: Ich denke, die Blockade sitzt eher im Kopf als in den Fingern.«

»Hast du ihr das so gesagt?«

»Wie kommst du darauf, dass ich mit ihr gesprochen hätte?«

»Entschuldige, wir sind ja bei Klatsch und Tratsch. Ob ihr das mal jemand gesagt hat?«

»Möglich.«

»Wie sie wohl darauf reagiert hat?«

»Künstler:innen sind häufig sehr sensibel.«

»Sag mal, gibt es außer dir noch andere Coaches in Bebenhausen, die Waldbaden-Workshops anbieten?«

»Der Begriff ›Waldbaden‹ ist nicht geschützt, theoretisch kann jeder so einen Kurs anbieten.«

»Und wer außer dir macht das noch in Bebenhausen?«

»Lass mich überlegen … Es gibt einen Diplom-Biologen, der verschiedene Workshops anbietet.«

»Ein Mann?«

»Ja, sonst hätte ich von einer Biologin gesprochen.«

»Sonst jemand?«

»Spontan fällt mir niemand weiter ein.«

Katharina musste die Frau gewesen sein, die das Waldbaden mit der Familie Heppler durchgeführt hatte, und diese Erkenntnis verursachte bei Brander ein ungutes Gefühl. Er verlor seinen unbeschwerten Klatsch-und-Tratsch-Ton. Seine Stimme wurde ernst. »Kathie, die Verhaltensregeln, die ich dir letztens empfohlen habe, halte dich bitte daran.«

»Ich versuch's.«

»Es ist mir ernst. Sei bitte vorsichtig und treib dich vor allem nicht allein im Wald oder an anderen einsamen Plätzen herum.«

»Deine Warnung kommt gerade recht. Was denkst du, wo ich gerade bin?«

Das Vogelgezwitscher kam nicht von einem Baum vor dem geöffneten Fenster. Verdammt. »Kathie, bitte schau, dass du unter Leute kommst. Keine einsamen Waldspaziergänge in nächster Zeit. Und wenn du wieder so ein schlechtes Gefühl hast – dann ruf mich an.«

»Ich fand es irgendwie beruhigender, als du dich noch über mich lustig gemacht hast.«

»Tut mir leid.« Brander beendete das Telefonat.

»Was war denn das für ein Gespräch?«, fragte Peppi verwundert, während sie in die Tiefgarage in der Agnespromenade einbog.

Auf dem Weg ins Büro berichtete Brander ihr von Cecilias Freundin und deren diffusem Gefühl einer Bedrohung.

»Und bei Katharina Preuss hatte Florentine den Kurs für die Familie gebucht?«

»Davon gehe ich aus.«

»Und jetzt befürchtest du, dass unser Täter sie ebenfalls als Opfer auserkoren haben könnte, weil auch sie Apollonia nicht helfen konnte?«

»Ich weiß es nicht, und die Sachlage reicht vermutlich nicht aus, um sie unter Polizeischutz zu stellen, abgesehen davon, dass sie das sicherlich nicht will.« Katharina Preuss war wie Cecilia Psychotherapeutin. Sie arbeitete als Coach häufig mit hoch bezahlten Managern, und Polizei im Vorzimmer war sicher nicht förderlich für ein vertrauensvolles Coachinggespräch.

»Das ist ja ein schöner Schlamassel. Wir sollten Hendrik und Cory informieren«, brachte Peppi ihre ehemaligen Kollegen aus Tübinger Zeiten ins Spiel. »Falls unser Schütze es tatsächlich auch auf Frau Preuss abgesehen hat, brauchen wir Unterstützung vor Ort.«

Brander nickte stumm. Für einen Moment wünschte er sich, dass – entgegen all seiner Intuition – der wahre Täter in U-Haft saß.

***

»Leute, wo stehen wir?« Kriminaloberrat Hans Ulrich Clewer trat an das Whiteboard im Konferenzraum.

»Na, du stehst an deiner Tafel, wie ein Lehrer vor der Klasse.« Stephan steckte sich feixend ein paar Erdnüsse in den Mund, die jemand auf den Konferenztischen verteilt hatte.

Clewer studierte die Namen auf der Tafel. »Können wir Personen von der Liste nehmen? Was ist mit Sarah Mayer und Laszlo Farkas?«

»Ich habe Frau Mayer noch mal befragt«, erklärte Peter Sänger. »Sie hat wiederholt, dass sie in der Tatnacht bei Farkas war. Seine Eltern wohnen unten im Haus und haben ebenfalls ausgesagt, dass die beiden in der Nacht zu Hause waren.«

»Dann hoffen wir mal, dass das stimmt.« Clewer setzte die Namen in Klammern, fügte aber sogleich einen neuen Namen hinzu: »Jakub Piotrowski. Was wissen wir über ihn?«

»Mit dem habe ich mich befasst«, ergriff Fabio das Wort. »Er lebt in zweiter Generation in Deutschland, seine Eltern sind Einwanderer aus Polen. Der Vater ist vor einem Jahr verstorben, die Mutter lebt in Plochingen. Anscheinend hat er bis zum Tod des Vaters bei den Eltern gewohnt.«

»Hotel Mama«, kommentierte Peter Sänger.

»Würde ich so nicht unterschreiben. Der Vater war pflegebedürftig, könnte also gut sein, dass er seine Mutter unterstützt hat«, widersprach Fabio. »Piotrowski arbeitet als Busfahrer beim Verkehrsbetrieb Esslingen. Er ist ledig, keine Kinder, hat keine Profile in den sozialen Medien, zumindest habe ich ihn da bisher nicht gefunden. Keine Vorstrafen bekannt.«

»Wir sollten uns in seiner früheren Nachbarschaft umhören«, überlegte Peppi. »Vielleicht gab es da auch eine Nachbarin, die sich von ihm beobachtet fühlte.«

Clewer nickte. »Fabio, kannst du dich darum kümmern?«

»Sì, capitano.«

Jens Schöne schnippte gedankenverloren mit den Fingern. »Apollonia Heppler nutzt doch die sozialen Medien. Vielleicht könnten wir sie bitten, uns Zugriff auf ihre Konten zu gewähren?«

»Mit welcher Begründung?«, fragte Clewer.

»Stalking reduziert sich ja nicht nur darauf, jemanden im realen Leben zu beobachten. Der Stalker könnte sie online verfolgen, ohne dass es ihr bewusst ist. Auch wenn Piotrowski unter seinem Namen keinen Account hat, könnte er sich ein Profil unter einer anderen Identität angelegt haben.«

Fabio zog skeptisch die Stirn in Falten. »Apollonia hat auf ihren Online-Accounts mehrere hundert Kontakte und Follower. Wie willst du da einen Stalker ausfindig machen?«

»Das kriege ich hin«, war sich der IT-Forensiker sicher.

Clewer warf ihm einen mahnenden Blick zu. »Aber bitte alles im Rahmen der Legalität. Wir wollen etwaige Beweise bei Bedarf vor Gericht verwerten können.«

»Alles, was ich brauche, ist ein legitimer Zugriff auf ihre Accounts.«

»Wir könnten nach der Sitzung zu ihr fahren und mit ihr reden«, bot Peppi an. »Ich denke, es ist besser, wenn ich dabei bin. Sie kennt mich schon, und ich hatte den Eindruck, dass sie bei Männern eher abweisend reagiert.«

Brander nickte bestätigend.

»Gut, dann übernehmt ihr zwei das bitte«, stimmte Clewer zu.

Brander wandte sich an Tropper. »Habt ihr das Päckchen, das sie weggeworfen hat, gefunden?«

»Ja, wir haben tatsächlich in den Bergen von Müll eine kleine Schachtel gefunden, die der Beschreibung von Frau Heppler entsprach«, antwortete der Kriminaltechniker.

»Und was war drin?«

»Eine Schneekugel. Diese einfachen Dinger, die du im Schnäppchenmarkt kriegst und wo du ein Foto einschieben kannst.«

»Mit Foto?«

»Ja, Apollonia Heppler, die an einem Flügel sitzt.«

»Irgendwelche Hinweise darauf, wo es aufgenommen wurde?«, fragte Peppi.

Tropper schüttelte den Kopf. »Vermutlich handelt es sich um ein älteres Bild, da Frau Heppler seit Jahren nicht mehr spielt. Aber wo die Aufnahme gemacht wurde, kann ich dir nicht sagen.«

»Das müsste die Apollonia doch beantworten können.« Stephan klaubte die letzte Erdnuss vom Teller.

»Die dreht durch, wenn wir ihr das Foto zeigen«, prophezeite Brander.

»Aber wenn es eine alte Aufnahme ist, kann es der Piotrowski ja eigentlich nicht gewesen sein«, überlegte Peppi. »Der macht mir nicht den Eindruck, als würde er in Klavierkonzerte gehen und Fotos von den Künstlerinnen machen.«

»Kannste nicht wissen.« Stephan zeigte mit beiden Händen auf sich. »Seh ich aus wie 'n Opernfan?«

Peppi musterte den Kollegen mit den zu langen grauen Haaren, dem verlebten Gesicht und seinen Tätowierungen. »Auch wieder wahr.«

»Wir könnten bei den Eltern nachfragen. Die haben die Karriere ihrer Tochter intensiv begleitet. Apropos«, Brander sah zu Clewer, »was ist eigentlich mit Lutz Heppler? Hast du mit ihm gesprochen?«

»Ja, Frau Mertens und ich haben ihn heute früh vor dem Haftprüfungstermin ins Gebet genommen. Er bleibt bei seiner Aussage, dass er Moritz Rösch mit einer Armbrust erschossen hat. Ansonsten hat er sich nicht weiter zur Sache geäußert.«

»Was ist mit Subisch?«

»Dazu hat er nichts gesagt. Da wir nicht ausschließen

können, dass er tatsächlich unser Mann ist, hat die Richterin Untersuchungshaft angeordnet.«

Peter zog die Augenbrauen hoch. »Der muss ja sehr überzeugt davon sein, dass jemand aus seiner Familie hinter den Taten steckt.«

»Vermutlich weiß er, wer es war«, überlegte Fabio.

»Habt ihr irgendwas Brauchbares auf Lutz Hepplers Smartphone oder Laptop gefunden?«, wandte Brander sich an Jens Schöne.

»Da stecken wir noch mitten in der Arbeit. Es gibt einen Ordner mit der Krankengeschichte von Apollonia, inklusive Kontaktdaten von Therapeuten und den Krankenberichten. Dazu haben wir noch Unterlagen von dem Verfahren gegen Moritz Rösch entdeckt. Das GPS-Tracking vom letzten Montag zeigt an, dass zur Tatzeit zumindest sein Smartphone nicht am Tatort war.«

»Er hat behauptet, dass er das Handy nicht bei sich hatte«, erwiderte Brander.

»Was hiermit bestätigt wäre.«

»Sagt mal, diese Musiknoten«, Stephan deutete auf sein Smartphone, auf dem er die Fotos geöffnet hatte, die Brander am Vormittag gemacht hatte, »da ist euch nichts aufgefallen, oder?«

»Das ist ein vertontes Gedicht.« Brander überlegte. Was hatte Florentine Heppler gesagt? »Irgend so ein Nachtlied von Goethe.«

Stephan nickte. »Wandrers Nachtlied.«

»Was ist damit?«

»Pass auf, wenn du zur Aussegnungshalle auf dem Ebershaldenfriedhof gehst, da sind links und rechts vom Eingang große Bronzetafeln angebracht, und unter den Reliefs stehen kurze Gedichte. Wenn ich mich richtig erinnere, stehen genau diese Zeilen unter dem Relief auf der rechten Seite.«

»Woher weißt du das denn?«, wunderte Peter sich.

»Mia wurde dort bestattet. Manche Dinge prägen sich einem ein, wenn –« Der Hüne brach ab, räusperte sich. »Egal.« Der

Verlust seiner Frau vor fast sechs Jahren schmerzte ihn noch immer.

»Das ist ein interessanter Aspekt«, griff Clewer den Punkt auf. »Moritz Rösch wird auf dem Ebershaldenfriedhof getötet, und eine gute Woche später findet Frau Heppler diese Zeilen vor ihrer Tür. Das schreit doch geradezu danach, dass es zwischen dem Unbekannten, der ihr die Päckchen vor die Tür legt, und unserem Täter einen Zusammenhang geben muss.«

Brander nickte und sah zu Tropper. »Freddy, wie sieht's mit Fingerabdrücken auf dem Umschlag und den Notenblättern aus? Habt ihr da was gefunden?«

»Fingerabdrücke von Apollonia Heppler, von Paul Kübler und von dir.« Der letzten Information folgte ein tadelnder Blick. »Keine weiteren verwertbaren Abdrücke.«

»Und auf der Schachtel?«

»Das sage ich dir morgen, wenn mir die Ergebnisse der Kollegen vorliegen.«

Während Peppi mit Jens zu Apollonia gefahren war, hatte Brander sich zusammen mit Jeannette auf den Weg nach Denkendorf gemacht, um mit der Mutter der einstigen Pianistin zu sprechen. Statt Doris Heppler öffnete Florentine die Tür.

»Oh, Sie …« Florentine bat sie nicht ins Haus, sondern trat vor den Eingang.

»Ist Ihre Mutter zu Hause?«, fragte Brander.

»Sie schläft. Sie ist ziemlich aufgewühlt und hat eine Schlaftablette genommen. Sie können jetzt nicht mit ihr sprechen.«

»Vielleicht können Sie uns weiterhelfen.« Brander zeigte ihr auf dem Handy das Foto, das Tropper in der Schneekugel gefunden und abfotografiert hatte. »Wissen Sie, wann und wo dieses Foto aufgenommen wurde?«

Florentine blickte stirnrunzelnd auf das Display. »Das muss bei einem Vorspiel gewesen sein.« Sie wandte sich Brander wieder zu. »Woher haben Sie das?«

»Das kann ich Ihnen nicht sagen. Wer hat das Bild aufgenommen?«

Sie starrte einen Moment grübelnd vor sich hin. »Darf ich das Foto noch einmal sehen?«

Brander streckte ihr das Handy erneut entgegen. Dieses Mal zog sie den Ausschnitt mit den Fingern größer. »Nein, tut mir leid. Ich weiß es nicht.«

»Sind Sie sicher?« Brander meinte, einen zögernden Unterton in ihrer Stimme gehört zu haben.

»Ich … ich denk drüber nach, aber …« Sie hob bedauernd die Schultern.

***

Cecilia saß im Wohnzimmer und sah einen Film im Fernsehen, als Brander nach Hause kam. Nathalie war beim Training. Er setzte sich mit einem Block in die Küche. In der vergangenen Woche hatte er kaum Zeit gefunden, seine Skizze weiterzuführen. Er musste unbedingt Ordnung in seine Gedanken bringen.

Er versuchte sich die Zeichnung, die im Büro in seiner Schreibtischschublade lag, ins Gedächtnis zu rufen. Welche Symbole hatte er für welche Person gewählt?

Für Moritz Rösch die Armbrust, für Apollonia Heppler die Treppe. Christian Rösch fehlte ihm noch. Ein gebrochener Mann. Er skizzierte den Tisch mit dem unbenutzten Geschirr. Leere. Er schüttelte die Erinnerung an den Abend zuvor ab.

Ulf Subisch. Den Chirurgen hatte er bisher nicht in seine Zeichnung aufgenommen. Er entschied sich für eine Hand.

Lutz Heppler – welches Symbol passte zu dem Familienvater? Brander war überzeugt, dass das Geständnis des Mannes falsch war. Aber was hatte ihn dazu bewogen? Hatte eine seiner Töchter sich ihm anvertraut? Welche? Brander skizzierte einen Beichtstuhl.

Unweigerlich kam die Erinnerung an das Gespräch mit Florentine in der Klosterkirche hoch. Sie war nicht nur die Helfende, wie er am Anfang gedacht hatte. Sie war auch eine enttäuschte Frau. Hin- und hergerissen zwischen der Liebe zu ihrer älteren Schwester und der Frustration, ihre eigenen

Bedürfnisse zurückstellen zu müssen. Sie hatte eine ausdrucksstarke Stimme, das hatte Brander nicht nur so dahergesagt, sondern ehrlich gemeint. Und sie vermisste das gemeinsame Musizieren mit ihrer Schwester.

War das ein Trigger, um zwei Morde zu begehen? Sie kannte Moritz Rösch und vielleicht auch seine Gewohnheiten. Als Studentin konnte sie über ihre Zeit relativ frei verfügen – wer kontrollierte schon, ob sie in einer Vorlesung saß oder im Zug nach Heidelberg, um Ulf Subisch auszuspionieren?

Brander skizzierte für sie ein Mikrofon, dessen Ständer er zu einem Fragezeichen formte. Ein klein wenig Stolz stieg angesichts dieser Kreativität in ihm auf, als er sein Kunstwerk betrachtete.

Wen gab es noch? Cordelia – Blitz und Donner hatte er ursprünglich für sie vorgesehen. Sollte er das Symbol ändern? Eine Löwin, hatte er am Tag zuvor gedacht. Eine Kämpferin. Sie wollte ihre Schwester schützen. Er entschied sich für das Raubtier. Es machte mehr Spaß, einen Löwenkopf zu zeichnen als einen Blitz.

Dann war da noch ihr Lebensgefährte Paul Kübler. Der ausgleichende, ruhende Pol in dem Gefüge, der zur Stelle war, wenn er gebraucht wurde. Die Waage als Symbol schien Brander passend.

Jakub Piotrowski. War er nur Beobachter oder ein Stalker? Hatte er Apollonia Heppler gekannt, bevor er nach Esslingen in das Haus gezogen war, in dem sie wohnte? Auf derselben Etage. »Sie hat geweint und geschrien. Das kann ich doch nicht ignorieren«, erinnerte Brander sich an seine Worte. Ein Alptraum, hatte Apollonia erklärt. So heftig, dass man ihr Schreien in der Nachbarwohnung hörte?

Brander wählte für Piotrowski das Symbol einer Tür mit einem Spion. Wer fehlte? Die Mutter. Doris Heppler. Ein in die Ecke getriebener Hund, zähnefletschend. Oder eine Helikoptermutter? Überbesorgt? Überfordert?

Schritte im Flur ließen ihn aufblicken. Cecilia kam aus dem Wohnzimmer zu ihm.

»Na, ist deine Schnulze zu Ende?«

»Das war keine Schnulze, das war eine schöne französische Komödie. Ab und zu brauch ich mal was zum Lachen.«

»Hast du bei mir nicht mehr genug zu lachen?«

»Wenn du in einer Mordermittlung steckst, bist du nicht gerade ein Ausbund an Fröhlichkeit. Aber das ist okay. Ich habe mich damit arrangiert.«

Brander verzog bedauernd das Gesicht. »In ein paar Tagen haben wir den Fall gelöst. Dann tanze ich wieder fröhlich durchs Haus.«

»Du bist ja optimistisch.«

Zumindest hatte er ihr damit ein Lächeln entlockt. Sie ließ sich neben ihm nieder, lehnte sich an seine Schulter und betrachtete sein Blatt. »Dein aktueller Fall?«

»Ja.«

»Die Katze ist gut getroffen.«

»Das ist keine Katze, das ist eine Löwin.«

Sie hob den Blick zu ihm. »Also eine Raubkatze.«

Er küsste sie.

»Und hinter welchem Symbol versteckt sich Kathie?«

»Hinter gar keinem.«

»Wäre ein Baum zu einfallslos?«

»Warum denkst du, dass ich Katharina in meine Zeichnung einfügen sollte?«

»Na, irgendetwas hat sie doch mit deinem Fall zu tun, warum sonst wolltest du heute mit ihr sprechen?«

»Ich nehme ihre Sorge ernst, auch wenn es nichts mit meinem aktuellen Fall zu tun hat.«

»Sie hat mich angerufen, nachdem du mit ihr telefoniert hast.«

»Ist sie gut nach Hause gekommen?«

»Das hoffe ich. Als wir telefoniert haben, war sie noch unterwegs.« Cecilia richtete sich auf und sah ihm ins Gesicht. »Es hat etwas mit deinem Fall zu tun.«

Sie sagte es mit so einer Überzeugung, dass Brander sein Pokerface nur schwer aufrechterhalten konnte. »Was hat sie dir erzählt?«

»Du hast sie nach einer Apollonia Heppler gefragt. Du hast auch schon mit Manu über diese Frau gesprochen.«

»Woher weißt du das denn?«

»Ich war am Wochenende mit ihm aus, wie du dich vielleicht erinnerst?«

Da geriet erneut Salz in die offene Wunde. Das verpasste Konzert. Zu wenig zum Lachen. Zu wenig gemeinsame Zeit.

»Ist diese Apollonia die Frau, die Kathie bedroht?«

»Ich dachte, Katharina geht davon aus, dass die Gefahr von einem Mann ausgeht?«

»Sie sprach davon, dass sich die Bedrohung männlich angefühlt hätte. Dahinter könnte auch eine Frau stecken.«

Gemessen an dem, wie Brander Apollonia am Vormittag erlebt hatte, konnte er sich nicht vorstellen, dass sie den Mumm und die Energie hatte, einen Menschen auszuspionieren, einen Mordplan zu schmieden und ihn auszuführen. »Was hat Katharina dir über Frau Heppler erzählt?«

Cecilia strich sich die Haare aus der Stirn. »Wie kommen wir aus diesem Dilemma raus? Ich darf dir nicht erzählen, was mir von einer Kollegin auf beruflicher und streng vertraulicher Basis erzählt wurde. Du darfst mir nichts über deinen Fall erzählen.«

»Tja«, seufzte Brander ratlos.

»Tja«, echote Cecilia.

Brander kam eine Idee. »Ich finde deine Arbeit faszinierend, Ceci.«

»Ist das so?« Cecilia hob schmunzelnd die Augenbrauen.

»Absolut. Ich würde gern mehr davon verstehen, und ich bewundere deine Geduld, deine Empathie und dein analytisches Verständnis.«

»Jetzt trägst du aber ganz schön dick auf.«

»Niemals, meine Süße. Weißt du, was mich besonders interessiert? Traumapatienten. Da habe ich ja beruflich immer mal wieder mit zu tun.«

»Mhm«, murmelte Cecilia.

»Ich gebe dir mal ein Beispiel: Da ist eine sensible junge

Frau, die sich nach einem traumatischen Erlebnis aus dem Leben zurückzieht und anscheinend jede Psychotherapie erfolglos abbricht. Woran könnte das liegen?«

»Das lässt sich pauschal nicht beantworten.«

»Ich weiß, die menschliche Seele ist komplex.«

»Ganz genau. Man muss erst einmal schauen, wie diese Person mit Problemen umgeht, Verhaltensmuster aufdecken –«

»Ceci, die Nacht ist kurz«, bremste Brander einen ausufernden Vortrag. »Können wir das überspringen und da weitermachen, wo ich hinwill?«

»So viel dazu, dass du ein Bewunderer meiner Arbeit bist.«

»Bin ich ja, aber … es ist gleich elf.«

Sie bedachte ihn mit einem Blick zwischen Tadel und Verständnis für seine Ungeduld. »Ein Trauma zu bewältigen ist nicht nur eine Sache von Zeit, es kostet Kraft und braucht den Willen, aus dieser Situation rauszuwollen. Es gibt Menschen, die sich in ihrem Leid einrichten, weil dies vielleicht einfacher zu ertragen scheint. Es kann auch sein, dass das Umfeld des Patienten dieses Verharren in der Situation begünstigt. Es ist ja mit betroffen und bestätigt unter Umständen durch den Umgang mit dem traumatisierten Menschen diesen in seiner Opferrolle.«

Traf das auf Apollonias Umfeld zu? Florentine hatte gesagt, dass sie alles Mögliche versucht hätte, ihre Schwester zurück ins Leben zu holen. Wie verhielt sich der Rest der Familie? Behütend? Beschützend? »Welchen Grund sollte ich haben, einen Menschen in seiner Opferrolle zu lassen?«, fragte er.

»Es muss mir nicht bewusst sein. Aber mit meinem Mitleid und meiner Fürsorge kann ich mich über den anderen erheben – du bist das Opfer, ich bin die Helfende. Ich stehe über dir, denn du brauchst meine Hilfe. Der Helfende fühlt sich gut, weil er helfen kann, und er hat damit eine gewisse Macht, denn das Opfer schaut zu ihm auf, ist auf seine Hilfe angewiesen. Es geht natürlich auch andersherum: Durch sein Leid erzeugt das Opfer Mitleid und übt seinerseits Druck auf den Helfenden aus. Ich brauche dich – kümmere dich um mich.«

Apollonia hatte der Musik den Rücken gekehrt und zwang mit ihrer Sensibilität die jüngere Schwester zum totalen Verzicht. War das eine Form der Machtausübung durch Apollonia? Oder erlegte Florentine sich diesen Verzicht selbst auf, vielleicht aus falsch verstandener Loyalität?

Brander seufzte ratlos. »Jetzt wird's ganz schön verzwickt.«

»Man muss immer alle Seiten betrachten. Wie geht das Umfeld mit Problemen um? Gibt es begünstigende Faktoren, die es der Patientin erschweren, aus ihrer Opferrolle herauszukommen?«

»Könnte in so einer komplizierten Situation ein familiäres Waldbad mit professioneller psychotherapeutischer Begleitung helfen?«

»Es reicht sicher nicht, um ein Trauma zu bewältigen. So ein Nachmittag im Wald, der dazu dienen soll, jemandem aus seinem Leid herauszuhelfen und Kraft und Lebensfreude zu schöpfen, könnte sogar zum Desaster werden, wenn jemand anders die begünstigenden Faktoren erkennt, die es der Traumapatientin erschweren, wieder im Leben Fuß zu fassen, und das klar und deutlich kommuniziert.«

»Und dieser Jemand, der das kommuniziert hat, war Katharina?«

»Wir sind immer noch bei einem theoretischen Fallbeispiel«, erinnerte Cecilia ihn. »Im Übrigen war das die falsche Frage: Für dich sollte es interessanter sein, welchen Teilnehmer sie durchschaut hat. Manch einer gibt vor, nach der Lösung eines Problems zu suchen, möchte aber eigentlich gar nicht, dass sich etwas ändert.«

Auf welches Familienmitglied könnte das zutreffen?

Durch das angekippte Fenster hörte Brander, wie ein Wagen in der Sackgasse vor ihrem Haus hielt. »War Nathalie mit dem Auto zum Training?«

»Nein, ich vermute, dass ein netter junger Mann ihr seine Fahrdienste für den Heimweg angeboten hat«, erwiderte Ceci schmunzelnd. »Ich frage mich, wie lange es noch dauert, bis sie seinem Werben erliegt. Marvin ist wirklich ausdauernd.«

»Sie ist doch in ihn verliebt. Ich verstehe nicht, warum sie ihn so hinhält.«

»Wenn du mich fragst, hat sie Angst, dass es schiefgehen könnte und sie dann einen guten Freund verliert. Und sie hat nicht viele gute Freunde.«

***

Della war da. Sie hatten beide geweint. Der Vater im Gefängnis. Die Mutter nervlich am Ende. Und Florentine? Sie fehlte und war doch allgegenwärtig. Della wollte Florentine anrufen, aber sie wollte das nicht. Nie wieder wollte sie Florentine sehen. Es schockierte Della, aber sie akzeptierte es.

Della war nicht mit Paul nach Hause gefahren. Sie würde bei ihr übernachten. Jetzt war nur sie – Loni – wichtig. Niemand sonst.

Die Kommissarin war am Abend noch einmal gekommen. Die mit den langen dunklen Locken. Sie mochte ihre warme Stimme. Dieses Mal war ein anderer Mann bei ihr gewesen. Nicht der strenge Typ mit der Glatze. Der andere war jünger, groß, sportlich, mit strubbeligen blonden Haaren. Schöne hieß er – er war nicht wirklich schön, aber er hatte lange schlanke Finger. Das war ihr aufgefallen, als sie ihm erlaubt hatte, an ihren Laptop zu gehen.

»Sie sollten die Kamera abkleben«, hatte er gesagt. »Und klappen Sie den Laptop zu, wenn Sie ihn nicht benutzen.«

Er war ganz bei der Sache, er nahm sie ernst. Sie nutzte das Ding eh nur für das Fernstudium. Chatten konnte sie mit ihrem Smartphone. Auch da solle sie die Kamera abkleben, hatte er ihr geraten.

Er hatte nach ihren Social-Media-Kontakten gefragt. Ob es besonders intensive Kontakte gäbe zu Leuten, die sie im realen Leben nicht kannte. Ob es jemanden geben würde, der immer alles ›liken‹ würde, was sie postete. Ob es Kontakte gäbe, die sie erst seit ein oder zwei Jahren hätte. Sie war zu konfus und konnte die Fragen nicht beantworten.

Der Kommissar hatte sie gebeten, ihm ihre Log-in-Daten zu geben, damit er nach Auffälligkeiten in ihrem Account suchen könnte, aber da waren Della und Paul eingeschritten. Das war Privatsphäre. Das ging niemand etwas an. Auch nicht die Polizei. Der Kommissar hatte angeboten, mit ihr gemeinsam ihre Kontakte durchzusehen. Sie hatte zugestimmt. Aber sie war zu erschöpft. Am nächsten Tag wollte er zu ihr kommen. Zehn Uhr hatten sie ausgemacht.

Della schlief tief und fest neben ihr. Sie hatte ein Doppelbett, das bot Platz für sie beide. Sie hatten auch schon zu dritt in dem Bett geschlafen. Mit Flora. Nein, nicht Flora. Florentine. Die Verstoßene. Die Verräterin.

Sie fand keine Ruhe, stahl sich aus dem Schlafzimmer und ging auf den Balkon. Es war kalt, und sie kuschelte sich in eine Decke. Sie nahm ihr Smartphone, scrollte durch die nichtssagenden Postings. Bilder von Blumen, Tieren oder irgendwelchen Menschen. Alles war unbedeutend.

Eine neue Nachricht kam über den Messenger. »Na, du Nachtschwärmer.«

Da war er endlich. Sie lächelte. »Ich bin aufgeregt. Heute war ein schlimmer Tag. Aber morgen wird sich alles klären.« Sie erzählte jowogo alles. Sie war zuversichtlich. Sie vertraute dem Kommissar. Sie mochte seine langen schlanken Finger.

Mittwoch

Jens Schöne sah aus, als hätte er die Nacht durchgearbeitet, war Branders Eindruck, als er den IT-Forensiker am Morgen bei der Sitzung der Ermittlungsgruppe mit halb geschlossenen Lidern vor seinem Kaffeebecher sitzen sah.

»Einen kurzen Blick konnte ich gestern Abend auf die Social-Media-Konten von Apollonia Heppler werfen. Allerdings waren ihre Schwester und deren Freund dabei, die haben mir schön auf die Finger geschaut«, berichtete Jens. »Ich fahre nachher noch mal zu ihr. Ich hoffe, da bin ich mit ihr allein, sodass ich ungestört arbeiten kann.«

»Du gehst nicht allein zu ihr«, bestimmte Clewer. »Persephone, hast du Zeit?«

»Für meinen liebsten IT-Spezialisten doch immer.«

»Brauchst dich gar nicht einkratzen. Der Computerfuzzi vergisst nichts«, schmollte Jens, konnte aber ein Schmunzeln nicht unterdrücken.

Er würde Peppi für ihren Lapsus noch bis zu ihrer Pensionierung aufziehen, vermutete Brander.

»In Apollonias Chatliste konnte ich gestern zumindest einen Blick auf die Namen derjenigen werfen, mit denen sie zuletzt Kontakt hatte«, fuhr Jens fort. »Ein Nickname ist mir dabei aufgefallen: jowogo. Der stand gleich an oberster Stelle, was bedeutet, dass sie zu dieser Person zuletzt Kontakt hatte. Daher habe ich mich heute Nacht ein bisschen mit jowogo befasst.«

»Jowogo?«, wiederholte Brander. »Ist das ein Kürzel oder ein richtiger Name?«

»Es könnte eine Art Akronym sein: Jo – Wo – Go.«

»Und wofür steht das?«

»Johann Wolfgang von Goethe.«

»Im Ernst?«

»Ist nur so eine Idee. Die Assoziation wäre mir nicht so

spontan gekommen, wenn wir nicht kurz zuvor in der Sitzung über dieses vertonte Gedicht gesprochen hätten, das Apollonia bekommen hat.«

»Also könnte es einen Zusammenhang zwischen dem Chatpartner und den anonymen Geschenken geben.«

»Dem Profil nach zu urteilen, handelt es sich um jemanden, der Literatur mag, insbesondere die alten Dichter, und der ein Faible für Musik hat. Könnte aber auch alles Fake sein – das Profilfoto ist definitiv Fake. Ich hatte Glück, heute Nacht war jowogo online. Wir versuchen, seinen Standort zu lokalisieren.«

»Das ist doch kein Zufall«, überlegte Peter. »Eine Person, die sich hinter einem Goethe-Nicknamen versteckt, und dann die Musiknoten, die vor Apollonias Tür lagen. Das passt doch auch zur Tötungsart. Er hat keine moderne Pistole benutzt, sondern eine mittelalterliche Waffe – die Armbrust.«

»Goethe hat im 18. und 19. Jahrhundert gelebt, wenn ich mich richtig erinnere. Das war nicht mehr Mittelalter«, glänzte Fabio mit seinem Schulwissen. »Außerdem war es mutmaßlich keine Mittelalter-Armbrust, sondern eher eine moderne Jagdarmbrust.«

»Und die Tatwaffe hat nichts mit dem Johann zu tun«, ergänzte Stephan. »Der Friedrich Schiller hat ›Wilhelm Tell‹ geschrieben.«

»Der hieß aber auch Johann: Johann Christoph Friedrich Schiller«, brillierte Fabio erneut.

»Hatte Florentine nicht gesagt, dass der Schiller dieses ›Nachtlied‹ von Goethe vertont hat?« Brander sah fragend zu Peppi.

»Nein, das war Franz Schubert, kein Johann.«

»Jetzt mal langsam, Leute.« Clewer hob bremsend die Arme. »Das klingt für mich, als versuchten wir einen Zusammenhang herzustellen, den es vielleicht gar nicht gibt.«

»Könnte es nicht sein, dass das alles Fake ist?« Jeannette betonte das Wort »alles«.

»Wie meinst du das?«, fragte Brander. »Unsere zwei Todesopfer sind sehr real.«

»Diese Stalkinggeschichte. Warum kommt die Heppler jetzt erst damit raus? Das hätte sie doch längst anzeigen können! Vielleicht gibt es gar keinen Stalker. Keiner von den Nachbarn hat etwas beobachtet, und so einfach kommt da niemand ins Haus rein.«

»Du denkst, sie legt sich die Päckchen selbst vor die Tür?«

»Wäre doch möglich.«

»Und warum?«

»Aufmerksamkeit.«

»Kannst du deine Gedanken etwas genauer ausführen?«, bat Clewer.

»Ich habe das mal nachgelesen. Es gibt auch ›falsche Stalkingopfer‹, da gibt es verschiedene Kategorien. Bei artifiziellen Opfern ist das Leitmotiv, Fürsorge und Aufmerksamkeit zu bekommen«, führte Jeannette mit belehrendem Unterton aus. »Apollonia war eine hochbegabte Nachwuchspianistin. Sie hat Stipendien bekommen, Konzerte gegeben, alles in der Familie drehte sich um sie. Hat die Florentine doch so gesagt, oder?« Sie sah zu Brander.

»Ja, das stimmt.«

»Sie bekam also total viel Aufmerksamkeit. Aber durch das Ende ihrer Karriere war das mit einem Mal alles weg. Eines Tages steht der Rösch mit Blumen vor ihrer Tür. Und alle sind besorgt, was das mit ihr macht. Sie steht wieder voll im Mittelpunkt der Familie. Und da hat sie sich vielleicht gedacht, ich tu so, als würde der Rösch mich stalken, und dann kümmern sich wieder alle um mich.«

Peppi bewegte abwägend den Kopf. »Also ganz ehrlich, so wie ich Apollonia gestern erlebt habe, kann ich mir nicht vorstellen, dass sie sich selbst Päckchen vor die Tür legt und Opfer spielt. Was meinst du, Andi?«

»Ganz so abwegig finde ich den Gedanken nicht«, erwiderte Brander. Leid erzeugt Mitleid, hatte Cecilia gesagt. Aber die Macht konnte auch andersherum ausgeübt werden. »Es könnte allerdings auch jemand aus der Familie sein, der ihr die Päckchen vor die Tür legt. Die Eltern haben einen

Zweitschlüssel, sie können sich jederzeit Zutritt zum Haus verschaffen.«

»Und warum?«, fragte Peppi.

»Wenn du leidest, brauchst du meine Hilfe.«

»Du meinst, die Mutter legt ihr die Päckchen vor die Tür?«

»Nein, das glaube ich nicht. Allerdings lebt ja noch jemand in dem Haus, die darauf versessen ist, ihrer Schwester zu helfen.«

Da Peppi am Vormittag mit Jens zu Apollonia fahren wollte, machte Brander sich mit Fabio und Jeannette auf den Weg zum Haus der Hepplers, in der Hoffnung, Florentine dort anzutreffen.

Brander hing während der Fahrt seinen Gedanken nach. Es sprach einiges dafür, dass Florentine die Stalkerin sein könnte: Sie hegte nicht nur die Liebe zur Musik, sondern auch zur deutschen Sprache. In ihrem Zimmer standen neben den Ordnern mit Notenblättern zahlreiche Literaturklassiker im Bücherregal, hatte er bei der Hausdurchsuchung gesehen.

Florentine hatte sich auf einen Drogendeal mit Rösch eingelassen, um ihrer Schwester zu helfen. Aber warum bezog sie ausgerechnet von dem Mann das Cannabis, dem Apollonia ihr Leid zu verdanken hatte? Stimmte die Geschichte, die Florentine ihm erzählt hatte? Oder war es eine subtile Art der Rache dafür, dass sie immer im Schatten der Schwester stand und nun aufgrund der Tatsache, dass Apollonia keine Musik mehr ertrug, gezwungen war, auf ihre Gesangsambitionen zu verzichten?

Das eine war die Sache mit den anonymen Päckchen, das andere waren die Tötungen. War Florentine für die Morde an Rösch und Subisch verantwortlich? Sie war die beste Schützin unter den drei Schwestern, hatte Paul Kübler gesagt. Aber was hätte sie zu den Taten veranlassen sollen?

»Kommst du da noch raus, wenn ich dicht an die Hecke fahre?«, fragte Fabio, als sie das Haus in Denkendorf erreicht hatten. »Hier kann man ja nirgends parken.«

»Lass mich vorher raus.« Brander stieg aus und musterte die Fassade der Doppelhaushälfte, während Fabio den Wagen abstellte. Das Haus wirkte leer und leblos. Er war beinahe überrascht, als auf sein Klingeln die Tür geöffnet wurde.

»Nicht Sie schon wieder.« Doris Heppler wirkte seit ihrem letzten Zusammentreffen um Jahre gealtert, das konnten auch ihr sorgfältiges Make-up und die gefärbten Haare nicht wettmachen.

»Dürfen wir bitte kurz reinkommen?«

Resigniert seufzend wich sie einen Schritt zur Seite. »Sie kennen ja den Weg.«

Brander blieb dennoch im Flur stehen. »Ist Ihre Tochter zu Hause?«

»Flora ist in der Uni.«

»Sind Sie sicher?«

»Möchten Sie raufgehen und sich überzeugen, dass sie nicht hier ist?«

»Ja, das möchte ich.«

Sie hob zu einem Widerspruch an, seufzte dann aber erneut ergeben. »Bitte.«

»Oben gleich die erste Tür links«, wies Brander Fabio an.

Während Fabio die Treppe hinaufstieg, folgte Brander mit Jeannette im Schlepptau der Hausherrin in den Wohnraum.

»Was wollen Sie von Flora?«

»Wie ist das Verhältnis zwischen Florentine und Apollonia? Verstehen sie sich?«

»Natürlich. Sie lieben sich.«

Fabio kehrte zurück, nickte kurz, um zu bestätigen, dass die Studentin tatsächlich nicht im Haus war.

Die Mutter verzog abschätzig den Mund.

»Sie wissen, dass Apollonia seit einiger Zeit immer wieder Päckchen vor ihrer Wohnungstür vorfindet?«

»Flora hat es uns erzählt. Loni wollte uns nicht damit belasten. Ich habe von Anfang an gesagt, dass sie das anzeigen soll. Aber ich bin ja nur die hysterische Mutter.« Sie runzelte die Stirn. »Jetzt sehen wir, wohin das geführt hat.«

»Meinen Sie damit die Tötung von Moritz Rösch?«

Sie zuckte die Achseln.

»Apollonia hat aber nicht Moritz Rösch verdächtigt, ihr die Päckchen vor die Tür gelegt zu haben, sondern ihren Nachbarn, Herrn Piotrowski.«

»Der Rösch ist tot. Da kann er es ja nicht gewesen sein, oder?«

»Hat Ihr Mann deswegen Moritz Rösch getötet? Wegen der Päckchen?«

»Rösch ist schuld an allem«, erwiderte sie mit bitterer Inbrunst.

»Und Ulf Subisch?«

Ihr Blick wanderte zur Verandatür, verharrte dort eine Weile. »Das weiß ich nicht«, gestand sie schließlich ein.

Brander suchte auf seinem Handy das Foto von dem Bild in der Schneekugel. Er zeigte es Doris Heppler. »Können Sie mir sagen, von wem und wann diese Aufnahme gemacht wurde?«

In den Blick der Mutter legte sich eine sehnsüchtige Traurigkeit. »Das muss kurz vor ihrem Unfall gewesen sein. Ich glaube, es war ein Vorspiel in der Liederhalle in Stuttgart. Woher haben Sie das Bild?«

»Wer hat die Aufnahme gemacht?«

Sie hob die Schultern. »Ich vermute, Flora. Sie hat häufig Fotos gemacht, wenn sie Loni zu einem Vorspiel begleitet hat. Flora war sehr stolz auf ihre Schwester.«

»Haben Sie einen Vorlesungsplan von Ihrer Tochter?«, fragte Fabio.

»Was wollen Sie denn so dringend von Flora?« Umgehend legte sich wieder Gereiztheit in ihre Stimme.

»Es ist wichtig, dass wir mit ihr sprechen.«

»Lassen Sie meine Tochter in Ruhe. Sie muss sich auf ihr Studium konzentrieren.«

»Haben Sie einen Vorlesungsplan?«, wiederholte Fabio mit Nachdruck.

»Nein, habe ich nicht.« Doris Hepplers Gesicht wurde zu

einer abweisenden Maske. »Wenn das alles ist, möchte ich Sie bitten, mein Haus zu verlassen.«

»Sie kennen Ihre Tochter«, ergriff Jeannette unvermittelt das Wort. »Kann es nicht genauso gut sein, dass Loni sich die Päckchen selbst vor die Tür legt?«

Der Hausherrin entgleisten die Gesichtszüge. Brander fluchte innerlich.

»Sie denken vermutlich auch, dass Loni damals die Treppe allein heruntergestolpert ist«, zischte Doris Heppler zornig. »Das Opfer ist nicht Moritz Rösch, sondern meine Tochter! Aber das interessiert die Polizei ja nicht. Sagen Sie mir Ihren Namen und Ihren Dienstgrad. Das hat ein Nachspiel. Ich lasse doch meine Tochter nicht von Ihnen verleumden!«

Jeannette wollte etwas erwidern, aber Brander brachte sie mit einer Geste zum Schweigen. »Frau Gugel wollte Ihre Tochter nicht verleumden. Wir müssen alle Möglichkeiten in Erwägung ziehen und, so leid es mir tut, auch unangenehme Fragen stellen.«

»Verlassen Sie auf der Stelle mein Haus. Ich lasse meine Familie nicht von Ihnen denunzieren! Sie hören von unserem Anwalt!«

»Scheiße.« Jeannette schlich mit gesenktem Kopf neben Brander und Fabio zurück zum Wagen. Sie war den Tränen nahe. »Jetzt krieg ich eine Anzeige.«

»Unsinn, sie wird sich beschweren. Wir werden dem Chef die Situation erklären, und gut ist's.« Brander musterte die Anwärterin unschlüssig. Das Mädel war geknickt, dennoch wollte er ihr den Vorfall nicht unkommentiert durchgehen lassen. »Aber so ein unabgesprochenes Vorpreschen möchte ich nicht noch einmal erleben.«

Seine Kritik brachte den Damm zum Brechen. Sie begann zu weinen. »Ist doch egal, was ich mache, du findest immer was zu meckern! Alles, was ich mache, ist falsch!«

So eine Diskussion konnte Brander brauchen. Fabio sah stirnrunzelnd von ihm zu ihr. Was tun? Vor dem Hause Heppler war sicherlich nicht der richtige Ort für ein klärendes Gespräch.

»Du bist Anwärterin, Jeannette«, erwiderte Brander bemüht ruhig. »Du bist bei uns, um etwas zu lernen. Wenn du meine Kritik unangemessen findest, können wir darüber reden. Aber nicht in dem Ton und nicht hier. Steig bitte in den Wagen. Wir haben zu tun.«

Sein Blick duldete keinen Widerspruch. Zu seiner Erleichterung befolgte sie seine Aufforderung.

»Va bene«, fand Fabio seine Sprache wieder. »Wohin als Nächstes?«

»›Delias Blumeninsel‹, vielleicht hat Cordelia einen Vorlesungsplan ihrer Schwester oder weiß, wo wir Florentine finden.«

»Cordelia?« Fabio rümpfte die Nase. »Da kriegste ja gleich den nächsten Anschiss.«

»Fabio, ganz schlechter Moment.« Brander war nicht zum Scherzen zumute. Er fragte sich, wie er Jeannette freundlich bitten konnte, im Auto zu bleiben, während er mit Fabio in das Geschäft ging. Mit dem verheulten Gesicht konnte er sie unmöglich zu einer Befragung mitnehmen.

Zum Glück fügte sie sich ohne Protest in ihr Schicksal.

»Ich mach dir den Polizeifunk an, dann ist's nicht so langweilig«, versuchte Fabio, die Stimmung aufzulockern.

Wenig später stand Brander mit ihm vor dem verriegelten Geschäftseingang.

»Mittwochs geschlossen«, las Fabio bei den Angaben zu den Öffnungszeiten.

»Verdammt, hab ich nicht dran gedacht«, ärgerte sich Brander. »Vielleicht ist sie zu Hause. Sie wohnt mit ihrem Freund über dem Geschäft.«

Sie gingen an der Gebäudeseite durch eine schmale Pforte zum Privateingang und versuchten dort ihr Glück. Aber auch hier blieb die Tür verschlossen. Brander musterte die Fassade. Hinter den Fenstern lag die Wohnung im Dunkeln. Auf halbem Weg zurück stürmte Jeannette ihnen entgegen.

»Da kam gerade ein Funkspruch. Auf der Flandernhöhe wurde auf zwei Polizeibeamte geschossen!«

»Da wohnt doch Apollonia.« Brander schoss das Adrenalin in die Adern. Sie spurteten zum Wagen.

***

Der Bereich vor dem Wohnblock, in dem Apollonia Heppler wohnte, war abgesperrt, die Umgebung ein Meer aus Einsatzfahrzeugen.

Brander sprang aus dem Wagen, kaum dass die Räder standen. Ein Uniformierter stoppte ihn an der Absperrung. Brander hielt ihm seinen Ausweis entgegen.

»Einsatzleiter ist da vorn.« Der Kollege deutete auf einen Transporter.

Brander sprintete über den Asphalt. Die Schiebetür des Wagens stand offen. Er entdeckte Clewer. »Hans!«

Clewer sagte etwas zu jemandem, der ihm im Wagen gegenübersaß, und stieg aus. »Ich dachte, ihr seid in Denkendorf.«

»Was ist passiert?«

»Jens hat es erwischt. Ein Schuss in den Rücken.« Tiefe Besorgnis lag in der Stimme des Inspektionsleiters. »Es sieht nicht gut aus.«

»Und Peppi?« Brander brachte die Frage kaum über die Lippen.

Clewer deutete in das Einsatzfahrzeug. »Sie steht unter Schock, aber sie wollte nicht in ein Krankenhaus. Ich habe ihren Mann informieren lassen.«

»Kann ich mit ihr reden?«

»Ja.«

Brander stieg in den Sprinter. Ein Becher Tee stand auf dem kleinen Tisch. Jemand hatte Peppi eine Decke um die Schultern gelegt. Ihr Gesicht war aschfahl, die Pupillen riesig.

»Hey.« Er setzte sich ihr gegenüber und griff nach ihren Händen. Die Finger waren eisig. Aber sie lebte. Sie war unverletzt. Wenigstens das. Und Jens?

»Magst du reden?«

Sie hob die Schultern. »Wir standen vor der Haustür«, begann sie leise und stockend. »Es ging alles so schnell. Wir haben herumgeflachst. Ich habe geklingelt. Im selben Augenblick schreit Jens auf und geht in die Knie. Ich habe versucht, ihn aufzufangen. Und dann sehe ich diesen Scheißbolzen in seinem Rücken.«

Sie schluckte. »Wir lagen auf dem Boden. Ich hab zur Straße geschaut, aber niemanden gesehen.« Sie sah verzweifelt zu ihm. »Verflucht, Andi! Ich habe niemanden gesehen!«

»Wir kriegen ihn, Peppi.« Er versuchte, Zuversicht in seine Stimme zu legen. Warum dieser hinterhältige Anschlag? Warum Jens?

»Jemand kam aus dem Haus. Ich hab ihn angeschrien, er soll drinnen bleiben. Ich ... ich hab versucht, Jens zu helfen. Aber ich wusste gar nicht, was ich tun sollte. Ich wusste nicht ... Ich konnte nicht ...«

»Hey, hey, hey«, versuchte er sie zu beruhigen. Erst jetzt fiel Brander auf, dass das Muster auf Peppis Bluse Blut war. Er drehte ihre Handflächen nach oben. Jemand hatte sie gesäubert. Er strich mit dem Daumen über ihre Hand. »Jens ist versorgt. Er ist in der Klinik. Wir sollten dich nach Hause bringen.«

»Nein«, erwiderte sie energisch. »Ich will, dass wir das Schwein kriegen.«

»Du hast keinen Abstand zum Geschehen. Du wirst nicht mitermitteln.« Er sagte es sanft, aber sein Blick duldete keinen Widerspruch.

Sie biss die Zähne zusammen. »Dann hör auf, mit mir Händchen zu halten. Hilf den anderen! Wenn Jens stirbt –«

»Jens stirbt nicht.« Er hoffte, dass er sich nicht irrte.

Ihre Augen wurden glasig. »Verflucht, warum hab ich den Schützen denn nicht gesehen?«

»Wir sind alle vor Ort, Peppi. Wir finden den Kerl.«

Sie entzog ihm ihre Hände und putzte sich die Nase.

»Hast du etwas gehört?«, tastete Brander sich behutsam vor. »Ein Auto, das herangefahren oder weggefahren ist?«

Sie wischte sich die Tränen aus den Augenwinkeln, sah

Brander grübelnd an, schüttelte schließlich den Kopf. »Nein, kein Auto.«

»Dann war der Täter vielleicht zu Fuß unterwegs.«

»Es muss kein Mann sein, Andi. Es kann ebenso gut eine Frau gewesen sein.«

»Ja.« Wer kam dafür in Frage? Florentine? Durch die getönten Scheiben des Bullis sah er die Kriminaltechniker vor dem Hauseingang arbeiten. »Kann ich dich allein lassen?«

Sie nickte.

Es widerstrebte ihm dennoch zu gehen. »Tust du mir einen Gefallen? Ruf Ceci an. Rede mit ihr.«

Die Frauen kannten sich, und Brander hoffte, dass das Gespräch Peppi über den ersten Schock hinweghelfen konnte.

Clewer stand mit Fabio und Jeannette in der Nähe des Hauseingangs. Die Anwärterin war ähnlich blass wie Peppi. Sie hatte Fabios wilde Fahrt von Denkendorf nach Esslingen nicht vertragen.

Stephan und Peter hatten mit der Nachbarschaftsbefragung begonnen, erfuhr Brander, als er sich zu den Kollegen gesellte. »War schon jemand bei Apollonia Heppler?«

»Wir haben es versucht, aber sie macht die Tür nicht auf«, erwiderte Clewer. »Piotrowski ist nicht zu Hause. Ein Nachbar sagte, er hätte gesehen, wie er heute früh das Haus verlassen hat. Wir überprüfen gerade, ob er bei der Arbeit ist.«

»Was ist mit dem Rest des Heppler-Clans?«

»Ich hatte gehofft, dass ihr uns dazu was sagen könnt.«

»Außer Doris Heppler haben wir niemanden angetroffen.« Branders Blick glitt über die Umgebung. »Von wo hat der Täter geschossen?«

»Die Vermutung ist, dass er sich irgendwo zwischen den Sträuchern und Hecken bei dem Heizkraftwerk versteckt hat. Dahinter befindet sich der Friedhof, in die Richtung könnte er geflüchtet sein.«

Viel Sichtschutz boten die Sträucher nicht. »Gibt es Zeugen?«

»Bisher nicht.«

»Peppi sagt, sie hat kein Auto gehört. Es ist gut möglich, dass der Schütze zu Fuß geflüchtet ist.«

»Oder mit dem Fahrrad«, ergänzte Fabio.

Brander sah zum Eingangsbereich des Wohnblocks. »Unser Armbrustschütze sucht keine Zufallsopfer. Warum Jens? Woher wusste der Täter überhaupt, dass er heute Vormittag hierherkommt? Der hat doch nicht auf gut Glück gewartet.«

»Cordelia und Paul waren gestern dabei, als Jens mit Peppi bei Loni war«, brachte Jeannette sich ein.

»Das hieße, dass einer von den dreien unser Täter ist«, überlegte Fabio.

»Muss nicht sein«, erwiderte Brander. »Wir wissen nicht, ob sie jemandem erzählt haben, dass Jens heute noch einmal zu Apollonia geht.«

»Ist die Frage, warum der Täter ihn unbedingt davon abhalten wollte.« Clewer strich sich durch die grauen Haare. »Wenn er es denn tatsächlich auf Jens abgesehen hatte.«

Brander sah erneut zum Hauseingang. Egal, von wo der Schütze geschossen hatte, wenn er Jens treffen wollte, musste er zielsicher sein. Peppi hatte gesagt, dass Jens neben ihr stand. Eine kleine Unsicherheit, eine unvorhergesehene Bewegung, und es hätte ebenso sie treffen können.

»Das Handlungsmuster hat sich geändert«, stellte Brander fest. »Bei den ersten beiden Opfern gehen wir davon aus, dass er sie ausspioniert und für seine Tat einen Moment abgepasst hat, in dem er sehr sicher sein konnte, von niemandem gestört zu werden. Hier ist er ein ziemlich hohes Risiko eingegangen, gesehen zu werden.«

Der Täter stand unter Druck. Hatte er weitere Opfer auf seiner Liste? Katharina Preuss kam Brander in den Sinn. Er sollte sie anrufen und warnen.

An der Absperrung wurde es laut. Brander erkannte in dem Stimmengewirr das wütende Gezeter von Cordelia Heppler. Er eilte dem Beamten, der sie davon abhalten wollte, die Absperrung zu durchbrechen, zu Hilfe.

»Was ist mit Loni?«, schrie sie ihm entgegen. »Ich will zu meiner Schwester!«

»Da will ich auch gerade hin. Kommen Sie bitte mit.«

Der Kollege in Uniform hob die Absperrung. Brander packte Cordelia am Arm, um zu verhindern, dass sie blindlings zum Eingang rannte und damit den Tatort kontaminierte.

»Lassen Sie mich los!«

»Sie können nicht durch den Vordereingang. Wir gehen durch die Tiefgarage.« Er rief Jeannette und Fabio zu sich, damit sie ihn begleiteten.

Sie nahmen den Fahrstuhl nach oben. Statt an der Wohnungstür zu klingeln, ließ Cordelia sich selbst hinein.

»Loni? Loni!«

Die junge Frau saß zusammengekauert auf der Récamiere, die Knie zur Brust gezogen, das Gesicht in den Armbeugen versteckt.

Brander hatte erwartet, dass Cordelia ihre Schwester in die Arme nahm, stattdessen kniete sie vor ihr nieder, berührte sie nur sachte. »Loni, alles ist gut. Ich bin bei dir. Alles ist gut.« Sie sprach beruhigend auf ihre Schwester ein, bis diese endlich den Blick hob, erst zu Cordelia, dann zu den Beamten sah.

»Was wollen die hier?« Ihre Stimme klang nicht verängstigt, sondern abweisend.

»Wir müssen mit Ihnen reden, Frau Heppler«, erklärte Brander. »Mit Ihnen beiden.«

»Aber ich will das nicht.«

»Ein Mann wurde vor diesem Haus angeschossen. Sie werden mit uns reden müssen«, erwiderte Brander streng.

»Nicht in diesem Ton!«, fuhr Cordelia ihn an. »Sie sehen doch, dass es ihr nicht gut geht.«

Jens geht es weitaus schlechter, dachte Brander grimmig. »Wem haben Sie erzählt, dass Herr Schöne heute Vormittag zu Ihnen kommt, Frau Heppler?«

Apollonia sah ihn mit großen Augen an. »Wurde er erschossen?«

»Herr Schöne wurde angeschossen. Wer wusste, dass er

heute zu Ihnen kommt?« Es kostete Brander einiges an Selbstbeherrschung, nicht laut zu werden. Die Sorge um Jens zehrte an ihm.

»Die Familie wusste es«, zischte Cordelia. »Und jetzt lassen Sie uns in Ruhe!«

Apollonia hatte die Arme von den Beinen gelöst, betrachtete eingehend ihre Hände. »Er hat so schöne schlanke Finger.«

»Frau Heppler, haben Sie sonst noch jemandem erzählt, dass Herr Schöne heute zu Ihnen kommt?«

»Wem hätte sie es denn erzählen sollen? Ich war den ganzen Abend bei ihr. Sie hat mit niemandem gesprochen.«

Brander erinnerte sich an Jens' Bericht, dass ein Chatkontakt von Apollonia in der Nacht online gewesen war. »Haben Sie heute Nacht mit jemandem gechattet?«, fragte er.

Apollonia sah ertappt auf.

»Sie haben mit jowogo gechattet«, beantwortete Brander die Frage selbst.

Ihr Blick glitt hilfesuchend zu ihrer Schwester, die sogleich einsprang. »Selbst wenn. Warum sollte Loni irgendeinem Jogi Wu erzählen, dass die Polizei zu ihr kommt?«

Hatte sie den Namen absichtlich falsch wiedergegeben? »Vielleicht kann Ihre Schwester uns das ja erklären?«

»Loni braucht jetzt Ruhe!«

»Was haben Sie diesem jowogo geschrieben?«, ignorierte Brander die aufgebrachte Frau.

Apollonia hob minimal die Schultern.

»Ich beschlagnahme Ihr Smartphone. Es wäre entgegenkommend, wenn Sie uns die Zugangsdaten geben.«

»Geht's noch?« Cordelia hob bremsend die Hand. »Du gibst denen gar nichts!«

»Sie haben gar keine Wahl«, schmetterte Brander ihren Widerspruch rigoros ab.

Fabio nahm das Smartphone, das auf einem kleinen Beistelltisch neben der Récamiere lag, bevor Cordelia es an sich reißen konnte.

»Das dürfen Sie nicht!«

»Und jetzt zu Ihnen, Frau Heppler.« Brander richtete seine Aufmerksamkeit auf die ältere Schwester. »Woher sind Sie vorhin gekommen?«

»Von zu Hause.«

»Das stimmt nicht.«

»Ich war zu Hause!«

»Wir waren gerade bei Ihnen. Wir haben geklingelt. Mehrfach.«

»Dann habe ich Ihr Klingeln leider nicht gehört«, erwiderte sie schnippisch.

»Und Ihr Freund? Ist der auch taub?« Brander spürte, dass ihm die Geduld abhandenkam.

Cordelia wandte sich wortlos ihrer Schwester zu.

»Sind Sie mit dem Auto gekommen?«, fragte Fabio.

Er erhielt keine Antwort.

»Allein oder mit Ihrem Freund?«

Cordelia wandte ihnen weiter schweigend den Rücken zu.

Sie war vorhin nicht zu Hause, war Brander sich sicher. Hinter den Fenstern war alles dunkel gewesen. Ihr Auto hatte weder in der Einfahrt noch in der Straße vor dem Geschäft gestanden. Der Kastenwagen mit dem Aufdruck des Blumenladens wäre ihm aufgefallen. »Wo haben Sie geparkt?«

Auch die Frage blieb unbeantwortet.

»Wo ist Ihr Lebensgefährte, Frau Heppler?«, fragte Brander, als die Melodie seines Smartphones ihn störte. Clewer.

»Bin gleich wieder da«, informierte er Fabio und Jeannette und ging in das Treppenhaus. »Ja?«

»Frau Stern hat sich gemeldet«, berichtete der Inspektionsleiter. Anita Stern war Jens' Kollegin. »Sie haben herausgefunden, von welchem Ort sich jowogo eingeloggt hat.«

Wenig später war Brander erneut in der Wohnung. »Frau Heppler«, wandte er sich an Apollonia. »Wissen Sie, wer sich hinter dem Nicknamen jowogo verbirgt?«

Es dauerte einen Moment, bevor sie ein kaum hörbares »Nein« hervorbrachte.

»Und Sie?«, nahm er Cordelia ins Visier. »Haben Sie uns dazu etwas zu sagen?«

»Ich habe keine Ahnung, wer das sein soll!«

»Sollten Sie aber«, erwiderte Brander. »Die IP-Adresse führt zu Ihrem Anschluss.«

Apollonia riss die Augen auf. »Della?«

Cordelia wandte sich ihrer Schwester zu. »Das ist Schwachsinn! Glaub das nicht. Die wollen uns manipulieren.«

»Frau Cordelia Heppler, wo waren Sie heute Vormittag um zehn Uhr?«

»Ich war zu Hause. Das habe ich bereits gesagt.«

»Und ich habe Ihnen bereits gesagt, dass ich weiß, dass das nicht stimmt!« Brander gab ihr einen Atemzug Zeit, ihre Antwort zu überdenken. Aber die Frau schwieg. »Frau Cordelia Heppler, Sie sind vorläufig festgenommen. Sie stehen unter dem dringenden Tatverdacht, heute Vormittag Kriminalhauptkommissar Schöne angeschossen zu haben.«

Die Floristin drehte sich entsetzt zu ihm um. »Sind Sie jetzt völlig verrückt geworden?«

Brander nahm es als rhetorische Frage und klärte die Frau über ihre Rechte auf. »Wir reden in der Dienststelle weiter«, sagte er abschließend. »Stehen Sie bitte auf.«

Sie schüttelte den Kopf.

»Wenn Sie ein Smartphone bei sich haben, fordere ich Sie auf, mir dieses auszuhändigen.«

»Gar nichts werd ich!«

»Ich fordere Sie ein letztes Mal auf aufzustehen, mir Ihr Smartphone auszuhändigen und uns zu begleiten«, erklärte Brander scharf. Aus den Augenwinkeln bemerkte er, wie Jeannette nervös einen Schritt zurücktrat.

»Della …« Apollonia beobachtete mit Schrecken, wie Fabio ihre Schwester am Arm fasste, um sie hochzuziehen. »Hören Sie auf!«

»Hauen Sie ab!«, schrie Cordelia. Sie wehrte sich mit Händen und Füßen gegen Fabio.

»Jetzt machen Sie die Situation nicht schlimmer, als sie

ist.« Brander deutete mit einem energischen Nicken an, dass Jeannette Fabio helfen sollte, aber die Anwärterin schien zur Salzsäule erstarrt.

Brander fluchte innerlich und ging dem Kollegen zur Hand. Gemeinsam gelang es ihnen, Cordelia auf die Füße zu stellen. Apollonia saß auf der Récamiere, die Arme eng um die angezogenen Beine geschlungen, und wimmerte verängstigt.

»Loni, alles ist gut. Ich bin bei dir.« Cordelia wollte sich losreißen, aber Fabio hatte sie fest im Griff.

»Jeannette, wir brauchen einen Notfallhelfer hier oben. Die sollen eine Frau schicken. Und jemand soll Doris Heppler informieren.« Hoffentlich bekommt das Mädel wenigstens das hin, dachte Brander wütend. Was für ein Scheißtag.

***

Sie hatten Cordelia Heppler zur erkennungsdienstlichen Behandlung in die Obhut der Kollegen gegeben.

Fabio war mit einem Team nach Denkendorf gefahren, um ihre Wohnung und die Geschäftsräume zu durchsuchen. Den Kastenwagen der Blumenhändlerin konnten sie nicht ausfindig machen.

Brander saß in seinem Büro, um sich auf die bevorstehende Vernehmung vorzubereiten, als Stephan anrief.

»Gruß von der Persephone.«

»Sag nicht, sie hilft bei der Nachbarschaftsbefragung.«

»Andreas!«, empörte sich Stephan. »Denkst du, das würde ich zulassen? Ich hab kurz mit ihr telefoniert. Pass auf, ich habe hier einen Anwohner, der sagt, er hätte heute Morgen einen Landschaftspfleger vor dem Haus gesehen.«

»Einen Landschaftspfleger?«, wiederholte Brander.

»Genau. Hab ich mich auch gewundert. Deswegen hab ich Persephone angerufen. Die hat keinen Gärtner gesehen. Ich habe den Nachbarn noch mal befragt. Ob das jetzt wirklich ein Gärtner gewesen sei, könne er nicht sagen. Er hätte jemanden zwischen den Sträuchern neben dem Heizkraftwerk herumwerkeln sehen und sei davon ausgegangen, dass der sich um die Grünanlagen kümmert.«

»Konnte er den Mann beschreiben?«

»Das ist der Schwachpunkt an der Sache: Er trug Arbeitskleidung und ein Käppi, mehr konnte er nicht sagen.«

»Mann oder Frau?«

»Da wollte er sich nicht festlegen. Er hat nicht wirklich auf die Person geachtet. Frag doch mal die Cordelia, ob sie mit ihrem Blumenlädchen einen Auftrag hat, die Anlagen auf der Flandernhöhe zu pflegen.«

»Worauf du dich verlassen kannst.«

Konnte das sein? Eine unauffälligere Tarnung gab es ja kaum. Ein Gärtner. Da kam doch niemand auf die Idee, dass das ein Attentäter sein könnte. Aber wer? Cordelia oder Paul? Oder hatte Florentine sich verkleidet?

Er starrte nachdenklich aus dem Fenster. Dünne Schleierwolken bildeten ein diffuses Muster am blassblauen Himmel. Ein Klopfen am Türrahmen unterbrach seine Grübelei. Staatsanwältin Isabella Mertens kam herein und setzte sich auf den Besucherstuhl.

»Es tut mir so leid. Ich hoffe, Herr Schöne schafft es.« Ihre Worte waren nicht aufgesetzt. Es war ihr anzusehen, dass sie von den Geschehnissen erschüttert war. Sie suchte Branders Augenkontakt. »Wir dürfen das jetzt nicht versauen.«

Er informierte sie über den aktuellen Stand. »Laut Cordelias Aussage wusste die Familie Heppler von Jens' geplantem Besuch bei Apollonia. Doris Heppler war zum Tatzeitpunkt zu Hause, ihr Mann in U-Haft. Wir suchen nach Paul Kübler und Florentine Heppler«, beendete er seinen Bericht.

»Und wer war es?«

»Florentine ist die beste Schützin, hat Kübler gesagt.«

Mertens musterte ihn aufmerksam. »Höre ich Zweifel in Ihrer Stimme?«

Brander zuckte ratlos die Achseln. Er lehnte sich zurück, verschränkte die Finger im Nacken.

»Welches Motiv sollte Kübler haben, uns anzulügen?«, überlegte Mertens.

»Um von Cordelia abzulenken«, erwiderte Brander.

»Und warum ist er dann abgetaucht?«

»Wir wissen nicht, ob er abgetaucht ist oder einfach noch nicht mitbekommen hat, was passiert ist. Das Gleiche gilt für Florentine.«

»Dann schauen wir jetzt erst einmal, ob wir gemeinsam etwas Nützliches aus Frau Heppler herausbekommen können.« Sie stand auf. »Wie gehen wir vor? Good cop, bad cop oder sind wir beide böse?«

»Ich würde die sachliche Ebene vorziehen«, erwiderte Brander stirnrunzelnd.

»Ja, vermutlich der bessere Weg.«

Cordelia Heppler saß in einem Vernehmungszimmer. Sie hatte sich mit ihrer Anwältin beraten. Zu Branders Erleichterung hatte die Juristin beruhigenden Einfluss auf ihre Mandantin genommen.

»Ich habe weder Ihren Kollegen noch sonst irgendjemanden erschossen«, erklärte Cordelia entschieden.

»Wo waren Sie gegen zehn Uhr heute Vormittag?«, fragte Mertens.

Die Floristin schwieg.

»Sie waren definitiv nicht zu Hause«, wiederholte Brander. »Wir waren bei Ihnen. Es hat niemand auf unser Klingeln geöffnet. Ihr Wagen stand weder vor dem Haus noch sonst wo in der Straße.«

Sie nagte einen Moment lang an ihrer Unterlippe, dann beugte sie sich zu ihrer Anwältin und flüsterte ihr etwas ins Ohr. Nach kurzem Getuschel wandte sie sich Brander und der Staatsanwältin wieder zu. »Ich habe mich mit Flora getroffen.«

»Wo?«, fragte Brander misstrauisch.

Sie nannte ihnen den Namen einer Oberesslinger Bäckerei.

»Wann?«

»Gegen neun Uhr. Wir waren dort bis ungefähr halb elf. Von da bin ich zu Loni gefahren.«

»Wo haben Sie geparkt?«

»Ich bin mit dem Bus gefahren. Paul hat gestern Abend das Auto mit nach Hause genommen.«

»Das hätten Sie uns vorhin schon sagen können«, erwiderte Brander verständnislos.

»Nein, das konnte ich nicht.«

»Warum nicht?«

Sie kaute wieder unsicher auf ihrer Unterlippe, bis sie sich schließlich zu einer Antwort durchringen konnte. »Am Wochenende ist herausgekommen, dass Flora für Loni Cannabis besorgt hat. Sie haben sie ja erwischt. Als wäre es nicht schon schlimm genug, dass Flora unsere Loni zum Junkie gemacht hat, hat sie das Zeug ausgerechnet von dem Rösch bekommen!«

Das war sicherlich nicht die klügste Aktion der kleinen Schwester gewesen.

»Nachdem Loni das erfahren hatte, wollte sie nichts mehr mit Flora zu tun haben. Und wenn sie eine Entscheidung trifft, ist sie sehr konsequent und wenig kompromissbereit. Ein Treffen zwischen mir und Flora wäre für sie ein Verrat. Ich wollte nicht riskieren, dass sie mich auch aus ihrem Leben verbannt, wenn sie davon erfährt.«

»Das ist jetzt nicht Ihr Ernst?«

»Doch.«

Macht durch Mitleid. Wie manipulativ war Apollonia Heppler? »Da lassen Sie sich lieber verhaften und stehlen uns wertvolle Ermittlungszeit?« Brander konnte es nicht fassen.

»Ich konnte es Ihnen nicht sagen! Loni braucht mich.«

»Sie hätten es uns spätestens sagen können, nachdem wir die Wohnung Ihrer Schwester verlassen hatten.«

»Ich … Ja …« Zum ersten Mal zeigte sich der Ansatz eines schlechten Gewissens auf ihrem Gesicht. »Aber da hatte ich doch schon gelogen.«

»Ist Ihnen eigentlich klar, dass da draußen ein Mensch herumläuft, der zwei Männer getötet und einen dritten lebensgefährlich verletzt hat?«

Sie sah ihm mit einer Mischung aus Schuldbewusstsein und Trotz entgegen. »Jetzt wissen Sie zumindest, dass mein Vater das nicht getan hat.«

Das wusste ich schon vorher, dachte Brander wütend. »Das ist längst noch nicht erwiesen«, entgegnete er dennoch.

»Aber – wieso?«

»Vielleicht ist das Ganze ein Ablenkungsmanöver?«

Sie riss entsetzt die Augen auf.

»Wer ist jowogo?«, fuhr Brander fort.

»Ich weiß es nicht!«

»Jowogo chattet mit Ihrer Schwester und loggt sich unter einer IP-Adresse ein, die zu Ihrem Geschäftsanschluss führt. Da kommen ja nicht so viele Leute in Frage!«

»Ich weiß nicht, wer jowogo ist, und ich will es auch nicht wissen!«, schrie sie ihn an.

Brander war geneigt, ihr den letzten Halbsatz zu glauben. »Wo war Ihr Freund heute Vormittag?«

»Keine Ahnung! Ich war nicht zu Hause, verdammt. Fragen Sie ihn selbst!«

»Wo kann ich ihn denn finden?«

Sie schob bockig das Kinn vor.

»Reden Sie nicht mit Ihrem Freund?«, fragte Mertens. »Sie sollten doch wissen, was er für Pläne hat?«

Cordelia schwieg. Brander meinte, Unsicherheit in ihren Augen zu erkennen.

»Wissen Sie, was ich nicht verstehe?«, ergriff er das Wort. »Dauernd reden Sie davon, dass Apollonia Sie braucht. Sie wussten, dass mein Kollege heute Vormittag zu Ihrer Schwester kommt. Gestern Abend haben Sie mit Argusaugen darüber gewacht, was er für Daten auf dem Smartphone Ihrer Schwester anschaut, und dennoch lassen Sie sie heute Vormittag allein und treffen sich lieber mit Florentine zum gemütlichen Frühstück.«

»Loni wollte nicht, dass ich dabei bin.«

»Warum wollte Ihre Schwester Sie bei dem Besuch meines Kollegen nicht dabeihaben?«

»So ist Loni.« Sie zuckte die Achseln, aber der angespannte Kiefer verriet, dass sie die Situation nicht so locker abtat. »Ich wollte in der Nähe bleiben, damit ich da sein kann, falls sie mich braucht.«

»Wo ist Florentine hin, nachdem Sie das Café verlassen haben?«, fragte Mertens.

»Zur Uni.«

»Sind Sie sicher?«

Die Floristin verdrehte die Augen. »Bin ich allwissend? Sie studiert! Wo soll sie denn sonst hingefahren sein?«

»Mit dem Auto? Mit dem Fahrrad? Womit war Ihre Schwester unterwegs?«

»Mit Bus und Bahn.«

»Florentine sagte vor ein paar Tagen: Alle lieben Apollonia.« Brander fixierte die Frau. »Gilt das auch für Ihren Freund Paul?«

Cordelia biss die Zähne zusammen. »Er hat sie für ihre Musik verehrt. Aber er liebt mich.«

Brander hob fragend die Augenbrauen. »Ist das so?«

»Was Herr Kübler fühlt, müssen Sie ihn schon selbst fragen«, enthob die Anwältin ihre Mandantin einer Antwort.

Brander zog sein Smartphone hervor, suchte das Schneekugel-Foto heraus und hielt es Cordelia entgegen. »Wer hat das aufgenommen?«

Sie sah auf das Display, ihre Augen verengten sich zu Schlitzen. »Weiß ich nicht.«

»Ihre Mutter meint, dass Florentine das Bild aufgenommen hat.«

»Ich weiß es nicht.«

Sie kennt das Foto, war Brander überzeugt. Er hatte ein nervöses Flackern in ihrem Blick bemerkt. Erschreckt? Erstaunt? Oder ertappt? Er war sich nicht sicher. »Das Bild befand sich in einem der Päckchen, die jemand Ihrer Schwester vor die Tür gelegt hat.«

»Sie müssen sich nicht dazu äußern«, erklärte die Anwältin.

»Sie haben Moritz Rösch aus einem fahrenden Auto mit einem Ei beworfen«, kam Brander auf einen anderen Aspekt der Ermittlungen zurück. »Wer fuhr den Wagen?«

Cordelia starrte durch ihn hindurch. Er hätte gern gewusst, was in ihrem Kopf vor sich ging.

»Soweit ich weiß, hat Apollonia keinen Führerschein. War es Florentine?«

Die Floristin sah hilfesuchend zu ihrer Anwältin.

»Nur weil Frau Heppler ein Ei auf Herrn Rösch geworfen hat, macht es sie nicht zu einer Dreifachmörderin«, erklärte diese mit Nachdruck.

»Bisher gibt es nur zwei Tote«, erwiderte Mertens scharf. »Hoffen wir, dass das so bleibt.«

»Ich habe auf niemanden geschossen!«

»Aber Sie wissen, wer es war!«

»Nein, das weiß ich nicht!«, schrie Cordelia entnervt auf.

Isabella Mertens sah auf ihre Uhr. Es war kurz nach vier. »Wir werden Ihr Alibi überprüfen, so lange bleiben Sie in Gewahrsam.«

Brander bat Fabio, sich um die Überprüfung von Cordelias Angaben zu kümmern. Statt in sein Büro ging er zu den Räumen der IT-Forensiker. Anita Stern saß an ihrem Schreibtisch. Der leere Platz ihr gegenüber erinnerte Brander schmerzlich an Jens.

»Hey.« Anita wandte sich ihm zu.

»Hast du was gehört, wie es Jens geht?«

»Not-OP. Vermutlich hat die Lunge was abgekriegt.«

»Scheiße.«

Sie blinzelte die aufsteigenden Tränen weg. »Ich habe mir Apollonias Smartphone vorgenommen«, flüchtete sie sich in die Arbeit. »Das Passwort war schnell gehackt. Ich arbeite mich gerade durch die Chats mit diesem jowogo.«

»Und?« Brander zog sich einen Stuhl heran.

»Im letzten Chatverlauf hat Apollonia jowogo von Jens'

Besuch berichtet. Und davon, dass er am nächsten Tag noch einmal zu ihr kommen würde. Es liest sich ein bisschen so, als wäre Jens der Ritter auf dem weißen Pferd, der sie vor dem bösen Stalker retten würde. Hier, schau.«

Sie drehte den Computermonitor zu ihm und deutete auf eine Zeile: »Er hat schöne schlanke Finger, und er strahlt so viel Ruhe und Sicherheit aus. Ich glaube, er ist ein Mann, der ganz genau weiß, was er tut.«

»Warum hat sie das nicht gelöscht?«, fragte Brander. »Sie muss doch damit gerechnet haben, dass Jens diese Zeilen heute liest.«

Anita hob die Schultern. »Vielleicht wollte sie das ja. Es geht noch weiter. Sie schreibt davon, dass es ihr gefallen hat, wie gezielt seine Finger die Buchstaben gefunden haben, als spiele er eine Sinfonie, die nur er hören könnte.«

Brander zog eine Grimasse.

»Wird noch besser: ›Ihm zuzusehen ist magisch. Ich bin ganz verzaubert und muss immer wieder an ihn denken. Noch nie habe ich so ein Gefühl gehabt. Was ist das? Ich bin ganz durcheinander.‹«

»Du liebe Güte.«

Anita grinste schief. »Unser Jens, der Herzensbrecher.«

»Kannst du die Chats runterladen? Ich möchte mir die mal in Ruhe anschauen.«

»Klar, schick ich dir zu.«

Brander stand auf, als ihm noch ein Gedanke kam. »Jens hat gesagt, auf Lutz Hepplers Rechner wären Krankheitsverlauf und Therapien von Apollonia gespeichert. Kannst du mal schauen, ob du einen Bericht über einen Termin zum Waldbaden findest? Es muss im Herbst letzten Jahres gewesen sein, in Bebenhausen. Therapeutin war vermutlich Katharina Preuss.«

***

Die Stimmung war gedrückt, als das Team zur abendlichen Sitzung zusammenkam.

Brander sah sich suchend im Raum um. »Wo ist Jeannette?«

»Hat sich krankgemeldet.« Clewer warf ihm einen verwunderten Blick zu, weil die Anwärterin ihn offensichtlich nicht informiert hatte.

War wohl alles zu viel für das Mädel, vermutete Brander. Er würde sich am nächsten Tag Zeit nehmen müssen, um mit ihr über die Geschehnisse zu sprechen. Doch im Moment gab es Wichtigeres.

»Hast du Cordelia Hepplers Alibi überprüft?«, wandte Clewer sich an Fabio.

»Von der Frühschicht war niemand mehr in der Bäckerei. Ich habe die Telefonnummern der Mitarbeiterinnen bekommen, habe sie aber bisher nicht erreicht. Die beiden haben morgen wieder Frühschicht, da sollte ich sie auf alle Fälle erwischen.«

»Okay. Bis morgen können wir Frau Heppler auf jeden Fall hierbehalten. Haben wir weitere Informationen?«

»Ich habe mir die Chatverläufe zwischen Apollonia und jowogo angesehen«, meldete Brander sich zu Wort. »Es gibt ein sich wiederholendes Muster in der Kommunikation. Es scheint, dass immer jowogo die Chats beginnt. Er oder sie erkundigt sich nach ihrem Befinden. Wenn es ihr nicht gut geht, kommt früher oder später ein Satz von ihr in der Art: Ich will, dass es wieder wird, wie es war. Ich vermute, damit meint sie die Zeit vor ihrem Unfall.«

»Und was antwortet jowogo?«, fragte Fabio.

»Er zitierte häufig Zeilen von alten Dichtern oder Philosophen: Goethe, Schiller, Dante und Co.«

»Das deutet auf Florentine, oder? Sie studiert Germanistik und hat ein Faible für alte Klassiker. Und Musik mag sie auch.«

»Aber die ITler sagten, dass die Spur zum Haus von Cordelia und ihrem Lebensgefährten führt.« Brander strich sich müde über das Gesicht. Eine Erinnerung poppte auf. Im Hinterraum von »Delias Blumeninsel« hatte ein Gedichtband im Regal gelegen. Suchten sie nach jemandem, der sich tatsächlich für deutsche Literatur interessierte, oder waren die Sprüche aus dem Chat lediglich Aphorismen, die jowogo aus irgendwelchen Büchern oder von Internetseiten nahm, um Apollonia zu imponieren? Er sah in die Runde. »Ist der Kübler inzwischen aufgetaucht?«

»Bis jetzt nicht«, erwiderte Peter. »Wir haben eine Nachricht auf seiner Mobilbox und eine Notiz im Briefkasten hinterlassen, dass er sich bei uns melden soll. Fahndung nach dem Firmenwagen läuft. Wir haben mit seinen Eltern gesprochen, die haben ihn zuletzt gestern Abend gesehen.«

»Wo wohnen seine Eltern?«

»In Denkendorf, allerdings auf der anderen Seite des Ortes.«

»Das ist doch eigenartig«, überlegte Brander. »Irgendjemand aus der Familie Heppler hat ihn mit Sicherheit über die Ereignisse von heute informiert. Beim letzten Mal, als wir Cordelia zur Vernehmung hergeholt haben, stand er wenig später vor der Tür.«

»Vielleicht kauft er gerade Tulpen in Amsterdam«, mutmaßte Stephan. »Würde auch erklären, warum wir den Firmenwagen bisher nicht gefunden haben.«

»Oder er ist bei Apollonia«, schlug Fabio vor.

»Ist von unseren Leuten noch jemand vor Ort?«

»Nein«, erwiderte Clewer.

»Ich fahre noch mal zu ihr.« Brander wünschte, er könnte Peppi mitnehmen. Nach Cordelias Verhaftung am Morgen würde Apollonia noch weniger Vertrauen zu ihm haben.

»Ich komme mit«, bot Stephan an.

Der Hüne war nicht Peppi, aber zumindest ein neues Gesicht für die Ex-Pianistin. Allerdings würde der kräftige Kollege mit den vielen Tätowierungen vermutlich ebenso wenig vertrauenerweckend auf Apollonia wirken wie er selbst, befürchtete Brander.

Wenig später standen sie vor der verschlossenen Wohnungstür. Apollonia reagierte nicht auf Branders Klingeln und Klopfen. Dafür öffnete sich die gegenüberliegende Tür.

»Es geht ihr nicht gut. Sie sollten die junge Frau in Ruhe lassen.«

»Herr Piotrowski«, wandte Brander sich dem Nachbarn zu. »Wissen Sie, ob jemand bei Frau Heppler ist? Ihre Mutter? Oder der Freund von Frau Hepplers Schwester?«

»Die Mutter ist gegangen, als ich von der Arbeit kam. Ich habe Apollonia nicht belästigt.« Er trat zurück in seinen Flur. »Ich muss morgen früh raus. Ich werde jetzt schlafen gehen.« Er schloss eilig die Tür.

»Was 'n das für 'n Vogel?«, fragte Stephan.

»Ein aufmerksamer Nachbar oder ihr Stalker«, erwiderte Brander. »Wir fahren nach Denkendorf. Irgendwo muss der Kübler doch stecken.«

Der Blumenladen und die Wohnung darüber lagen im Dunkeln. Der Kastenwagen von »Delias Blumeninsel« stand weder auf dem Stellplatz noch in der Straße. Auch bei den Eltern von Paul Kübler hatten sie kein Glück. Dort empfing sie eine kleine, rundliche Frau. Wo ihr Sohn sei, wisse sie nicht.

Stephan fuhr weiter zu den Eltern der Schwestern. Statt einen Parkplatz zu suchen, hielt er auf der Straße vor der Garage. Auf dem Weg zur Haustür bemerkte Brander Licht in einem der Zimmer in der oberen Etage.

»Sie kennen keine Grenzen, oder?«, grüßte Doris Heppler, nachdem sie ihnen auf Branders mehrfaches Klingeln geöffnet hatte.

»Guten Abend, Frau Heppler«, wahrte er die Höflichkeit. »Wir suchen Paul Kübler.«

»Er ist nicht hier.«

»Aber Ihre Tochter Florentine ist anscheinend zu Hause. Mit ihr müssten wir ebenfalls sprechen.«

»Sie haben unsere Nerven heute schon mehr als genug strapaziert!« Sie wich einen Schritt zurück. »Kommen Sie morgen wieder.«

»Frau Heppler, Ihre Tochter ist zu Hause, und wir werden jetzt mit ihr reden.«

»Das werden Sie nicht!«

»Mama, es ist okay«, erklang Florentines dunkle Stimme

von der Treppe her. Kurz darauf schob sie sich an ihrer erbosten Mutter vorbei.

»Oh.« Sie erkannte Stephan Klein von ihrer nächtlichen Suche nach einem Cannabisdealer wieder.

»Gehen wir ein paar Schritte?«, schlug Brander vor. Er vermutete, dass sie freier reden würde, wenn sie wusste, dass ihre Mutter nicht an der Tür lauschte.

»Okay.«

»Sie können doch nicht ... Flora!« Doris Heppler blieb in der geöffneten Tür stehen und starrte ihnen fassungslos hinterher.

Florentine lotste sie auf den Weg Richtung Maierhof. »Mama sagt, Sie haben Della verhaftet.«

»Ja.« Brander ging neben ihr, während Stephan ihnen folgte, da der Weg für drei Personen zu schmal war.

»Aber Della hat doch nichts getan.«

»Was haben Sie heute gemacht?«

»Wann?«

»Fangen Sie morgens an.«

»Heute früh habe ich mich mit Della zum Frühstück in Esslingen getroffen, dann bin ich zur Uni. Mama hatte versucht, mich anzurufen, aber ich hatte das Telefon stumm gestellt. Ich hab das alles erst erfahren, als ich nach Hause kam.«

»Wann war das?«

»Gegen fünf.« Sie sah ihn flüchtig an. »Hätte ich mich bei Ihnen melden sollen?«

»Das wäre gut gewesen, ja.«

Sie vergrub die Hände in den Hosentaschen und verfiel in Schweigen. Brander hatte erwartet, dass Florentine wieder zum Kloster hinaufgehen würde, aber nachdem sie die Körsch überquert hatten, bog sie vor dem Friedhof in die Heinrich-Werner-Straße ein. Der Fußweg führte am Fluss entlang. Die untergehende Sonne tauchte den Himmel in malerische Rottöne. Der idyllische Anblick fühlte sich für Brander falsch an.

»Warum haben Sie sich heute Morgen mit Ihrer Schwester getroffen?«

»Della bat mich darum. Wir haben überlegt, wer Lonis Stalker sein könnte.«

»Und? Ist Ihnen jemand in den Sinn gekommen?«

Sie hob die Schultern.

»Ich habe Ihnen gestern ein Foto gezeigt. Ihre Mutter sagt, Sie hätten die Aufnahme gemacht. Warum haben Sie mir das nicht gesagt?«

»Weil ich das Bild nicht gemacht habe.«

»Wer hat die Aufnahme dann gemacht?«

Sie antwortete nicht.

»Frau Heppler, reden Sie mit uns«, forderte Brander eindringlich. »Dieses Bild war in einem der Päckchen, die jemand Ihrer Schwester vor die Tür gelegt hat.«

Am Rande des Fußweges standen zwei Bänke mit Blick auf die Körsch und die Gärten der Häuser am gegenüberliegenden Ufer. Florentine setzte sich. Brander und Stephan gesellten sich hinzu.

»Ich bin durcheinander.« Sie sprach leise, eher zu sich als zu den beiden Beamten. »Erst enttäusche ich Loni, und jetzt habe ich das Gefühl, dass ich meine ganze Familie verrate.«

»Sie haben noch nicht viel gesagt.«

Auch jetzt sprach sie nicht weiter. Sie saß vorgebeugt neben Brander, starrte auf den Boden und focht einen inneren Kampf aus.

»Hat Ihre Schwester Apollonia ein Problem mit direktem Körperkontakt?«, fragte er, nachdem ihr Schweigen ihm zu lange dauerte.

»Mhm.«

»War das schon immer so?«

»Ja.«

»Das heißt, diese Angst vor körperlicher Berührung hat nichts mit dem Vorfall vor drei Jahren zu tun?«

»Es ist nicht Angst. Sie mag zu viel Nähe einfach nicht. Das war im Urlaub manchmal schwierig, wenn wir zu dritt in einem Bett schlafen mussten.« Sie rieb sich durch das Gesicht. »Über die Musik konnte ich sie erreichen. Wenn sie mich begleitet hat, war es, als würde sie mich umarmen. Ich weiß nicht, wie ich Ihnen das erklären soll.«

»Musst du nicht.« Stephan zog seine Mundharmonika aus der Jackentasche, spielte ein paar Takte eines Bluessongs.

Flüchtig huschte ein Lächeln über Florentines Gesicht. »Sie sind ein seltsamer Polizist.«

»Hör ich öfter.« Stephan grinste kurz. »Warum hast du aufgehört zu singen?«

»Sagte ich doch schon. Weil ich es Loni nicht antun kann.«

»Aber deine Schwester kann dir antun, auf die Musik zu verzichten?« Stephan schüttelte den Kopf. »Ergibt für mich keinen Sinn. Weißt du, was Nietzsche mal gesagt hat?«

»Ohne Musik wäre das Leben ein Irrtum«, zitierte sie.

Dichter und Denker. Brander musterte Florentine nachdenklich. Wer war diese junge Frau? War sie verwirrt, oder spielte sie ihnen die ganze Zeit etwas vor? Verbarg sie sich hinter jowogo, um Kontakt zu ihrer Schwester zu halten? Aber die IT-Forensiker hatten die Spur eindeutig zu Cordelias Anschluss zurückverfolgt.

»Haben Sie einen Schlüssel zu dem Blumenladen Ihrer Schwester?«

»Meine Eltern haben einen Ersatzschlüssel.«

»Ihre Schwester hat einen Chatkontakt. Er oder sie nennt sich jowogo. Wissen Sie, wer dahintersteckt?«

»Jowogo? Nein, keine Ahnung.«

Branders Smartphone vibrierte. Er überlegte, den Anruf zu ignorieren. Aber vielleicht war es wichtig. Er zog den Apparat hervor. Katharina. Sie würde sich nicht bei ihm melden, wenn es nicht dringend wäre. »Entschuldigen Sie mich einen Moment.«

Er stand auf und ging ein paar Schritte den Weg entlang. »Kathie, was gibt's?«

»Er steht vor dem Haus.«

Brander schoss das Adrenalin in die Adern. »Wo bist du?«

»In meiner Wohnung. Ich wollte noch ein wenig spazieren gehen. Ich habe die Tür aufgemacht und ihn gesehen.«

»Wie sieht er aus?«

»Das weiß ich nicht. Er hat sich versteckt, ich habe nur seinen Schatten gesehen und die Tür gleich wieder zugeschlagen.«

»Bist du sicher, dass das die Person ist, die dich verfolgt? Kann es nicht ein Nachbar oder ein Spaziergänger gewesen sein?«

»Nein, Andi! Ich habe die Tür geöffnet, ich habe ihn gesehen und gespürt, dass er es ist.«

Katharina und ihre Gefühle. Wie ernst musste er die Situation nehmen? »Kathie, du bleibst in deiner Wohnung. Ich schicke meine Kollegen zu dir.«

Er legte auf und wählte die Mobilnummer von Hendrik Marquardt. Die Tübinger Kollegen würden schneller in Bebenhausen sein als er.

»Ich habe zwar Feierabend, aber ich kümmere mich darum«, versprach Hendrik. Im Hintergrund hörte Brander das Gezanke seiner zwei Kinder.

»Danke. Die Kollegen sollen Schutzwesten tragen. Wenn der Mann unser Schütze ist, ist er gefährlich. Der Täter steht unter Druck, und er ist vermutlich bewaffnet.«

»Ist das der Kerl, der Jens angeschossen hat?« Hendrik und Jens hatten sich jahrelang ein Büro geteilt, bevor Jens von der Kriminalinspektion 1 zu den IT-Forensikern gegangen war.

»Möglich, ja.«

»Wir sind unterwegs.«

»Passt auf euch auf.« Brander war nicht wohl bei dem Gedanken, Hendrik und seine Leute in die Schusslinie zu bringen. Er schickte ein Stoßgebet zum Himmel, dass nicht noch ein Kollege Opfer des Armbrustschützen wurde, und eilte zurück zu Stephan und Florentine.

»Frau Heppler, wenn Sie wissen, wer die Aufnahme von Ihrer Schwester gemacht hat, dann sagen Sie es mir jetzt! Es geht um Menschenleben!«

Sie hielt den Kopf gesenkt, legte die Hände schützend darüber, als befürchte sie Schläge. Ihre Stimme war kaum mehr als ein Wispern: »Paul.«

Brander stieß wütend die Luft aus seinen Lungen. »Warum haben Sie uns das nicht gestern schon gesagt?«

Stephan gab ihm ein Zeichen, seine Stimme zu mäßigen.

»Ich … ich konnte es einfach nicht glauben …«

Brander rieb sich über den Nacken und fuhr etwas besonnener fort: »Sie haben im letzten Jahr dieses Waldbaden-Event für Apollonia und Ihre Familie organisiert.«

Sie hob den Blick zu ihm. »Ja. Was ist damit?«

»Was genau ist dabei schiefgelaufen?«

***

Die Panikattacke war abgeklungen, ihr Kopf schmerzte. Der Tag hatte sie erschöpft. Sie hatte die Mutter weggeschickt. Ihr nervöses Herumgezappel war nicht zu ertragen.

Sie hatte fast den ganzen Tag auf der Récamiere verbracht. Auch jetzt lag sie da. Ihr fehlte die Kraft, ins Bett zu gehen. Sie hatte eine Decke über ihre Beine gelegt und lauschte in die Dunkelheit. Sie mochte die Stille der Nacht. Tagsüber war es viel zu laut. Und dieser Tag war der schlimmste seit Langem gewesen.

Weil die Polizei ihr Smartphone beschlagnahmt hatte, hatte Mama ihr ihr eigenes Handy dagelassen. »Ruf an, wenn etwas ist.«

Wen sollte sie anrufen? Die Polizei hatte Della verhaftet. Sie waren so grob zu ihrer Schwester gewesen, das hatte ihr Angst gemacht. Ob sie wieder freigelassen worden war? Aber dann hätte Della sich längst bei ihr gemeldet.

Sie dachte an den Polizisten mit den schönen schlanken Fingern. Ob er tot war? Der Gedanke ließ sie seltsam kalt. Sollte sie nicht etwas spüren? Wohin war die Verzauberung?

Der Kommissar mit der Glatze war abends noch einmal gekommen, hatte geklingelt und geklopft. Aber sie hatte nicht geöffnet. Sie hatte seine Stimme erkannt. Sie wollte nicht mit ihm sprechen.

Das Smartphone hatte mehrmals geklingelt. »Flora«, stand

auf dem Display. Sie ignorierte die Anrufe. Später am Abend kam wieder ein Anruf. Der Anschluss ihrer Eltern. Sie stellte das Telefon stumm. Sie wollte Ruhe. Nur Ruhe.

Sie lehnte sich zurück, starrte in die Dunkelheit. So still. Wenn es doch immer so still wäre. Sie mochte die Welt da draußen nicht. Es hatte sie immer viel Kraft gekostet, zu den Konzerten zu fahren. Fremde Städte, fremde Säle, fremde Menschen. Sie hatte gespielt. Sich ganz im Spiel verloren und alles um sich herum vergessen.

Nie wieder würde sie so schön Klavier spielen können wie einst. Sie schmeckte die Bitterkeit auf der Zunge.

Ein Geräusch ließ sie aufhorchen. Jemand steckte den Schlüssel in das Wohnungsschloss, drehte ihn herum, kam herein. »Loni?«

Sie erstarrte.

***

Hendrik meldete sich, als sie auf halber Strecke waren. »Entwarnung fürs Erste – hier ist niemand. Wir befragen die Nachbarschaft. Frau Preuss hat uns die Stelle gezeigt, wo sie meint, den Mann bemerkt zu haben.«

Brander rechnete es dem Kollegen hoch an, dass er persönlich ausgerückt war.

»Es scheint tatsächlich so, als ob jemand längere Zeit dort gestanden hat. Das Gras ist flach getreten. Wir haben ein Bonbonpapier gesichert.«

Es könnten Kinder oder Jugendliche gewesen sein, die Verstecken gespielt haben, überlegte Brander. »Fragt mal rum, ob jemandem ein Kastenwagen aufgefallen ist mit dem Aufdruck eines Floristikunternehmens: ›Delias Blumeninsel‹.«

»Okay. Ich melde mich, wenn wir was für euch haben.«

»Und jetzt?« Stephan hatte am Straßenrand gehalten. »Macht wenig Sinn, nach Bebenhausen zu fahren, oder?«

»Erst einmal zurück nach Esslingen.« Brander hing das Gespräch mit Florentine nach. Es war die Perspektive, an der sie erkannt hatte, dass es kein Foto von ihr war, hatte sie behauptet. Florentine hatte ihre Schwester bei Auftritten immer von der Seite oder schräg hinten fotografiert, niemals frontal, weil Apollonia das nicht mochte.

Wenn niemand aus der Familie Zeit hatte, hatte Paul Apollonia zu Vorspielen gefahren. Und bei den Gelegenheiten hatte er Fotos gemacht. Nur hatte er keine Rücksicht darauf genommen, dass Apollonia während des Spiels nicht von vorn fotografiert werden wollte.

Sie hatten die Dienststelle erreicht, als Branders Smartphone erneut einen Anruf verkündete. Unbekannte Nummer. Er nahm das Gespräch an.

»Ich … Sie müssen mir helfen.«

Der Flur war bis unter die Decke mit Wasserkisten zugestellt. Im Rest der Wohnung lagerten Konserven und andere haltbare Lebensmittel, hinzu kamen stapelweise Toilettenpapier, Seife und Batterien in allen Größen. Jakub Piotrowski war auf den Ernstfall vorbereitet.

Nicht vorbereitet war er auf die zwei Kriminalpolizisten, die seine Wohnung um halb elf abends als Beobachtungsposten beschlagnahmten. Pragmatisch, wie Stephan veranlagt war, hatte er aus den Wasserkisten eine mehr oder weniger komfortable Sitzgelegenheit gebaut, von der aus er bequem durch den Türspion schauen konnte. Es war verwunderlich, dass die Konstruktion den Zwei-Zentner-Mann trug.

Brander fragte sich, welcher Teufel ihn geritten hatte, sich auf Stephans Plan einzulassen.

»Warum warten wir nicht vor dem Haus oder in ihrer Wohnung?«, hatte er gefragt.

»Pass auf, Andreas, lass dir das mal von einem Profi-Observierer erklären«, hatte Stephan großspurig erwidert. »Wenn wir draußen stehen, könnte er uns im dümmsten Fall bemerken, und weg ist er. Wenn wir in Apollonias Wohnung auf ihn warten, bemerkt er uns vielleicht beim Reinkommen und haut gleich wieder ab. Verfolgung durchs Treppenhaus braucht kein

Mensch. So ist's doch viel einfacher: Er klingelt bei ihr, Zugriff aus dem Hinterhalt. Verhaftung. Sauberer Abgang. Mach ich nicht zum ersten Mal.«

In der Theorie hatte es sich effizient und praktisch angehört. Brander hatte erwartet, dass Paul Kübler direkt zu Apollonia kommen würde. Nun hockte er kurz vor Mitternacht immer noch mit dem Rücken an die Wand gelehnt auf dem Boden und versuchte, ein wenig zu dösen, damit ihm nicht die Augen zufielen, wenn er Stephans Beobachtungsposten übernahm. Sein Kreuz zwickte, und die Beine wollten ihm einschlafen, weil er sie nicht ausstrecken konnte.

Er musste weggeschlummert sein und schreckte hoch, als Stephan mit dem Fuß gegen sein Bein stupste. »Geht los.«

Im selben Augenblick gab die Sitzkonstruktion unter Stephan nach. Die Wasserkisten kippten polternd zur Seite. Er verlor das Gleichgewicht. Brander sprang fluchend auf, stolperte mit eingeschlafenen Beinen über die Plastikflaschen und Stephans Füße.

Die Tür war blockiert. Er konnte sie nur einen Spaltbreit öffnen, zwängte sich hindurch. Im Flur herrschte Dunkelheit. Er sah einen Schatten zur Treppe stürmen. »Polizei, stehen bleiben!«

Brander hechtete hinterher. Er packte die Gestalt am Arm, riss sie zurück. Sie stürzten rücklings zu Boden. Sein Gegner schlug um sich, eine Faust erwischte Branders Schläfe. Mit einem Hebelgriff zwang Brander ihn in Bauchlage, drehte ihm die Arme auf den Rücken. Die Treppenhausbeleuchtung ging an.

»Ich sag ja, Verfolgung durchs Treppenhaus ist scheiße.« Stephan stand im Türrahmen. Eine Wasserflasche kullerte hinter ihm in den Flur.

Brander warf ihm einen finsteren Blick zu. Seine Schläfe pulsierte. »Superprofi«, knurrte er und zog Paul Kübler auf die Füße.

Donnerstag

Kriminaloberrat Hans Ulrich Clewer hatte es sich nicht nehmen lassen, noch in der Nacht ins Büro zu kommen, um Paul Kübler persönlich zu vernehmen. Vergebens. Kübler verweigerte die Aussage, er wollte mit Apollonia sprechen und forderte einen Rechtsanwalt. In seinen Taschen hatten sie einen Autoschlüssel gefunden, der jedoch nicht zum Firmenwagen der Blumenhandlung gehörte. Da Kübler jegliche Auskunft verweigerte, dauerte die Suche nach dem Auto an.

Clewer saß mit Brander und Stephan in seinem Büro. »Jetzt erklärt mir bitte mal in Ruhe, wie ihr Herrn Kübler gefunden habt.«

Brander berichtete von dem Gespräch mit Florentine und dem Anruf von Katharina Preuss.

»Und dann habt ihr euch vor Apollonia Hepplers Wohnung auf die Lauer gelegt?«

»So ungefähr«, erwiderte Brander.

Florentine war zu ihrer Schwester gefahren. Nach dem Gespräch mit Brander war sie beunruhigt, weil Apollonia nicht einmal auf Anrufe ihrer Eltern reagierte. Sie hatte sich mit dem Ersatzschlüssel Zutritt zur Wohnung verschafft, was einen Tobsuchtsanfall bei Apollonia ausgelöst hatte. Weil Florentine sich weigerte zu gehen, hatte Apollonia Paul angerufen und sich in ihrem Schlafzimmer verbarrikadiert. In ihrer Verzweiflung hatte Florentine Brander angerufen.

Daraufhin hatte Stephan den Plan ausgeheckt, die Wohnung zu observieren, um so Paul Kübler zu erwischen. Brander hatte darauf bestanden, dass die beiden Frauen für die Nacht in einem Hotel untergebracht wurden. Er wollte nicht riskieren, dass sie zwischen die Fronten gerieten. Apollonia war der Aufforderung lediglich gefolgt, weil sie Angst hatte, sonst ebenso abgeführt zu werden wie am Vormittag Cordelia.

»Stephan, du hast einen schlechten Einfluss auf meine Leute«, seufzte Clewer.

»Was denn? Haben wir den Paul, oder haben wir ihn nicht?«

»Das heißt, Paul Kübler ist nicht nur Apollonias Stalker, sondern auch unser Schütze?«

»Hab ich's nicht immer gesagt? Der Gärtner war's.«

»Wir haben die Tatwaffe bisher nicht gefunden«, dämpfte Brander die Selbstbeweihräucherung des Kollegen. Er hielt sich ein Kühlpad an die Schläfe. Kübler hatte ihn unangenehm erwischt. Vermutlich würde er einen Bluterguss unter dem Auge bekommen. »Ich möchte mich noch mal in der Wohnung von Cordelia Heppler und Paul Kübler umschauen.«

»Es ist gleich halb vier. Ihr zwei macht Feierabend und sonst gar nichts«, befahl Clewer. »Und Andreas: Du fährst jetzt nicht mehr nach Hause. Nimm dir ein Zimmer oder –«

»Kannst bei mir pennen«, bot Stephan an.

Sie verabschiedeten sich und fuhren mit dem Fahrstuhl in die Tiefgarage. Stephan öffnete per Knopfdruck seinen Wagen, der kurz hupte und ihnen aus der Ferne entgegenblinkte.

»Die Tiefgarage«, durchzuckte Brander ein Gedanke.

»Was denn für 'ne Tiefgarage?«

»Unter dem Haus, in dem Apollonia wohnt, befindet sich eine Tiefgarage, und meistens haben die Mieter auch einen eigenen Stellplatz.«

»Die Apollonia hat kein Auto.«

»Deswegen kann sie trotzdem einen Stellplatz haben.«

»Guter Mann.« Stephan tippte sich anerkennend an die Stirn. »Da hätteste auch mal früher drauf kommen können.«

Während Stephan zu Apollonias Wohnhaus fuhr, rief Brander die Kollegen an, die die Umgebung nach Küblers Wagen absuchten, und bat sie, mit dem Autoschlüssel zu dem Haus zu kommen. Wenig später blinkte ihnen ein silbergrauer Kombi entgegen.

Stephan linste durch die Scheiben, während Brander Schutzhandschuhe überzog und den Kofferraum öffnete. Eine Sporttasche lag darin. Er öffnete sie, fand ein paar Arbeitshandschuhe und einen Sack für Gartenabfälle. Brander hob die Bodenabdeckung über dem Ersatzrad. »Wir brauchen die Spurensicherung.«

***

Brander hatte die wenigen Stunden, die ihm von der Nacht geblieben waren, auf Stephans Sofa geschlafen. Als er am Vormittag ins Büro kam, war er überrascht, Peppi an ihrem Schreibtisch zu finden.

»Was machst du hier?«

»Arbeiten.«

Brander musterte sie besorgt. Sie bemühte sich, unbeschwert zu wirken, aber er sah die Spuren des Schocks vom Tag zuvor deutlich in ihrem Gesicht. »Du hättest ein paar Tage zu Hause bleiben können.«

»Da werde ich verrückt. Außerdem musste ich wissen, wie es Jens geht. Ich war heute früh im Krankenhaus.«

»Und?«

»Die Ärzte durften mir nichts sagen, aber seine Eltern waren da, ich habe mit seinem Vater gesprochen. Jens ist auf der Intensivstation, er hat die Nacht gut überstanden. Die Ärzte meinen, wenn die Lunge nicht zusammenklappt, kriegen sie ihn wieder hin.«

»Jens wird es schaffen.«

Peppi nickte, obwohl ihr Blick sorgenvoll blieb. Sie deutete auf den Bluterguss an seiner linken Schläfe. »Was ist mit dir passiert?«

Als er von dem nächtlichen Einsatz, dem Zusammensturz des Wasserkistenturms und dem daraus resultierenden Chaos erzählte, lachte Peppi kurz auf. »Da wäre ich gern dabei gewesen.«

»Ich war froh, dass es keiner gesehen hat.«

Clewer kam herein. »Persephone, was machst du hier?«

»Wem muss ich noch alles erklären, dass ich hier arbeite?«

»Ich halte es für keine gute Idee –«

»Hans, es geht mir gut, und ich weiß, was ich mir zumuten kann«, unterbrach Peppi ihren Chef rigoros.

»Na gut.« Clewer kapitulierte. »Wir haben erste Ergebnisse der Spurensicherung. Auf der Armbrust konnten Küblers Fingerabdrücke gesichert werden. Und auch auf dem Bonbonpapier, das die Kollegen in Bebenhausen gefunden haben. Es scheint, dass er tatsächlich dort war. Frau Stern ist noch mit der Auswertung der Handydaten beschäftigt, vielleicht lässt sich eine GPS-Spur finden. Es hat eine Prepaidkarte, die zu der Nummer passt, die wir in Röschs Anruferliste gefunden haben.«

»Die Prepaidkarte gehörte Doris Heppler«, erinnerte sich Brander.

»Wir sollten sie fragen, ob sie wusste, dass Kübler im Besitz der Karte ist. Was uns fehlt, ist Küblers privates Smartphone.«

»Er kann den Chip ausgetauscht und irgendwo zu Hause versteckt haben, damit niemand seine Spur verfolgen kann.«

Clewer nickte. »Ich schicke noch mal ein Team in die Wohnung.«

»Da gehe ich mit.«

»Nein, für dich habe ich einen anderen Auftrag, Andreas. Frau Mertens und ich haben heute früh nochmals versucht, Herrn Kübler zu vernehmen. Er verweigert weiterhin die Aussage, bat aber darum, mit Apollonia Heppler zu sprechen.« Clewer hob ratlos die Schultern. »Vielleicht bringt sie ihn zum Reden. Ich wollte dich bitten, zu ihr zu fahren und sie herzuholen.«

»Ich sag dir, wie es ist: Sie wird nicht mitkommen.«

»Vielleicht hilft weibliche Begleitung«, schlug Clewer vor.

»Jeannette?« In Branders Stimme klang durch, dass er nicht besonders erpicht war, die Anwärterin mitzunehmen.

»Die hat sich für den Rest der Woche krankgemeldet.« Clewer sah zu Peppi. »Traust du dir zu, Andreas zu begleiten?«

»Ist heute der Tag der blöden Fragen?« Peppi blies sich eine Locke aus den Augen und stand entschlossen auf.

Apollonia Heppler war am Morgen in ihre Wohnung zurückgekehrt. Brander bemerkte Peppis Unruhe, als sie sich dem Hauseingang des Wohnblocks auf der Flandernhöhe näherten.

»Du musst das nicht machen, Peppi«, versuchte er, ihr den Druck zu nehmen.

»Wenn man vom Pferd fällt, soll man sofort wieder aufsteigen und weiterreiten. Ich schaffe das.«

»Ich wusste nicht, dass du reitest.«

»Tue ich nicht. Ich hab das irgendwo mal gelesen.« Sie blieb stehen und sah ihm entschlossen ins Gesicht. »Andi, ich will nicht in Watte gepackt werden, das hilft mir nicht.«

»Okay.« Er würde trotzdem ein wachsames Auge auf sie haben.

Apollonias Mutter öffnete die Tür. Sie sah ebenso übernächtigt aus wie Brander und Peppi. Dieses Mal gestattete sie ihnen ohne Protest den Zutritt zur Wohnung.

»Ich will nicht mit ihm reden«, erklärte Apollonia wenig später stur. »Gibt es ein Gesetz, das mich dazu verpflichtet, mit ihm zu reden?«

»Nein«, erwiderte Peppi.

»Dann werde ich es auch nicht tun!«

»Aber es könnte helfen, die Wahrheit ans Licht zu bringen«, versuchte Brander, sie umzustimmen.

»Die Wahrheit?« Apollonia zog eine angewiderte Grimasse. »Die Wahrheit ist, dass er mich hintergangen hat! Er hat mir nachgestellt, mich ausspioniert und sich an meiner Angst aufgegeilt! Ich will nicht mit ihm reden.«

Doris Heppler hielt sich aus dem Gespräch heraus und begleitete sie kurz darauf wieder zur Tür. »Wann entlassen Sie Cordelia?«

»Ich denke, im Laufe des Tages«, antwortete Brander. Es war nicht ausgeschlossen, dass sie mit ihrem Lebensgefährten unter einer Decke steckte. Das Alibi vom Tag zuvor war noch nicht bestätigt. »Frau Heppler, ich habe Sie vor einigen Tagen nach einer Telefonnummer zu einem Prepaidkartentelefon gefragt.«

Sie nickte unsicher. »Was ist damit?«

»Wem haben Sie die Chipkarte zuletzt gegeben?«

»Wir haben die Karte seit Jahren nicht mehr verwendet. Ich weiß offen gestanden nicht, wo sie ist. Als Sie letzten Samstag danach gefragt haben, habe ich nach der Karte gesucht, sie aber nicht gefunden. Vielleicht haben wir sie wegschmissen.«

Hatte Kübler sich die Karte ohne Wissen der Familie angeeignet? Oder hatte Cordelia sie ihm gegeben?

***

Fabio stand in der Kaffeeküche, als Brander mit Peppi in die Dienststelle zurückkehrte.

»Lutz Heppler wurde aus der U-Haft entlassen.« Fabio krönte seinen Espresso sorgfältig mit einem Tupfer Milchschaum.

»Mit so viel Liebe gemacht.« Peppi schnappte sich die Tasse.

»Hey, das ist meiner.«

»Hast du schon aus der Tasse getrunken?«

»Nein.« Fabio holte zwei saubere Espressotassen aus dem Schrank. »Du willst bestimmt auch einen?«, wandte er sich an Brander.

»Danke, gern, aber ohne Milch. Und ich wüsste gern, wie es um das Alibi der Heppler-Schwestern steht.«

»Die Bäckereimitarbeiterinnen haben bestätigt, dass Cordelia und Florentine gestern zwischen neun und halb elf bei ihnen gefrühstückt haben.«

»Wurde Cordelia schon entlassen?«

»Peter kümmert sich gerade darum.«

Der Espresso musste warten. Brander eilte zum Kollegen Sänger, wenig später saß Cordelia Heppler in seinem Büro. Peppi kam mit Branders Espresso und einer weiteren Tasse für Cordelia hinzu. Die Nacht in Polizeigewahrsam hatte bei ihr Spuren hinterlassen. Ihr Mienenspiel wechselte zwischen Wut, Verletztheit und Unglauben, als Brander ihr die neuesten Entwicklungen offenbarte.

»Haben Sie sich die Prepaidkarte von Ihren Eltern ausgeliehen?«, fragte er.

»Nein«, erwiderte sie matt.

»Hätte Herr Kübler die Möglichkeit gehabt, an die Karte zu kommen?«

»Vermutlich schon. Ich weiß es nicht. Ich …« Sie sah ihn ratlos an. »Ist er hier?«

»Ja.«

»Kann ich mit ihm reden?«

»Haben Sie etwas mit den Taten zu tun, Frau Heppler?«, fragte Brander geradeheraus.

»Nein. Ich war wütend auf den Rösch, aber ich würde doch niemanden umbringen!« Verzweiflung schwang in ihrer Stimme mit. »Sind Sie sicher, dass Paul es war?«

»Es spricht einiges dafür.«

»Ich kann das nicht glauben! Er hat mich immer unterstützt. Er war mein Ruhepol. Wir haben gemeinsam für Loni gesorgt: sie zu Veranstaltungen kutschiert, ihr den Rücken gestärkt, waren nach diesem schrecklichen Unglück für sie da. Ich bin Paul so dankbar, dass er mir immer geholfen hat, wenn es um Loni ging. Das hätte längst nicht jeder so mitgemacht.«

Sie lächelte bitter. »Sie ist so etwas wie der verbindende Punkt in unserer Beziehung. Wir leben zusammen wie ein altes Elternpaar. Sorgen uns um Loni und um unser Geschäft.« Mit einem ratlosen Seufzer verstummte sie.

Brander wartete auf eine Fortsetzung. Als die nicht kam, fragte er: »Was verschweigen Sie uns, Frau Heppler?«

Sie knetete unentschlossen die Finger in ihrem Schoß, dann hob sie den Kopf und sah Brander gequält an. »Als ich das erste Mal bei Ihnen war und Sie mich gefragt haben, wo ich in der Nacht von Sonntag auf Montag war, als Moritz Rösch getötet wurde, da hat Paul gesagt, dass wir zu Hause waren.« Ihre Stimme wurde leiser. »Aber er war gar nicht da.«

»Wo war er in der Nacht?«

»Er hat bei seinen Eltern übernachtet, weil es seinem Vater so schlecht ging. Das macht er öfter. Sein Vater hat MS, Multiple Sklerose, im fortgeschrittenen Stadium. Er ist seit einigen Jahren in Frührente. Lina, Pauls Mutter, pflegt ihn, so gut sie kann, aber manchmal braucht sie Hilfe.«

Brander strich sich über den Schädel. Wenn Kübler bei seinen Eltern übernachtet hatte, konnte er nicht zeitgleich auf dem Friedhof gewesen sein. Aber sie hatten die Armbrust im Wagen gefunden, und die Kriminaltechniker hatten darauf Küblers Fingerabdrücke gesichert. Hätte er sich unbemerkt aus dem Haus seiner Eltern schleichen können? Die Wohnung war klein. Das hätten sie doch bemerkt.

Brander richtete seine Aufmerksamkeit wieder auf Cordelia. »Warum erzählen Sie uns das jetzt?«

»Weil Sie Paul für einen Mörder halten. Das ist er nicht.«

»Sie hätten die Falschaussage schon früher richtigstellen können.«

»Ja … nein.« Sie stöhnte hilflos auf. »Ich dachte, er hat das gesagt, um mich zu schützen. Und dann haben Sie herausgefunden, dass ich das mit dem Ei war. Und ohne ein Alibi für die Tatzeit hätten Sie mir das mit dem Rösch auch noch anhängen wollen.«

Brander musterte die Frau abschätzend. »Das kann ich jetzt immer noch.«

»Aber ich war es nicht! Und Paul auch nicht.«

»Haben Sie Ihren Freund gefragt, warum er gelogen hat?«

»Nein.«

»Warum nicht?«

Sie hob die Schultern, ihr Blick schweifte zum Fenster.

»Wer ist jowogo?«, fuhr Brander fort. »Der Chatpartner Ihrer Schwester muss von Ihrer Wohnung oder Ihrem Geschäft aus mit ihr kommuniziert haben.«

»Loni hat mir nie von diesem Jogo Wo erzählt.« Sie starrte eine Weile stumm in die Ferne, dann wandte sie sich wieder Brander zu. »Paul steht oft nachts auf und hängt an seinem Smartphone. Er sagt dann, er kann nicht schlafen und will mich nicht stören. Ich habe gedacht, er schaut Videos oder zockt.«

Ihre Unterlippe begann zu zittern. Sie kämpfte um ihre

Fassung. »Aber selbst wenn er mit Loni gechattet hat, heißt das doch nicht, dass er ein Mörder ist.«

»Wir werden Ihre Angaben überprüfen.«

Sie nickte geknickt. »Bitte ... wenn Sie mit Pauls Eltern sprechen, seien Sie nicht so hart zu seinem Vater. Er sollte sich nicht aufregen, das kann einen Krankheitsschub auslösen.«

Brander fuhr im Anschluss an das Gespräch mit Peppi nach Denkendorf. Wie am Tag zuvor, als er mit Stephan bei Küblers Eltern gewesen war, öffnete ihnen seine Mutter. Sie trug eine Kittelschürze und lotste sie in eine betagte Küche. Die weiße Schrankzeile war matt, die Türen hingen zum Teil schräg in den Scharnieren. Der Geruch des Mittagessens lag in der Luft.

Lina Kübler wischte über die Wachstischdecke. »Setzen Sie sich bitte.«

Brander zog sich einen der alten Holzstühle zurück.

»Udo schläft«, wisperte Lina Kübler. Sie saß aufrecht, wirkte aber dennoch demütig. »Müssen wir ihn stören?«

»Im Moment nicht«, erwiderte Brander. »Frau Kübler, Ihr Sohn Paul übernachtet hin und wieder bei Ihnen?«

»Ja. An manchen Tagen fällt es Udo so schwer aufzustehen, und dann brauche ich Hilfe, wenn er nachts mal rausmuss. Das schaffe ich allein nicht mehr.«

Die Frau war klein und rundlich und wirkte älter, als sie war.

»Können Sie sich an die Nacht vor gut zehn Tagen erinnern?«, fuhr Brander fort. »Hat Paul da in der Nacht von Sonntag auf Montag bei Ihnen übernachtet?«

Sie überlegte kurz, dann stand sie auf und zog einen Kalender aus der Küchenschublade. Sie schlug den Monat Mai auf. »Nein, da war er nicht hier. Sehen Sie.« Sie drehte den Kalender in Branders Richtung. »Ich notiere es immer, wenn er bei uns war, damit ich alles genau belegen kann. Das ist wichtig für die Beantragung der Pflegestufe. Ich muss zeigen, dass ich das allein nicht mehr schaffe.«

Die Akribie der Frau berührte Brander, und es tat ihm für

sie leid, dass sie mit ihrer arglosen Sorgfalt das Alibi ihres Sohnes zunichtegemacht hatte.

»Haben Sie im März auch schon so genau Buch geführt?«, fragte Peppi.

»Ja. Ich mache das seit letztem Sommer.« Bitterkeit legte sich in ihren Blick. »Die vom Medizinischen Dienst wollten mir nicht glauben, weil ich es nicht belegen konnte. An dem Tag, als die Mitarbeiterin hier war, ging es Udo gut, und sie war der Meinung, wir kämen auch weiterhin ohne fremde Hilfe zurecht.«

»War Ihr Sohn am letzten Märzwochenende bei Ihnen?«

Sie blätterte durch den Kalender. »Nein, da war er nicht hier, aber an dem Wochenende davor. Warum möchten Sie das so genau wissen?«

Brander wechselte mit Peppi einen bedauernden Blick, bevor er Lina Kübler antwortete. »Es tut mir leid, aber Ihr Sohn ist dringend tatverdächtig, an den besagten Tagen zwei Menschen getötet zu haben.«

Die Frau schlug sich die Hand vor den Mund. »Das kann nicht sein.«

»Hat Paul persönliche Sachen in Ihrer Wohnung?«

Sie schüttelte entsetzt den Kopf.

»Er war gestern mit Ihrem Wagen unterwegs.«

»Ja, ja.« Sie nickte eifrig. »Er leiht sich manchmal unser Auto. Della braucht den Firmenwagen ja für die Arbeit, und ich selbst fahre nur selten.«

»Haben Sie eine Garage?«

»Ja.«

»Dürfen wir uns darin bitte einmal umschauen?«

»Wie soll ich das nur Udo sagen? Oh Gott, ich weiß gar nicht …« Die Erkenntnis, dass ihr Sohn unter Mordverdacht geraten war, schien langsam zu ihr durchzudringen.

»Bitte, Frau Kübler, Sie würden uns die Arbeit erleichtern, wenn Sie uns einen Blick in Ihre Garage gestatten würden.«

Sie stand auf, schlurfte mit vorgebeugten Schultern in den Flur und nahm einen Schlüssel von einem Bord.

In der Garage fanden sie Cordelias Firmenwagen, im Handschuhfach lag eine Chipkarte. Sie vermuteten, dass diese zu Küblers Smartphone gehörte. In einer Ecke der Garage stand eine Kiste mit Gerümpel. Als Brander es zur Seite schob, entdeckte er in einer Plastiktüte einen prall gefüllten Ordner. Er hob ihn heraus. Darunter kam eine weitere Tüte mit mehreren verpackten Jagdbolzen zum Vorschein.

»Ich denke, wir haben unseren Mann«, murmelte Peppi.

Brander blätterte durch den Ordner. Er enthielt Fotos von Apollonia Heppler, Handzettel und Eintrittskarten zu Konzerten sowie Musiknoten. Zwischen den Klarsichthüllen steckte eine Kladde. Brander schlug sie auf. Die Seiten waren durch mit Kürzeln beschriftete Post-its in Abschnitte eingeteilt: US. MR. KP. Drei weitere Post-its waren unbenannt. In den beschrifteten Bereichen waren Orte und Uhrzeiten aufgelistet. Er hatte seine Opfer fein säuberlich ausspioniert.

***

»Mit dem, was wir haben, sollte Frau Mertens Anklage gegen Paul Kübler erheben können«, überlegte Clewer, als Brander und Peppi in der Dienststelle mit ihm zusammensaßen. »Ein Geständnis wäre trotzdem nicht schlecht.«

»Wir sollten ihn darüber in Kenntnis setzen, dass wir seine Bitte an Apollonia Heppler weitergegeben haben, sie aber nicht mit ihm sprechen möchte«, schlug Brander vor. »Er hat sie offensichtlich angebetet, und wenn er jetzt diese Zurückweisung erfährt, bringt ihn das vielleicht zum Reden.«

»Einen Versuch ist es wert.«

»Ich will bei dem Gespräch dabei sein«, meldete Peppi an.

Clewer war skeptisch. »Das halte ich für keine gute Idee.«

»Warum?«

»Wie sagtest du heute Morgen so schön: Ist heute der Tag der blöden Fragen?«

»Er hat gestern auf Jens und mich geschossen. Die Konfrontation mit mir könnte vielleicht etwas in ihm bewirken.«

Sie wedelte mit den Händen durch die Luft. »Täter. Opfer. Reue.«

Clewer zögerte noch immer. »Du behältst die Beherrschung?«

Peppi erwiderte den Blick ihres Vorgesetzten entschlossen. »Ja.«

»Na gut, dann versucht euer Glück.«

Kübler wirkte längst nicht mehr so souverän wie bei den vorangegangenen Begegnungen, stellte Brander fest, als er das Vernehmungszimmer betrat. Die Frisur war zerzaust, als hätte er sich mehrfach die Haare gerauft. Die blauen Augen waren von dunklen Rändern umschattet. Als Peppi den Raum betrat, versteifte sich Kübler. Er vermied es, sie anzusehen.

»Ich will mit Loni sprechen«, erklärte er an Brander gerichtet.

»Wir haben mit Frau Heppler gesprochen.« Peppi setzte sich ihm gegenüber. »Sie möchte nicht mit Ihnen reden.«

»Sie lügen.«

»Nein, das tue ich nicht.«

»Ich habe Ihnen nichts zu sagen.« Er sah demonstrativ in eine andere Richtung. »Bringen Sie mich wieder in meine Zelle.«

»Herr Kübler, warum haben Sie uns angelogen?« Brander hatte neben Peppi Platz genommen.

»Ich habe nicht gelogen.«

»Sie haben ausgesagt, dass Sie in der Nacht, als Moritz Rösch getötet wurde, bei Ihrer Lebensgefährtin waren.«

Kübler starrte ihn stoisch schweigend an.

»Frau Heppler sagt, Sie waren in der fraglichen Nacht nicht bei ihr, sondern hätten bei Ihren Eltern übernachtet.«

»Lassen Sie meine Eltern da raus.«

»Dazu ist es leider zu spät.«

Die Mimik des Mannes verhärtete sich. Jede Faser seines Körpers schien angespannt.

»Sie stehen nachts oft auf und sind online, habe ich erfahren.« Brander hob ein paar Zettel. »Das sind Chatprotokolle von Apollonia Hepplers Account. Sie chattet mit einem jowogo, vorzugsweise nachts – Sie wissen, wer jowogo ist?« Er wartete die Antwort nicht ab. »Vor zwei Nächten schreibt sie Ihnen, dass ein Polizist bei ihr war. Sie schwärmt regelrecht von ihm.« Er zitierte ein paar Zeilen aus dem Chatverlauf. »Wie haben Sie diese unerwartete Schwärmerei empfunden?«

Kübler presste den Kiefer zusammen. »Zwischen Loni und mir besteht ein Band, das kann niemand kaputtmachen.«

Ein loses Fädchen vielleicht, dachte Brander bei sich, das Kübler schlussendlich selbst durchtrennt hatte. »Ich verstehe Sie nicht, Herr Kübler«, fuhr er fort. »Sie verehren Apollonia Heppler. Warum haben Sie ihr so viel Leid zugefügt?«

»Ich habe ihr kein Leid zugefügt. Dieser Rösch und all die anderen haben ihr Leid zugefügt!«

»Wer sind all die anderen?«, fuhr Peppi auf. »Herr Schöne hat Frau Heppler nichts getan. Er wollte ihr helfen!«

Brander warf ihr einen mahnenden Blick zu.

Kübler schnaufte grimmig.

»Oder hatten Sie es gar nicht auf Herrn Schöne abgesehen? Wollten Sie mich erschießen? Was habe ich Frau Heppler getan? Was habe ich Ihnen getan?« Peppis Augen fixierten ihn unerbittlich. »Herr Schöne wollte herausfinden, wer Apollonia die anonymen Geschenke vor die Tür legt und wer ihr anonymer Chatpartner ist. Hatten Sie Angst, dass er ihr verrät, dass Sie dahinterstecken? Sie haben Apollonia verängstigt!«

»Das ist nicht wahr!«, erwiderte Kübler gepresst.

»Die Musiknoten haben sie zutiefst verstört. Sie waren dabei. Sie haben erlebt, was dieses ›Geschenk‹ mit ihr gemacht hat!«

»Loni hätte wieder gespielt.«

»Das wünschen Sie sich vielleicht.«

Kübler wurde laut: »Loni war auf einem guten Weg! Und dann kommt dieser Arsch mit seinen Supermarktblumen und macht alles wieder kaputt. Der hat ihr Angst gemacht, nicht ich!«

»Haben Sie ihn deshalb angerufen?«

»Ich habe ihm gesagt, dass er sich nie wieder in ihre Nähe wagen soll!«

»Woher hatten Sie seine Nummer?«

Kübler verstummte überrumpelt.

»Von Florentine?«, half Brander nach. Niemand anders kam für ihn in Frage.

Kübler schwieg.

»Warum haben Sie Apollonia die Geschenke nicht persönlich gegeben?«, fuhr Brander fort.

»Das verstehen Sie nicht.«

»Ich glaube, ich verstehe mehr, als Sie sich vorstellen können. Sie haben gesehen, wie Moritz Röschs unerwarteter Besuch Apollonia verstört hat, wie sie Hilfe bei ihren Schwestern gesucht hat, vielleicht sogar bei Ihnen. Und Sie wollten, dass Apollonia Ihre Hilfe braucht, Ihren Schutz und Ihren Trost. Der einzige Weg, ihr nah zu sein.«

»Das ist nicht wahr!«

Brander bemühte erneut die Chatprotokolle: »›Ich will, dass es wieder so wird, wie es war.‹ Das schreibt sie mehr als einmal. Und Sie bitten Frau Heppler um Geduld. Haben Sie gedacht, wenn Sie Herrn Rösch umbringen, ist der Unfall vergessen, sie setzt sich wieder ans Klavier und Sie können sie wieder von Konzert zu Konzert fahren?«

Kübler antwortete nicht.

»Was hat Frau Preuss verbrochen, dass sie Ihren Hass auf sich zog?«

Branders Frage überraschte Kübler. Er blinzelte irritiert.

»Sie haben sie beobachtet, das geht aus Ihren Notizen eindeutig hervor«, ergänzte Brander. »Sie waren gestern Abend in der Nähe ihrer Wohnung. Frau Preuss hat Sie bemerkt, und wir haben dafür Beweise gefunden.«

»Ich weiß nicht, von wem Sie sprechen.«

»Sie wissen sehr wohl, von wem ich spreche. Sie haben Frau Preuss bei einem Waldbaden-Workshop persönlich kennengelernt.« Brander schlug seinen Notizblock auf. Er hatte am

Morgen mit Katharina telefoniert, um zu prüfen, ob die Informationen, die er am Abend zuvor von Florentine bekommen hatte, korrekt waren.

»Frau Preuss sagte, sie alle müssten aufhören, Apollonia in ihrer Opferrolle zu bestätigen. Apollonia habe beschlossen, nicht mehr Klavier zu spielen, und Sie müssten lernen, das zu akzeptieren, und sie auf ihrem Weg in ein neues Leben unterstützen.«

Er klappte den Block wieder zu. »Kommt Ihnen das bekannt vor? Sie haben ihr widersprochen, woraufhin Frau Preuss Sie darauf hingewiesen hat, dass es eine Form der Machtausübung sein kann, eine Person in einer Opferrolle zu bestärken.«

Die Situation war daraufhin eskaliert. Kübler war wütend geworden, hatte Katharina beschimpft und wollte auf sie losgehen. Lutz Heppler hatte ihn gebremst. Apollonia erlitt einen Zusammenbruch, weil sie die Auseinandersetzung nicht ertrug. Katharina hatte den Termin abgebrochen. Sie hatte Apollonia angeboten, zunächst allein mit ihr zu arbeiten, aber das hatte die ehemalige Starpianistin nicht gewollt.

»Die Frau hat doch keine Ahnung!«, zischte Kübler.

»Ich frage mich, was Herr Subisch sich hat zuschulden kommen lassen«, fuhr Brander fort. »Er hat lediglich eine Diagnose gestellt.«

Küblers Augen funkelten zornig. »Dieser verkalkte Chirurg hat Loni eingeredet, sie könne nie wieder auf ihrem alten Niveau spielen. Der kannte sie gar nicht!«

»Er kannte die medizinischen Befunde.«

»Er kannte Loni nicht!«, beharrte Kübler. »Loni wird wieder spielen. Das ist ihre Bestimmung. Und jetzt lassen Sie mich in Ruhe.«

***

Brander schaltete seinen Computer aus. Peppi war am Morgen mit dem eigenen Wagen nach Esslingen gekommen und bereits nach Hause gefahren.

»Ich muss noch ein Geschenk für dich besorgen«, hatte sie augenzwinkernd erklärt. »Blauer Pilz oder roter Pilz?«

»Gar kein Pilz. Ich weiß gar nicht, ob ich feiern will. Die Sache mit Jens –«

»Benutze Jens nicht als Ausrede!«, hatte Peppi ihn mit erhobenem Zeigefinger gebremst. »Er würde nicht wollen, dass du wegen ihm auf deine Feier verzichtest. Wir feiern deinen Geburtstag, und es wird ein schönes Fest.«

»Na, wenn du das sagst«, ergab Brander sich. Er hatte ohnehin keine Wahl.

Er räumte seine Sachen zusammen und ging durch den leeren Flur. In Stephans Büro brannte Licht. Er war erstaunt, als er beim Eintreten nicht den Hünen antraf, sondern Jeannette Gugel.

»Ich dachte, du bist krank?«

Sie blickte ertappt auf. »Ich hole nur meine Sachen.«

Er musterte ihr schmales Mausgesicht genauer. »Was ist los, Jeannette?«

»Nichts.«

»Ist es wegen gestern? Lass dich doch von einer unglücklichen Situation nicht ins Bockshorn jagen.«

Sie stand hinter ihrem Schreibtisch, wagte nicht, Brander ins Gesicht zu sehen. Eigentlich wollte er endlich nach Hause, aber er hatte das Gefühl, dass dieses Gespräch keinen Aufschub duldete. Er zog sich einen Stuhl heran.

»Setz dich.« Er deutete auf ihren Schreibtischstuhl. Widerwillig folgte sie seiner Aufforderung.

»Was war los gestern? Warum hast du Fabio nicht bei der Verhaftung von Cordelia Heppler geholfen?«

»Das kam so plötzlich. Ich wusste nicht, was ich machen soll.« Noch immer fehlte ihr der Mut, ihn anzusehen.

»Okay.« Brander rechnete ihr die ehrliche Antwort hoch an. »Solche Situationen kommen meistens unerwartet. Daran wirst du dich gewöhnen müssen.«

Sie schüttelte den Kopf. »Ich kann das nicht.«

»Jeannette, keiner hat erwartet, dass du als Profi bei uns einsteigst. Du bist Anwärterin. Du bist hier, um zu lernen. Wenn ich gestern etwas unwirsch war, tut es mir leid. Wir standen alle unter Druck, da ist der Ton manchmal etwas rauer.«

»Aber ich kann das nicht«, beharrte sie. »Und darum höre ich auf.«

»Bitte?«

»Ich höre auf.« Sie hob den Blick. »Du sagst doch eh schon die ganze Zeit, dass ich alles falsch mache.«

Das hatte sie am Tag zuvor schon behauptet. »Wann habe ich das je gesagt?«

»Du bist subtil aggressiv. Du negierst alles, was ich sage oder mache.«

Das wurde ja immer besser. Subtil aggressiv. Was war das für ein Schwachsinn? Brander zwang sich, durchzuatmen und Ruhe zu bewahren. Er ärgerte sich, dass er Clewer nicht eindringlicher gebeten hatte, Jeannette zunächst in einem anderen Bereich einsteigen zu lassen.

»Das stimmt so nicht, und das weißt du. Ich habe längst nicht alles ›negiert‹, was du gesagt hast. Du bist ungeduldig, wenn mir diese Kritik erlaubt sein darf. Dir kommt etwas in den Sinn, und du plapperst es aus. Das ist nicht unbedingt falsch, aber es kommt zum einen auf die Situation an, und zum anderen gibt es oft weitere Aspekte zu beachten. Das habe ich versucht, dir zu zeigen, wenn du einen Gedanken in den Raum geworfen hast, der den einen oder anderen Schwachpunkt hatte. Das mache ich bei jedem anderen auch, und umgekehrt machen die Kollegen das mit mir. Darum arbeiten wir im Team. Wir ergänzen einander.«

Er war unsicher, ob sie verstand, was er ihr sagen wollte. »Jeannette, ich sage Dinge nicht, um dir eins reinzuwürgen, sondern weil eine Ermittlung – insbesondere, wenn es um ein Tötungsdelikt geht – sehr komplex ist. Du bist neu. Erwarte nicht von dir, dass du gleich alles mit Bravour meisterst, und sei bereit, unsere Rückmeldungen anzunehmen. Die Realität folgt nicht immer den Checklisten, die in den Lehrbüchern stehen.«

Sie sah ihn betrübt an. »Ich hab mir das alles ganz anders vorgestellt.«

»Du bist gerade mal eine Woche bei uns und gleich in eine Todesfallermittlung gestolpert – das ist kein leichter Einstieg. Ich kann dir nur den Rat geben: Schmeiß nicht aus einem Impuls heraus alles hin. Mach dir erst einmal ein umfassendes Bild von den verschiedenen Bereichen bei uns und entscheide dann, wie es für dich weitergeht.«

»Du hältst mich nicht für total unfähig?«

»Nein, das tue ich nicht.« Schräg, eigenwillig, vorschnell, unerfahren und mitunter etwas nervig, ja, aber nicht unfähig. »Du hast eine gute Auffassungsgabe, bist kreativ, fleißig, hast keine Scheu, dich einzubringen. In der Praxis fehlt dir aber noch die Erfahrung, und da solltest du ruhig das eine oder andere von uns alten Hasen annehmen.«

Sie wirkte noch immer deprimiert und unentschlossen.

»Soweit ich weiß, bist du den Rest der Woche krankgemeldet. Denke in Ruhe über alles nach, rede mit deinen Ausbildern, mit deinen Freunden und triff dann deine Entscheidung.«

Brander stand auf. Es war Zeit, nach Hause zu fahren.

Epilog

Es war weit nach Mitternacht. Nach einem sonnigen Tag war die Luft abgekühlt, der Himmel sternenklar. Brander saß mit Cecilia auf der Bank neben der Entringer Zehntscheuer. Von drinnen drangen gedämpft Stimmengewirr und Musik zu ihnen. Die alte Doppelscheune war vor Jahren von einigen ambitionierten Dorfbewohnern liebevoll restauriert worden und seither Kulturstätte und Treffpunkt im Zentrum des Ortes. Cecilia hatte das Gebäude für seine Geburtstagsfeier gemietet.

»War gar nicht so schlimm, oder?«, fragte sie.

»Hab's überlebt«, erwiderte er augenzwinkernd.

Noch am Morgen hatte er Zweifel gehabt, ob er das Fest würde genießen können. Der Fall Rösch ließ ihn nicht los. Christian Rösch war noch in der Klinik, und Brander hoffte, dass der Mann seine Trauer bewältigen konnte. Zudem machte er sich Sorgen um Jens. Es würde dauern, bis der Kollege wieder einsatzfähig sein würde. Wenn überhaupt. Brander hatte ihn regelmäßig im Krankenhaus besucht und wünschte sich jedes Mal aufs Neue, sie hätten Paul Kübler erwischt, bevor er in einer Kurzschlussreaktion auf den Kollegen geschossen hatte.

Cecilia stupste ihn sanft an. »Hey, jetzt wird nicht gegrübelt. Dafür ist morgen noch Zeit.«

Er nahm ihre Hand, froh, sie an seiner Seite zu haben. In den vergangenen Tagen hatte sie ihm geduldig zugehört und ihn aus manchem Tief herausgeholt. Auch mit Peppi, die mehr als er unter den Geschehnissen litt, hatte er viele Gespräche geführt.

Aber Ceci hatte recht, jetzt war nicht der richtige Zeitpunkt, an die Arbeit zu denken. »Wie habt ihr das alles eigentlich hinter meinem Rücken organisiert?«

»Es war eine Herausforderung, das kannst du mir glauben.« Cecilia grinste bei der Erinnerung. »Ein paarmal hättest du uns fast erwischt.«

Es war ein rundum gelungener Tag gewesen. Am Vormittag gab es im engsten Familienkreis in Tübingen einen Sektumtrunk auf einem Stocherkahn auf dem Neckar. Nathalie und sein Neffe Julian waren nicht dabei. Später erfuhr Brander, dass die beiden mit ein paar von Nathalies Feuerwehrkameraden den Aufbau in der Zehntscheuer übernommen hatten. Als er dort eintraf, war der Raum bestuhlt und geschmückt, die Tische waren eingedeckt.

Die Kaffeerunde verlief im Kreise von Familie und engsten Freunden, dann trudelten nach und nach die übrigen Gäste ein. Mit einer kurzen Ansprache – um die kam er nicht herum – eröffnete Brander das bunte Büfett.

Nach dem Essen folgte der Part, den Brander gefürchtet hatte. Nathalie war mit feierlicher Miene zu ihm gekommen: »Paps, du musst uns jetzt begleiten.«

Sie führte ihn die Treppe hinauf zum oberen Scheunenboden, die Gäste folgten tuschelnd und lachend. Die Bühne war dekoriert wie ein Gerichtssaal. Nathalie dirigierte ihn zu einem Stuhl, der mittig davorstand. Brander stöhnte innerlich auf. Keine Spiele, hatte Cecilia versprochen, und jetzt das. Er hasste es, so im Zentrum des Geschehens zu stehen.

Doch er musste nur dasitzen und zuschauen. Eingebettet in eine ominöse Gerichtsverhandlung hatte es unterschiedliche Darbietungen – von Gesang, Schauspielerei bis hin zu Zauberkunst – gegeben, und jeder hatte ein Thema gewählt, das ihn mit Brander verband. Zwischendurch gab es Videosequenzen. Nathalie und Julian hatten Familie, Freunde und Kollegen befragt, was sie an Brander schätzten und was sie nicht leiden konnten. Als Staatsanwältin Isabella Mertens in die Kamera lächelte – diese Frau konnte lächeln! –, wusste er, woher sie von seinem bevorstehenden runden Geburtstag gewusst hatte.

Der Höhepunkt des Abends war für ihn Nathalies Auftritt gewesen. Sie hatte den Text von Falcos »Der Kommissar« umgeschrieben und besang ihr erstes Aufeinandertreffen vor vielen Jahren. Er hatte die Tränen in den Augen zurückblinzeln müssen. Am Ende der Show war er zu fünfzig weiteren Lebensjahren verurteilt worden.

Brander seufzte zufrieden und küsste seine Frau. »Ihr seid großartig.«

»Na, ihr beiden Turteltauben, darf man stören?« Karsten Beckmann gesellte sich zu ihnen.

»Nein«, erteilte Brander seinem Kumpel eine Abfuhr.

»Du kannst meinen Platz übernehmen«, bot Cecilia an. »Mir wird kalt. Ich muss rein und mich warm tanzen.«

»Aber doch nicht ohne mich«, protestierte Brander.

»Gönn deinem besten Freund ein paar Minuten Zweisamkeit.« Cecilia verabschiedete sich mit einem Kuss.

Beckmann setzte sich auf den frei gewordenen Platz und reichte Brander ein Geschenk. »Für meinen Herzallerliebsten.«

»Lass das nicht Manuel hören.« Er nahm das Päckchen entgegen. Die Form verriet ihm, was sich unter dem Geschenkpapier verbarg. »Danke.«

»Du musst es auspacken.«

»Das mache ich morgen ganz in Ruhe.«

»Nein, jetzt.«

Brander riss das Papier auf. Zum Vorschein kam ein Highland Park, Single Malt, zwölf Jahre alt. Er war fast ein wenig enttäuscht. Zu seinem Fünfzigsten hätte er einen etwas ausgefalleneren Whisky von Beckmann erwartet.

Der sah ihn abwartend an. »Aufmachen«, forderte er.

Brander öffnete den Karton, zog die Flasche heraus. Sie fühlte sich zu leicht an. Er hielt sie in den Schein der Straßenbeleuchtung. »Da ist aber nicht mehr viel drin.«

»Du erinnerst dich nicht, oder?«, jammerte Beckmann theatralisch.

»Woran?«

»Das ist der allererste Whisky, den wir zwei zusammen getrunken haben.«

»Im Ernst?«

»Nee, habe ich mir gerade ausgedacht.« Beckmann schnalzte

empört mit der Zunge. »Ich hatte damals schon das Gefühl, dass aus uns beiden was wird, und darum habe ich diesen letzten Schluck für einen besonderen Moment aufbewahrt.«

Das machte den Whisky allerdings zu einem sehr persönlichen Geschenk. »Ist der überhaupt noch gut?«, flachste Brander.

»Finden wir es raus.« Beckmann zauberte zwei Whiskygläser aus seinen Jackentaschen.

Brander schenkte die gold schimmernde Flüssigkeit ein. Er schnupperte am Glas, roch die fruchtige Note. Dahinter verbarg sich ein Hauch der für einen Highland Park typischen Raucharomen. Hatte er das damals auch so wahrgenommen? Er versuchte, sich an den Abend zu erinnern. Damals war ihm der Umgang mit Beckmann nicht so leichtgefallen.

Sein Freund hob sein Glas. »Auf unsere Freundschaft und die nächsten fünfzig Jahre.«

»Schaun wir mal.«

»Falsche Einstellung.«

Sie stießen an. Die Fruchtnote paarte sich mit malzigen Aromen. Im Nachklang machte sich die leichte Rauchnote noch einmal bemerkbar.

»Shortbread würde da jetzt gut zu passen«, überlegte Brander.

»Hast du heute nicht schon genug gegessen?«

»Es geht um den Genuss, nicht um den Hunger.«

Beckmann seufzte nachsichtig. »Gut, dass du einen Freund wie mich an deiner Seite hast.«

»Wieso? Hast du eine Packung Kekse in deiner Jackentasche versteckt?«

»Nein, aber ich werde dich regelmäßig zum Joggen abholen, damit du nicht zu einem moppeligen Mops wirst.«

»Geht doch nichts über gute Freunde.«

In einträchtigem Schweigen leerten sie den letzten Tropfen. Dann stand Brander auf. »Na, dann rocken wir drinnen mal die Bühne.«

Folgende Whiskys begleiteten Kommissar Brander bei seinem elften Fall:

Glencadam
Single Malt Scotch Whisky
Alter: 15 Jahre, 46 % vol.
Glencadam Distillery, Brechin (Region Highlands)

Highland Park
Single Malt Scotch Whisky
Alter: 12 Jahre, 40 % vol.
The Highland Park Distillery, Kirkwall/Orkney (Region Islands)

Nc'nean Organic
Single Malt Scotch Whisky
Ohne Altersangabe, 46 % vol.
Nc'nean Distillery, Drimin/Morvern (Region Highlands)

Smokehead Rum Rebel
Single Malt Scotch Whisky
Ohne Altersangabe, 46 % vol.
Ian Macleod Distillers Ltd, Broxburn (Region Islay)

Whisky ist ein Genussmittel.
Bitte trinken Sie verantwortungsvoll.

Ein herzlicher Dank!

Auch dieses Mal bekam ich wieder Unterstützung von großartigen Fachleuten, die mir Fragen beantwortet und wertvolle Rückmeldungen zum Manuskript gegeben haben.

So gilt mein ganz herzlicher Dank Kriminalhauptkommissar a. D. Claus Sitter für fachkundige Unterstützung bei der Spurensuche, Manfred Lukaschewski für kurzfristige Hilfestellung bei der einen oder anderen polizeifachlichen Frage, für juristischen Beistand danke ich Staatsanwalt a. D. Robert Bechthold und für rechtsmedizinische Hilfe ganz herzlich Privatdozent Dr. Frank Wehner vom Institut für Gerichtliche Medizin in Tübingen. Martin Maier von der Stuttgarter Schützengilde danke ich für spannende Einblicke in das professionelle Armbrustschießen.

Trotz aller Recherche können sich dennoch ermittlungstechnische, juristische, medizinische oder technische Ungenauigkeiten im Roman eingeschlichen haben. Diese gehen auf mein Konto und sind meiner schriftstellerischen Freiheit geschuldet.

Danken möchte ich zudem meinen Wegbegleiter:innen, die mir bewusst (oder mal unbewusst) Hilfestellung geleistet haben. Ein besonderer Dank gilt dir, liebe Bärbel.

Und ich danke meinem wunderbaren Mann Frank für seine Geduld und Rücksichtnahme auf meine vielen Stunden am PC und für seine konstruktive Kritik am Manuskript.

Ebenso gilt mein Dank dem immer wieder aufs Neue superengagierten Team des Emons Verlages, ganz besonders danke ich Dr. Christel Steinmetz und meiner Lektorin Hilla Czinczoll für die großartige Zusammenarbeit.

Sybille Baecker
SIEBENMÜHLENTAL
Broschur, 368 Seiten
ISBN 978-3-7408-0498-5

Constantin Dreyer hat alles: eine lukrative Firma, eine treu sorgende Ehefrau, eine hübsche Geliebte und eine Fluglizenz. Er wäre sorgenfrei – wäre er nicht tot, hinabgestürzt von einem Viadukt im Siebenmühlental. War es Suizid oder Mord? Diese Frage führt Kommissar Brander und das Team der Kripo Esslingen auf den Flugplatz, an dem Dreyer als Fluglehrer tätig war. Dort hat Brander eine Begegnung, die ihn in seine Vergangenheit katapultiert. Und plötzlich überschlagen sich die Ereignisse …

www.emons-verlag.de

Sybille Baecker

KEHRWOCHE

Broschur, 336 Seiten

ISBN 978-3-7408-1261-4

Eigentlich wollte es Kommissar Brander zur Abwechslung einmal ruhig angehen lassen, doch daraus wird nichts: Die Mutter seiner Adoptivtochter Nathalie wird tot aufgefunden, und die Kollegen von der Tübinger Kripo haben die junge Frau als Täterin im Visier. Während Brander versucht, Nathalie zu helfen, erschüttert ein zweiter Mord die Universitätsstadt. Niemand scheint die Tote zu kennen. Doch die Ermittlungen ergeben: Alle Befragten lügen. Was soll hier unter den Teppich gekehrt werden?

www.emons-verlag.de

SYBILLE BAECKER
STURM ÜBER DEN HIGHLANDS
Kriminalroman
emons: